Unter pechschwarzen Sternen

Gereon Krantz

Unter pechschwarzen Sternen

ProTalk
Crime

Für meine Eltern

1

Der Mord an Veronika Fromm war ein Unfall, daran war nicht zu rütteln, und daran änderten auch die über dreißig Stichwunden nichts, aus denen ihr plumper Körper jetzt langsam auslief und das Parkett einsaute. Jedenfalls schätzte er, dass es über dreißig waren. Er hatte sie nicht gezählt, als er sie ihr verpasst hatte. Das wäre auch zu viel verlangt gewesen. In blinder Raserei hatte er wieder und wieder auf sie eingestochen – „wie ein Irrer", dachte er kopfschüttelnd –, bis er Atemnot bekommen hatte und ihm der Arm lahm geworden war. Noch immer atmete er schwer, obwohl er jetzt schon ein paar Minuten auf dem Hocker am Küchentresen saß. Auch sein Herz schlug noch schnell, ganz abgesehen davon, dass er vollkommen durchgeschwitzt war. Er schloss die Augen und versuchte, tief und gleichmäßig zu atmen. Langsam kam er zur Ruhe. Er fuhr sich mit den Händen über das Gesicht und atmete noch einmal durch. Dann stand er auf und ging zurück in den Flur, um sich das Malheur aus der Nähe anzusehen.

Veronika – „Vero" für ihre Freunde – lag neben der Garderobe. Sie war fast bis zur Tür gekommen. Für ein so schweres Mädchen war sie erstaunlich flink gewesen. Nicht auszudenken, was passiert wäre, wenn sie es aus der Wohnung und bis auf die Straße geschafft hätte. Aber zum Glück war ja alles noch mal glimpflich verlaufen. Er hatte Vero gerade noch am Gürtel ihres Kleides zu fassen gekriegt und sie zurückgerissen, bevor sie die Klinke herunterdrücken konnte, und dann hatte er ihr das widerborstige Verhalten gründlich ausgetrieben und ihr gezeigt, dass man so nicht mit ihm umging.

Er blickte verächtlich auf sie hinab. Sie war auf dem Rücken zu liegen gekommen, ein weicher Fleischberg ohne Spannung. Er gab acht, nicht in das Blut zu treten, und beugte sich über sie. Ihr Gesicht, bemitleidenswert hübsch unter der Speckhülle, sah ratlos aus, als begreife sie noch immer nicht, was vor sich gegangen war. Aber wie hätte sie auch erwarten können, dass ihr charmanter Verehrer plötzlich mit einem Messer über sie herfiel? Ihre Augen waren offen und starrten ihn mit glasigem Blick an. Unter dem Blutgeruch meinte er noch eine Spur ihres Parfüms zu riechen, beißend süßer Veilchenduft, so penetrant, dass ihm übel wurde. Wie alle dicken Frauen, die sich noch nicht aufgegeben haben, hatte sie viel Zeit auf Körperpflege, ihre Haut, ihre Haare und ihr Make-up verwandt, um ihr Doppelkinn, das Hüftgold und den zu breiten Hintern wettzumachen. Heute hatte sie sich besonders angestrengt. Sie hatte gut aussehen wollen für ihn. Wahrscheinlich hatte sie im Badezimmer Stunden damit verbracht, sich mit Bürste und Lockenwicklern, Pasten und Cremes für ihn herzurichten. Viel war von ihrer Mühe nicht mehr zu erkennen. Ihre kastanienbraunen Haare waren blutverklebt, Mascara und Lippenstift verschmiert und kein Rouge kam gegen die Leichenblässe an.

Das Messer lag neben ihr auf dem Parkett. Er hatte gar nicht gemerkt, dass er es fallen gelassen hatte. Es war ein billiges Gemüsemesser mit blauem Plastikgriff und kurzer Klinge, beides vollkommen mit Blut überzogen. Auch um Vero herum war alles voller Blut. Bis unter die Garderobe war es gelaufen. Es lohnte nicht einmal der Versuch, die Schweinerei aufzuwischen. Auch seine rechte Hand, stellte er fest, war ganz klebrig davon. Er blickte an sich herunter. Es wunderte ihn, dass sein Anzug einigermaßen sauber geblieben war. Außer ein paar Flecken hatte er nichts abbekommen. Die gingen sicher raus, wenn er ihn zu Hause gleich einweichte. Es war sein bester Anzug. Er hatte sich schick gemacht für diesen Anlass. Es hatte ein besonderer Abend werden sollen. Aber Vero hatte es verbockt. Sie allein war schuld daran, dass sie auf so schmerzhafte und blutige Weise gestorben war. Er hatte sie bloß bewusstlos schlagen wollen. Er hatte sich extra einen nagelneuen Totschläger besorgt und zu Hause an der Sessellehne geübt, bis er einen sauberen Schlag mit ordentlichem Schwung draufhatte, bei dem man die in Leder eingenähte Bleikugel vor dem Aufprall durch die Luft zischen hörte. Er hatte den Zeitpunkt perfekt abgepasst. Vero hatte gerade am Küchentresen gestanden und Möhren für den Salat geschnitten, den sie ihm vorsetzen wollte, als hätte sie ihm dadurch weismachen können, dass nicht Fast Food ganz oben auf ihrem Speiseplan stand. Sie hatte irgendwas von einem Familienrezept für French Dressing gequasselt. Zugehört hatte er ihr nicht. Er war damit beschäftigt gewesen, hinter ihr maßzunehmen und auszuholen. Wenn sie stillgehalten hätte, hätte der Schlag gesessen. Dann wäre alles ganz einfach gewesen. Er hätte sie über den Aufzug nach unten geschafft und in den Kofferraum verfrachtet. Kein Blut, kein Tumult, kein Stress. Eine saubere Sache. Aber die dumme Ziege hatte sich ja ausgerechnet im ungünstigsten Moment umdrehen müssen. Der Schlag hatte sie über dem linken Auge erwischt und war zur Seite abgeglitten. Vero war nicht einmal ins Taumeln geraten. Sie hatte ihm keine Zeit für einen zweiten Versuch gelassen. Sie war sofort durchgedreht, hatte ihn zur Seite gestoßen und war kreischend zur Tür gerannt. Da war er ausgetickt. Er hatte den Totschläger auf den Tresen geworfen, sich das Messer geschnappt und war auf sie losgestürzt. Ihm war klar gewesen, dass er sie unter keinen Umständen entkommen lassen durfte. Aber es war vor allem das Geschrei gewesen, das ihn verrückt gemacht hatte. Geschrei vertrug er nicht. Wenn Vero vernünftig geblieben wäre, hätte sie ihnen beiden viel Ärger erspart. Das hatte sie jetzt davon.

„Du Miststück“, sagte er zu Vero. „Geschieht dir recht, du dumme Sau!“

Er richtete sich auf. Er konnte sich neben Vero in dem Spiegel sehen, der neben der Garderobe hing. Er lehnte sich vor, versuchte, in seinem Gesicht Zeichen dafür zu entdecken, dass er gerade getötet hatte. Man sollte meinen, dass es irgendwie sichtbar wurde. Es war jedoch nicht zu erkennen – nur ein bisschen blass war er. Aber das kam wahrscheinlich von der Anstrengung. Außerdem hatte er in der letzten Nacht schlecht geschlafen. Er schlief immer schlecht, wenn am nächsten Tag etwas Großes bevorstand – und das hier war das Größte, das er jemals vollbracht hatte. Er hatte leichte Augenringe, sein Haar war durcheinander von dem Handgemenge und an seinen Wangen klebten ein paar Spritzer von Veros Blut. Ansonsten sah er aus wie immer: ein sympathischer Bursche, der Frauen die Tür aufhielt, entzückte Geräusche machte, wenn er ein Baby oder einen Hundewelpen sah, und alten Leuten in der Bahn seinen Sitzplatz anbot. Er lächelte probeweise. Es war nicht das Grinsen eines Killers. Es war dasselbe freundliche, vertrauenerweckende Lächeln, das auch Vero so gefallen hatte. Er hob die Hand, um seinen Krawattenknoten gerade zu rücken und sein Haar zu richten, erinnerte sich an das Blut an seinen Fingern und ließ es bleiben. Weil er nichts anderes fand, wischte er sich die Hände so gut es ging an einem hellen Mantel ab, der an der Garderobe hing. Vero brauchte ihn nicht mehr, man hätte sie höchstens damit zudecken können, und bestimmt war auch sonst niemand scharf darauf, sich die Klamotten einer Toten anzuziehen.

Er lauschte. Es war sehr still jetzt, wo Vero nicht mehr schrie. Sie verbreitete Stille, so wie sie vorher für Lärm gesorgt hatte. Er mochte diese Stille nicht, er fand sie beklemmend, und er nahm sie Vero übel. Selbst im leblosen Zustand musste sie ihm noch zu schaffen machen. Er wollte etwas sagen, sie weiter beschimpfen, damit die Stille aufhörte. Aber ihm gefiel nicht, wie seine Stimme in der stillen Wohnung klang, irgendwie verloren, als spreche er in ein großes Nichts hinein. Er wunderte sich, dass niemand kam, um sich nach dem Aufruhr zu erkundigen. Es war ihm vorgekommen, als hätte man Veros Gebrüll noch drei Straßen weiter hören können. Aber wahrscheinlich hatten es die übrigen Hausbewohner für nichts weiter als einen handfesten Streit unter Liebenden gehalten, dem eine hingebungsvolle Versöhnung folgte. Er war froh darum. Das Letzte, was er jetzt brauchen konnte, waren neugierige Nachbarn.

Er ging zurück ins Wohnzimmer, griff sich im Vorübergehen eine Möhre vom Schneidebrett und biss krachend ein Stück ab. Darauf herumkauend überlegte er, was er jetzt mit Vero anfangen sollte. Er dachte daran, einfach zu gehen und sie in ihrem Blut verrotten zu lassen. Ein paar Tage in der warmen Wohnung – die Sommerhitze würde sie ordentlich aufheizen – und sie wäre nur noch ein matschiger Batzen Gammelfleisch. Verdient hätte sie es.

Er biss noch einmal in die Möhre und blickte sich im Wohnzimmer um. Von der Einrichtung konnte man Migräne kriegen: ein plüschiger lila Teppich, ein grünes Sofa mit einer knatschgelben Tagesdecke, Kissen in pinken, blauen und roten Bezügen. Man kam sich vor, als laufe man durch einen quietschbunten LSD-Trip (er hatte das Zeug früher mal ausprobiert, als er psychisch nicht ganz stabil gewesen war). An den Wänden hingen Poster mit Tierbabys, die putzige Sachen machten, dazwischen ein Kalender mit halb nackten Männern, die ihre Waschbrettbäuche und Brustmuskeln in die Kamera hielten. Auf dem Couchtisch lag eine Reihe Mode- und Frauenzeitschriften. Eines der Hefte war auf der Ratgeberseite mit dem Psycho-Test aufgeschlagen (*Ich verliebe mich immer in den Falschen!*), darauf lag eine Schnur, auf die bunte Holzperlen gezogen waren. Eine kleine Schachtel war mit weiteren Perlen gefüllt. Vero bastelte ihren eigenen Schmuck, Zeitvertreib für lange Abende allein. Davon hatte sie viele gehabt, wie man auch an den Kitschromanen und den Liebesschnulzen auf DVD erkennen konnte, mit denen das Regal gefüllt war. Vor den Büchern und Filmen standen, in Glitzerrahmen, Fotos von Vero und ihren Freundinnen, alle ungefähr in der gleichen Gewichtsklasse, in Klubs und Bars, Mädelsabende mit Prosecco und Wodka Bull. Vero lächelte auf allen Fotos. Man war hier von ihrem Lächeln umzingelt, als hätte sie jedem Besucher, wahrscheinlich aber vor allem sich selbst, ständig vor Augen halten wollen, was für ein lebensfroher Mensch sie war und dass es ihr nichts ausmachte, von den nächtlichen Unternehmungen immer wieder ohne Begleitung nach Haus zu kommen. Er verstand das, besser als die meisten. Jeder suchte einen Weg, mit seinen inneren Dämonen fertig zu werden. In ihrer kurzen Beziehung hatte sie dann natürlich von Zuspruch und Bestätigung gar nicht genug kriegen können. Immer wieder hatte er ihr sagen müssen, wie anziehend er sie fand und dass ihm die paar Pfunde zu viel nichts ausmachten. Im Gegenteil, hatte er behauptet: Eine richtige Frau brauche Kurven, ein Mann wünsche sich was zum Anfassen und so weiter und so fort. Es war nervtötend. Frauen, für die sich niemand interessierte, waren immer auf sich selbst fixiert (es galt wohl auch für Männer, aber damit hatte er weniger Erfahrung). Man brauchte sich nur zwei Folgen einer Seifenoper anzusehen, um zu wissen, was man ihnen erzählen musste. Er fand es überheblich, dass Vero geglaubt hatte, jemand wie er könne sich ohne Hintergedanken zu ihr hingezogen fühlen. Aber man konnte den Leuten alles weismachen, solange es ihnen schmeichelte. Sie bettelten geradezu danach, dass man ihnen Wertschätzung vorgaukelte, damit sie sich einbilden konnten, bewundert, begehrt und vor allem geliebt zu werden. Er verurteilte das nicht. Es war ihr gutes Recht, sich belügen zu lassen. Aber dann mussten sie eben auch mit den Konsequenzen leben – oder, siehe Vero – daran sterben.

„Was fangen wir jetzt mit dir an, Vero-Maus?“, murmelte er. „Wie bringen wir dieses Chaos in Ordnung?“

Aber Vero ließ sich nicht dazu herab, ihm bei diesem Problem behilflich zu sein, obwohl sie selbst die größte Verantwortung dafür trug.

Er trat ans Fenster. Der Vorhang, türkis mit Blumenmuster, war zugezogen. Er hatte sofort für Privatsphäre gesorgt, nachdem Vero ihn hereingelassen und ihm mit ihren Schwulstlippen einen Schmatzer auf die Wange gedrückt hatte, bei dem er sich beherrschen musste, sie nicht von sich zu stoßen. Lieber hatte er ihr Blut im Gesicht als ihren Speichel. Er schob den Vorhang ein Stück beiseite und schaute hinaus. Es hatte sich endlich ausgeregnet. Jetzt, zum Abend hin, kam sogar noch mal die Sonne raus. Ein paar Leute waren unterwegs. Ein Junge und ein Mädchen zockelten Arm in Arm den Bürgersteig hinab. Eng aneinandergeschmiegt stakten sie im Zickzack um die Pfützen. Ein Rentner mit karierter Schirmmütze schleifte einen ergrauten Dackel spazieren. Vor dem Kiosk gegenüber stand ein Türke mit Schnurrbart, rauchte einen Zigarillo und las in der *Hürriyet*. Es gefiel ihm, ihnen zuzusehen und zu wissen, dass sie ihn nicht bemerkten, keine Ahnung davon hatten, was er in dieser Wohnung trieb, dass er gerade getötet hatte und ein paar Meter hinter ihm eine Leiche auf dem Boden lag. Der Gedanke brachte ihm zum Lächeln.

Er ließ den Vorhang zurückfallen, drehte sich um und lehnte sich an die Fensterbank. Er blickte auf den Vero-Haufen im Flur. Er war ihr nicht mehr böse. Seine schlechte Laune war verflogen. Er fühlte sich gut und ausgeglichen. Er hatte es geschafft, den ersten wichtigen Schritt. Zwar war nicht alles so gelaufen, wie er es sich vorgenommen hatte. Aber es brachte nichts, sich über verschüttete Milch – oder vergossenes Blut – aufzuregen. Besser, sich auf das zu konzentrieren, was als Nächstes kam. Er tadelte sich für die abwegige Idee, unverrichteter Dinge abzuhauen. Es wäre Verschwendung gewesen, Vero hier zu lassen, nach all dem Ärger, den er mit ihr gehabt hatte. Natürlich würde es nicht leicht sein, diesen Fleischberg nach unten zu bringen, vor allem in einem Stück (er wollte sie ungern zerteilen; das könnte er später nur schwer wieder richten). Aber er würde es schaffen. Er war nicht allein. *Sie* waren bei ihm, sie würden ihn stärken, ihn schützen. Mit ihrer Unterstützung – und mithilfe einiger Müllsäcke und Bettlaken – würde er den Schwertransport bewerkstelligen, ohne dass jemand etwas mitbekam und ohne dass er im Hausflur und dem Aufzug allzu viele Spuren hinterließ, die Scherereien nach sich zögen. Er würde das Beste aus einer schwierigen Lage machen, darin war er schon immer gut gewesen, und er würde sich nicht mehr darüber ärgern, dass er Vero erlaubt hatte, ihn um seine Beherrschung zu bringen. Er war lediglich in alte Muster zurückgefallen. Das konnte jedem passieren. Sie würden das verstehen. Und beim nächsten Mal würde er es anders anstellen, sorgfältiger vorgehen.

Aller Anfang war bekanntlich schwer.

2

Die Schlampe wollte nicht ficken. Max kam immer noch nicht darauf klar. Den ganzen verdammten Abend baggerte er an ihr rum, mixte ihren bescheuerten Gin Tonic, spendierte ihr Kippen, nickte und lächelte zu ihrem Endlos-Gelaber über Design und Marketing, obwohl ihm das völlig am Arsch vorbeiging – und was kam dabei rum? Nichts außer ein bisschen Geknutsche im Flur, als er sie auf dem Weg von der Toilette abgepasst hatte, um endlich zu klären, was ging. Am Anfang war sie noch voll drauf eingestiegen, hatte sich an ihn gedrückt, als wollte sie ihn gleich durch seine Hose hindurch bumsen. Aber kaum hatte er sich eine ihrer Titten gegriffen, war sie auf Abstand gegangen und hatte gemeint, sie sollten lieber zurück ins Wohnzimmer zu den anderen. Machte einen auf Klosterschülerin. Katja, die Unberührbare! Aber von Carsten ließ sie sich knallen, dem behinderten Spasti. Wobei man nicht wissen konnte, ob da was dran war. Der Typ laberte viel, vor allem, wenn er dicht war. Max hoffte, dass es nur Gelaber war. Es hätte ihm nicht gefallen, wenn Katja einfach mit jedem gevögelt hätte. Aber ihn hätte sie schon ranlassen können, wo er den ganzen Abend so scheißnett gewesen war ...

Er lehnte sich über den Lenker und stemmte sich fester in die Pedale. Das Uralt-Rad krachte und klapperte, als wollte es jeden Moment unter ihm zusammenbrechen. Er ärgerte sich, dass er am Nachmittag nicht wenigstens die Reifen aufgepumpt hatte. Auf dem Hinweg war es noch einigermaßen gegangen. Jetzt waren sie so platt, dass er fast auf den Felgen fuhr. Er hoffte, dass wenigstens nicht wieder die Kette raussprang. Die kriegte er im Dunkeln nie wieder reingefummelt. Wenn sie raussprang, beschloss er, würde er den Blechhaufen einfach am Straßenrand liegen lassen und zu Fuß weitergehen. Das Teil war eh nicht mehr zu gebrauchen. Der Dynamo schleifte lose am Hinterreifen, die Vorderlampe flackerte matt und das Rücklicht hatte schon lange den Geist aufgegeben. Die Straße, zwischen zwei Wohngebieten, war nicht gut beleuchtet und in seiner dunklen Jeans und dem schwarzen Kapuzenpulli hatte er nicht gerade Signalfarben an. Er wartete nur darauf, dass irgendein Vollpfosten ihn zwischen zwei Straßenlaternen mit seinem BMW bei achtzig Sachen ins Gebüsch semmelte. Er hielt sich möglichst dicht am Fahrbahnrand – einen Radweg gab es hier nicht – und zwang die Schrottmühle vorwärts.

Das Rad zu nehmen, war eine Schnapsidee gewesen. Aber er hatte halt fest damit gerechnet, dass Katja ihn bei sich pennen lassen würde. Die Art, wie sie ihn neulich in der Bar immer wieder angesehen hatte, und dazu dieses Lächeln – er war doch nicht völlig behämmert, dass er das falsch verstanden hatte. Wenn er nicht früher weggemusst hätte wegen der Scheißklausur am nächsten Tag, wäre sie an dem Abend mit ihm abgestürzt, anstatt mit Spacko-Carsten. Er war sicher gewesen, dass sie heute nachholen würden, was doch, wenn auch nur mit Blicken, zwischen ihnen ausgemacht gewesen war. Aber nichts, keine schnelle Handnummer oder ein bisschen Lutschen auf dem Klo, kein Vertrösten auf später, nicht mal irgendeine Ausrede von wegen Periode und so. Für die nächste Stunde nach dem Knutschen, in der er sich flirttechnisch noch mal richtig verausgabt hatte, war sie unnahbar gewesen, als hätte sie sich den Keuschheitsgürtel umgeschnallt, und nachher hatte sie sich von ihm verabschiedet wie von irgendeinem Dämlack, der nicht schnallte, dass sie keinen Bock auf ihn hatte. Scheiß Weiber! Die wussten nicht, was sie wollten. Wenn er geahnt hätte, dass sie ihn am ausgestreckten Schwanz verkümmern lassen würde, wäre er mit den Öffentlichen gefahren und hätte den letzten Nachtbus nach Hause genommen. Oder er hätte sich ihre verkackte WG-Party gleich ganz geschenkt. Es waren sowieso fast nur Spaten von der Designhochschule da. Mit denen konntest du nicht mal in Ruhe ein Bier trinken, ohne dass sie dir erklärten, welche brillante Strategie hinter der

Gestaltung des Flaschenetiketts steckte. Als ob das irgendwen juckte. Katja wurde auch immer mehr so. Man konnte sich keine fünf Minuten mit ihr unterhalten, ohne dass sie mit der Großkotzerei anfing. Eine aufgeblasene Tussi, mehr war sie nicht. Und wegen der durfte er sich jetzt hier abstrampeln.

Zu allem Überfluss musste es auch noch anfangen zu schiffen. Regenjacke? Fehlanzeige. Als er losgefahren war, war es noch richtig schön gewesen. Da hatte man bloß ein T-Shirt gebraucht. Aber jetzt ... Immerhin hatte er sich beim Losfahren vorsorglich den Kapuzenpulli auf den Gepäckträger geklemmt, zu der Sechserpackung Beck's Lemon, die er für die Party besorgt hatte. Er war froh gewesen, was zum Überziehen zu haben, als er von Katja aufgebrochen war. Es hatte sich echt abgekühlt. Aber auf Regen war er nicht eingestellt gewesen, noch ein Punkt, bei dem er falsch kalkuliert hatte (der Wetterdepp im Fernsehen übrigens auch). Er stülpte sich die Kapuze über und zog den Kopf ein. Aber der Regen fiel schräg und klatschte ihm voll ins Gesicht. Es war kein heftiger Regen, eher ein stetiges Gepisse. Aber es reichte, um ihn von oben bis unten einzusiffen und das Radfahren wurde dadurch auch nicht spaßiger. Die Lenkergriffe wurden glitschig. Seine Turnschuhe rutschten von den Pedalen. Die Reifen hatten kaum Profil und kamen leicht ins Schlingern. Es fehlte noch, dass er sich hier auf die Schnauze legte. Es hätte gepasst. Eine richtige Scheißnacht war das! Und als ob nicht schon alles ätzend genug war, musste er auch noch ständig an Katjas Titte denken, wie passgenau sie in seiner Hand gelegen hatte, wenn auch nur kurz. Er hatte längst einen Steifen, trotz Regen und Sturzgefahr, und da half es auch nichts, auf Katja sauer zu sein. Titten trumpften Großkotzerei und schlechtes Wetter allemal. Das Ding ragte schief in sein Hosenbein und drückte unangenehm bei jedem Tritt. Er dachte daran, anzuhalten und sich schnell Erleichterung zu verschaffen. Aber die Vorstellung, sich im nächtlichen Berliner Regen an der Leitplanke einen runterzuholen, war wenig verlockend. So weit war er noch nicht, bei aller Geilheit. Ein bisschen Würde hatte er noch übrig. Außerdem hatte er es bald geschafft. Nur noch um die Kurve, durch die Fußgängerunterführung und ein Stück die Straße runter, dann war er zu Hause, konnte aus den nassen Klamotten raus und sich im Bett anständig einen schubbern, während er sich vorstellte, wie er Katja flachlegte und sie konnte nichts dagegen machen.

Ein Auto raste so dicht an ihm vorbei, dass er vor Schreck den Lenker verriss. Es fehlte nicht viel und er hätte das Rad auf die Grasnarbe neben der Fahrbahn gesteuert – und wäre unvermeidbar im Dreck gelandet. Im letzten Moment kriegte er es wieder unter Kontrolle.

„Danke, Arschloch", murmelte er, während er die Rücklichter um die Kurve verschwinden sah. Ein fetter Audi, na klar! Wer so was fuhr, sah Fahrradfahrer bloß als lästige Verkehrshindernisse, die gefälligst aufpassen mussten, dass sie ihm nicht im Weg waren, und wenn er sie in den Graben rammte, hatten sie eben Pech gehabt. Als er um die Biegung klapperte, war von dem Wagen nichts mehr zu sehen. Vor ihm lag nur die verlassene Straße. Der Asphalt schimmerte im Licht einer bleichen Straßenlaterne wie schwarzes Wasser, in dem er versinken würde. Regentropfen prallten darauf nieder, zerplatzten und sprangen zurück wie Gischt. Zu beiden Seiten ballte sich Finsternis, in der Büsche und Bäume nur als groteske Schatten zu erkennen waren. Von der Stadt war nichts zu sehen, keine Häuser, keine erleuchteten Fenster. Nur Nacht, ein Himmel aus dunklem Nichts, nasse Kälte und das Flüstern und Rascheln des Regens. Öde Einsamkeit, wie auf dem Land. Man hätte sich nicht gewundert, einen Wolf heulen zu hören.

Max hängte sich noch mal rein. Nur noch ein Stück.

Die Unterführung tat sich neben der Straße auf wie eine Höhle, der Eingang eines kilometerlangen unterirdischen Tunnelsystems. Ein mattgelber flackernder Lichtschein drang daraus hervor. Max hörte auf zu treten und ließ das Rad rollen. Wahrscheinlich hatten sich da drinnen mal wieder

Obdachlose für die Nacht eingerichtet und ein Lagerfeuer gemacht, um sich aufzuwärmen. Er überlegte, ob er nicht besser außenrum fahren sollte. Diese Typen konnten echt aggro werden, wenn man sie störte, vor allem, wenn sie einen sitzen hatten, und sie hatten fast immer einen sitzen. Er war schon einmal in der Unterführung mit einem von ihnen aneinandergeraten, einem Fettsack im verfilzten Mantel und mit struppigem Bart, der aussah wie der König der Kloake und auch so roch. Der hätte ihm fast seine Pulle Billigbier übergezogen, weil er aus Versehen über eine Ecke seines Schlafsacks gefahren war. Das musste er nicht noch mal haben.

Aber außenrum zu fahren war ein ziemlicher Umweg. Ihm war arschkalt. Sein Gesicht war klatschnass und auch sein Pullover und die Jeans waren inzwischen aufgeweicht. Die Feuchtigkeit drang ihm bis auf die Knochen, und der Wind, der den Regen immer wieder in Stößen auf ihn zutrieb, fror ihm die Finger steif (und das nannte sich Sommer!). Er hatte keinen Bock, sich wegen dieser Saufsäcke eine Lungenentzündung einzufangen. Außerdem wäre er sich wie eine Pussy vorgekommen, wenn er vor ein paar Pennern gekniffen hätte, und sein Selbstwertgefühl hatte heute – dank Katja – schon genug gelitten. Er trat wieder an. Gas geben, Kopf runter und einfach schnell durch. Er wäre drüben wieder raus, bevor die in ihrem Schnapsdusel überhaupt was merkten.

Er holte Schwung, duckte sich hinter den Lenker und sauste den seichten Hang hinab, der in die Unterführung führte, hinein in das flackernde gelbe Licht. Er strampelte weiter, um möglichst schnell auf die andere Seite zu kommen. Muffige Luft und der Gestank von alter Pisse schlugen ihm entgegen. Er versuchte, nicht zu atmen, bis er wieder im Freien war. Die Graffiti, mit denen die rissigen Betonwände beschmiert waren, und die alten Plakate, die in Fetzen von ihnen herunterhingen, nahm er nur als buntes Flimmern am Rande wahr. Auf dem Boden lagen leere Dosen, zerknüllte Zeitungen, Zigarettenstummel und benutzte Spritzen, die zeigten, dass auch Junkies hier gerne unterkrochen. Er war so darauf konzentriert, nicht mit dem Vorderrad in den Müll zu geraten und trotzdem sein Tempo zu halten, dass er erst im letzten Moment bemerkte, woher der Lichtschein kam. Und dann haute es ihn so um, dass ihm nicht einfiel, die Bremsen zu ziehen. Es waren keine Obdachlosen hier. Auch keine Junkies oder Punks. In der Mitte des Tunnels stand, im warmen Lichtkreis etlicher Kerzen, eine Frau. Sie war in einen weiten Umhang gehüllt und hatte eine Kapuze über den Kopf gezogen, die ihr Gesicht verbarg. Sie schien vor ihm zu schweben, regungslos, die Arme ausgebreitet, als habe sie ihn erwartet.

Und er hielt genau auf sie zu.

„Fuuuuuuck!"

Sein Schrei vervielfältigte sich in einem hohlen Echo, mit dem die Wände auf ihn einbrüllten. Er riss den Lenker herum und zerrte an der Bremse. Das Rad stellte sich quer, der Hinterreifen rutschte weg und er krachte auf die Fresse. Er schlug hart mit dem Ellenbogen auf und quetschte sich das Bein unter dem Fahrrad ein. Er achtete nicht darauf. Er hätte nicht mal darauf geachtet, wenn sich bei dem Aufprall ein halbes Dutzend AIDS-verseuchter Spritzen durch seine Haut gebohrt hätten. Das Einzige, worauf er achtete, worauf er achten konnte, war die Gestalt in dem Kapuzenumhang, die über ihm stand und auf ihn niederzublicken schien. Es war tatsächlich eine Frau. So viel war sicher. Und noch etwas war sicher: Die Alte war hin. Aber so was von. Den Puls brauchte man gar nicht erst zu checken. Er starrte in die Augen hinter der Maske – war es eine Maske? Es musste eine Maske sein! – und die Augen, meinte er, starrten zurück. Er spürte die Kälte ebenso wenig wie den Schmerz in seinem Arm und seinem Bein. Sein Schwanz schrumpelte zusammen. Auf einmal musste er tierisch pissen. Es war nicht nur der Schreck, plötzlich eine Tote vor sich zu haben. Es war Angst, richtige Scheißangst, wie er sie zum letzten Mal als Kind gehabt hatte, als er heimlich einen Horrorfilm geschaut hatte und danach die ganze Nacht nicht schlafen konnte, weil er sicher war, dass das Monster käme, um ihn zu holen. Ihm ging dermaßen die Pumpe, dass jeder Herzschlag seinen ganzen Körper zum Beben brachte. Aus der Wunde am Ellenbogen lief das Blut seinen Arm herunter. Sein Knie war verdreht. Aber er wagte nicht, sich zu bewegen. Es war ihm, als würde sich die Tote, wenn er nur mit dem Finger zuckte, zu ihm herunterbeugen, ihn aufheben und ihn an sich ziehen. Dann würde sie ihre Hände um seinen Hals legen und ihm die Kehle zudrücken, fester und immer fester, bis er so tot war wie sie.

Er wusste nicht, wie lange er auf dem kalten Boden zwischen dem Unrat gesessen und die Tote angeglotzt hatte, bis er begriff, dass nichts passieren würde. Sie konnte ihm nichts tun. Sie war tot und würde tot bleiben. Er hatte nichts von ihr zu befürchten. Er stieß das Fahrrad beiseite, rappelte sich auf und trat ein paar Schritte zurück, um sie besser betrachten zu können.

„Krasse Scheiße!", murmelte er.

Er schaute sich um. Es war niemand hier außer ihm. Niemand sprang aus einem Versteck, schrie „Verarscht!" und lachte sich über ihn schlapp. Er war allein mit der Toten. Es war nichts zu hören außer dem Plätschern und Glucksen des Regens draußen. Die Kerzen flackerten und veranstalteten ein Schattenspiel an den grauen Wänden, sodass es aussah, als tanze sein Schatten mit dem Schatten der Toten. Max fummelte sein Handy aus der Tasche. Zwar zitterten ihm die Hände, als er die PIN eingab. Aber er konnte wieder klar denken, und er wusste, es gab nur eins, das jetzt zu tun war: Er schaltete auf Kamera, zoomte, bis die Tote das Display ausfüllte und betätigte den Auslöser. Er zögerte, stellte sich neben sie – wobei er achtgab, ihr nicht zu nahe zu kommen oder eine von den Kerzen umzustoßen – und machte ein Selfie. Posten konnte er das nicht, das gäbe nur Stress. Aber ein bisschen vor den Kumpels damit protzen war drin. So was Geiles hatte noch keiner von denen erlebt. Er fühlte sich entschädigt für den ganzen Mist, der vorher passiert war. Das hier war sogar besser, als Katja zu ficken. Er checkte das Foto, vergewisserte sich, dass nichts verwackelt und vor allem auch die Möpse im Bild waren.

Dann rief er die Bullen.

3

Harder stürzte noch einen Shot und wartete, dass Sergejs Kopf explodierte. Der Russe hatte Schnappatmung. Sein Gesicht war rot und nass, als käme er grad aus der Sauna. Er schwitzte den Wodka, den er kippte, gleich literweise wieder aus. Der Revolver zitterte in seiner fleischigen Hand, die mit kyrillischen Schriftzeichen tätowiert war. Er machte das nicht zum ersten Mal. Aber man gewöhnte sich schwer daran, eine geladene Wumme an der Schläfe zu haben, auch wenn man den eigenen Finger am Abzug hatte. Es sah aus, als würde ihm der Schädel auch so in absehbarer Zeit platzen. Aber so lange wollte niemand warten. Eine Kugel würde die Sache schneller und verlässlicher erledigen.

Das Publikum hoffte und fürchtete es. Niemand wagte zu blinzeln, aus Angst, den Sekundenbruchteil zu versäumen, in dem Sergej sich endlich überwand. Die Zigarren hingen auf halbem Weg zu den Lippen in der Luft. Die Hände erstarrten auf den Frauenärschen, die sie eben noch getätschelt hatten. Kein Gläserklirren, keine Kaugeräusche, kein Schlucken, Husten oder Räuspern rührten an der Stille, die den Raum füllte. Nichts war zu hören außer dem Knurren, das zwischen Sergejs zusammengepressten Zähnen hervordrang, während er seinen Überlebensinstinkt niederkämpfte, der ihm befehlen wollte, die Scheißkanone verdammt noch mal in eine andere Richtung zu halten, in der sein kantiger Kopf mit den Glubschaugen, dem Fischmaul und den Flügelohren dem Projektil nicht im Weg war.

Harder lehnte sich vor und beobachtete das verzerrte Gesicht, in dem vor Anspannung die Muskeln zuckten. Er kam nicht darauf, was Sergej ritt, sich diesen Krampf anzutun. Wer so am Leben hing, musste sich fragen, ob Russisch Roulette der richtige Zeitvertreib für ihn war. Trotzdem saß Sergej immer wieder hier und spielte sein eigenes Erschießungskommando. Es konnte nicht bloß das Geld sein, das ihn herzog. Dafür war es dann doch zu wenig. Vielleicht hatte er Scheiße gebaut, und Rasputin ließ ihn büßen. Oder es war der Ruhm.

Im *Kreml* war Sergej eine Legende.

Es war, soweit Harder wusste, der einzige Laden in Berlin, der dieses Spektakel auf dem Programm hatte. Von außen sah das Lokal, mit seinem abblätternden roten Anstrich, den staubigen Fenstern und dem verwitterten Schild mit Hammer und Sichel, nach nicht viel aus. Von innen nach noch viel weniger. Im Gastraum hockten, zwischen kommunistischen Propagandapostern und beaufsichtigt von Stalin-Porträts an den roten Wänden und Lenin-Büsten in den Fensterbänken, kräftige Kerle an einfachen, mit roten Decken versehenen Tischen, tranken warmen Wodka, futterten Salzgurken oder Piroggen mit Schmand, würfelten, spielten Karten oder plauderten, als wären sie gerade von ihrer Schicht im Stahlwerk des Industriekombinats gekommen. Wer aus Versehen oder aus Neugier hier reinkam, musste glauben, dass er im falschen Sektor (und dreißig Jahre in der Vergangenheit) gelandet war. Von den Attraktionen im Hinterzimmer war vorne nichts zu merken. Jenseits einer mit rotem Vorhang verhängten, mit „Büro" gekennzeichneten und einem Sehschlitz ausgestatteten Tür sorgten schwere Ledersessel für Bequemlichkeit, dunkles Parkett, goldene Lüster und Beistelltische aus Marmor für das entsprechende Ambiente und eine mit Luxusspirituosen bestückte Bar für das leibliche Wohl. Bei hochkarätigen Pokerspielen häuften sich hier Millionen auf dem Filz. Aufstrebende russische Filmsternchen, extra eingeflogen, boten erotische Extravaganzen feil. Alle sechs Monate konnte man erleben, wie sich irgendein armes Schwein das Hirn wegballerte und manchmal, wenn es Zeit war, mal wieder melancholisch der alten Heimat zu gedenken, hockte ein schnurrbärtiger Bänkelsänger im Trachtengewand auf einem Schemel, zupfte die Balalaika und säuselte russisches Liedgut, bis seinen Zuhörern der Wodka aus den Augen lief.

Die Klientel dieser exquisiten Veranstaltungen bestand vornehmlich aus russischen Geschäftsleuten, Oligarchen, Industriemagnaten und Duma-Abgeordneten auf Urlaub, denen fette Goldketten vom Hals und mindestens eine Edelnutte an jedem Arm hing. In zwei Halbkreisen – an den Seiten, wo die Kugel einschlüge, ließen sie wohlweislich Lücken – umstanden sie den Tisch in der Mitte des Raumes, an dem Harder und Sergej einander gegenübersaßen, vor sich, zur Motivation, den braunen Umschlag mit dem Preisgeld. Rasputin präsidierte der Vorführung in einem Ledersessel auf dem Podest, auf dem an ruhigeren Abenden die Musik- und Tanzdarbietungen stattfanden und das beim Roulette als Tribüne für ihn und einige Ehrengäste diente. Der Sessel wirkte zu breit für seinen gedrungenen Körper mit dem gemütlichen Bäuchlein und in seinem Smoking, obwohl maßgeschneidert, wirkte er wie ein speckiges Jüngelchen bei der Erstkommunion. Die Hängebacken und die Glatze trugen ebenfalls nicht dazu bei, dass einem bei seinem Anblick die Muffe ging und seine Fistelstimme reizte zum Lachen. Aber es war fatal, diesem Reiz zu erliegen. Unter seinem Anzug trug Rasputin auf Brust, Schultern und Rücken die höchsten Rangabzeichen der Russenmafia eintätowiert und es hieß, dass er sich jedes einzelne mit einer Brutalität und Skrupellosigkeit verdient hatte, die locker wettmachten, was ihm an Kraft und Größe fehlte. Woher er seinen Spitznamen hatte, wussten nur wenige, und noch weniger wussten, wie er wirklich hieß. Es konnte ungesund sein, sich zu sehr dafür zu interessieren. Dem Spiel folgte er mit der Miene eines Cäsaren bei einem Arenagemetzel. In seinen Stummelfingern hielt er, wie die meisten anderen, eine Champagnerflöte. Neben ihm prangte auf einer Säule ein ausladender Sektkühler aus Kristall, der mit grünen Flaschen bestückt war, von denen eine einzige mehr kostete, als Harder durch den Verkauf seiner sämtlichen Organe zusammengebracht hätte (was allerdings nicht viel heißen wollte; für seine Leber zum Beispiel hätte er wahrscheinlich noch draufzahlen müssen). Hostessen machten die Runde und sorgten dafür, dass es in jedem Glas unablässig prickelte. Die Spieler wurden mit Wodka verköstigt, um ihre Moral aufrechtzuhalten. Der Gewinner durfte mit Rasputin anstoßen, ein paar Hände schütteln und sich auf die Schulter klopfen lassen. Außerdem kriegte er zu seinem Preisgeld eine Dose Stör-Eier, eine Flasche Krim-Sekt und eine Stunde mit einer der käuflichen Damen. Der Verlierer kriegte einen schwarzen Plastiksack und eine Fahrt zur Mülldeponie.

Sergej war fast soweit. Er krampfte seine Hand fester um den Revolvergriff. Er war der ungeschlagene Champion im *Kreml*. Er bildete sich etwas darauf ein, als brauche es besondere Fähigkeiten oder ein seltenes Talent, sich nicht den Kopf wegzupusten. Aber das Spiel dauerte schon eine Weile, und so abgebrüht er sonst auch war: Jetzt flatterten ihm die Nerven. Ein Rückzieher kam nicht in Frage. Das erlaubten die Hausregeln nicht. Außerdem hätte es für Rasputin einen Gesichtsverlust bedeutet und gegen das, was er Sergej dafür antun würde, war ein Kopfschuss eine Streicheleinheit. Sergejs Augen, ohnehin zu groß für ihre Höhlen, quollen hervor, als wollten sie aus dem Schädel ploppen und über den Tisch kullern. Sein Knurren schwoll an, riss ihm die Lippen auseinander und entlud sich in einem wütenden Schrei. Er starrte Harder an, Augen und Mund weit aufgerissen. Er schrie ihm seine Angst entgegen, als wollte er sie aus sich herausbrüllen. Er schrie an gegen den Tod, den er in der Hand hielt, und den er mit seinem Schrei zu vertreiben hoffte, und als er nicht mehr lauter schreien konnte, drückte er ab.

Der Hahn des Revolvers spannte sich, der Schlaghammer schnellte nach vorn.

Der Revolver gab nichts von sich außer einem „Klick".

Sergej verstummte. Er nahm die Waffe herunter, betrachtete sie ungläubig, als sei er sicher gewesen, dass sie seiner Siegessträhne dieses Mal ein Ende setzen würde. Er brauchte einen Moment, bis er begriff, dass er es geschafft hatte, dass sein Kopf intakt und alles, was hineingehörte, noch an Ort und Stelle war. Dann sprang er von seinem Stuhl auf, ballte mit triumphalem Gebrüll die Faust und bot sich dem Publikum dar. Die Damen und Herren applaudierten gütig, verhehlten jedoch auch nicht ihre Enttäuschung. Schließlich waren sie gekommen, um eine Horrorshow mit Hirnmasse und Blut zu erleben. Aber noch war das Spiel ja nicht vorbei. Rasputin gönnte Sergej ein gnädiges Nicken. Sergej setzte sich wieder an seinen Platz, grinste Harder an und knallte den Revolver auf den Tisch, dass die Gläser klirrten.

Harder holte Tabak, Blättchen und Filter aus seiner Tasche und drehte sich eine Zigarette – er hatte schon vor langer Zeit beschlossen, mit einer Kippe im Mund abzutreten, wenn es sich einrichten ließ. Er steckte sie sich zwischen die Lippen, zündete sie mit seinem Zippo an und hob die Waffe auf. Ihr Griff war warm und feucht von Sergejs Hand. Es war eine 1895er Nagant Double-Action, wie sie die Offiziere der Sowjet-Armee getragen hatten, eine Antiquität aus dem Zweiten Weltkrieg. Mit etwas Glück konnte man mit der alten Krücke aus zwei Metern Entfernung einen Elefanten treffen, wenn er stillhielt und kein Wind ging. Für einen Schuss in den eigenen Kopf taugte sie jedoch allemal.

Die Hausregeln erlaubten den Spielern, die Trommel zu drehen. Wer allerdings aufgeben und Schmach und Schande auf sich laden wollte, musste das vorher tun. Wenn die Trommel gedreht war, musste man abdrücken (sonst übernahm es einer von Rasputins Gesellen). Wenn jeder fünfmal den Abzug betätigt hatte, ohne dass einer draufging, galt das als unentschieden. Harder und Sergej waren in der fünften Runde. Es war Harders letzter Schuss. Aufzugeben war ausgeschlossen. Zwar hätte es für ihn weitaus harmlosere Konsequenzen als für Sergej. Aber er war nicht für halbe Sachen hierhergekommen. Er löste die Trommelverriegelung und verpasste der Trommel einen Schlag mit der flachen Hand, die sie zum Rotieren brachte. Er setzte sich den Lauf an die Schläfe. Der

Stahl war angenehm kühl. Wenn man ein geübtes Auge hatte und nah genug dran war, konnte man von außen in die Trommel der Nagant sehen, um festzustellen, ob in der Kammer, die beim nächsten Abdrücken vor den Hammer rückte, eine Patrone steckte. Harder hatte nicht hingesehen, genauso, wie er vorhin bei Sergej nicht hingesehen hatte. Es vermieste den Spaß und gehörte sich nicht. Aber es war auch nicht nötig. Sergej hatte hingesehen, und sein Gesicht verriet Harder, dass die nächste Kammer geladen war. In diesem angespannten Gesicht sah man das Wissen um Harders bevorstehenden Tod und die Erleichterung, gleich, wenn Harder es hinter sich gebracht hatte, aufzustehen, herumzulaufen, zu essen, zu trinken, zu vögeln: weiterzuleben. Aber es lag auch Respekt darin, vielleicht sogar eine Spur von Bedauern, weil sie zwar Gegner, aber doch auch Verbündete waren in diesem Spiel, in dem sie beide vielmehr gegen die Waffe und das Glück als gegeneinander antraten. Er nickte Harder leicht zu, als wollte er ihn anspornen, die Sache durchzuziehen, und ihn gleichzeitig trösten, dass es schon nicht so schlimm und alles schnell vorbei sein würde.

Harder blickte ihn an, ohne ihn zu sehen. Ihm war nicht danach, sich mit Sergej zu verkumpeln, indem er ihm zu verstehen gab, dass er seine Anteilnahme zu schätzen wusste und es ihm eine Ehre gewesen war, gegen den Champion anzutreten, selbst wenn er dabei den Kürzeren zog. Das war alles Bullshit. Dieses Spiel schweißte nicht zusammen, es machte sie nicht zu Freunden. Dass er derjenige war, der in wenigen Augenblicken mit einem Knall abtreten würde, war kein Grund, sentimental zu werden oder eine Panikattacke zu kriegen. Schließlich hatte er gewusst, worauf er sich einließ. Ihm fiel seine letzte psychologische Begutachtung ein, einige Wochen, bevor sie ihm erlaubt hatten, seinen Dienst wieder aufzunehmen. Der Psychologe hatte nichts Besorgniserregendes festgestellt (narzisstische Tendenz, mangelhaftes Empathievermögen, zwanghaftes Rebellieren gegen jegliche Autorität – Kleinigkeiten halt) und ihn für einsatzfähig erklärt. Jetzt, den Revolver am Kopf und bereit, im Hinterzimmer einer russischen Kaschemme das Zeitliche zu segnen, kam Harder nicht umhin, sich zu fragen, ob der gute Mann nicht etwas übersehen hatte. Er schloss die Augen, nahm einen tiefen Zug von seiner Zigarette und setzte sachten Druck auf den Abzug. Das Zimmer war totenstill. Aber in seinem Kopf begannen Faith No More, *Easy* zu spielen. Er liebte diesen Song. Er musste immer lächeln, wenn er ihn hörte. Ein sanftes, rhythmisches Wummern setzte um ihn ein, legte sich unter die Musik. Eine warme Geborgenheit umschloss ihn, die alle Gedanken in ihm löschte, nichts übrig ließ als ein Gefühl von Freiheit. Harder ließ sich fallen. Das Wummern verwandelte sich in ein samtblaues Pulsieren, verzerrte die Musik, als hätte jemand einen Metalleimer über den Lautsprecher gestülpt. Es erfasste ihn sanft, trug ihn empor und voller Vertrauen schwebte er seiner Erlösung entgegen, die ganz nah, nur eine Fingerkrümmung entfernt war.

In den Frieden, der ihn umgab, dudelte die Melodie von *Daydream Believer.* Er versuchte, nicht hinzuhören, ganz in dem weichen Wummern zu bleiben. Aber die penetranten Pieptöne stießen hinein, zersetzten es, drängten *Easy* beiseite und wurden lauter, bis er sie nicht mehr ignorieren konnte. Faith No More verstummten beleidigt. Das Wummern verging. Harder versuchte, es festzuhalten. Aber es entzog sich ihm und ließ eine trostlose Leere zurück. Er öffnete die Augen und ließ die Waffe sinken, legte sie jedoch nicht beiseite. Er seufzte und kramte sein Handy aus der Innentasche seiner schwarzen verschlissenen Lederjacke. Es war nicht leicht mit nur drei Fingern an der linken Hand. Aber er war inzwischen geübt. Er blickte auf das Display, auf den Namen, der darauf erschien. Er wusste, dass es das Beste, das einzig Richtige wäre, den Anruf zu unterdrücken, das Handy wegzustecken und ohne lange nachzudenken zu Ende zu bringen, worin er unterbrochen worden war. Das hier war nichts als ein Test, der seine Willensstärke auf die Probe stellte. Er durfte der Verlockung nicht erliegen.

Aber natürlich erlag er ihr doch.

Er nahm ab und hielt sich das Handy ans Ohr.

„Harder?“, sagte er an der Kippe vorbei. „Nein, ich bin noch wach. Was gibt's?“

Er blickte in die Runde und hielt sich den Revolverlauf wie einen Zeigefinger vor die Lippen.

Sergej schüttelte den Kopf und murmelte etwas auf Russisch. Einige lachten. Rasputin schob die Unterlippe vor, schien aber gewillt, Harder die Verzögerung durchgehen zu lassen, da sie das Publikum amüsierte.

„Okay. Wo? Alles klar. Bis dann.“

Er legte auf und schob das Handy zurück in seine Tasche.

„Tschuldigung.“

Er schenkte sich den alten Wo-waren-wir-Spruch und setzte den Revolver wieder an. Er lehnte sich in seinem Stuhl zurück, atmete aus wie bei einer Zen-Meditation und schloss wieder die Augen. Er versuchte, das Gefühl der Schwerelosigkeit wiederzuerlangen, mit dem er selig durch das Wummern und die Musik geschwebt war. Aber es klappte nicht. Faith No More hatten die Bühne geräumt. Das Wummern kam nicht wieder. Der Anruf hatte ihn aus dem Konzept gebracht. Das war schlechtes Timing gewesen. Zehn Sekunden später und er hätte sich nicht mehr damit abgeben müssen. Jetzt war er neugierig. Kaum mehr als zwei Sätze hatten gereicht, um jene Unruhe, jenen Drang in ihm zu wecken, von dem er wusste, dass er nicht von ihm ablassen würde, bis er ihm nachkam. Das zerstörte das Gefühl, das er brauchte, um die Sache hier durchzuziehen. Wenn das Gefühl nicht stimmte, hatte es keinen Zweck. Für heute konnte er die Sache vergessen. Die Augen noch immer geschlossen, den Finger noch immer am Abzug, überlegte er, wie er sich am besten aus der Affäre zog. Er konnte nicht einfach die Waffe hinlegen und sich verabschieden – Sorry, Leute, mir ist was dazwischengekommen, vielleicht beim nächsten Mal. Das würde Rasputin nicht dulden. Außerdem wollte er Sergej nicht das ganze schöne Geld überlassen. Er zog in Betracht, ihm ins Gesicht zu schießen. Aber das wäre geschummelt. Von der rettenden Eingebung überkommen, öffnete er die Augen, richtete den Revolver auf Rasputin und drückte ab.

Der Schuss peitschte als trockenes Krachen durch den Raum, wie das Kläffen eines lungenkranken Pinschers. Auf die Nagant war Verlass. Das Projektil schlug neben Rasputin in den Champagnerkühler ein. Der Kühler zerbarst in einer Explosion aus Kristallscherben und Eis. Die Flaschen zerplatzten und Tausende Euro in flüssiger Form ergossen sich schäumend über den Boden. Der kleine Russe zuckte nicht mal zusammen. Er hatte schon mehr Schüsse als Sektkorken knallen gehört, und nicht wenige davon waren in seine Richtung gegangen. Der Rest der Zuschauer geriet in Panik. Kreischend suchten die Frauen hinter den Männern Schutz, die Männer, friedliebende Geschäftsleute, denen Gewalt zuwider war (zumindest wenn sie so unvorhergesehen in ihre Abendgestaltung einschlug), duckten sich einer hinter dem anderen. Sergej, weniger leicht zu schocken, jedoch ziemlich angetrunken, unternahm einen ungelenken Versuch, sich über den Tisch hinweg auf Harder zu stürzen. Harder zog ihm die Nagant durch das Gesicht, woraufhin Sergej auf die Tischplatte sackte. Er warf die Pistole fort und nutzte die Verwirrung, um sich das Geld zu schnappen und zum Ausgang zu stürzen. Der Muskelprotz, der die Tür bewachte, war von dem Trubel abgelenkt und schrumpelte nach einem Tritt in die Eier zu einem stöhnenden Häufchen zusammen. Harder hastete durch den Vorraum, wo einige von Rasputins Handlangern aufsprangen und instinktiv nach ihren Waffen griffen. Bevor sie verstanden, was los war, erreichte er die Tür und stürzte ins Freie. Er sprintete zu seinem betagten Passat, den er auf der anderen Straßenseite geparkt hatte, schmiss den Motor an und sah zu, dass er wegkam. Als er einige Hundert Meter zwischen sich und den *Kreml* gebracht hatte und in seinem Rückspiegel keine Verfolger auftauchten (Rasputin wusste, wo er ihn finden würde), drosselte er das Tempo. Er drehte die Musik an, und Creedence' *Bad Moon Rising* schepperte aus den Boxen. Harder nuckelte an der Zigarette, die noch immer in seinem Mundwinkel klemmte und nickte im Takt, während er durch die nächtlichen Straßen kurvte. Der Ausgang des Abends war nicht unbedingt wünschenswert. Er hatte lange auf der Warteliste für diese Roulette-Partie gestanden. Und jetzt, wo er Rasputin ans Bein gepisst hatte, ließ der ihn bestimmt nicht so bald wieder mitspielen (oder früher, als ihm lieb war, und zu anderen Regeln). Außerdem bedauerte er, die Sache nicht durchgezogen zu haben. Es hätte alles einfacher gemacht und die Voraussetzungen waren perfekt gewesen. Aber das war kein Grund, sich die Laune verderben zu lassen. Vielleicht wurde er ja angemessen entschädigt. Der Anruf war jedenfalls vielversprechend gewesen. Und aufgeschoben war schließlich nicht aufgehoben.

Zum Sterben war später noch Zeit genug.

4

Wenn du tot bist, starren dich alle an. Du kannst im Leben hässlich gewesen sein, unauffällig, langweilig, ein glanzloses Mauerblümchen, an dem alle vorbeigehen, ohne es auch nur zu bemerken. Dein Tod ändert alles. Er macht dich anziehend, verleiht dir einen Reiz, den du ohne ihn nie erlangt hättest. Wenn du tot bist, kommen sie alle zu dir, wollen dich sehen. Manche sehen dich ganz offen an, unverhohlen, weil sie glauben, dass man sich vor den Toten nicht zu schämen braucht. Einige lächeln. Andere schauen für einen Moment, wenden den Blick ab, erschrocken, verängstigt, abgestoßen vielleicht – und doch kehren ihre Augen immer wieder zu dir zurück, weil sie nicht anders können, als dich anzusehen. Wieder andere halten sich, wie in Verlegenheit, die Hände vor das Gesicht und lugen zwischen den Fingern hindurch, als fürchteten sie, auch von dir angeblickt, von dir ertappt zu werden. Alle betrachten sie dich, als könnten sie dir ansehen, wie es ist, tot zu sein. Sie beobachten dich, bis du in einem Sarg verschwindest, der Deckel sich über dir schließt, dich von ihren Blicken abschirmt und du endlich anfangen kannst, jene Ruhe zu finden, die den Toten angeblich zusteht und ihnen vorbehalten ist. Irgendwann würde auch ihr diese Gnade zuteil. Aber das würde noch dauern. Sie würde noch viele Blicke über sich ergehen lassen müssen, mehr Blicke als andere, weil ihr Tod ein besonderer Tod gewesen war und somit auch sie zu etwas Besonderem gemacht hatte. Er verschaffte ihr mehr Aufmerksamkeit, als sie jemals im Leben bekommen hatte, mehr als an Geburtstagen, der Erstkommunion, der Abiturfeier oder damals, als sie den Schmuckwettbewerb gewonnen hatte. Alles, was sie getan, alles, was sie erreicht hatte, verblasste jetzt, wurde bedeutungslos, als sei es ihre größte Leistung gewesen, einen so außergewöhnlichen Tod zu sterben.

Wie Pilger kamen sie zu ihr und es wurden immer mehr. Am Anfang war da nur der Junge mit dem Fahrrad. Dann kamen die Männer und Frauen in den dunkelblauen Uniformen. Zuerst waren es nur zwei, ein Mann und eine Frau. Sie standen mit dem Jungen am Eingang der Unterführung und blickten sie an. Sie stellten dem Jungen Fragen. Er antwortete und zeigte mit dem Finger auf sie. Die Polizisten besprachen sich. Der Mann kam zu ihr. Er ging so weit wie möglich am Rand und passte auf, wo er hintrat. Er streckte die Hand aus, um ihren Puls zu fühlen. Aber er sah, dass es unnötig war und kehrte zu seiner Kollegin zurück. Sie sprachen in ihre Funkgeräte und warteten. Bald ertönten Sirenen. Weitere Polizisten kamen hinzu. Jeder blickte in die Unterführung. Manche starrten sie lange an. Ein oder zwei sagten etwas. Aber die meisten blieben stumm. In dem blauen Licht, das draußen kreiste, spannten sie Absperrbänder vor die Unterführung. Sie taten es routiniert und zügig. Doch auch währenddessen konnten sie nicht anders, als immer wieder zu ihr hinzusehen.

Ein älterer Mann erschien an der Absperrung. Er hatte einen grauen, kurz gestutzten Vollbart und eine Brille, die ganz oben auf dem Nasenrücken saß. Sein Haar war ebenfalls grau. Es war zur Seite gescheitelt, als legte er zwar Wert auf eine anständige Frisur, wollte aber nicht zu viel Zeit darauf verwenden. Statt einer Uniform trug er blaue Jeans und einen schwarzen Rollkragenpullover und darüber eine hellbraune Cordjacke. Er wirkte fit für sein Alter. Trotzdem sprach aus seiner Haltung eine Müdigkeit, die nicht von der späten Stunde herrührte. Er legte eine Hand an seinen Bart und betrachtete sie. In sein Gesicht trat eine Sorge, die zwar von ihr ausging, aber weit über sie hinausreichte. Mit ruhiger Stimme und besonnenen Gesten erteilte er den uniformierten Polizisten Anweisungen. Sie hörten ihm aufmerksam zu und beeilten sich, ihnen nachzukommen. Er holte ein Handy aus seiner Jackentasche und machte mehrere Anrufe, eine Hand am Bart, und ohne sie aus den Augen zu lassen.

Nach einer Weile verschwand er. Dafür tauchten die Gestalten in den weißen Schutzanzügen auf, bei denen man schwer bestimmten konnte, ob Männer oder Frauen darin steckten. Sie hatten weiße Gesichtsmasken auf und weiße Handschuhe an den Händen. Selbst ihre Schuhe steckten in weißen Überzügen. Sie stellten Standscheinwerfer auf und richteten den Lichtstrahl auf sie (die Kerzen waren fast alle heruntergebrannt). Einer von ihnen hatte einen Fotoapparat und machte viele Fotos, bevor sie die Unterführung betraten. Langsam arbeiteten sie sich zu ihr vor, wobei sie jeden Zentimeter des Bodens und der Wände akribisch untersuchten, jedes Stück Müll aufsammelten, jede Dose und jeden Zigarettenstummel eintüteten und sogar den Dreck auffegten und mitnahmen. Der (oder die) mit der Kamera fotografierte sie von allen Seiten und aus allen Winkeln. Anschließend machten sich zwei von ihnen lange an ihr zu schaffen. Sorgfältig suchten sie sie nach Haaren ab, nach Kleidungsfasern, nach Hautresten oder Blut unter ihren Fingernägeln. Ein kleiner Schmaler, ohne Schutzanzug, kam dazu, inspizierte und betastete sie. Dann zogen sie sich zurück.

Eine gute Weile kam niemand. Sie hing alleine in dem weißen Scheinwerferlicht. Hinter dem Absperrband wurde es langsam hell. Aber das Tageslicht war noch schwach und reichte ohnehin nicht bis zu ihr. Irgendwann kehrte der ältere Mann zurück, hob das Absperrband und duckte sich darunter durch. Ein Mann und eine Frau folgten ihm. Die Frau, Mitte bis Ende zwanzig, rotblondes Haar im Bobschnitt, schmales Gesicht mit Sommersprossen, hielt sich neben ihm und schien nur aus Respekt darauf zu verzichten, ihn zu überholen, obwohl sein langsames Tempo sie sichtlich ungeduldig machte. Ihr schlanker Körper, kraftvoll und elastisch, steckte in einem hellbraunen Blazer, beigefarbener Bluse und grauen Chinos zu schwarzen Halbschuhen, was sie gleichzeitig sportlich und seriös wirken ließ. Aus einem Hüftholster ragte der Griff einer Pistole. In der Hand hielt sie einen Notizblock, obwohl sie nicht aussah, als würde sie ihn brauchen. Ihr Blick scannte die Umgebung, als würde sich noch die kleinste Einzelheit unauslöschlich in ihr Gedächtnis einbrennen. Der Mann, blass, wirres schwarzes Haar, die Wangen voller Stoppeln, hing ein paar Schritte zurück. Er schwankte ein wenig. Er trug zerknitterte Outdoorhosen mit ausgebeulten Seitentaschen, ausgelatschte Turnschuhe und eine abgetragene schwarze Lederjacke über einem verwaschenen grauen T-Shirt. In der Hand hielt er einen dampfenden Kaffeebecher aus Pappe. Seine ganze Aufmerksamkeit schien darauf gerichtet zu sein, den Weg bis zu ihr hinter sich zu bringen, ohne den Inhalt zu verschütten. Die drei blieben vor ihr stehen und betrachteten sie, der Graubart bekümmert, die Frau mit kühler Neugier, der Mann in der Lederjacke mit Mitgefühl und einer Verbundenheit, als seien sie sich bereits im Leben begegnet. Es dauerte nicht lange, bis sich ihre Blicke, wie die aller anderen auch, an jener Stelle festsetzten, an der sich ihr Kopf befinden sollte, und wie bei allen anderen löste, was sie dort fanden, Verstörung und ratlose Betroffenheit aus.

„Das ist nicht, wonach es aussieht, oder Wichert?"

Die Stimme der Frau klang dumpf zwischen den Betonwänden.

„Es ist ein Widderkopf, Claudia", antwortete der ältere der beiden Männer.

„Mach keinen Quatsch, Klaus!" Sie trat einen Schritt näher. „Du meinst, das Ding ist echt? Keine Maske? Kein Fake?"

„Das war mal ein echter, lebendiger Widder."

Sie schrieb etwas in ihr Notizbuch.

„Perverses Arschloch! Heutzutage glauben selbst die Mörder, sie müssten kreativ sein. Einfach nur jemanden abmurksen reicht denen nicht mehr. Ich meine, seht euch das nur mal an: Der Widderkopf, der Kapuzenumhang, das Ding um ihren Hals, dazu die Ketten und die Kerzen: Der hat ein richtiges Happening daraus gemacht."

„Das ist was Persönliches, oder was meinst du? Der Typ hat ein Anliegen."

„Auf jeden Fall legt er Wert darauf, dass er für sein Werk die gebührende Aufmerksamkeit kriegt. Sonst hätte er das arme Mädchen einfach irgendwo im Wald abgeladen, nachdem er mit ihr fertig war. Er will, dass wir wissen, was er tut."

Wichert nahm seine Brille ab und rieb sich die Augen, als bahne sich eine Migräne an.

„Großartig! Genau das, was ich brauche nach diesem letzten verhunzten Jahr: ein irrer Mörder mit einer Agenda!"

Der Mann in der Lederjacke schob sich zwischen den beiden hindurch.

„Haben die nicht alle eine?"

Er trat näher an sie heran, so nah, dass sie sich in seiner schwarzen Pupille spiegelte. Es war, als sei sie durch diese Pupille in ihn hineingefallen und schaue jetzt aus ihm heraus auf sich selbst. Was sich ihr zeigte, war der füllige nackte Körper einer jungen Frau, über und über von Stich- und Schnittwunden gezeichnet. Ihre Haut war gelblich im Scheinwerferlicht, die Wunden verkrustet und bläulich an den Rändern. Über ihre schweren Brüste und den weichen herabhängenden Bauch rankte sich ein violettes Adergeflecht. Ihr Schamhaar war braun und buschig, die breiten Hüften mit Dehnungsstreifen überzogen. Auf ihrem Rumpf saß der Widderkopf, weißes, kurzes Fell über der rosa Schnauze, die milde zu lächeln schien. Zwischen den abstehenden Ohren und den Spitzen der nach vorn gebogenen Hörner blickten die starren Augen unter der Kapuze des purpurroten Umhangs hervor. Darunter hing, an einem ledernen Band, ein metallenes Amulett mit aufwendigen Verzierungen. Ihre Handgelenke waren von eisernen Verschlüssen umfasst, von denen aus Ketten zu Haken liefen, die in den Betonwänden verankert waren. Die Ketten waren straff gespannt und hielten sie aufrecht, sodass ihre Arme weit ausgebreitet waren. Ihre Zehen schwebten ein paar Zentimeter über dem Boden, wo soeben die letzte Kerze erlosch. Ihr Bild schien in Harder hineinzusinken. Es fasste ihn und zog ihn mit sich, bis er, verloren für alles, was ihn umgab, tief und immer tiefer in seine eigene innere Finsternis fiel.

Claudia Vogt beobachtete ihren Kollegen skeptisch, als erwarte sie, er werde im nächsten Moment nach den nackten Brüsten greifen oder dem Widder einen Kuss aufdrücken.

„Irgendwelche Zeugen?"

Wichert machte ein mutloses Gesicht.

„Die Kollegen klingeln sich gerade durch die Nachbarschaft, sofern man das so nennen kann. Alle Wohnhäuser stehen ein gutes Stück entfernt, und dann sind da die Büsche und Bäume, dazu der Regen – unwahrscheinlich, dass jemand vom Fenster aus was gesehen hat. Und um die Zeit ist sicher auch keiner hier vorbeigekommen, um seinen Hund auszuführen. Der Junge, der sie gefunden hat, hat jedenfalls nichts gesehen, keine verdächtige Person, kein Fahrzeug. Dabei hat er den Täter wohl nur knapp verpasst. Die Kerzen waren noch nicht weit heruntergebrannt. Schwein gehabt, muss man wohl sagen – sonst hätten wir jetzt vermutlich zwei Leichen hier."

Er setzte seine Brille auf.

„Hört mal! Lasst uns direkt die Formalitäten klären. Ihr bearbeitet diesen Fall gemeinsam. Aber Hauptsachbearbeiterin ist Claudia, nicht nur wegen ihres höheren Dienstgrades und nicht nur auf dem Papier, verstanden? Harder, du hältst dich im Hintergrund. Und vor allem hältst du dich aus allem raus, was mit Presse zu tun hat. Das Einzige, was du zu Journalisten sagst, ist: kein Kommentar. Wenn dein Name im Zusammenhang mit dieser Sache in den Zeitungen auftaucht, werden die das zu einer noch größeren Sensation aufbauschen als sowieso schon. Vogt hat das Kommando. Und ich will kein Kompetenzgerangel. Kimmel macht jetzt schon Druck. Wir müssen schnell liefern. Hörst du mir zu, Harder?"

Harder nickte geistesabwesend. Wichert gab sich damit zufrieden. Es war offenbar mehr, als er erwartet hatte.

„Wirtz schätzt, dass der Zeitpunkt des Todes ungefähr

vierundzwanzig Stunden zurückliegt. Bei der Todesursache tippt er auf Blutverlust, wollte sich aber nicht festlegen, bis die Obduktion durch ist."

Er wandte sich an Claudia Vogt.

„Erste Einschätzung?"

Vogt trat vor, bedeutete Harder, beiseitezutreten (er tat es ohne Protest), damit er Wichert nicht den Blick auf die Tote versperrte, und benutzte ihren Kugelschreiber wie einen Zeigestock, mit dem sie auf die einzelnen Körperpartien wies.

„Die Wunden weisen deutlich auf sadistische Züge hin. Vermutlich hat er sie gefoltert, bevor er sie umbrachte. Mögliche sexuelle Störung, die dafür sorgt, dass er nur durch äußerste Gewaltausübung erregt werden kann. Eindeutige Fetischisierung. Die Enthauptung stellt den Höhepunkt seiner Folterung dar. Hier findet dann seine sexuelle Entladung statt. Gewalt- und Allmachtsfantasien – er straft sein Opfer für seine sexuelle Unzulänglichkeit – möglicher Mutterkomplex. Er liegt in einem tiefen Widerstreit mit sich selbst. Dieser drängte ihn zu der Tat. Er litt darunter, sie zu begehen, konnte sich jedoch nicht kontrollieren."

Sie blickte zu Wichert und Harder, als wollte sie sich vergewissern, dass sie ihr folgen konnten. Wichert stand leicht vorgebeugt, lauschte aufmerksam und kraulte nachdenklich seinen Bart. Harder studierte die Graffiti an den Wänden. Vogt ließ sich von seinem Gleichmut nicht beirren.

„Der Widderkopf", fuhr sie fort, „fungiert als Verfremdungsmittel, damit er sich einreden kann, er habe nicht einem Menschen, sondern bloß einem Tier solches Leid angetan. Gleichzeitig ist es ein Versuch, seine Tat rückgängig zu machen. Die Zurschaustellung ist ein Akt der Reue, seine Art, Verantwortung zu übernehmen, indem er auf sich aufmerksam macht, sich zur Bestrafung anbietet. Der Umhang, das Amulett, die Kerzen sind eine Beigabe, ein Wiedergutmachungsgeschenk, mit der er sich Sühne zu erkaufen versucht. Meine Vermutung lautet: Schizophrenie mit ausgeprägter

Psychose." Sie nahm den Stift herunter und trat von ihrem Forschungsgegenstand zurück. „Das ist natürlich an diesem Punkt lediglich Spekulation."

Wichert nickte anerkennend.

„Die Fortbildungen machen sich bezahlt, wie ich sehe."

Vogt schlug ihren Notizblock auf und hielt ihre Erkenntnisse fest. Sie antwortete, ohne aufzusehen:

„Das Wissen bildet die Grundlage. Darauf aufbauen muss man mit Beobachtungsgabe und Gespür."

„Verstehe. Harder? Harder!"

„Hm?"

„Hast du was anzufügen?"

Vogt klappte den Block zu. Sie stellte sich zu Wichert, verschränkte die Arme vor der Brust und sah ihn herausfordernd an.

Harder nahm einen Schluck aus seinem Kaffeebecher, fuhr mit der freien Hand in den Kragen seiner Lederjacke und kratzte sich am Nacken, während er die Tote von oben bis unten ins Auge fasste.

„Naja", sagte er. „Wenn Frau Kriminaloberkommissarin Vogt noch die Güte hätte, uns mitzuteilen, wo der Mörder am liebsten seine Brötchen kauft, bräuchten wir ihn nur noch beim Bäcker abzupassen, und der Fall wäre gelöst."

„Sehr witzig", sagte Vogt. „Ich merk schon, ich hätte mir das Psychologiestudium sparen können, wo ich doch jetzt mit einem Genie wie dir zusammenarbeiten darf, das alle Fälle im Schlaf löst und solche Kindereien wie ein Täterprofil nicht nötig hat. Aber ist schon okay. Wir haben es ja bloß mit einem Mord zu tun, da können wir ja ruhig hier rumstehen und blöde Witze reißen."

„Hey, kein Grund, beleidigt zu sein", sagte Harder. „Alles, was ich sage, ist, dass man sich mit dieser ganzen Profiler-Geschichte nicht von vorneherein total festlegen soll, nur weil das gerade in Mode ist. Wenn du mich fragst ..."

„Tu ich aber nicht", unterbrach ihn Vogt. „Nur weil du

keine Ahnung von wissenschaftlichen Grundlagen moderner Ermittlungsarbeit hast, heißt das noch lange nicht ..."

„Das reicht jetzt!"

Wichert trat zwischen sie wie ein Schiedsrichter, der zwei Boxer in ihre Ecken verweist.

„Spart euch die Ego-Show und konzentriert euch lieber darauf, den Kerl zu fassen. Noch irgendetwas Sinnvolles? Irgendwas, worin ihr euch einig seid?"

Vogt klemmte sich ihren Notizblock unter den Arm, steckte eine Hand in die Tasche ihres Blazers und blickte, nach einiger Überwindung, zu Harder hinüber, als biete sie ihm einen – vorübergehenden – Waffenstillstand an.

„Willst du oder soll ich?"

Harder war bereits wieder in die Betrachtung der Toten vertieft.

„Hm? Oh ja: Er wird es wieder tun!"

Er streckte die Hand nach ihr aus, hielt jedoch inne, seine Fingerspitzen wenige Zentimeter von ihrer Haut entfernt. Er brachte es nicht über sich, sie anzufassen, als würde, wenn er diese Verbindung zu ihr herstellte, der Schmerz, der sie durchfahren hatte, als das Messer wieder und wieder in ihren Körper eingedrungen war, auf ihn übergehen, ihn schreien lassen, wie sie geschrien, ihn leiden lassen, wie sie gelitten hatte. Die Panik, mit der sie versucht hatte, sich gegen ihren Mörder zur Wehr zu setzen, würde in ihm ausbrechen, alles auslöschen in ihm bis auf einen rasenden Überlebensinstinkt, an dem er sich blindlings festklammerte, bis er wie sie einsehen musste, dass es keine Rettung gab, dass niemand zur Hilfe käme, und er die schreckliche Erkenntnis mit ihr teilte, dass sie sterben würde. Noch die kleinste Berührung, wusste er, würde ihn die Angst spüren lassen, die sie umschlang, als ihre Kräfte sie verließen, ihre Verzweiflung im Todeskampf und die kalte Einsamkeit, die das Letzte war, was sie empfand. Es hätte ihn näher an sie herangebracht, ihm etwas mitgeteilt über sie und vielleicht sogar über das Monster, das sie so zugerichtet hatte. Aber er fand nicht den Mut, sich all dem zu öffnen, was sie durchmachen musste, bis der Tod ihr eine schäbige Erlösung gegönnt hatte. Er war nicht sicher, ob er es ertragen hätte.

Wicherts Stimme erreichte ihn kaum.

„Umso wichtiger, dass ihr euch dahinterklemmt. Wir müssen ihn aus dem Verkehr ziehen, bevor er sich die Nächste holt. Erste Schritte?"

Vogt schlug ihren Block auf.

„Anfrage ans Archiv nach Fällen von Tierverstümmelung, aktenkundige Gewalt- und Sexualstraftäter in Berlin und Umgebung, Taten der letzten zehn Jahre mit vergleichbarem Modus Operandi, neben der Spurenauswertung besonderes Augenmerk auf Material und Herkunft des Umhangs, Bestimmung der Symbole auf dem Amulett, eventuell Begutachtung durch einen Experten, Erkundigung bei Landwirten, Streichelzoos usw., ob ein Widder gestohlen wurde oder entlaufen ist und natürlich Identifikation des Opfers und Befragung von Familie und Freunden." Sie klappte ihren Block zu. „Wann findet die Obduktion statt?"

„Kulmbach wetzt schon die Messer. Er war nicht begeistert, dass ich ihn aus dem Bett geklingelt habe. Aber als er hörte, worum es geht, und dass es höchste Priorität hat, war er gleich hellwach. Wir bringen sie rüber nach Moabit, sobald wir hier fertig sind."

Vogt schaute sich in der Unterführung um, ließ ihren Blick noch einmal über die Tote gehen und prüfte ihre Aufzeichnungen.

„Von mir aus können wir. Wie sieht's bei dir aus, Harder?"

Er versuchte erneut, sich zu überwinden, gab es auf und zog seine Hand zurück, die die ganze Zeit über dicht vor ihr verharrt hatte.

„In Ordnung."

„Dann sei doch so nett und geh schon mal vor, Claudia. Ich muss noch kurz mit Thomas sprechen."

Es gefiel ihr nicht, außen vor gelassen zu werden. Aber sie wusste, dass Einspruch aussichtslos wäre, und so beschränkte sie sich darauf, einen Moment länger zu warten als nötig, bis sie Wicherts Aufforderung nachkam.

„Ich sage Wirtz Bescheid, dass er sie abholen soll, wenn ihr durch seid. Wir treffen uns am Wagen, Harder!"

Wichert wartete, bis sie die Unterführung durchquert, sich unter der Absperrung hindurchgeduckt hatte und hinter dem grellen Scheinwerferlicht verschwunden war. Er machte Anstalten, Harder an der Schulter zu fassen, entschied sich jedoch dagegen, als gehörten sich derlei Vertraulichkeiten in Gegenwart einer Toten nicht.

„Hör mal, Thomas, ich will offen mit dir sein. Nicht nur, weil ich dir das schuldig bin, sondern weil ich mich mies fühlen würde, dich ohne Warnung in ein Minenfeld laufen zu lassen. Dieser Fall wird eine Menge Aufmerksamkeit erregen, in der Presse, der Öffentlichkeit, bei unseren höheren Stellen. Du weißt, wie die Sache läuft: Wenn wir den Typen schnell erwischen, sind wir fein raus, dann kriegen wir Standing Ovations und einen Blumenstrauß von der Staatsanwaltschaft. Wenn wir's versauen, stehen wir allein da und wie immer hat keiner was damit am Hut. Warum ich dich zusammen mit Vogt darauf ansetze ..."

Harder, weniger zaghaft als sein Chef, klopfte ihm auf den Rücken. Wichert schien die Aufmunterung nötig zu haben.

„Lass gut sein, Klaus! Ich kann's mir denken: Wenn es gut ausgeht, ist sie die Heldin, wenn es schlecht ausgeht, bin ich der Arsch. Stimmt's?"

Wichert hob die Schultern und vergrub die Hände in die Taschen seiner Cordjacke.

„Was soll ich sagen? Einige Leute sind nicht begeistert davon, dass du zurückgekommen bist und denen ist es egal, dass die Untersuchungskommission dich freigesprochen hat. Die sehen nur dein vermeintliches Fehlverhalten, den Schaden für den Ruf des Dezernats, ganz abgesehen von denen, die sich von dir ans Bein gepinkelt fühlen – Kimmel vorneweg. Vogt“, er wies in Richtung der Scheinwerfer, „ist noch nicht lange bei uns, sie ist unbelastet und hat in Köln einige Fälle gelöst, die ihr viel Lob und einen guten Ruf eingebracht haben. Sie gilt als integer, zuverlässig, zupackend. In den oberen Etagen wird sie hoch gehandelt, eine echte Aufsteigerin, wenn sie es richtig anstellt. Ein Prestigefall wie dieser ist eine Chance für sie, sich hier einen Namen zu machen. Abgesehen davon müssen wir dem Dezernat nach außen hin ein anderes, ein frisches Gesicht geben, damit der ganze Scheiß endlich in Vergessenheit gerät. Und eine Frau macht sich da natürlich immer gut.“

Sein Blick driftete zu der Toten, als falle es ihm leichter sie anstatt Harder anzusehen.

„Ich kann dich nur bis zu einem gewissen Punkt schützen. Wenn du auf die Pensionierung zugehst, und ich habe ja nur noch ein paar Wochen, schwindet dein Einfluss. Mein Nachfolger sitzt schon in den Startlöchern, und das Erste, was er tun wird, ist, die Mordkommission aufzuräumen, ein Zeichen zu setzen als neuer Leiter. Der Name Harder steht ganz oben auf der Abschussliste und wenn du hier nicht lieferst, dich rehabilitierst, war es das wahrscheinlich für dich.“

In seiner Stimme klang Bedauern mit, jedoch das Bedauern über eine unumstößliche Tatsache, mit der er sich, auch wenn es ihm schwergefallen war, längst abgefunden hatte.

„Glaub mir, ich würde es ändern, wenn ich könnte. Aber das Einzige, was ich machen kann, ist dir zu sagen, wie die Dinge stehen.“

Harder nahm einen Schluck aus seinem Becher, schmeckte den kalt gewordenen Kaffee und spuckte ihn zurück.

„Ich weiß das zu schätzen, Klaus. Mach dir keinen Kopf! Wir kriegen das Arschloch, Vogt wird befördert und du kannst mit einem fetten Erfolg in der Tasche entspannt dem Ruhestand entgegenschweben.“

Wichert blickte ihn vorwurfsvoll an.

„Du weißt, dass es mir darum nicht geht. Ich liefere meine Leute nicht gern ans Messer, ganz besonders dich nicht."

Harder zuckte die Achseln.

„Ach, ist schon okay. Du weißt doch: Erst mit kaltem Stahl an der Kehle fühle ich mich richtig lebendig. Komm, lass uns gehen, sonst denkt Vogt noch, wir schmieden eine Verschwörung, um ihr ihren Notizblock wegzunehmen."

Für einen Moment standen sie noch beisammen und betrachteten die Tote, bevor sie sich umwandten und die Unterführung verließen. Sie blieb nicht lange allein. Andere kamen, montierten die Haken aus den Betonwänden und sammelten die zu Wachsstumpen geschmolzenen Kerzen ein. Sie lösten ihre Handgelenke aus den Ketten, legten sie auf eine Trage und brachten sie fort. Dann bauten sie die Scheinwerfer ab. Die Unterführung, nun dunkel, leer und kühl, sah aus, als sei sie nie hier gewesen. Und in gewissem Sinne war es ja auch so. Wo man tot war, dort war man nicht wirklich.

5

Das Konzert war nur für die Toten. Pavarotti gab trotzdem alles. Es wäre nicht fair, sich zurückzuhalten, nur weil das Publikum kalt war und nicht mehr atmete. Schließlich war er selber auch schon von der großen Bühne abgetreten. Aber das hielt ihn nicht davon ab, voller Inbrunst eine Arie aus Verdis „Otello“ zum Besten zu geben, als gelte es, mit seinem Gesang die Staatsoper zu füllen statt eines Sektionssaales, für den sich die Reichen und Schönen Berlins nicht gerade um Eintrittskarten rissen – zumal sie, wenn sie sich unfreiwillig hier einfanden, nicht etwa in einer Loge mit gepolsterten Sitzen, sondern auf den gleichen billigen Plätzen wie das gemeine Volk landeten. Abgesehen von dem steifen Publikum und der mangelhaften Akustik musste der große Tenor als weitere Demütigung hinnehmen, dass er bei dieser Aufführung nur die Zweitbesetzung war. Kaum war er über die ersten Takte hinausgelangt, als sich eine weitere Stimme erhob, ihn brutal beiseite schmetterte und sich gebieterisch ausbreitete, sodass sein Gesang zu einem kaum vernehmbaren Hintergrundgesäusel verkam. Es war nichts zu machen. Einem Rivalen, der über Herzschlag und funktionstüchtige Lungen verfügte, hatte Pavarotti nichts entgegenzusetzen, schon gar nicht, wenn er in eine Kompaktstereoanlage gesperrt war, deren technische Ausstattung seinem opulenten Gesangsvermögen nicht annähernd gerecht wurde.

Manfred Kulmbach nahm darauf keine Rücksicht. Das hier war seine Scala, sein Bolshoi Theater, seine Metropolitan Opera, wo er allein die Hauptrolle spielte und er duldete keine anderen stimmlichen Gottheiten neben sich. In diesen Kulissen, den gelbrot gekachelten Wänden, den Tischen aus Stein und Stahl (drei davon belegt), den Tabletts mit dem Sezierbesteck und den Metallkommoden mit den Waagen für die Organe, war er allein Otello, Rodolfo, Radames oder der Herzog von Mantua. Hier konnte er sich der ungeteilten

Aufmerksamkeit seines (toten) Publikums sicher sein, auch wenn das Kostüm, in dem sein Hünenleib steckte, immer das gleiche war (ein blauer Kittel mit Plastikschürze), und sein Rampenlicht aus Neonröhren strahlte. Den Kopf mit dem schulterlangen, welligen Haar weit zurückgeworfen, seine Pranken, die eher angetan schienen, einen Vorschlaghammer oder eine Motorsäge statt eines Skalpells zu handhaben, seitlich erhoben und die Brust vorgereckt, trieb er seine Stimme virtuos über zweieinhalb Oktaven. So machte er dem Spitznamen alle Ehre, den ihm ein Schlauberger vor Ewigkeiten verpasst hatte: Orpheus – was den Obduktionssaal folgerichtig zu seiner persönlichen Unterwelt erklärte. Bei seinem Gesang, hieß es, gingen selbst den Toten die Herzen auf – und bei den Widerspenstigen half er mit Säge und Messer nach.

Harder und Vogt standen an der Tür, warteten, dass der Vorhang fiel und hofften, dass Orpheus es bei den Zugaben, die er sich selbst bewilligte, heute bei einer einzigen bewenden ließe. Vogt stand sehr gerade, die Knöpfe ihres Blazers geschlossen, die Hände vor dem Körper zusammengelegt, im Gesicht einen feierlichen Ernst, der von Todesehrfurcht zeugte, der Entschlossenheit, den Verstorbenen mit Achtung zu begegnen und sich dabei nicht einmal von einem singenden Gerichtsmediziner aus der Fassung bringen zu lassen.

Harder lehnte an der Wand und aß einen Döner. Die strafenden Blicke, mit denen Vogt ihn bedachte, erwiderte er mit zustimmendem Lächeln, als habe sie sich erkundigt, ob es ihm schmecke.

„Hattest du schon das Vergnügen?“, fragte er und wies mit seinem Imbiss in den Saal. „Oder ist das für dich Premiere?“

Vogt nahm die Gelegenheit, ihrem Unmut Luft zu machen, dankbar an.

„Ich bin kein Frischling, Harder. Ich habe schon Leichen gesehen, und zwar mehr, als mir lieb ist. Ich war schon dutzende Male in Obduktionssälen, und nein: Ich bin nicht ohnmächtig geworden und ich hab mich auch nicht übergeben.

Also blas dich mal nicht so auf, nur weil du früher mal der große Berliner Mordmacker warst! Die Zeiten sind vorbei, wenn ich mich nicht irre. Und sich hier so ein Ding reinzuziehen, geht übrigens gar nicht!"

Harder schlürfte einen Streifen Krautsalat ein.

„Ich meinte eigentlich bloß, ob du Orpheus schon singen gehört hast ... Und das hier, naja: Wenn ich hier in der Gegend bin, kann ich nicht widerstehen, vor allem, wenn ich die ganze Nacht nichts gegessen hab. So einen guten kriegst du nicht mal in Kreuzberg."

Er hielt ihr den Döner hin.

„Willst du mal beißen?"

Sie blickte auf die Fladenbrottasche, als biete er ihr die Eingeweide zum Verzehr an, die im Laufe einer Obduktion in Orpheus' Organschüsseln landeten.

„Hab ich genuschelt?", fragte sie. „Es gehört sich nicht, sich hier den Bauch vollzuschlagen. Außerdem bin ich Rohköstlerin."

„Echt?"

Harder genehmigte sich noch einen Happen.

„Das wär nichts für mich. Ich mag mein Fleisch gut durch."

Vogt blickte starr nach vorn, auf Orpheus, den es vor lauter Hingabe an die Musik jeden Augenblick zu zerreißen schien. Die Toten um ihn sahen allerdings nicht aus, als würden sie gleich vor Begeisterung von den Tischen springen.

„Das heißt, dass ich mich vegan ernähre, du Höhlenmensch."

Harder kaute genussvoll.

„Kein Fleisch?"

„Nein."

„Hühnchen?"

„Auch nicht."

„Fisch?"

„Kein Fleisch, kein Huhn, kein Fisch, keine Milch, keine Eier, kein Joghurt. Reicht dir das?"

Harder hielt im Kauen inne und überlegte.

„Kaffee?“

„Grüner Tee.“

„Zigaretten?“

„Kaugummi.“

„Alkohol?“

„Bevor du auch noch nach Sex fragst – kürzen wir das ab: Ich rauche nicht, ich trinke nicht, ich esse keinen Süßkram. Ich gehe joggen, mache Yoga und Pilates und meditiere. Haben wir das geklärt? Außerdem ist Döner so ziemlich das Ekelhafteste, das man mit viel gutem Willen gerade noch als Essen durchgehen lassen kann und er wird nicht appetitlicher, wenn man ihn zwischen Leichen verzehrt. Ernsthaft – hast du keinen Respekt vor den Toten?“

Harder blickte in die Reste von Brot, Fleisch und Salat in weißer Soße.

„Wieso? Meinst du, die nehmen mir die Knoblauchfahne übel? Damit gehör ich hier immer noch zu denen mit dem besseren Atem. Bei dem Aroma, das Orpheus' Kundschaft ausdünstet, kannst du froh sein, wenn mein Mundgeruch das Schlimmste ist, das du heute zu riechen bekommst.“

„Tu mir nur einen Gefallen und mampf das Ding auf, bevor es losgeht. Wenn du auf unsere Tote kleckerst, häng ich dir ein Disziplinarverfahren an.“

Nun, da sie ihren Standpunkt deutlich gemacht hatte, entspannte sie sich ein wenig. Sie wies auf den Riesen in Kittel und Schürze und schüttelte den Kopf. Die Klänge, die seinem weit aufgerissenen Mund entströmten, steigerten sich zu einem pompösen Finale, das die Scheren, Zangen und Klemmen auf den Tabletts zum Zittern brachte.

„Warum ist der nicht an die Oper gegangen, anstatt hier den Toten was vorzusingen?“

Harder schluckte den letzten Bissen und wischte sich den Mund mit der Serviette ab, mit der er das in dünnes Papier gewickelte Kebab gehalten hatte.

„Widerstreitende Leidenschaften. Er hat neben seinem Medizinstudium eine klassische Gesangsausbildung absolviert, kleinere Auftritte gehabt und nach seinem Abschluss sogar versucht, an der Oper unterzukommen. Aber sein Autopsiefaible war dann doch stärker – oder vielleicht hat es mit dem Gesang nicht ganz gereicht – und als es dann darum ging, eine Entscheidung zu treffen ... während einer Opernaufführung darf man halt nicht an Leichen herumhantieren. Höchstens in modernen Inszenierungen. Hier kann er beides. Außerdem hat er dadurch ein gesichertes Einkommen. An Toten herrscht nie Mangel."

Vogt starrte Kulmbach missmutig an.

„Und müssen wir jetzt allen Ernstes hier rumstehen und uns einen Hörsturz holen, bis er so gütig ist, endlich Ruhe zu geben und seine Arbeit zu machen?"

Harder kratzte sich einen Fleischfaden aus den Zähnen.

„Das gehört bei ihm nun mal zum Ritual. Es ist besser, ihn aussingen zu lassen. Sonst wird er pampig. Du weißt, wie diese Künstler sind."

Vogt schüttelte den Kopf.

„Nein, weiß ich nicht, und ehrlich gesagt habe ich kein Verständnis für diese Zeitverschwendung. Die Kollegen von der Kriminaltechnik haben ihre Fotos gemacht, Fingerabdrücke genommen, die Fingernägel abgeschnitten und so weiter und sitzen wahrscheinlich schon im Labor über dem Mikroskop oder jagen die Daten durch den Computer. Und wir kommen nicht voran, weil so ein Möchtegern-Troubadour sich nicht damit zufriedengeben kann, unter der Dusche zu trällern wie andere Menschen auch. Ich meine, ein singender Gerichtsmediziner – was für ein Schwachsinn! Mir reicht es jedenfalls. Wir haben verdammt noch mal einen Mordfall zu klären! "

Bevor Harder noch etwas erwidern und sie davon abhalten konnte, war sie schon vorgetreten, um dem Konzert ein frühzeitiges Ende zu setzen.

Aber es war nicht mehr nötig. Orpheus ließ den letzten Ton ausklingen und auch Pavarotti verstummte, erleichtert, schien es, dass der ungleiche Kampf ausgestanden war. Wirtz, der dem Spektakel von einer Ecke aus beigewohnt hatte, sprang vor und reichte Kulmbach ein Handtuch. Er war ein dürres Männlein mit spitz zulaufendem, spärlich bewachsenem Kopf, dessen Nase geeignet schien, einem Gesprächspartner bei einer unbedachten Bewegung ein Auge auszustechen. Er war so blass, dass man sich, wenn er sich auf einen der Tische gelegt und tot gespielt hätte, nicht mal die Mühe gemacht hätte, seinen Puls zu fühlen. Allerdings ließ die Rastlosigkeit, die in seinem mageren Leib steckte, es zweifelhaft erscheinen, dass er imstande wäre, länger als eine halbe Minute still zu halten. Wenn Kulmbach nicht gerade eine seiner Gesangseinlagen darbot, bei denen er allen umliegenden Raum für seine weitgreifenden Gesten in Anspruch nahm, flatterte Wirtz beständig um seinen Chef herum, kam seinen Handgriffen zuvor und erfüllte seine Anweisungen, bevor sie ausgesprochen waren. Es wäre nicht weiter verwunderlich gewesen, wenn er ihm auch noch die Locken aus dem Gesicht gestrichen oder ihn an schwer zugänglichen Stellen gekratzt hätte. Er war, wie Harder wusste, ein fähiger Rechtsmediziner und hätte sich leicht an einem anderen Institut einen leitenden Posten verschaffen können. Aber er zog es vor, in Orpheus' ausladendem Schatten ein Dasein als dienstbarer Geist zu führen.

Orpheus wischte sich den Schweiß vom Gesicht, sichtlich zufrieden mit seiner Darbietung, und trank in einem Zug das Glas Wasser leer, das Wirtz ihm reichte. Er streifte sich Handschuhe über seine großen, haarigen Hände und trat an den vorderen der steinernen Obduktionstische, auf dem sich unter einem blauen Tuch die Umrisse der Toten aus der Unterführung abzeichneten.

Harder knüllte Papier und Serviette zusammen, die er mit gekonntem Wurf in der Abfalltonne neben der Tür versenkte.

„Kann's losgehen, Maestro?“

Er stellte sich Orpheus gegenüber an den Tisch und stützte sich auf die Kante der Steinplatte, in die eine Ablaufrinne mit Abfluss eingelassen war. Vogt folgte ihm, hielt jedoch eine Schrittlänge Abstand zum Tisch. Wirtz schob einen Rollwagen mit Sezierbesteck heran, griff die Spitzen des Tuches und streifte es zurück, wie man ein Kunstwerk enthüllt, an das der Künstler letzte Hand legen will.

Die Tote lag auf dem Rücken, die Arme gerade neben dem Körper. Der Umhang und das Amulett waren entfernt worden, sodass sie sich nun vollständig nackt darbot. Die Haut war käsig-weiß im Neonlicht. Die vielen Stellen, an denen sie zerschnitten und zerstochen war, schimmerten in dunklem Violett. Die schweren Brüste waren zur Seite gerutscht, als wollten sie Platz für einen Skalpellschnitt in den Brustkorb machen. Der Widderkopf, der auf den Schultern saß, war durch seine gewölbten Hörner leicht angehoben, sodass er die Vorgänge an seinem neuen, fremdartigen Körper aufmerksam zu verfolgen schien.

Kulmbach sprach in das Diktiergerät, das Wirtz ihm hinhielt, wobei der kleinere Mann darauf achtete, ihm nicht im Weg zu sein. Nicht nur im Gesang war Kulmbachs Stimme volltönend, auch jetzt schien er großen Wert auf Atemtechnik und Betonung zu legen.

„Datum ist der 15. Mai, Sektionssaal der Gerichtsmedizin Berlin, 5 Uhr 45. Die Obduktion wird durchgeführt von Manfred Kulmbach und Werner Wirtz, als Zeugen sind anwesend die Kommissare Claudia Vogt und Thomas Harder. Der Leichnam ist weiblich. Das Alter beträgt ungefähr 25 Jahre. Die Körpergröße kann aufgrund des abgetrennten und nicht vorhandenen Kopfes lediglich geschätzt werden. Sie liegt bei etwa 165 cm. Gewicht, wiederum ohne Kopf, 78,5 Kilogramm. Zahlreiche Stich- und Schnittwunden am gesamten Oberkörper, aber auch an den Armen.“

„Sie hat sich gewehrt“, sagte Harder und zeigte auf die

Einschnitte unterhalb des Ellenbogens. „Sie hat um ihr Leben gekämpft."

Vogt hatte Notizblock und Kugelschreiber gezückt und schrieb mit.

„Ich hoffe, sie hat dem verdammten Dreckskerl die Nase gebrochen", sagte sie.

Harder schaute sie von der Seite an. Aber sie blickte nicht auf. Kulmbachs Miene verhehlte nicht, dass solche wenig zweckdienlichen Bemerkungen während der Prozedur nicht erwünscht waren. Harder kannte das von ihm. Auch am Obduktionstisch hatte er das Gebaren einer Diva, bei der man jederzeit damit rechnen musste, dass sie sich auf ein falsches Wort hin schmollend in ihre Garderobe zurückzog. Wirtz übernahm es, Vogt mit einem tadelnden Blick zu belegen und somit dafür zu sorgen, dass sein Meister seinen Vortrag wieder aufnehmen konnte.

„Aufgrund starken Blutverlustes nur geringe Ausprägung von Totenflecken von der hinteren Rumpfwand bis zu den vorderen Achsellinien, aber auch im vorderen Rumpfbereich."

Vogt hatte sich wieder im Griff. Ihre Stimme war tonlos und ließ keinen Verdacht mehr zu, dass ihre Anteilnahme an der Toten auf etwas anderem als rein fachlichem Interesse beruhte.

„Sie hat nach ihrem Tod also eine Weile gelegen?"

Kulmbach nickte. Aber es war Wirtz, der die Beantwortung der Frage übernahm. Seine Stimme war, wie er selbst, weitaus dünner als die seines Chefs, zudem sprach er hastig und neigte dazu, Silben zu verschlucken, sodass man genau hinhören musste, um alles aufzuschnappen, was er von sich gab.

„Sowohl auf dem Rücken als auch auf dem Bauch. Erst nachher wurde sie in die Haltung versetzt, in der sie gefunden wurde. Sonst wäre das Blut in die Füße gezogen."

Vogt tippte mit ihrem Kugelschreiber auf das Papier.

„Einige Stunden brauchte er, um sie herzurichten. Dann

hat er gewartet, bis es Nacht war und er sie in die Unterführung bringen konnte."

Harder betrachtete den Leichnam wie eine neue Bekanntschaft, über die er zum ersten Mal etwas Persönliches erfuhr.

„Er hat sich viel Zeit für sie genommen."

Kulmbach drückte mit dem Finger auf einen der purpurnen Flecken. Die Haut darunter wurde hell.

„Die Livores lassen sich wegdrücken. Da die Leiche unbekleidet kühler Luft ausgesetzt wurde, können wir aus einer Temperaturmessung keine verlässlichen Rückschlüsse ziehen."

Er hob eine der Hände und befühlte sie. Sie lag steif in seinem Griff.

Wirtz erklärte.

„Die Totenstarre hat voll eingesetzt und noch nicht wieder nachgelassen. Ihr Todeszeitpunkt liegt vermutlich zwischen 24 und 36 Stunden zurück."

„Trotz der starken Blutungen", ergänzte Kulmbach, „ist an der Leiche, abgesehen von dem unmittelbaren Bereich um die Wunden, äußerlich kein Blut zu finden."

Vogt machte eine Notiz.

„Er hat sie gereinigt. Aber nicht nur, um seine Spuren zu verwischen. Er wollte, dass sie gut aussieht, wenn sie gefunden wird." Sie beugte sich über die tote Hand auf ihrer Seite des Tisches, berührte sie jedoch nicht. „Ihre Fingernägel sind rot lackiert. Noch nicht lange her. Möglich, dass er das war. Aber es passt nicht recht zu der sonstigen Aufmachung. Vielleicht hat sie sich für ihn zurechtgemacht. Das kann natürlich auch Zufall sein und er hat sie sich auf dem Weg zu einer Verabredung geschnappt. Aber wenn wir berücksichtigen, wie ... intim er nach ihrem Tod mit ihr umgegangen ist, welche Mühe er sich mit ihr gegeben hat, sollten wir die Möglichkeit in Betracht ziehen, dass sie sich kannten."

Sie wartete, dass der Rechtsmediziner seine Untersuchung fortsetzte. Aber Kulmbach starrte nur geistesabwesend auf die Tote, als wisse er nichts mehr mit ihr anzufangen.

„Wirtz!", rief er plötzlich und schnippte mit den Fingern. „Ich glaube, jetzt hab ich's!"

Er trat vom Sektionstisch zurück und holte tief Luft, wodurch er an Umfang beachtlich zu gewinnen schien. Er hob die Arme, riss den Mund auf und ließ erneut italienischen Gesang erschallen. Wirtz fing ihn mit dem Diktafon auf. Als die letzte Note verklungen war, ließ Orpheus die Arme sinken.

„Und?"

Wirtz, der sich in Sachen musikalische Leidenschaft seinem Chef angepasst hatte, wiegte den Kopf.

„Ein wenig zu viel Timbre und das zweigestrichene G kam doch etwas arg voluminös."

Er spulte das Band zurück und ließ Kulmbach die Aufnahme hören. Der Rechtsmediziner lauschte mit geschlossenen Augen und verzog das Gesicht.

„Verdammt! Ich dachte, ich hätte es. Wir kümmern uns später noch mal darum."

Er kehrte an den Tisch zurück. Vogt hob die Augenbrauen.

„Verzeihung", sagte Kulmbach, legte in das Wort aber weniger echtes Bedauern als gekränkten Künstlerstolz und eine leichte Herablassung darüber, dass sie die Pracht seiner Stimme nicht zu würdigen wusste. „Aber wenn die Muse zubeißt ... Weiter! Die Wunden ...", er befühlte einen der Einstiche, „sind gereinigt und versorgt worden, nachdem sie schon tot war. Sie wurden sogar vernäht, allerdings ziemlich ungeschickt. Sieht nach gewöhnlichem Garn aus. Zudem weisen sie Spuren einer weißlichen, cremigen Substanz auf."

Kulmbach roch an seinem Finger.

„Kamillensalbe. Erst vor Kurzem aufgetragen."

„Wie fürsorglich."

Vogt blickte Harder an, verzichtete aber auf Triumph in ihrer Stimme.

„Ich habe doch gesagt, dass er versucht hat, seine Tat rückgängig zu machen."

Harder wies auf den Widderkopf.

„Aber dann hätte er auch das hier beheben und ihr ihren Kopf wieder aufsetzen müssen. Oder meinst du, er hat sich aus seiner Sammlung aus Versehen den falschen gegriffen und das Missgeschick nicht bemerkt?“

Kulmbach nahm das Skalpell, das Wirtz ihm reichte, durchtrennte die Fäden, die eine der Wunden zusammenhielten und zog sie vorsichtig auseinander.

„Die Wunde ist nicht tiefer als ungefähr vier Zentimeter. Verwendet wurde vermutlich ein Messer mit kurzer, nicht gezackter Klinge, das mit viel Kraft in den Körper getrieben wurde. An Rumpf, Armen und Beinen finden sich außer den Stichen keine weiteren äußeren Verletzungen, weder Hämatome noch Kratzspuren. Der Kopf ...“

Die Tür wurde aufgestoßen und Klaas Keilmann, ein blonder Schlacks mit wippender Haartolle, Medizinstudent und Kulmbachs ewiger Praktikant, strebte herein, windschief und mit weiten Schritten, als liefe er auf Steinen über einen reißenden Fluss.

„Holla, die Waldfee!“ Er lehnte sich schräg über die Tote. „Ich hab ja schon viel gesehen, aber das hier ...“

Kulmbach würgte ihn ab.

„Du wohnst bei deiner Mutter im Keller und deine weiteste Reise ging nach Müritz – mit deiner Mutter. Gar nichts hast du gesehen! Und jetzt hör auf zu quatschen und montier mal den Widderkopf da ab!“

„Zu Befehl!“

Keilmann bemerkte Vogt und studierte ihre Figur mit einer Bewunderung, die alles andere als wissenschaftlicher Natur war. Er setzte zu einem weiteren „Holla“ an, zügelte seine Begeisterung jedoch im letzten Moment. Harder vermutete, dass sein Umgang mit attraktiven Frauen sich auf jene Gelegenheiten beschränkte, an denen eine von ihnen auf seinem Obduktionstisch landete. Der Charme, den er jetzt entfaltete, bewirkte wahrscheinlich bei den Toten wie den Lebenden eine ähnliche Wirkung.

„In Müritz hatten wir zwar ein Doppelzimmer", erklärte er Vogt, als hätte sie sich danach erkundigt, „aber getrennte Betten. Und es ist nicht alles schlecht daran, noch im Haus seiner Mutter zu wohnen. Wir haben zum Beispiel einen großen Garten mit Apfelbäumen. Im Schuppen mache ich meinen eigenen Cidre. Mögen Sie Cidre?"

Vogts Stimme war trocken wie Sägemehl.

„Haben Sie die Erfahrung gemacht, dass Frauen zugänglich reagieren, wenn man sie neben einer Leiche anbaggert?"

Keilmann konterte mit jungenhaftem Grinsen.

„Man muss immer schauen, wo man seine Stärken am besten ausspielen kann. Zwischen den ganzen Toten kommt man als Lebender ganz schön sexy rüber, finden Sie nicht?"

Vogt gab sich alle Mühe ihr Lächeln zu verbergen, um ihn bloß nicht noch weiter zu ermutigen. Es gelang ihr fast vollständig. Aber eine leichte Krümmung ihrer Mundwinkel entging dem aufmerksamen Anatomen nicht und sorgte dafür, dass sein Gesicht sich mit dunklen Flecken sprenkelte. Kulmbach riss ihn unbarmherzig aus der Glückseligkeit über seinen kleinen Erfolg.

„Keilmann, mach voran!"

„Jawohl, Chef!"

Er fischte sich ein Paar Handschuhe aus der Packung und zog sie über. Er untersuchte die Verbindung zwischen Kopf und Schultern, fasste den Widder bei den Hörnern und bewegte ihn sachte hin und her.

„Das scheint verleimt zu sein. Da muss ich sägen."

Er hakte die Bügel einer Schutzbrille aus Plastik über seine Ohren, griff die Oszillationssäge und setzte sie an der Verbindungsstelle an. Das Sägeblatt surrte durch das Gewebe und trennte voneinander, was nie zusammengehört hatte. Wirtz hob den Widderkopf auf, legte ihn in das Waschbecken am oberen Ende des Tisches und reinigte den offenen Hals mittels des Schlauches, der an der Tischseite angebracht war. Anschließend trug er ihn in einer Schale zu einer der

Metallkommoden, auf der bereits der rote Umhang mit der Holzspange, das Amulett an dem Lederriemen und die Ketten lagen, an denen die Tote aufgehängt worden war.

Keilmann legte das Werkzeug beiseite, nahm die Schutzbrille ab und richtete seine Haartolle.

Kulmbach betrachtete die rötlichschwarze Schnittstelle am Rumpf. Keilmann nahm eine Kamera, die auf einer der Kommoden lag, und machte mehrere Aufnahmen.

„Ihr Kopf wurde postmortal abgetrennt", sagte Kulmbach. „Keine Sägespuren. Verwendet wurde ein scharfer Gegenstand."

„Möglicherweise eine Axt oder ein Beil", fügte Wirtz an. „Die Enthauptung erfolgte vermutlich durch einen einzigen, mit großer Kraft geführten Schlag."

Vogt konzentrierte sich auf ihre Aufzeichnungen, um nicht aus Versehen Keilmanns Blick zu begegnen, der immer wieder zu ihr herüberwanderte, als sei sie der Untersuchungsgegenstand, um den es hier ging. Auf keinen Fall wollte sie ihn zu weiteren halsbrecherischen Flirt-Vorstößen ermutigen. Sie wartete nur darauf, dass er die Kamera auf sie richtete, um ihr Foto nachher in seinem Kellerzimmer anschmachten zu können – eine Vorstellung, die sie noch gruseliger fand als einen Sektionssaal voller Leichen.

„Hat er tatsächlich Leim benutzt?"

„Sieht so aus. Wir werden eine Probe im Labor untersuchen. Okay, sehen wir uns die Rückseite an."

Die beiden Rechtsmediziner und der Praktikant fassten die Tote an Armen und Schultern und wälzten den schweren Körper herum. Auch am Rücken wies sie zahllose notdürftig genähte Wunden auf. Was jedoch stärker die Aufmerksamkeit auf sich zog, waren die Schriftzeichen. Elf Zeilen, mitunter durch Wunden unterbrochen, waren in ihr Fleisch geritzt. Jede Zeile enthielt eine Vielzahl kleiner, eng aneinandergesetzter kantiger Zeichen.

Kulmbach sprach in das Diktafon.

„In den Rücken sind fremdartige Buchstaben geschnitten. Auch dies wurde nach dem Tod durchgeführt. Verwendet wurde ein breites Messer oder ein Haken. Die Wunden sind an den Rändern zerfurcht."

„Er hat bei jedem Zeichen mehrmals angesetzt", sagte Wirtz, „und unterschiedlich tief eingeschnitten. Er hat offenbar viel Sorgfalt darauf verwandt, damit es lesbar wurde."

Keilmann fotografierte und auch Vogt holte ihr Handy hervor und machte eine Nahaufnahme.

„Seine Mühe in allen Ehren, aber das nützt uns leider nicht viel. Oder kann einer von euch das entziffern?"

„Ich weiß nicht einmal, was das für eine Schrift ist." Harder fuhr eines der Zeichen mit dem Finger nach, ohne es zu berühren. „Jedenfalls ist es nicht kyrillisch und soweit ich weiß, gibt es auch keine derartigen asiatischen Zeichen."

„Sieht mittelalterlich aus", schlug Keilmann vor. „Wie Runen in alten Handschriften aus Klöstern und so."

„Das würde zumindest zu dem Umhang und dem Amulett passen, das sie um den Hals trug." Vogt machte noch ein Foto im Querformat. „Da kümmern wir uns später drum. Weitere Auffälligkeiten?"

Keilmann wies auf die linke Hinterbacke, ein wenig schuldbewusst, als fürchte er, Vogt könne es ihm übel nehmen, dass er einer anderen Frau (und sei es einer toten) auf den Hintern schaute.

„Da ist noch etwas, eine Markierung."

„Ein Brandzeichen", stellte Kulmbach fest. „Drei ineinander verschlungene Kreise. Tief ins Fleisch gebrannt, mit einem heißen Eisen. Auch das nach ihrem Tod."

Er wartete, bis Vogt mit ihrem Handy darauf eingezoomt und den Auslöser betätigt hatte.

„In Ordnung. Gehen wir ans Eingemachte."

Sie drehten die Leiche wieder auf den Rücken.

Wirtz übernahm die Kamera, um jeden weiteren Schritt der Obduktion zu dokumentieren. Keilmann setzte das Skalpell an.

„U-Schnitt?“

Harder fragte sich, ob der junge Praktikant Vogt auf diese Weise sein Feingefühl gegenüber Frauen beweisen wollte. Bei weiblichen Leichen verwendeten Rechtsmediziner mitunter einen Schnitt von einer Schulter über den Bauch bis hinauf zur anderen, damit, falls die Tote in einem Kleid mit Ausschnitt beerdigt werden sollte, die Obduktionsnarben darunter verborgen blieben. In diesem Fall war der rücksichtsvolle Gedanke, wenn auch lobenswert, so doch überflüssig. Kulmbach sah es genauso.

„Ich denke, bei dieser Trauerfeier wird der Sarg geschlossen bleiben, selbst wenn der Kopf noch auftauchen sollte.“

Keilmann nickte, nicht ohne Betroffenheit, und schickte sich an, einen Längsschnitt vom Hals bis zur Hüfte vorzunehmen, damit Haut und Fettgewebe wie ein Mantel zur Seite aufgeklappt und der Brustkorb freigelegt werden konnte. Wirtz reichte Kulmbach bereits die Rippenschere. Vogt verzog spöttisch den Mund, als Harder sich vom Obduktionstisch abstieß.

„Hätte nicht gedacht, dass du zartbesaitet bist. Oder hast du Angst vor Spritzern auf deiner Jacke?“

„Das nicht. Aber das“, er deutete auf die drei Männer, die sich mit ihren teils recht vorsintflutlich anmutenden Instrumenten an der Toten zu schaffen machten, „bringt mich immer in Verlegenheit. Das ist etwa so, als würde ich eine lebendige Frau beim Umziehen überraschen, verstehst du?“

Sie dachte darüber nach.

„Nein. Und ich bin auch ganz froh drum.“

Keilmann senkte das Skalpell ein. Harder wandte sich ab und schlenderte durch den Sektionssaal, begleitet von der volltönenden Stimme des Rechtsmediziners, der die einzelnen Schritte der Innenbesichtigung zu Protokoll gab. Eins nach dem anderen entnahm er die Organe und reichte sie Keilmann, der sie auf eine Waage legte und das Gewicht verkündete.

Harder ging hinüber zu der Metallkommode, auf der Wirtz den Widderkopf abgestellt hatte. Er zog sich ein Paar Handschuhe aus der Box, die daneben stand, und streifte sie über. Er hob den Kopf auf, betrachtete ihn von allen Seiten und hielt ihn sich vor das Gesicht. Mit sanften Augen glotzte ihn der Widder an. Harder betastete das dünne Fell, die kräftigen Hörner und die Ohren, ohne etwas zu finden. Er öffnete ihm das Maul und blickte hinein. Es war zwar nichts drin, kein Zettel, kein Stofffetzen, keine Schmetterlingslarve oder sonst eine Botschaft. Dafür machte er eine andere Entdeckung: Der Widder roch angenehm nach Pfefferminz.

„Vogt! Komm mal rüber!"

Sie bedauerte es offenbar nicht allzu sehr, dass er sie von der Toten und dem Blick auf ihre Eingeweide wegbeorderte, die Kulmbach, Wirtz und Keilmann, nachdem sie sie in Streifen geschnitten und Gewebeproben entnommen hatten, recht lieblos und mitsamt den Tüchern, die sie verwendet hatten, zurück in den aufklaffenden Brustkorb stopften.

„Hier, riech mal!"

Er hielt ihr den Widderkopf hin.

„Mach keinen Blödsinn mit den Beweismitteln, Harder! Die sind nicht zum Spielen."

„Ich meine es ernst!"

Widerwillig nahm sie den Widderkopf und roch. Sie stutzte.

„Der hat ja weniger Mundgeruch als du mit deinem Döner-Muff. Und das will was heißen bei einem toten Tier. Was meinst du, was das soll? Hat er ihm die Zähne geputzt und ihm zusätzlich noch eine Ladung Mundwasser in den Rachen gekippt?"

„Er hat auch die Hörner auf Hochglanz gewienert. Ich glaube, er hat sogar eine Politur verwendet. Wir haben es wohl mit einem Perfektionisten zu tun."

„Zumindest nach dem Mord. Der war ja wohl ein ziemliches Gemetzel."

„Vielleicht ist da was schiefgelaufen. Er hat gepatzt."

„Hoffen wir, dass das nicht sein einziger Fehler war und dass wir daraus Kapital schlagen können."

Sie stellte den Widderkopf zurück in die Metallschale.

„Und was meinst du zu dem anderen Zeug? Wegen des Umhangs, der Kerzen und der Ketten habe ich schon Nachforschungen angeleiert – woraus sie bestehen, woher man so was kriegt, ob sich das zurückverfolgen lässt. Aber was ist mit dem Ding hier?"

Sie hob das Amulett an dem Lederriemen auf, das in eine durchsichtige Plastiktüte verpackt war.

„Irgendeine Idee?"

Sie zog das Amulett aus der Tüte – die Kriminaltechnik hatte die Beweismittel bereits untersucht und freigegeben – und ließ es vor Harders Gesicht baumeln. Es war eine flache, mattglänzende Metallscheibe, auf der, angeordnet in Kreisen, verschiedene, teils ineinander verschlungene Formen, Verzierungen und Symbole eingraviert waren.

Harder befühlte die Oberfläche.

„Sagt mir gar nichts. Aber es passt zu den Schriftzeichen auf ihrem Rücken. Da gibt es sicher einen Zusammenhang."

Vogt legte das Amulett zurück auf die Kommode und machte mehrere Handyfotos.

„Ich habe schon jemanden aufgetan, der uns hoffentlich etwas darüber sagen kann. Zu dem fahren wir, wenn wir hier fertig sind." Sie wies auf die Männer am Sektionstisch. „Ich denke, es wird nicht mehr lange dauern, bis die drei ..."

Die Tür öffnete sich ein weiteres Mal und der Sektionssaal füllte sich mit der einnehmenden Präsenz, wie sie etwa einem Schiffskommandanten auf der Brücke oder einem General bei der Lagebesprechung innewohnt (allerdings einem, mit dem die Mannschaft anschließend noch entspannt ein Bier trinken gehen kann). Der Mann, der sie scheinbar unbewusst ausstrahlte, wies allerdings weder militärische Züge noch die Raubeinigkeit eines erfahrenen Seebären auf. Unter seiner sorgfältig rasierten Glatze blickten wache Augen aus einem ernsthaften, jedoch nicht verbissenen Gesicht, dessen etwas zu breite Nase von einem sanften Mund unterstrichen war. Sein Körper, in einen schicken, dabei sportlich geschnittenen Anzug gekleidet, war durchtrainiert, ohne dass ihn jedoch eine Überladung Muskeln an seinem elastischen, zielstrebigen Schreiten gehindert hätte. Neben den schwarzen Turnschuhen, die sein Outfit vervollständigten, hätte ein Tennisschläger unter dem Arm gut zu ihm gepasst. Stattdessen hing über seiner Schulter eine Kuriertasche aus Leder. Er nickte den drei Rechtsmedizinern im Vorübergehen zu, während er geradlinig auf Vogt zusteuerte.

Aber es war Harder, der ihn als Erster begrüßte.

„Wir haben schon auf Sie gewartet, Kimmel." Er wies auf einen der leeren Sektionstische. „Machen Sie sich einfach frei und strecken Sie sich aus. Wir sind sofort für Sie da."

Es schien in etwa der Willkommensgruß, den Boris Kimmel erwartet hatte, und keiner, der ihn aus der Ruhe brachte.

„Sie sehen scheiße aus, Harder", erwiderte er. „Wie immer eine Schande für Ihren Beruf. Wann haben Sie sich zum letzten Mal rasiert?"

Harder befühlte die Stoppeln an seiner Wange.

„Keine Ahnung. Welcher Tag ist denn heute? Nehmen Sie es mir nicht übel, Herr Staatsanwalt. Wenn ich gewusst hätte, dass wir uns heute begegnen, hätte ich mich natürlich entsprechend zurechtgemacht und mir noch schnell aufs T-Shirt gekotzt. Wenn wir uns noch ein bisschen unterhalten, kann ich das aber in kurzer Zeit nachholen."

„Lassen Sie nur! Wenn Sie sich schon ausnahmsweise mal was anderes als Alkohol und Nikotin zu Gemüte geführt haben, sollten Sie es auch bei sich behalten. Nicht, dass Sie meinetwegen einen Schwächeanfall erleiden und umkippen."

Kimmel wandte sich an Vogt.

„Was haben wir bisher?"

Sie konsultierte ihren Notizblock.

„Möglicherweise waren Opfer und Täter miteinander

bekannt. Wir haben sie noch nicht identifizieren können, aber ich habe bei der Vermisstenstelle eine Anfrage gestellt und die entsprechende Beschreibung durchgegeben."

„Von einer Frau ohne Kopf?"

Sie ging über Harders Einwurf hinweg.

„Der Täter, sofern wir es mit einem einzigen zu tun haben, ist mit ziemlicher Sicherheit männlich. Sein Vorgehen zeugt von hohem Kraftaufwand und äußerster Brutalität, aber es hat auch etwas sehr Strategisches. Er verfügt über einen Ort, an dem er über lange Zeit hinweg ungestört ... arbeiten kann. Er ist mobil. Ich tippe auf einen Kleintransporter, in dem er eine ausreichend große Ladefläche hat. Ich gehe davon aus, dass er die Gegend um den Fundort der Leiche gut kennt und die Unterführung vorher ausgekundschaftet hat. Wir befragen mögliche Zeugen auch danach, ob ihnen in den letzten Tagen jemand aufgefallen ist. Er hat der Toten auch diverse Gegenstände beigegeben und außerdem so etwas wie eine Nachricht auf ihr hinterlassen, die uns, wenn wir sie entschlüsselt haben, sicher weitere Rückschlüsse erlaubt. Einen entsprechenden Experten werden der Kollege Harder und ich heute Vormittag konsultieren."

Kimmel nickte.

„Okay, das klingt ja schon mal aussichtsreich. Gute Arbeit bis hierhin. Machen Sie weiter so, Frau Vogt, damit wir die Sache schnell in den Griff kriegen. Ich brauche Ihnen nicht zu sagen, wie viel da dranhängt."

Er zog einen Kugelschreiber und eine Visitenkarte aus seiner Anzugtasche, schrieb etwas auf die Rückseite der Karte und reichte sie Vogt.

„Das hier ist meine persönliche Durchwahl. Halten Sie mich auf dem Laufenden."

„Selbstverständlich. Vielen Dank, Herr Staatsanwalt!"

Kimmel drückte ihr die Hand.

„Viel Erfolg!", sagte er und wandte sich um, ohne Harder auch nur noch einen Blick zu gönnen.

Die Kommissare sahen ihm nach, wie er mit zügigen, federnden Schritten den Sektionssaal durchquerte, sich im Vorübergehen von Kulmbach, Wirtz und Keilmann verabschiedete und durch die Tür verschwand. Ihre Mienen hätten unterschiedlicher nicht sein können.

„Ein beachtlicher akrobatischer Akt", sagte Harder. „Zwei Menschen, die sich zur gleichen Zeit gegenseitig in den Arsch kriechen. Da muss man gelenkig sein. Ich schätze, da kommt dir das Yoga zugute. Hätte nur noch gefehlt, dass du rot anläufst, und anfängst zu kichern, als er dir seine Nummer gegeben hat. Schreibst du abends über den in dein Tagebuch und malst Herzchen an den Rand?"

Vogt las die Visitenkarte.

„Was soll ich sagen? Der ist halt ein Charmebolzen. Da könntest du dir ruhig was von abgucken. Abgesehen davon setzen eben nicht alle von uns ihren Ehrgeiz darauf, ihre Karriere zu ruinieren, es sich mit allen zu verderben und mit Vierzig in den Frühruhestand geschickt zu werden." Sie verstaute die Karte in ihrem Portemonnaie. „Was hat der übrigens für ein Problem mit dir?"

Harder kraulte den Widderkopf zwischen den Hörnern.

„Ach, das hängt alles an dieser Sache letztes Jahr. Du kennst die Chose, oder?"

„Jeder kennt die Chose. Skandal, Empörung, Rücktritte, Schuldzuweisungen, öffentlicher Aufruhr und Verschwörungen in den Hinterzimmern. Der Sturz des großen Harder!"

„Ein spitzen Filmtitel! Ich nominiere Russel Crowe für die Titelrolle."

„Träum weiter! Eher Danny DeVito."

„Jedenfalls war Kimmel der zuständige Staatsanwalt und hat am Rande ein bisschen was abgekriegt, kleiner Karrieredämpfer, für den er mir nicht unbedingt dankbar ist." Er dachte kurz nach. „Ich habe auch mal einen schmutzigen Zweizeiler über ihn an die Wand der Herrentoilette im Landgericht geschrieben. Ich weiß gar nicht mehr, womit ich seinen Namen gereimt habe ... Aber ich schätze, es liegt vor allem an dieser Mordgeschichte damals."

Er klopfte dem Widder noch einmal freundschaftlich die Wangen.

„Komm, lass uns mal schauen, wie weit die Leichenfledderer sind."

Sie kehrten an den Sektionstisch zurück. Wirtz war gerade damit fertig, den Einschnitt in der Brust der Toten zu vernähen. Keilmann reinigte sie mithilfe des Schlauchs von Blut und Gewebeflüssigkeit, mit der sie durch die Innenschau besudelt worden war. Kulmbach war dabei, seine befleckten Handschuhe abzustreifen. Harder besah sich noch einmal die Tote, die, wenn es ihnen nicht gelang, sie zu identifizieren und ihrem Mörder auf die Spur zu kommen, aller Voraussicht nach ohne Kopf in einem Grab ohne Namen auf dem Stein landen würde.

„Noch irgendetwas von Belang?"

Kulmbach warf die Handschuhe in eine der Tonnen für medizinischen Abfall.

„Keines der inneren Organe weist Verletzungen auf. Die Todesursache ist somit eindeutig der hohe Blutverlust."

Wirtz machte sich an die Reinigung des Sektionsbestecks.

„Auf die Laborergebnisse müssen wir eine Weile warten."

Keilmann stellte das Wasser ab.

„Ich setze mich gerne mit Ihnen zusammen, um sie durchzusprechen, Frau Kommissarin."

„Danke, aber ein Anruf genügt. Im Dezernat", fügte sie rasch hinzu, als sie merkte, in welche Freude ihn die Aussicht versetzte, an ihre Telefonnummer zu kommen. „Die Kollegen leiten das dann an uns weiter."

Keilmann wollte noch einen Einwand vorbringen und darlegen, warum eine persönliche Unterredung zwischen ihnen unerlässlich war. Aber eine Gruppe von Männern und Frauen, die plaudernd in den Sektionssaal strömte, hinderte ihn daran und ersparte Vogt eine weitere Verlegenheit und ein höhnisches Grinsen von Harder. Die neu hinzugekommenen Rechtsmediziner und Assistenten, Praktikanten und Gastärzte begutachteten zuallererst die kopflose Leiche und den Widderkopf, ließen sich von Kulmbach, Keilmann und Wirtz über sie unterrichten und drückten Fassungslosigkeit, Abscheu oder Faszination aus, bevor sie sich über den Saal verteilten und dafür sorgten, dass auch die übrigen Toten die ihnen gebührende Aufmerksamkeit erhielten. Harder und Vogt verabschiedeten sich. Geplauder, Gelächter, einsetzende fachliche Diskussionen, Sägengekreisch und das Geschepper von Besteck begleiteten sie zur Tür. Darüber erhob sich, wie zur Schlussarie ihres Besuches, Orpheus' mächtige Stimme, die den Toten ihr letztes Ständchen brachte.

6

Der Professor war ein Pornostar. Natürlich versuchte er, es zu verhehlen – Schmuddelfilme machten sich nicht gut in der Publikationsliste eines Universitätsangestellten. Er gab sich gutbürgerlich mit seiner leichten grauen Sommerhose und der dünnen Großvaterstrickjacke über dem hellblauen Hemd. Auch seine Haltung im Sessel hinter dem Schreibtisch war perfekt einstudiert: Aufmerksam vorgelehnt, die Hände zusammengelegt, dazu der freundliche Blick über den Brillenrand – man hätte ihm beinahe abkaufen können, dass er nichts weiter war als ein freundlicher, hilfsbereiter Altertumsforscher. Aber Harder war sicher, ihn früher in mindestens einem Dutzend einschlägiger Produktionen gesehen zu haben. Seine Haare, die, nach hohem Ansatz, weich, wollig und in Locken auslaufend bis auf die Schultern reichten, waren ebenso ergraut wie die breiten Koteletten. Seine Wangen waren fülliger geworden und er hatte sich ein kleines Doppelkinn zugelegt. Aber was Harder anging, war er immer noch unverkennbar der Hauptdarsteller von *Wuschige Wikinger*, *Lustvolle Laborantinnen* und anderen Klassikern, die in Harders Pubertät maßgeblich zu seiner Aufklärung beigetragen hatten.

„Ich möchte mich erst einmal ganz herzlich dafür bedanken, dass Sie sich die Zeit nehmen, uns zu helfen, Herr Professor! Mein Kollege, ich und das gesamte Dezernat sind Ihnen sehr verbunden."

Vogt merkte wie üblich gar nichts. Dabei dachte dieser Typ, während er bescheiden lächelte, als sei ihm die Aufmerksamkeit unangenehm, wahrscheinlich an nichts anderes als daran, wie er sie von ihrem Stuhl riss und sie auf den Schreibtisch warf, um zwischen ledergebundenen Wälzern und mittelhochdeutschen Wörterbüchern seine früheren Triumphe noch einmal aufleben zu lassen.

„Aber ich bitte Sie! Wo es sich doch um ein Verbrechen

handelt. Da helfe ich selbstverständlich gern. Das ist doch eine Bürgerpflicht."

Er spielte seine Rolle gut, musste Harder zugeben, von seinem gemessenen Auftreten bis hin zu der ruhigen, vertrauenerweckenden Stimme. Und wer hätte auch vermutet, dass ein gealterter Berufsbumser sich am Institut für Klassische Philologie der Humboldt-Universität festsetzte? Aber so leicht, beschloss Harder, würde er sich nicht täuschen lassen. Er würde ihn schon zwingen, sich ihnen zu offenbaren.

Vogt reichte dem Professor die malvenfarbige Mappe, die sie auf dem Schoß gehalten hatte.

„Wir sind keine Experten. Aber es kommt uns so vor, als ob die Tat, die Art und Weise, wie die Tote hergerichtet wurde, einen mittelalterlichen Bezug aufweist. Wir brauchen Sie, um uns zu sagen, ob wir mit dieser Vermutung richtigliegen und um uns darüber aufzuklären, was es mit diesen Gegenständen und Zeichen, die wir gefunden haben, auf sich hat."

„Dann lassen Sie doch mal sehen, was wir da haben."

Der Professor nahm die Mappe und legte sie vor sich auf die Schreibtischunterlage. Harder beobachtete jede seiner Bewegungen, um zu sehen, ob sich in der Art, wie er einige Bücher beiseiteschob, sich in seinem Sessel zurechtsetzte und seine Brille geraderückte, nicht sein wahres Ich, den professionellen Lüstling, verriet. Einen anderen Namen hätte er sich aussuchen sollen, fand er. Theo Stechert war beileibe nicht das unverfänglichste Pseudonym – es sei denn, er wollte den Eingeweihten gerade dadurch einen Fingerzeig auf seine ruhmvolle Vergangenheit liefern.

„Sie müssen mit ihrem geschwollenen Verstand tief und hart in die Materie eindringen!"

Aber die Reaktion, auf die er gehofft hatte, ein verschwörerisches Nicken, ein Grinsen der Verbundenheit, ein anzügliches Befeuchten der Lippen mit der Zungenspitze, blieb aus. Der Professor, anstatt wenigstens ertappt zu erröten, blickte ihn lediglich verdattert an.

Vogt kam ihm zu Hilfe.

„Was mein Kollege sagen will, ist, dass wir Sie bitten möchten, sich alles gründlich und vorbehaltlos anzusehen und es ganz objektiv zu beurteilen."

Es genügte nicht ganz, die Verwirrung im Gesicht des Professors zu tilgen. Doch öffnete er die Mappe und nahm die Fotos heraus, die Vogt auf dem Dezernat von ihrem Handy auf den Computer geladen, auf DIN A4-Format vergrößert und ausgedruckt hatte. Vogt nutzte die Gelegenheit, Harder eine Grimasse zu schneiden, die die Frage „Was soll der Scheiß?", unmissverständlich ausdrückte. Er zog die Schultern hoch, als begreife er nicht, was er falsch gemacht haben sollte. Sie bedeutete ihm, sich zurückzuhalten. Er ergab sich ihrer Weisung, indem er ihr seine Handflächen zeigte und sich in seinem Stuhl zurücklehnte. Während sie ihre Pantomime aufführten, besah sich der Professor das erste Foto. Es war eine Aufnahme der Toten in der Unterführung.

„Meine Güte", murmelte er. „Das ist ja ... abscheulich. Kaum vorzustellen, dass ein Mensch zu so etwas fähig ist." Er fasste sich, sein Tonfall wurde sachlich. „Ein Wesen mit Widderkopf und menschlichem Leib gehört nicht eindeutig in den Kanon mittelalterlicher Fantasiegeschöpfe, wie wir sie in den sogenannten Bestiarien beschrieben oder abgebildet finden. Man könnte es im weitesten Sinne in der Fabeldichtung verorten, wo zwar derartige Schimären nicht auftreten, jedoch Tiere mit menschlichen Charakterzügen ausgestattet sind. Jedes Tier steht dort für eine bestimmte Eigenschaft. Der Widder, oder Bellyn, wie er in der Fabel heißt, steht wie das Schaf für Angst und Schwäche, aber auch für Klugheit."

„Das könnte auf das Bild hindeuten, das der Täter von seinem Opfer hat."

Harder lehnte sich über den Tisch und tippte mit dem Finger auf das Foto.

„Haben Sie sich die gewaltigen Hörner angesehen? Ganz

schöne Oschis, was? Damit konnte der bestimmt kräftig zustoßen!“

Hilflos sah ihn der Professor über den Rand seiner Brille hinweg an.

„Ja, ich meine, zweifelsohne eindrucksvoll ... ich sehe nur nicht, welchen Zusammenhang ...“

„Fällt Ihnen noch etwas auf?“

Vogt zeigte Harder heimlich ihre zur Klaue verkrampfte Hand, als wollte sie ihn würgen. Er fand sie übertrieben empfindlich. Wie hätte sie denn reagiert, wenn sie sich plötzlich einem Helden ihrer Jugend gegenübergesehen hätte?

Der Professor widmete sich wieder dem Foto.

„Der Umhang mutet tatsächlich an wie höfische Tracht. In Verbindung mit den Kerzen und den Ketten – ich verstehe Ihren Gedankengang. Das Ganze hat ein ansatzweise mittelalterliches Gepräge, wobei mir schleierhaft ist, was jemand damit bezwecken will. Meines Wissens gibt es keinerlei mittelalterliches Ritual, auf das mit einer solchen Aufmachung hingewiesen werden könnte. Es wirkt doch recht willkürlich, fachlich alles andere als fundiert, wenn ich das so sagen darf, als hätte jemand bestimmte Elemente, die an sich nichts miteinander zu tun haben, nach eigenem Gutdünken miteinander kombiniert.“

„Der Täter konstruiert sein eigenes Ritual, meinen Sie?“

„Ich kenne mich damit nicht besonders gut aus. Aber es hat zumindest den Anschein, nicht wahr?“

Harder griff sich den Brieföffner, ein kleines Artusschwert, das in einem Felsblock aus Marmor steckte, und vollführte einige anzügliche Stiche in der Luft, die auf den Professor jedoch keine sichtbare Wirkung hatten. Eins musste Harder ihm lassen: Der Typ war eiskalt. Auf einen Ellenbogenstoß von Vogt hin, der ihn in die Seite traf, steckte er das Schwert zurück in den Felsblock.

„Äh ja, und das Amulett?“, fragte Harder. „Kommt Ihnen da was?“

Der Professor steckte das Foto hinter die übrigen und besah sich die Nahaufnahme des Anhängers.

„Nun, das hier hat ganz eindeutig mittelalterlichen Bezug.“ Er wirkte erfreut, etwas Bekanntes entdeckt zu haben. „Es handelt sich um ein Sigillum Dei, ein sogenanntes Siegel Gottes. Es wird in der magischen Literatur des Spätmittelalters erwähnt. Sehen Sie“, er drehte das Foto, sodass Vogt und Harder es sehen konnten, „das Kreisband am Rand enthält 72 lateinische Buchstaben, die zusammengenommen den Namen Gottes ergeben. Innerhalb des Kreises befindet sich ein Pentagramm, darin ein griechisches Tau, eingefasst von den griechischen Buchstaben des Gottesnamens. Um das Pentagramm ist ein Heptagon gezogen, das mit den Namen von sieben Engeln beziehungsweise Erzengeln beschriftet ist. Des Weiteren“, er zeigte mit dem Finger, „finden wir hier ein zweites und ein drittes Heptagon, mit Kreuzen und wiederum Gottesnamen versehen. Warten Sie!“

Er stand aus seinem Sessel auf und trat an eines der Regale, die sich an den Wänden seines Büros entlangzogen. Er war ein wenig hüftsteif, bemerkte Harder. Der Preis, dachte er, für eine lange und erfüllte Karriere im Showgeschäft und ein möglicher Grund, in ein weniger körperliches Betätigungsfeld zu wechseln. Das Fachwissen, das Stechert an den Tag legte, reichte jedenfalls nicht, ihn von der hingebungsvoll gespielten Rolle zu überzeugen. So etwas konnte man sich schließlich in den Drehpausen anlesen oder bei Wikipedia recherchieren. Der Professor fuhr mit dem Finger die Bücherrücken entlang, bis er fand, was er suchte, und griff ein schweres Buch aus dem Regal. Er schlug es auf, blätterte, bis er die richtige Seite fand, und legte es vor Harder und Vogt auf den Schreibtisch. Eine Doppelseite zeigte ein gutes Dutzend schwarz-weißer Zeichnungen verschiedener Gottessiegel.

„Sie sehen, dass es Varianten gibt. Aber die Symbole und ihre Anordnung sind im Großen und Ganzen immer gleich. Der Rest ist künstlerischer Ausdruck. Das hier“, er wedelte mit dem Foto, „ist offensichtlich kein mittelalterlicher Gegenstand, sondern ein modernes und nicht sehr hochwertiges Material, das mit ebenfalls modernem Werkzeug bearbeitet wurde, und das nicht einmal besonders geschickt. Allerdings ist die Ausführung überaus gewissenhaft und detailliert." Er legte das Foto neben das Buch, sodass Harder und Vogt es mit den Zeichnungen vergleichen konnten. „Alle Zeichen sind vorhanden und ihre Zusammenstellung entspricht den Abbildungen und Beschreibungen, die uns vorliegen."

Harder hob das Foto auf.

„Und wozu soll das Ding gut sein?"

Eine jungenhafte Begeisterung erhellte das Gesicht des Professors.

„Mit ihm konnte ein Magister der ars magica, also ein Meister der Kunst der Magie, Macht über alle Geschöpfe erlangen. Nur die Erzengel waren ausgenommen."

„Klar. Das wäre ja auch sonst übertrieben."

In seinem Eifer überhörte der Professor Harders Bemerkung.

„Das Siegel ermöglichte es ihm außerdem, mit göttlichen Wesen in Verbindung zu treten, um mit ihnen ein Zusammenwirken einzugehen, Hilfe von ihnen zu erlangen, indem er sich ihrem Einfluss öffnete."

„Unsichtbar macht das Ding aber nicht auch noch, oder?"

Der Professor sah ihn an, als gehöre es sich nicht, sich spöttisch über solch bedeutsame Belange zu äußern. Vogt beeilte sich, ihn abzulenken.

„Sie meinen, unser Täter versucht, irgendwelche übermenschlichen Wesen zu beschwören, Geister und Dämonen?"

„Oder sie zu bannen, ja. Die Tote mit dem Widderkopf, ihre Aufmachung, die Ketten und all das sind offenbar Bestandteile seines Rituals. Vielleicht war die junge Frau eine Art Opfergabe, mit der er bestimmte Dämonen gütlich stimmen oder sie sich untertan machen wollte."

Harder stand von seinem Stuhl auf und streckte sich, dass sein Rückgrat knackte.

„Na spitze! Ein Spinner von der Sorte größenwahnsinniger Weltbeherrscher mit selbst gebastelter Fernbedienung für Dämonen und anderes Höllenzeug. Drunter machen wir's ja auch nicht."

Er trat an die Regale, zog probeweise einige der Bände heraus und lugte dahinter, stieß jedoch auf keine geheime DVD-Sammlung mit nackten Tatsachen auf den Covern.

„Wer kennt sich mit so etwas aus?", fragte Vogt.

Der Professor setzte sich wieder in seinen Sessel.

„Dafür braucht man kein Fachmann zu sein. Jeder, der sich ein wenig mit der entsprechenden Literatur beschäftigt, mit Magie und obskuren Bräuchen, Kulten und Sekten, wird über kurz oder lang darauf stoßen. Die Forschung dazu ist recht umfangreich und Sie können sich denken, dass bei einem dermaßen spannenden Thema von komplexer Fachliteratur bis zu sensationsheischenden Populärartikeln alles vertreten ist. Auf welcher Ebene sich Ihr Täter hier bewegt, wie sehr er in mittelalterlicher Literatur bewandert ist und welchen Zweck er mit seinem Vorgehen genau verfolgt, kann ich bedauerlicherweise ohne weitere Informationen nicht bestimmen. Sie brauchen jedenfalls keinen Fachmann, der Ihnen sagt, wie skurril das alles ist."

Vogt langte über den Tisch und zog aus dem Stapel der Fotos jene hervor, die den Rücken der Toten zeigten.

„Vielleicht liefert uns das hier näheren Aufschluss. Was halten Sie davon?"

Der Professor rückte seine Brille zurecht und studierte die Inschriften in der Haut der Toten.

„Runenschrift. Ganz eindeutig. Runen geben entweder einen einzelnen Laut oder einen Begriff wieder, können aber auch Zahlen darstellen oder als magische Zeichen verwendet werden. Sie wurden etwa in Waffen geritzt, um mächtige Funktionen zu beschwören. Auch bei religiösen Texten wurden sie eingesetzt. Wir haben zahlreiche Beispiele für Klostermanuskripte, etwa in der Stiftsbibliothek von St. Gallen, deren althochdeutsche Texte in Runengeheimschrift verfasst sind. Das Wort Rune bedeutet übrigens Geheimnis. Sie waren vor allem in Skandinavien gebräuchlich, aber durchaus auch in unseren Breiten. Es gibt zahlreiche Varianten. Diese hier ... Warten Sie kurz! Wir haben in unserer Institutsbibliothek Bücher, die uns helfen könnten, das zu entschlüsseln."

Mit diesen Worten stand er auf und verließ das Büro. Harder wartete, bis er zur Tür raus war, setzte sich in den Sessel hinter dem Schreibtisch und durchwühlte die Schubladen, ohne etwas anderes zu finden als Unterlagen, Stifte, Büroklammern und Briefumschläge.

Vogt machte sich nicht einmal die Mühe, sich darüber aufzuregen oder ihn davon abzuhalten. Harder nahm es als Zeichen, dass sich langsam ein Vertrauensverhältnis zwischen ihnen entwickelte.

„Was soll das werden?“, fragte sie nur. „Glaubst du, er hat den Kopf unserer Toten in seinem Schreibtisch?“

Unbeirrt wühlte Harder weiter.

„Nenn es kriminalistisches Gespür. Aber ich traue dem Typen nicht. Ich habe das Gefühl, er verheimlicht uns was!“

„Lass den Mist und schau dir lieber mal das hier an!“

Harder gab seine Suche widerwillig auf und stellte sich hinter ihren Stuhl, um ihr über die Schulter zu sehen.

Vogt schlug die Seite ihres Notizbuches um.

„Ich habe vorsorglich schon mal im Internet recherchiert: Berliner Gebäude mit mittelalterlichem Hintergrund, Museen, Ausstellungen, Sammlungen von Stichen, Kunstwerken oder Handschriften. Wenn wir wissen, was es mit der Inschrift auf sich hat, haben wir damit schon mal einige Anlaufstellen und können schnell agieren, schneller hoffentlich, als unser Täter es erwartet."

Harder wies auf die vollgeschriebene Seite.

„Wann hast du das alles gemacht?“

„In der Rechtsmedizin, als ich pinkeln war. Wozu hat man ein Smartphone?“

„Du löst Mordfälle auf der Toilette? Was noch? Fingerabdruckanalyse beim Zähneputzen und Zeugenvernehmungen unter der Dusche?"

„Nur bei besonders attraktiven Zeugen."

Der Professor kehrte zurück, einen Stapel Bücher unter dem Arm, die er vor Harder und Vogt auf dem Schreibtisch platzierte. Er schlug das oberste auf, blätterte, bis er die richtige Seite fand, und legte das Foto mit den Schriftzeichen daneben.

„Hier, das müsste es sein", murmelte er. „Dann wollen wir mal sehen ..."

Es klopfte an der Tür, die, ohne eine entsprechende Aufforderung des Professors, auch sogleich geöffnet wurde. Ein junger Mann, der bei der Ankunft der Kommissare mit einem dicken Aktenordner im Foyer des Instituts am Kopierer gestanden hatte, betrat das Büro. Er war Mitte zwanzig, schlank und ohne sichtliche Muskelbildung, sodass Schultern und Rumpf ziemlich geradlinig, ohne nennenswerte Wölbungen oder Verschmälerungen, in die Hüften übergingen. Das hellbraune Haar trug er nach links gescheitelt und mithilfe von Gel an den Seiten streng nach hinten gekämmt. Sein Gesicht war jungenhaft, mit weicher Haut ohne erkennbaren Bartwuchs. Seine braunen Augen waren groß, als staune er unentwegt über etwas.

„Entschuldigen Sie, Herr Professor, hätten Sie einen Moment, ich ...", er bemerkte Harder und Vogt. „Oh, Entschuldigung, ich wusste nicht, dass Sie in einer Besprechung sind."

Anstatt sich jedoch zurückzuziehen, blieb er in der Mitte des Zimmers stehen und schien darauf zu warten, den Besuchern vorgestellt zu werden. Der Professor versuchte, ihm mit einem Blick zu verstehen zu geben, dass eine Störung ungelegen kam. Doch seine Bemühung blieb ohne Wirkung, sodass er, wollte er die unangenehme Stille beenden, nicht umhinkam, ihm seinen Wunsch zu erfüllen.

„Das ist mein Doktorand, Jochen Schleifer. Das sind, warten

Sie mal, ob ich das mit dem Dienstrang richtig hinkriege: Frau Kriminaloberkommissarin Vogt und Herr Kriminalkommissar Harder."

„Kriminalkommissare? Wirklich?" Der junge Mann schüttelte erst Vogt, dann Harder die Hand. „Na, so was haben wir hier auch nicht oft. Worum geht es denn?" Seine Aufregung über eine polizeiliche Ermittlung, vielleicht gar ein Verbrechen am Institut schien ihn jede Zurückhaltung vergessen zu lassen. Er stellte sich neben den Professor und lugte auf das Foto. „Runenschrift? Wo sind Sie denn darauf gestoßen?"

Vogt betrachtete ihn belustigt. Es war kaum vorstellbar, dass dieses Bürschchen alt genug sein sollte, um seinen Doktor zu machen. Man hätte ihm höchstens zugetraut, dass er gerade das Abitur abgeschlossen hatte. Der Blick jedoch, mit dem er das Foto betrachtete, sprach von Kenntnis und Sachverstand und bewegte sie dazu, ihn in das Gespräch einzubinden.

„Kennen Sie sich damit aus?"

„So einigermaßen. Ich habe das Thema letztes Semester in einem Proseminar behandelt. Lassen Sie mal sehen – vielleicht ist bei mir noch was hängengeblieben."

Er streckte die Hand nach dem Foto aus, das Stechert ihm nur widerwillig reichte, als teile er nur ungern den Ruhm, einen wesentlichen Beitrag zur Aufklärung einer Straftat geleistet zu haben. Vogt wunderte es nicht. Wahrscheinlich, dachte sie, war es das Spannendste, was ihm in einem Leben aus Vorlesungen, Fachartikeln und Konferenzen jemals passiert war. Aber auch Schleifer schien die Abwechslung vom grauen akademischen Alltag mehr als willkommen. In seinem jugendlichen Überschwang nahm er auf die Befindlichkeiten seines Doktorvaters keine Rücksicht.

„Meine Güte", stieß er aus, nachdem er das Bild genauer in Augenschein genommen hatte. „Wurden sie jemandem in die Haut geritzt?"

„Wir glauben, dass derjenige, der das getan hat, uns etwas

mitteilen will“, sagte Vogt. „Vielleicht will er uns einen Hinweis auf seine Motive oder sein nächstes Opfer geben, uns etwas über sich selbst verraten und dadurch eine Verbindung zu uns aufbauen. Bei einem bestimmten Tätertyp ist das nicht ungewöhnlich.“

Harder lehnte sich an das Bücherregal und schlug ein Bein vor das andere. Er holte Tabak, Filter und Blättchen heraus und begann, sich eine Zigarette zu drehen.

Schleifer betrachtete die Aufnahmen eine Weile.

„Das hier ist eine relativ simple Variante. Jede Rune steht für einen einzelnen Buchstaben. Darf ich?“

Er nahm dem Professor das Buch aus der Hand und blätterte ein paar Seiten weiter, bis er eine Auflistung von Runen fand, die jenen auf dem Rücken der Toten recht genau zu entsprechen schienen. Ein paar Minuten verbrachte er damit, sie miteinander abzugleichen. Schließlich blickte er auf.

„Das kommt mir bekannt vor.“

Vogts Kugelschreiber schnellte auf das Papier.

„Können Sie es uns übersetzen?“

„Das brauche ich gar nicht“, sagte Schleifer. „Das hat schon jemand erledigt.“

Er trat an das Regal, stöberte eine Weile zwischen den Büchern und zog schließlich eines heraus, das er Vogt hinhielt. Der Titel des Buches lautete *Fatrasien*, verfasst von einem gewissen Ralph Dutli. Schleifer blätterte, bis er die richtige Seite gefunden hatte, räusperte sich und las vor:

„Ein Furz mit zwei Ärschen
zog sein kirchliches Gewand an,
um Grammatik zu lehren,
und ein gehörnter Kater
machte sich zum Einsiedler
und zog das Büßerhemd an.
Ein Stück graugesprenkelten Ärmels
sagte zu ihnen: „Zieht Euch zurück!“

Er brachte sie singend zum Schweigen,
als der Schatten eines Holunders
herbeilief, ihm die Hose runterzuziehen."

Er blickte von dem Foto auf.

„Das ist alles."

Vogts Kugelschreiber hatte nach der Hälfte stillgehalten. Ohne Begreifen schüttelte sie den Kopf.

„Was ist das? Irgendein Rätsel? Will er Spiele mit uns spielen? Hat das überhaupt irgendetwas mit dem Mittelalter zu tun, oder ist das einfach nur das, wonach es klingt – vollkommener Schwachsinn?"

„Ist doch ganz klar!", sagte Harder. „Wir suchen einen Furz mit zwei Ärschen. Gib schon mal die Fahndungsmeldung raus! Ich schlage vor, dass wir in der Zwischenzeit vorläufig alle Berliner Proktologen festnehmen, öffentliche Toiletten überwachen, Apotheker nach Käufern ungewöhnlicher Mengen Abführ- oder Durchfallmittel befragen und Websites ausspähen, auf denen Rezepte für Bohnengerichte ausgetauscht werden."

„Spar dir die Witze! Es reicht mir schon, dass unser Täter offenbar ein Scherzkeks ist."

„Das ist kein Schwachsinn", merkte Schleifer an. „Jedenfalls nicht nur."

„Es hat tatsächlich mit dem Mittelalter zu tun", bestätigte der Professor, „auch wenn es nicht unbedingt den Texten entspricht, die die meisten Leute so kennen."

„Fatrasien", erklärte der Doktorand, „sind eine mittelalterliche Form der Unsinnspoesie. Die frühesten Beispiele, die wir kennen, stammen aus dem Frankreich des 13. Jahrhunderts. Fatrasien verknüpfen Lyrisches und Obszönes, Feinsinniges und Derbes. Ihr Zweck ist es, zu verwirren, zu verblüffen, zum Lachen zu bringen. Sie versinnbildlichen die *Verkehrte Welt*, in der alle Regeln auf dem Kopf stehen oder grotesk verzerrt sind. Diese hier", er zeigte auf das Foto, „ist

Teil der sogenannten Fatrasien aus Arras, einer Sammlung von 55 Gedichten aus Nordfrankreich." Er schloss das Buch und klopfte mit dem Knöchel auf den Einband. „Kann jeder hier nachlesen."

Der Professor nickte. Er schien seinem Mitarbeiter die unverlangte Einmischung nicht mehr übel zu nehmen. Im Gegenteil wirkte er froh, dass ihm die Pflicht abgenommen war, sich näher mit dieser Angelegenheit zu befassen. Mit Unbehagen blickte er auf die ins Fleisch der Leiche geritzten Zeichen, auf das Foto des Gottessiegels und jenes, das die Tote in ihrer gesamten grausigen Aufmachung in der Unterführung zeigte, als sei ihm mit einem Mal klar geworden, dass es sich bei all dem nicht um Attrappen handelte, nicht um irgendwelche verstaubten Forschungsgegenstände oder die etwas makabre, aber harmlose Inszenierung eines Theaterstücks.

Vogt hatte sich Stichpunkte notiert. Jetzt blickte sie von ihrem Block ratlos zu Harder, der in aller Ruhe einen Filter vor den Tabak schob, das Blättchen leckte und die Zigarette zusammenrollte, als habe er jeden Tag mit derlei Absonderlichkeiten zu tun. Schleifer nahm die restlichen Fotos vom Schreibtisch und sah sie durch. Er betrachtete eine Weile das Gottessiegel, bevor er sich dem Brandzeichen auf der Toten widmete.

„Das hier sagt mir nichts. Das hat, wenn Sie mich fragen, mit dem Mittelalter nichts zu tun. Jedenfalls habe ich etwas in dieser Art noch nirgendwo gesehen. Das hier wiederum", er hielt Vogt das Foto aus der Unterführung hin, „passt wieder recht gut. Sehen Sie? Die Verfremdung der Toten, eine Kombination aus Mensch und Tier – wie in den Fatrasien vermischen sich hier Dinge, die nicht zusammengehören. Dazu haben wir, wenn ich es richtig erkenne, elf Kerzen. Die Zahl Elf spielt auch in den Fatrasien eine wichtige Rolle. Eine Fatrasie besteht aus elf Versen. Gleichzeitig hat die Zahl einen starken symbolischen Gehalt. Im Mittelalter galt sie als die

Zahl der Maßlosigkeit, der Sünde, all dessen, was außerhalb der Sitten stand!"

Vogt schien kurz davor, frustriert in ihren Notizblock zu beißen.

„Und was fangen wir jetzt mit all dem an?"

Schleifer legte die Fotos und das Buch auf den Schreibtisch zurück.

„Ich würde Ihnen gerne irgendetwas sagen, das mehr Substanz hat. Aber ich kann auch nur spekulieren. Das Gottessiegel verweist auf einen Beschwörungsritus, einen Bannspruch oder etwas Ähnliches, und zugleich auf eine Welt, die aus der Ordnung geraten ist. Vielleicht strebt Ihr Täter an, sie aus der Ordnung zu werfen, oder er ist bemüht, die Ordnung wiederherzustellen, jedenfalls eine Ordnung, wie er sie als angemessen empfindet. Aber ich bin kein Psychologe und kenne mich auch mit solchen Verbrechen nicht aus. Das sind also alles nur Mutmaßungen, auf die Sie mich nicht festnageln dürfen."

Vogt schien erleichtert, dass er den ganzen Irrsinn in eine einigermaßen logische Form gebracht hatte.

„Das wäre zumindest eine Hypothese, mit der wir arbeiten können."

Harder steckte sich die Zigarette hinters Ohr.

„Der Täter kennt sich offenbar mit dem Mittelalter, der Symbolik und so weiter recht gut aus. Klar kann sich das jeder anlesen. Aber er scheint sich ziemlich intensiv damit beschäftig zu haben. Glauben Sie, dass unter Ihren Studenten jemand ist, mit dem wir uns vielleicht mal unterhalten sollten? Jemand, der sich auffällig für diese Dinge interessiert?"

Der Professor verzog gequält das Gesicht.

„Gott bewahre, dass jemand aus unserer Studentenschaft mit dieser schrecklichen Tat zu tun hat!"

Jochen Schleifer nahm es sachlicher auf.

„Naturgemäß haben alle unsere Studenten, zumindest die, denen es mit dem Studium ernst ist, ein hohes fachliches Interesse und viele sind sehr belesen, auch was abseitige Themen betrifft. So etwas findet immer seine Anhänger. Tatsächlich hat sich eine Gruppe gebildet, die besonders mittelalteraffin ist und sich auch außerhalb des akademischen Rahmens mit der Thematik befasst. Sie treffen sich zu Lesungen und Diskussionsrunden, unterhalten Stände auf Mittelaltermärkten und veranstalten ... Heerlagertreffen nennt sich das, glaube ich. Gelebtes Mittelalter sozusagen, nicht gerade solide Wissenschaft, aber es zeugt immerhin von Leidenschaft. Ich kann mir zwar nicht vorstellen, dass einer von ihnen zu so einer grausigen Tat fähig wäre. Aber vielleicht lohnt es sich für Sie, bei denen einmal nachzufragen. Sebastian Haffstedt aus meinem Proseminar *Über mittelalterliche Geschichte* ist da besonders aktiv. Er übernimmt in dieser Gruppe die Organisation und versendet einen Newsletter. Ich habe die Adresse in meinen Unterlagen. Ich suche sie Ihnen heraus."

„Das wäre nett."

Er verließ das Büro.

Der Professor sackte in seinen Sessel. Er sah blass und elend aus. Die Aussicht, das Institut, die Universität, sein geliebtes Fach gar könnten von einem Gewaltverbrechen in Mitleidenschaft gezogen werden und in Verruf geraten, schien ihn noch stärker mitzunehmen als die Mordtat an sich. Bekümmert starrte er auf die Fotos, die er auf seiner Schreibtischunterlage zu einem Fächer auseinandergeschoben hatte. Harder beschloss, ihn aufzuheitern und gleichzeitig seine Versunkenheit zu nutzen, um ihn zu überrumpeln und ihn doch noch zur Preisgabe seiner wahren Identität zu bringen.

„Sagen Sie, Herr Professor, dürfte ich Sie vielleicht um ein Autogramm bitten?"

Stechert sah verdutzt auf.

„Was? Ja, aber selbstverständlich!" Er lächelte geschmeichelt. „Ich wusste nicht, dass Sie mit meinen Arbeiten vertraut sind."

„Seit meiner Jugend. Ich fand sie immer sehr ... erhebend!"

Er zwinkerte ihm zu. Der Professor zwinkerte nicht

zurück. Er blinzelte nur verständnislos, als sei ihm was ins Auge geflogen. Dann griff er einen Kugelschreiber.

„Wo soll ich denn ...?"

„Ich habe leider gerade keine Ihrer Arbeiten dabei. Zu Hause habe ich eine ganze Sammlung. Aber jetzt ... Warten Sie, ich hab's!"

Er löste seinen Gürtel und setzte dazu an, die Hosen herunterzulassen.

„Hier wäre passend, finde ich!"

Eilig sprang Vogt auf, griff ihn am Arm und zerrte ihn vom Schreibtisch weg, bevor er Stechert seinen nackten Hintern hinhalten konnte. Mit der freien Hand griff sie sich die Fotos.

„Wir müssen los, Herr Professor! Wir danken Ihnen ganz herzlich für Ihre Zeit und Ihre Hilfe!"

Der Professor schüttelte den Kopf, als versuche er, etwas gerade zu rücken, das darin durcheinandergeraten war. Der Stift verharrte in der Luft.

„Gern geschehen!"

Vogt lächelte ihm noch einmal aufmunternd zu, bugsierte Harder, der seine Hose festhielt, damit sie nicht runterrutschte, in den Flur und beeilte sich, die Tür hinter sich zuzuziehen.

„Was war das denn bitte für eine Aktion?", fuhr sie ihn an. „Willst du, dass der arme Kerl einen Herzinfarkt kriegt?"

„Ich dachte, er freut sich, einem Fan zu begegnen!"

„Bestimmt! Aber jemandem den blanken Arsch ins Gesicht zu strecken, drückt nicht unbedingt Bewunderung aus!"

Harder knöpfte seine Hose zu.

„Findest du? Ich kannte mal eine, die ..."

Er unterbrach sich, als sie im Korridor auf Schleifer trafen. Falls er irritiert war, dass Harder an seinem Hosenschlitz nestelte, ließ er es nicht erkennen. Er reichte Vogt einen Zettel.

„Das ist Sebastian Haffstedts Adresse. Ich habe noch ein paar Bücher und Zeitschriften aufgelistet, falls Sie sich tiefer in die Thematik einlesen wollen, und darunter steht meine

Handynummer. Wenn Sie noch irgendwelche Fragen haben oder ich anderweitig helfen kann, melden Sie sich bitte!"

Er schüttelte ihnen zum Abschied die Hand.

„Ich wünsche Ihnen viel Erfolg bei Ihren Ermittlungen. Ich hoffe, Sie kriegen Ihren Täter bald!"

„Das hoffen wir auch, Herr Schleifer!"

Sie verließen das Institutsgebäude. Vogt hielt sich noch zurück, bis sie in Harders Passat Kombi saßen, der zwar hunderttausende von Kilometern auf dem Zähler hatte, aber gepflegt war, als sei er vom Band direkt in eine Garage gerollt, wo er fünfzehn Jahre lang unter einer Schutzhülle gestanden hatte. Außen wie innen war er makellos sauber. Die Scheiben waren ohne Staub, Striemen oder zermatschte Insekten, die Fußmatten penibel gesaugt, und auch sonst fand sich nirgendwo ein Fleck oder Krümel. Die Sitze waren mit einer durchblutungsfördernden Unterlage aus Holzkugeln versehen. In das Armaturenbrett war eine Christophorus-Medaille eingelassen, vom Rückspiegel baumelte ein Duftbäumchen mit Kiefernaroma. Die gehäkelte Klopapierhülle neben dem Wackeldackel, der auf der Hutablage zu jeder Bodenwelle seine Zustimmung ausdrückte, vervollständigte die Ausstattung. Schon auf der Herfahrt hatte sich Vogt gefragt, ob nicht vor irgendeinem Seniorenzentrum eine nette Oma vergeblich nach ihrem Rentnermobil Ausschau hielt. Aber sie hatte anderes im Kopf, als sich darüber auszulassen.

„Mal ehrlich: Was stimmt eigentlich nicht mit dir?" Sie schnallte sich an, wohingegen Harder auf den Sicherheitsgurt verzichtete. „Du hast den armen Professor total durcheinandergebracht mit deinen blöden Sprüchen und deinem sonderbaren Verhalten. So kannst du nicht mit Leuten umgehen, die uns zu helfen versuchen."

Harder ließ den Motor an.

„Ich wollte ihm bloß ein bisschen auf den Zahn fühlen. Die Freundlicher-Professor-Nummer hat mich einfach nicht überzeugt."

Sie entschied, dass es sich nicht lohnte, mit ihm eine Diskussion über den Unterschied im Umgang mit einem Zeugen, einem Verdächtigen und einem hilfsbereiten Unbeteiligten anzufangen.

„In Zukunft halt dich zurück", schloss sie das Thema ab. „Wir sind schließlich auf solche Leute angewiesen." Sie musste lachen. „Übrigens sieht er aus wie einer der Typen auf den Porno-DVDs, die während meiner Studienzeit bei meinem Mitbewohner im Zimmer rumflogen."

Harder sah sie vorwurfsvoll von der Seite an.

„Du solltest dich was schämen! So ein netter alter Herr!"

Er setzte zurück und lenkte den Wagen vom Parkplatz. Vogt checkte ihr Smartphone.

„Gerber hat sich gemeldet. Er ist bei seinen Recherchen auf zwei Fälle gestoßen, skurril genug, dass sie für uns interessant sein könnten, auch wenn sie schon eine Weile zurückliegen. Hör dir das mal an: Im Tierpark hat vor zwölf Jahren ein Pfleger einen Gorilla enthauptet. Offensichtlich hat er ihn betäubt und dann die Kettensäge angeschmissen. Was für ein krankes Arschloch! Und ich sage das nicht nur als tierliebende Veganerin. Ein paar Jahre später hat im Naturhistorischen Museum ein Wärter, der dort Nachtschichten schob, einem ausgestopften Grizzly, einem Hirsch und einem Wolf die Köpfe abgeschnitten und sie mitgenommen. Fühlte sich wahrscheinlich unterbezahlt."

Harder reihte den Wagen in den Verkehr ein. Jetzt, am frühen Nachmittag, war der Betrieb auf den Straßen der Innenstadt einigermaßen übersichtlich. Neben ihnen zockelte einer der gelben Stadtrundfahrtbusse, von dessen Oberdeck aus eine Handvoll Touristen ihre Fotoapparate auf alles hielt, was irgendwie typisch Berlin aussah. An ihrer Stoßstange klebte ein Porsche Cabrio, am Steuer ein sonnenbankgebräunter, sonnenbebrillter Börsenspekulant / Immobilienmakler / Promianwalt in pinkem Hemd (er hätte wahrscheinlich „lachsfarben" gesagt; für Harder war es eindeutig pink), der aussah, als wäre er auf dem Weg an die Riviera falsch abgebogen. Harder fuhr gemächlich, um ihm ausreichend Gelegenheit zu geben, sich mit dem Wackeldackel und seiner lebensbejahenden Mentalität anzufreunden. Die Familienkutsche verleitete zu einem gemütlichen Fahrstil, man passte sich ihrer Behäbigkeit an, so wie man in Pantoffeln ja auch nicht darauf verfallen wäre, zu sprinten.

„Namen?“, fragte er.

Sie scrollte durch die E-Mail.

„Bisher hat er weiter nichts als die Meldungen. Aber er bleibt dran, schreibt er, und wird uns auf dem Laufenden halten. Ist jedenfalls ein Ansatz. Vielleicht ist der Typ von damals – wenn es tatsächlich nur einer war – über die Jahre vom Tier- zum Menschenmörder aufgestiegen.“

„Na, Glückwunsch!“

Harder nahm die Zigarette hinter seinem Ohr hervor, steckte sie sich zwischen die Lippen und zündete sie mit seinem Zippo an, während die drei Finger seiner Linken das Lenkrad hielten. Vogt kurbelte ihr Fenster herunter, um den Rauch rauszulassen.

„Bis Gerber das überprüft hat, haben wir mit diesem Haffstedt eine vielversprechende Anlaufstelle. Wenn unser Täter tatsächlich ein Mittelalter-Fan ist und sich nicht einfach irgendwelchen Schwachsinn zusammenspinnt, den er irgendwo im Fernsehen und im Internet aufgeschnappt hat – was es weitaus schwieriger machen würde, ihn zu finden – ist es denkbar, dass er Kontakt zu Leuten sucht, die sich ebenfalls mit diesen Dingen beschäftigen. Ich schicke Gerber die Infos, die wir bisher haben. Er soll mal schauen, was er damit anfangen kann.“

Sie begann auf ihrem Handy zu tippen. Harder rutschte etwas tiefer in seinen Sitz und lehnte, die Zigarette zwischen den Lippen, den Kopf zurück. Sie waren aus der Innenstadt raus. Der Verkehr dünnte sich aus, floss zügiger. Harder stellte die Musik an, kurbelte auch seine Scheibe runter, damit die warme Sommerluft ungehindert durch den Wagen ziehen konnte, und gab etwas mehr Gas. Der Passat glitt willig vorwärts, wie ein greiser Wal, der in eine günstige Strömung gerät. Harder rauchte die Zigarette bis zum Filter und schnippte den Stummel nach draußen. Ohne dass es ihm bewusst war, drückte sein Fuß das Gaspedal tiefer nach unten.

Vogt blickte von ihrem Handy auf.

„Ras mal nicht so! Nur weil du eine Omakarre fährst, musst du niemandem beweisen, wie toll du damit heizen kannst."

Harder antwortete nicht. Er hatte Vogt gehört. Aber er konnte mit den Worten nichts anfangen. Ein weiches Wummern setzte um ihn ein, das er im ersten Moment für eine Alterserscheinung des Passats hielt. Dann aber begannen Faith No More zu spielen. Er wunderte sich, wie *Easy* auf das Kinks-Album gekommen war, bis er begriff, dass der Song nicht aus den Lautsprechern drang. Das Wummern wurde lauter, kam näher, schloss ihn ein. Er versuchte, es beiseite zu drängen. Er drehte die Musik lauter (Nicht jetzt!), versuchte, Faith no more zu überstimmen (Lass mich in Ruhe!), das Wummern, das um ihn, in ihm pulsierte. Es zog an ihm, wollte ihn schwerelos machen, ihn aufheben und forttragen. Er versuchte, sich nicht von ihm fassen zu lassen, sich schwer zu machen, sich an der Melodie von *Lola* festzuhalten, die nun, obwohl er den Regler voll aufgedreht hatte, nur noch als dünnes Gedudel unter Mike Pattons Gesang zu erahnen war.

Vogt stellte genervt die Musik ab.

„Spinnst du? Soll ich mir hier jetzt auch noch einen Hörsturz holen?"

Er hätte es ihr gerne erklärt. Er musste es ihr erklären, damit sie verstand, warum es so wichtig war, dass sie die Musik wieder einschaltete. Aber er brachte keinen Laut heraus. Das Wummern war ein wuchtiges Dröhnen geworden, in dem *Easy* wie mit tausend wabernden Echos erscholl, die es ihm schwer machten, sich in sich selbst, geschweige denn in seiner Umgebung zurechtzufinden. Dieses Mal war nichts Tröstliches darin, keine Geborgenheit. Es war hart und brutal und es drohte ihn zu zermalmen. Ohne es zu wollen, und ohne anders zu können, stieß er das Gaspedal voll durch. Die Stadt, die Häuser, Laternenpfähle, Bäume, Trams und Menschen verwischten zu einem bunten Geschlier am Rand seiner Wahrnehmung und alles, was sich vor ihm erstreckte, rückte eng zusammen. Es war, als bewege nicht er sich darauf zu – vielmehr schien alles ihm entgegenzustürzen. Jeden Augenblick war er auf einen gewaltigen, alles zerschmetternden Aufprall gefasst und wieder und wieder nahm er verwundert zur Kenntnis, wie das nächste Haus, das nächste Auto an ihm vorübersauste und hinter ihm zurückfiel. Wie in Trance lenkte er den Passat durch den losen Verkehr, überholte, scherte aus und wechselte die Spur, während die Tachonadel auf Höchstgeschwindigkeit zitterte, als sei alles in ihm nur auf das eine unbekannte Ziel gerichtet, zu dem es ihn mit unwiderstehlicher Gewalt hinzog und das er so schnell wie nur irgend möglich erreichen musste.

„Verdammt", rief Vogt. „Fahr gefälligst langsamer! Willst du uns an die nächstbeste Mauer pflastern?"

Der Wagen war nicht gerade ein Silberpfeil. Aber der Unterschied, ob man mit 120 oder 200 Sachen gegen ein unnachgiebiges Hindernis bretterte, bestand nur in der Größe des Umkreises, in dem sich die Körperteile der Insassen verteilten. Harder krampfte seine Hände um das Lenkrad. Das Wummern, heftig, laut und fordernd, dämpfte Vogts Worte, ließ sie hohl und weit entfernt klingen. Er versuchte nicht einmal, ihr zu antworten. Seine eigene Stimme gehorchte ihm schon längst nicht mehr. Vor ihm, durch den schwarzen Nebel, der von allen Seiten auf ihn eindrang, ihm die Sicht nehmen und ihn in Finsternis begraben wollte, leuchtete eine rote Ampel auf. Er zog all seine Willenskraft zusammen, um den Fuß vom Gaspedal zu nehmen und ihn auf die Bremse zu setzen. Aber sein Fuß war schwer und wollte ihm nicht gehorchen, als gehörte er nicht mehr zu seinem Körper. Alles an ihm, in ihm, schien sich aufzulösen. Er fühlte das Steuer nicht mehr in seinen Fingern, das Vibrieren des Wagens, der unter der Geschwindigkeit zu ruckeln und zu rattern begann. Vogt schrie auf, als der Passat über die Kreuzung schoss. Sie ließ ihr Handy fallen und klammerte sich am Haltegriff fest. Millimeterscharf schrammten sie am Heck eines LKWs vorbei (ironischerweise wäre ein schnellerer Wagen unvermeidbar mit ihm zusammengestoßen). Hinter ihnen tönte wütendes Hupen, Bremsen kreischten, Metall krachte gegen Metall. Harder beugte sich vor und krallte seine Finger um das Lenkrad, als fürchtete er, fortgerissen zu werden.

„Scheiße! Stopp! Halt sofort an!"

Aber er konnte nicht. Was um ihn vorging, war nur noch eine Schemenwelt voller schwirrender Schattenrisse, von der er sich, ohne dass er es verhindern konnte, mehr und mehr entfernte, aus der er hinausfiel, immer weiter und weiter von ihr fort, bis er in der pulsierenden Dunkelheit verloren gehen würde. Er fühlte kalten Schweiß über sein Gesicht fließen, wie Tropfen von Eis, das auf seiner erhitzten Stirn, seinen glühenden Wangen schmolz, kurz seine Haut benetzte, bevor es auf ihr verdampfte. Sein Kiefer schmerzte von der Gewalt, mit der er die Zähne aufeinanderpresste. Sein Hals schien zu knirschen und zu krachen, als er es unter Aufbietung all seiner Selbstbeherrschung schaffte, seinen Kopf zu drehen, ein paar Zentimeter in Vogts Richtung, und es war nicht mehr als ein trockenes Fauchen, als er mit keuchendem Atem ein einziges Wort hervorstieß: „Handschuhfach!"

Vogt fragte nicht, widersprach nicht, schrie ihn nicht an. Sie begriff, dass es nichts brachte, dass er für jeden Versuch, ihn zur Vernunft, wieder zu sich zu bringen, unempfänglich war. Sie sah ihm an, seinem bleichen Gesicht, den fiebrig schimmernden Augen, den hervortretenden Adern an seiner Schläfe, dass etwas mit ihm nicht stimmte, dass er dabei war, die Kontrolle zu verlieren und darum kämpfte, sie zu halten, wenn es auch nur noch Sekunden dauern würde, bis sie ihm unweigerlich entglitt. Sie riss das Handschuhfach auf. Im gleichen Moment rumpelte der Wagen durch ein Schlagloch, machte einen Satz und schlug zurück auf den Asphalt. Vogt wurde nach oben geschleudert, stieß sich den Kopf. Nur beiläufig bemerkte sie den Radfahrer, der sich auf den Bürgersteig warf, um nicht von dem Passat umgerammt zu werden. Ein Schwall CDs fiel ihr aus dem Handschuhfach entgegen. Sie schob sie auf den Boden, durchwühlte das Handschuhfach auf der Suche nach irgendeinem Medikament, einer Pillendose, einer Spritze, was immer es war, wovon Harder sich Rettung versprach. Aber alles, was sie fand, war eine kleine durchsichtige Plastiktüte, in der es rot schimmerte. Sie riss sie auf, so heftig, dass sie auseinanderplatzte, und trotz ihrer Angst und des Adrenalins, das durch ihren Körper pumpte, wunderte sie sich über die Chilischoten, die ihr in den Schoß flogen.

„Was zur Hölle ..."

Aber von Harder war keine Erklärung zu erwarten. Mühsam, mit aller Konzentration, löste er seine Finger vom Lenkrad, streckte die Hand aus und klaubte eine der Früchte von Vogts Oberschenkel. Mit zitterndem Arm führte er sie zum Mund. Er zwang seine Zähne auseinander, schob sie dazwischen, ließ die Zähne wieder zuschnappen und zermalmte die Chilischote, sodass der beißende Saft ihm den Mund verätzte und die Samen ihm wie heiße Funken Löcher in die Zunge zu brennen schienen. Die Schärfe fuhr wie der Feuerstrahl eines Lötkolbens durch sein Gehirn. Das dunkle Wummern explodierte in einem grellen Blitzgewitter, die Band verstummte, als hätte ein Kurzschluss ihnen sämtliche Instrumente und das Mikro durchschmoren lassen. Harder würgte die Chilischote hinunter, die seinen Speichel in Säure verwandelte und ihm die Kehle zu zersetzen schien. Der dunkle Nebel verschwand, als hätte ihn eine starke Dunstabzugshaube aufgesaugt. Sein Blick klärte sich. Was er sah, war ein wuchtiger Betonquader, der vor einer Abzweigung den Fußweg von der

Straße abtrennte. Sie rasten genau darauf zu. Vogt kniff die Augen zusammen und packte wieder den Haltegriff über dem Fenster. Harder rammte die Füße auf Kupplung und Bremse. Der Passat geriet ins Schlittern. Doch hielten sie immer noch in viel zu hohem Tempo auf den Quader zu. Harder zerrte die Handbremse hoch und warf das Steuer bis zum Anschlag herum. Der Ruck schleuderte das Heck nach vorn, der Wagen vollführte eine halbe Drehung und kam schräg zur Fahrspur zum Stehen. Harder nahm die Füße von den Pedalen. Der Passat machte noch einen Satz, der Motor erstarb mit einem Röcheln. Vogt löste ihren Gurt, stieß die Tür auf und warf sich ins Freie, als fürchtete sie, der Wagen könne in Flammen aufgehen. Harder erschlaffte. Mit der Anspannung war alle Kraft aus seinem Körper gewichen. Er ließ sich nach vorne kippen und legte die Stirn auf das Lenkrad.

Aber Vogt gönnte ihm keine Erholung. Wütend stapfte sie um die Motorhaube herum, zerrte die Fahrertür auf und schien sich gerade noch zurückzuhalten, ihn nicht an seiner Lederjacke zu packen und auf das Pflaster zu zerren.

„Sag mal, hast du völlig den Arsch offen? Wenn du dich umbringen willst, kannst du das vielleicht freundlicherweise erledigen, wenn ich nicht in der Gefahrenzone bin? Und was soll der Mist mit der Chili? Bist du Borderliner oder was?"

Er hob müde den Kopf. Sein Gesicht fühlte sich blutleer an.

„Was? Du meinst die Typen, die sich ritzen?"

„Borderline-Patienten", erklärte sie mit mühsam beherrschter Fassung, „verwenden starke Reize – Riechsalz, Brausetabletten, die sie sich auf die Zunge legen, einen kantigen Stein, den sie fest mit den Fingern drücken – um sich aus Zuständen herauszuholen, in denen sie den Bezug zur Wirklichkeit verlieren, genauso wie du es offenbar mit deiner Chilischote machst."

„Interessant." Er betrachtete die angebissene Schote, die er noch immer zwischen den Fingern hielt. „Da ist bisher noch keiner draufgekommen."

„Das ist wahrscheinlich in all deinen anderen Störungen untergegangen! Wäre trotzdem nett gewesen, mir was von deinen Anfällen zu verraten, bevor ich mit dir ins Todesmobil steige!"

Er warf die Chilischote auf den Asphalt, klaubte eine intakte von der Rückbank und steckte sie, für zukünftige Notfälle, in die Innentasche seiner Jacke. Dann wuchtete er seine Füße nach draußen und zog sich, wackelig in den Knien, am Türrahmen aus dem Wagen. Sein Kopf schmerzte, als hätte ihm jemand einen langen Nagel ins Ohr geschlagen und stochere mit der Spitze in seinem Gehirn herum.

„Jetzt hab dich mal nicht so. Ist doch nichts passiert. Und zwischendurch mal mit dem eigenen Tod in Berührung zu kommen, das rüttelt doch wach – da weiß man das Leben wieder zu schätzen!"

Vogt schien geneigt, seinen Kopfschmerzen mit einem saftigen Faustschlag noch weiter auf die Sprünge zu helfen und sich dabei nicht von den Fahrern abhalten zu lassen, die mit ihren Autos möglichst langsam den Passat umkurvten, um die Auseinandersetzung verfolgen zu können.

„Ich bin kerngesund, jung, gut aussehend und mit besten Karrierechancen – ich *weiß* mein Leben zu schätzen, du Arschloch!" Sie hob eine der CDs auf, die im Fußraum vor dem Beifahrersitz lagen. „Und ABBA? Das kann doch wohl nicht dein Ernst sein!"

Er schaute betreten auf seine Schuhspitzen und verzichtete auf eine Bemerkung über die seligen Erinnerungen, die ihm bei *Dancing Queen* kamen. Er wollte sie nicht weiter reizen. Ihr Geschrei trieb den Nagel mit jedem Wort tiefer in sein Hirn. Er war kurz davor, sich die Ohren zuzuhalten. Aber es hätte vermutlich nicht dazu beigetragen, ihren Zorn zu mindern.

„Ich würde dich ja versprechen lassen", legte sie nach, „nie wieder so eine Scheiße zu bauen, zumindest nicht, wenn ich in der Nähe bin. Aber du bist ja so dermaßen verkorkst, dass du wahrscheinlich selber nicht weißt ..."

Ein einzelnes helles Klingeln aus dem Auto unterbrach sie. Sie überlegte, ob sie es ignorieren und ihre Standpauke fortsetzen sollte. Aber ihr Pflichtgefühl behielt die Oberhand. Sie warf Harder noch einen Blick zu, der ihn wissen ließ, dass das Thema noch lange nicht durch war, wandte sich um und ging auf die andere Seite des Wagens. Sie beugte sich hinein, fand ihr Handy unter dem Beifahrersitz und rief die SMS auf, die sie erhalten hatte.

„Ist von Gerber", sagte sie, mehr zu sich selbst als zu Harder, der sich die Schläfen massierte und ohnehin noch nicht recht ansprechbar schien. „Sie haben die Tote identifiziert. Ihr Name ist Veronika Fromm. Die Eltern haben sie als vermisst gemeldet, nachdem sie sie zwei Tage lang nicht erreichen konnten, obwohl sie zum Skypen verabredet waren. Die Kollegen sind in ihrer Wohnung."

„Dann nichts wie hin", sagte Harder, froh, dass sie von ihrer Empörung abgelenkt war. Er wollte sich schon wieder ins Auto setzen. Aber Vogt hob die Hand, ohne ihn anzusehen.

„Wart mal! Sie haben sogar schon mit einigen ihrer Freundinnen gesprochen." Sie scrollte durch die Nachricht. „Sie meinten, Veronika hätte vor einiger Zeit näheren Umgang mit einem jungen Mann gehabt. Es sah aus, als würde sich da was anbahnen. Aber dann ist die Sache hässlich auseinandergegangen." Sie blickte Harder an. „Und jetzt rate mal, wie der Bursche heißt: Sebastian Haffstedt."

Sie kehrte mit eiligen Schritten auf die Fahrerseite des Passats zurück, zog Harder von der Tür weg und setzte sich hinters Steuer.

„In Fromms Wohnung können wir gerade sowieso nichts ausrichten. Da ist für die nächsten paar Stunden die Kriminaltechnik zugange. Wenn die was finden, werden sie uns Bescheid sagen. Es ist wichtiger, dass wir uns diesen Haffstedt vornehmen. Wenn der in der Sache drinsteckt, dürfen wir ihn uns auf keinen Fall durch die Lappen gehen lassen oder ihm Zeit geben, seine Spuren zu verwischen."

Sie schlug die Tür zu, startete den Motor und machte Harder, der verdattert neben dem Auto stand, ein ungeduldiges Zeichen.

„Mach schon, steig ein! Und keine Diskussionen: Ich fahre. Eine Nahtod-Erfahrung pro Tag ist mir genug.“

7

Nichts ging über das Gefühl, getötet zu haben. Früher hatte er sich dafür geschämt, sich für absonderlich gehalten, für einen Freak. Rückblickend musste er sich eingestehen, dass er vielleicht recht damit gehabt hatte. Er hatte sinnlos gemordet, ohne Ziel und Zweck. Heute tat er es bewusst, es hatte eine Richtung und das Gefühl, das ihm daraus erwuchs, war nicht mehr dunkel und diffus. Es war klar und erhellend und es fiel ihm leicht, sich ihm unbeschwert und ohne Gewissensbisse zu überlassen. Er hatte gelernt (wenn auch erst durch fremde Hilfe, aber das war keine Schande), es zu genießen und er tat es rückhaltlos. Mit einem Lächeln blickte er sich selbst in die Augen, die ihm von der Oberfläche des kalten Metalls mit schelmischer Freude entgegensahen. Wann immer er ein Messer in der Hand hielt, konnte er dem Drang nicht widerstehen, sich in der Klinge zu spiegeln. Es gab ihm das Gefühl, eins zu sein mit der Waffe, als könnte er ihr, solange er sie handhabte, seine Seele leihen. Er schloss seine Finger fester um den Griff, setzte die Spitze an und stach zu. Die Eierschale knackte unter dem Stoß. Er sägte sie auf. Gelber, glibberiger Dotter quoll daraus hervor, genau, wie er ihn mochte. Heute hätte ihm freilich auch ein hartes Ei nicht die Laune verdorben (manchmal ließ Jessie sie zu lange kochen. Das war ärgerlich, aber er beschwerte sich nie. Er konnte ihr nichts übel nehmen). Die perfekte Konsistenz steigerte seine Hochstimmung noch. Der Dotter lief den Eierbecher hinab auf seinen Teller, wo er zu klebrigen, festen Flecken gerann. Er wischte das Messer sorgfältig an der Vollkorntoastscheibe ab, bevor er das Ei auslöffelte und seinen weiß-gelben Inhalt auf dem Brot verteilte. Er bestreute es mit Salz und Pfeffer, legte eine Tomatenscheibe darauf und biss hinein. Er lehnte sich in seinem Stuhl zurück und kaute genussvoll. Es war ein herrlicher Morgen!

Das Café war gut besucht, wie immer um diese Zeit: Studenten, die sich in Lerngruppen bei Latte macchiato zusammenfanden, junge Mütter, die sich, umstellt von Kinderwagen mit schlafenden Babys, bei Tee und Obstsalat über das Mutterdasein austauschten, gealterte Zeitungsleser, die sich bei starkem Kaffee in ihre Lektüre vertieften und vorwurfsvoll hinter dem Politikteil hervorschauten, wenn jemand zu laut lachte, Geschäftsfrauen an Laptops, die ihr Arbeitstempo mit Espresso anfachten. Aber er war rechtzeitig gekommen, um sich seinen Stammtisch zu sichern, hinten links in der Ecke, mit bester Sicht auf die Theke, wenn ihm auch der Blumenstrauß und die beiden Teller, auf denen unter Glashauben Brownies und Cookies getürmt waren, mitunter den Blick versperrten. Das Sonnenlicht fiel hell und warm durch die große Glasfront herein und ließ den Raum, mit seinen Tischen und Stühlen aus hellem Holz, den cremefarbenen Wänden und den Aquarellbildern, noch freundlicher erscheinen, eine Wohlfühloase. Aus den Lautsprechern unter der Decke säuselte eine Frauenstimme entspannte Melodien zu Gitarrengeklampfe, und wenn das auch normalerweise überhaupt nicht seine Musik war, bot sie doch heute die perfekte Untermalung für seine gelöste Laune.

Er nahm noch einen Bissen, kaute, schluckte und seufzte behaglich. Manchmal war das Leben ein Traum und es brauchte nicht einmal viel dazu – ein gekochtes Ei, knuspriges Brot, frisch gepressten Orangensaft und ein totes Mädchen. Er hob das Glas und prostete im Stillen Vero zu, der dicken, so verzweifelt liebesbedürftigen Vero, die ihm diese vollkommene Sorglosigkeit beschert hatte, dieses Gefühl der Freiheit, bei dem sich das andere, das dunkle Gefühl, das ihn so oft beherrschte, auflöste, bis nichts mehr davon übrig war und man geneigt sein konnte, es als überwunden abzutun. Aber er wusste, dass es nicht überwunden war und dass es fatal wäre, auf diese Versuchung hereinzufallen. Die Erleichterung würde nicht lange halten, wahrscheinlich nicht einmal ein paar Stunden. Bald würden sie zu ihm zurückkommen, ihn wieder mit dem dunklen Gefühl füllen. Jetzt, wo es begonnen hatte, waren sie noch unnachgiebiger, noch fordernder. Aber das war nichts Bedrohliches. Er war darauf gefasst gewesen. Man musste eben vorbereitet sein, damit man ihren Wünschen schnell nachkommen konnte. Und er hatte schon vor langer Zeit begonnen, sich vorzubereiten.

Jessie stand an der Kaffeemaschine und schäumte Milch für seinen zweiten Cappuccino auf (zur Feier des Tages gönnte er sich noch einen; er fand, er habe es verdient). Heute sah sie besonders verführerisch aus: Das lange, dunkelblonde Haar, die blaugrünen Augen, die tiefer zu sehen schienen als andere, der volle Mund, jetzt leicht geöffnet vor Konzentration – die plumpe Vero hätte dem Vergleich mit ihr keine Sekunde standgehalten. Sie trug Jeans und die rote kurzärmelige Bluse, die er so an ihr mochte. Er schmeichelte sich mit dem Gedanken, dass sie sie extra für ihn angezogen hatte. Sie wusste, dass er jeden Mittwoch kam, und sie wusste, dass er sie beobachtete. Sie merkte es auch jetzt. Sie zeigte es nicht. Aber die Art, wie sie sich bei der Zubereitung des Kaffees halb dem Raum zuwandte, oder wie sie, den Kopf leicht zur Seite geneigt, nur mit den Fingerspitzen ihr Haar zurückstrich: Er war sicher, dass sie all das nur für ihn tat.

Als sie mit der Tasse um die Theke herum auf ihn zukam, fühlte er eine Aufregung wie ein unerfahrener Junge in der Nähe des Mädchens, in das er heimlich verliebt ist. Sie ging langsam, damit er Zeit hatte, sie zu betrachten. Auf den Lippen hatte sie ihr typisches, leicht verträumtes Lächeln. Sie stellte ihm den Cappuccino hin und beugte sich dabei vor, sodass ihre Bluse über ihren kleinen Brüsten in dem weißen BH auseinanderfiel. Sie legte es darauf an, dass er hinsah und er tat ihr den Gefallen. Frauen mochten es, begehrt zu werden, und wenn er sie auch auf andere Weise begehrte, als sie glaubte, gefiel es ihm doch, dass zwischen ihnen darin gewissermaßen ein Einvernehmen bestand.

„Lass es dir schmecken“, sagte sie und sah ihm etwas länger in die Augen, als nötig gewesen wäre.

„Danke, Jessie."

„Brauchst du sonst noch was, ... ?"

Sie sagte seinen Namen. Er liebte es, wenn sie seinen Namen sagte. Er fühlte sich ihr dann so nah, so verbunden und sie gab ihm einen besonderen Klang, als sei sein Name wie eine köstliche Süßigkeit, die auf ihrer Zunge schmolz. Das konnte nur sie.

„Gerade nicht. Ich melde mich, Jessie!"

Er liebte es auch, ihren Namen zu sagen (Jessie, Jessie, Jessie). Er hätte ihr gerne so vieles gesagt, persönliche Dinge (Ich werde dich töten, Jessie), die nur sie und ihn angingen (Ich werde dir den Kopf abschlagen). Er fand es schade, dass er es nicht tun konnte. Aber er tröstete sich mit dem Gedanken, dass es nicht mehr lange hin war, bis er ihr alles sagen konnte, was er wollte. Sie lächelte, mit kleinen weißen, ganz geraden Zähnen. Er lächelte zurück und sie ahnte nicht, dass sein Lächeln etwas ganz anderes meinte als ihres. Sie richtete sich auf und kehrte zur Theke zurück, wobei sie an dem einen oder anderen Tisch innehielt, um eine Bestellung aufzunehmen oder Geschirr abzuräumen. Er sah ihr nach, noch immer lächelnd.

Er aß sein Ei und das Brot auf, trank seinen Orangensaft aus und schlürfte ohne Eile seinen Cappuccino, während er zusah, wie Jessie hinter der Theke Kaffee kochte, Teebeutel in Gläser mit heißem Wasser hängte und Apfelschorle einschenkte. Er stellte sich vor, wie sie wohl starb, so wie einige der anderen Männer im Café sich bestimmt gerade vorstellten, wie sie im Bett war. Das interessierte ihn nicht. Er sah den Reiz nicht. Diese Typen sprachen davon, eine Frau zu besitzen. Aber wie konnte man sich eine Frau mehr zu eigen machen, als wenn man sie tötete? Er liebte es, hier zu sitzen, Jessie anzusehen und sich vorzustellen, dass sie ganz ihm gehörte. Er war gespannt darauf, sie sterben zu sehen. Er würde genau darauf achtgeben, wenn es soweit war. Es gab nichts Erhebenderes als diesen einen Moment, wenn das

Leben in den Tod umschlug. Es war ein kurzer Moment und man musste aufpassen, um ihn mitzukriegen. Bei Vero hatte er ihn versäumt. Es ärgerte ihn. Aber es war einfach alles zu hektisch gewesen. Bei Jessie, versprach er sich, würde er aufmerksamer sein. Sie verdiente es. Sie starb sicher herrlich. Ihr Tod würde etwas ganz Besonderes sein, für sie beide.

Er trank seinen Cappuccino aus, wischte sich mit der Serviette einen Rest Milchschaum von den Lippen und stand auf. Er zahlte an der Theke. Jessie schien ein wenig beleidigt, dass er sie auch dieses Mal nicht nach ihrer Telefonnummer fragte (er hatte sie längst, aber das konnte sie nicht wissen) oder sie einlud, mit ihm abends etwas trinken zu gehen, obwohl sie ihm so deutliche Signale sandte. Wahrscheinlich hielt sie ihn für schüchtern oder ein bisschen schwer von Begriff. Er versprach ihr im Stillen, sie nicht mehr lange warten zu lassen.

„Mach's gut", sagte sie und zog einen Schmollmund, bei dem sich jeder andere Mann gefragt hätte, wie es wäre, ihn zu küssen. Er hingegen stellte sich vor, wie sie aussähe, wenn er sie hergerichtet hatte. Voller Vorfreude erwiderte er ihr Lächeln.

„Du auch, Jessie! Wir sehen uns!"

8

Der Ork schwang grunzend seine Keule und schmetterte sie mit einem „Plump“ gegen den Türrahmen, wobei er Vogts Schläfe nur um Haaresbreite verfehlte.

„DU ... KANNST NICHT ... VORBEI!“

Vogts Hand flog zu ihrem Holster. Sie hatte ihre Waffe gezogen, entsichert und angelegt, während Harder noch überlegte, ob er am vorherigen Abend daran gedacht hatte, seine SIG Sauer einzustecken. Er konnte sich beim besten Willen nicht erinnern. Es wäre peinlich, Vogt merken zu lassen, dass er unbewaffnet war. Nach seiner Aktion mit dem Wagen war von ihrem Verständnis für Verletzungen der Dienstvorschriften wahrscheinlich nicht mehr viel übrig. Er fasste sich unter die Jacke, als wollte er sich kratzen und atmete auf, als er die bekannte, beruhigende, griffig in der Hand liegende Form seines Flachmanns ertastete, der statt der SIG aus seinem Schulterholster ragte. Ihm fiel ein, dass Waffen im *Kreml* nicht erlaubt waren und dass er Siggi deshalb vermutlich zu Hause gelassen hatte. Er lag bestimmt zwischen Staubflusen und benutzten Socken unter dem Bett oder im Korb mit der Schmutzwäsche. Oder er war mal wieder im Pfandhaus bei Rüdiger. Aber auch das wäre nicht tragisch. Rüdiger war nicht so dämlich, eine offizielle Dienstpistole der Berliner Polizei zu verscherbeln. Er hielt sie immer zurück, bis Harder kam, um sie auszulösen. Kein Grund zur Sorge also. Früher oder später tauchte Siggi immer wieder auf.

Im Moment war ein heldenhaftes Einschreiten von seiner Seite aus sowieso nicht vonnöten. Vogt hatte den Ork unter Kontrolle. Beim Anblick der Waffe war er erschrocken zurückgewichen und fast in die Garderobe gestolpert.

„Whoah, locker bleiben!“ Er ließ die Plastikkeule fallen und riss die Hände hoch. „Alles nur Spaß! Nicht besonders lustig, okay, aber kein Grund, mich abzuballern!“

„Was'n los, Basti?", kam es hinter ihm aus der Wohnung. „Ist das die Pizza oder was? Haben die sich wieder mit dem Belag vertan? Wenn Anchovis drauf sind, schick sie gleich wieder zurück!"

Der Ork wagte nicht, sich zu rühren oder zu antworten. Seine Augen hinter der Maske waren angstgeweitet auf den Lauf gerichtet, der auf die Mitte seiner massigen Brust zielte. Auf dem T-Shirt, das sich über einem weichen Schmerbauch spannte, war ein Yoda-Kopf abgebildet. Darunter stand: „Bleib ruhig und nutze die Macht". Nachdem Vogt sich vergewissert hatte, dass er sie weder mit Jedi-Kräften überwinden, noch sich mithilfe eines magischen Ringes unsichtbar machen würde, steckte sie die Waffe ein. Der Ork sackte erleichtert aus seiner Krampfhaltung und nahm, wenn auch zögerlich, die Hände runter.

„Sie sollten es sich zweimal überlegen, bevor sie versuchen, einer Polizeibeamtin eins überzuziehen, auch wenn es nur mit einer Spielzeugkeule ist."

„Tschuldigung." Der Ork hob die Schultern. „Ich bin grad so tief im Charakter. Da hat es mich mitgerissen. Was gibt es denn? Waren wir zu laut? Ich habe den Nachbarn schon mehrmals gesagt, dass zwischen 15 und 22 Uhr ..."

„Wir sind von der Kriminalpolizei", unterbrach ihn Vogt. „Wegen Ruhestörung kommen wir normalerweise nicht. Wir sind auf der Suche nach jemandem. Wäre es Ihnen recht, wenn wir kurz reinkommen?"

Der Ork gab die Tür frei. Nachdem Vogt ihm ihre Geschicklichkeit mit der Waffe vorgeführt hatte, hätte er in alles eingewilligt.

„Klar doch!"

Harder machte Vogt ein Zeichen, vorzugehen.

„Für ne Veganerin bist du ziemlich schreckhaft."

Vogt gönnte ihm nur einen gleichmütigen Seitenblick.

„Dir kann man wahrscheinlich zehnmal einen Baseballschläger überziehen, bevor du was mitkriegst. Und danke übrigens, dass du mir Deckung gegeben hast! Gut zu wissen, dass du auf mich aufpasst."

„Krieg dich wieder ein! Mit einem einzigen Ork wirst du doch wohl fertig werden. Vor allem mit einem, der sich so schnell ins Hemd macht. Aber keine Sorge! Wenn Saurons Horden das nächste Mal über dich herfallen, komme ich dir sofort mit Ron und Hermine zur Hilfe."

„Die sind aus Harry Potter", wandte der Ork ein, entschlossen, eine solch grobe Verfälschung nicht einmal Polizisten durchgehen zu lassen, selbst auf die Gefahr hin, erneut in die Mündung einer Pistole (oder in diesem Fall eines Flachmanns) zu blicken. „Die leben auf Hogwarts und Sauron ist der dunkle Herrscher von Mordor. Die haben absolut nichts miteinander zu tun und die Vorstellung, dass Harry Potter und Ron in Mittelerde auftauchen und sich am besten noch mit den Hobbits verbünden, ist ...", er schlug die Faust in die flache Hand, „ne geile Idee für Fan-Fiction! Ich meine, stellen Sie sich mal vor, Dumbledore und Gandalf bündeln ihre Kräfte, um Saruman den Weißen ..."

Mit einer Handbewegung schnitt Harder ihm das Wort ab.

„Ich hab's mir überlegt, Vogt: Der Typ ist gefährlich – knall ihn ab!"

Vogt streifte sich die Füße an der Fußmatte ab und trat in die Wohnung.

„Sei froh, wenn ich dich nicht abknalle! Können wir dann endlich?"

Harder wartete, bis sie durch die Tür verschwunden war, die aus dem schmalen Flur in die hinteren Räume führte, und zog den Flachmann hervor. Nur kein Whisky, dachte er, bitte kein Whisky! Wenn es eine Sache gab, die er nicht abhaben konnte, war es Whisky. Und Jazz. Und das schlimmste war beides zusammen. Es gab nichts Bedrückenderes, als bei einem Glas Whisky in seiner Bude zu hocken, alten Jazz zu hören, am besten noch von Vinyl, und melancholisch vor sich hinzustarren, was man bei dieser Kombination unvermeidlich tat.

Er schraubte den Verschluss auf und roch. Tequila! Schwein gehabt! Er nahm einen Schluck und spülte sich ordentlich den Mund durch.

Der Ork sah ihm skeptisch zu.

„Trinken Sie im Dienst?“

„Gehört zu meinem Undercover-Auftrag. Damit man mir nicht gleich ansieht, dass ich n Bulle bin.“

„Klappt super! Mit den abgeranzten Klamotten und dem Drei-Tage-Bart hätte ich Sie eher für einen Zuhälter oder einen Drogendealer gehalten.“

„Na siehste! Tarnung ist alles. Coole Maske übrigens!“

„Danke!“

„Erinnert mich an meine Großmutter. Schnucklige alte Dame!“

Er steckte den Flachmann zurück in das Holster und folgte Vogt in die Wohnung. Wie sich herausstellte, bestand sie, neben dem Bad, das vom Flur abging, nur aus einem einzigen und nicht besonders großen Raum, dessen Wände mit Postern von Herr der Ringe, Star Wars und anderen Filmen überzogen waren. Auf dem Bett war die Harry-Potter-Bettwäsche ordentlich zusammengelegt. Yoda hockte in Form einer Nachttischlampe auf der Fensterbank. Ein Schreibtisch wurde fast vollkommen von einem gigantischen Flachbildschirm eingenommen. In einer Ecke standen Ritterschilde, Schwerter, Äxte und anderes Kriegsgerät aus Plastik, davor türmten sich Mäntel, Umhänge und Pelze. In der Mitte des Zimmers stand ein runder Tisch, auf dem Helme, Panzerhandschuhe und Armschienen, aber auch Perücken und Schminkzeug verteilt lagen. Um den Tisch saßen ein Troll, ein Zwerg und eine Elfe bei Limonade und einer Schüssel Erdnussflips. Harder überlegte, ob er irgendetwas Halluzinogenes im Tequila aufgelöst hatte. Er kniff die Augen zusammen und sah wieder hin. Die Gestalten saßen immer noch da und blickten ihn an. Der Troll aß einen Erdnussflip.

„Wir sind gerade mitten in der Vorbereitung für unsere nächste LARP-Con", erklärte der Ork, erinnerte sich, dass er es mit Unkundigen zu tun hatte, und fügte hinzu: „Das heißt Live-Action-Role-Play."

Harder hielt sich nahe der Tür. Die sonderbare Versammlung war ihm nicht geheuer. Vogt hingegen ließ sich nicht aus der Ruhe bringen, nickte nur zur Begrüßung, als sei sie zwischen Kobolden, Feen und Ogern aufgewachsen. Sie wandte sich an den Ork, der ein wenig unsicher neben einem Regal stand, auf dem originalverpackte Actionfiguren wie Obi Wan Kenobi, He-Man und Ironman standen.

„Sind Sie Sebastian Haffstedt?"

Der Ork nahm die Maske ab und brachte ein teigiges, aknegesprenkeltes Gesicht zum Vorschein. Abgesehen von den Hautunreinheiten hatte er mit seinem zähnefletschenden, keulenschwingenden Alter Ego aus der Armee der Finsternis nichts mehr gemein. Mit seinen großen fragenden Augen, einer stupsigen Nase im Miniaturformat und dem geschwollen wirkenden Mund zwischen den Pausbacken sah er vielmehr aus wie ein Baby, das man mit nuklear verstrahlter Milch und Hormon-Püree auf Übergröße gemästet hatte. Auf Vogts Frage hin nickte er zögerlich, als würde er durch die Preisgabe seiner Identität Mordors Schattenreiter oder die Kopfgeldjäger des Imperiums auf seine Fährte bringen.

„Was gibt es denn?"

„Sie kennen eine Veronika Fromm?"

Er wirkte beinahe erleichtert, als hätte er befürchtet, die Behörden seien hinter seinen Plan gekommen, sich aus Altmetall vom Schrottplatz seinen eigenen Todesstern zu bauen.

„Vero? Ja klar kenn ich die. Wir waren ein paar Mal zusammen weg. Ist allerdings schon etwas her und ich habe sie auch schon länger nicht mehr gesehen."

Er wollte schon wieder die Hände hochnehmen, als Vogt in ihre Tasche griff, und atmete auf, als sie lediglich ihren Notizblock zutage förderte. Sie ließ den Kugelschreiber klicken.

„Woher kannten Sie sich? Und wie würden Sie Ihr Verhältnis beschreiben?“

Haffstedt schaute zu seinen Freunden am Tisch, schien bei ihnen Zuspruch zu suchen für ein Thema, das ihm nicht angenehm war. Der Zwerg, ein stämmiges Kerlchen mit rotem Vollbart und rotem Haar, das in zwei Zöpfen unter seinem Helm hervorkam, nickte ihm ermutigend zu.

„Verhältnis, na ja ...weiß ich gar nicht, wie man das nennen soll.“ Auf Vogts fordernden Blick hin beeilte sich Haffstedt, konkreter zu werden. „Das war jedenfalls keine Liebesbeziehung, wenn Sie das meinen. Kennengelernt haben wir uns über unsere Mittelaltergruppe. Wir haben immer einen Stand auf dem Mittelaltermarkt, wo wir Handwerkskunst anbieten, geflochtene Lederarmbänder, Anhänger, Wappen und Embleme zum Aufnähen.“

Harder schob sich etwas weiter in den Raum, achtete jedoch darauf, einen ausreichenden Abstand zwischen sich und den lebendigen Fantasy-Figuren einzuhalten, als fürchte er, sie könnten ihn packen und ihn durch den Badezimmerspiegel in eine fremde Welt voller sprechender Tiere und tanzender Pflanzen entführen.

„Auch Gottessiegel?“

Haffstedt zuckte die Schultern. Wenn ihn der Einwurf beunruhigte, ließ er es nicht erkennen.

„Manchmal auch so was. Aber eher Drachen, Greife, Basilisken, solche Sachen, keine religiösen Objekte. Wir haben auch immer selbstgekelterten Met.“ Ein kleines stolzes Lächeln zeigte sich auf seinen Babybäckchen. „Wir sind in der Szene sehr aktiv.“

Der Troll mit der seiner Rolle angemessenen wuchtigen Statur, krummen Sitzhaltung und schwarzbehaarten Armen gönnte sich einen weiteren Erdnussflip und fasste Vogt ins Auge.

„Demnächst findet ein Mittelaltermarkt statt, mit Lagerfeuer, Spanferkelgrillen, Turnierspielen und allem Drum und

Dran. Das wird super! Sie sollten kommen!" Seiner Stimme nach versuchte er, flirtig auszusehen, wobei die Aufmachung als grobschlächtiger Kinderschreck nicht unbedingt hilfreich war. „Sie können mit mir hingehen. Ich besorg Ihnen ein Burgfräuleinkostüm."

Harder sah Vogt innerlich die Augen verdrehen. Aber wer es gewohnt war, von Bauarbeitern, Müllmännern, Rechtsmedizinpraktikanten, Polizeikollegen und sämtlichen anderen Penisträgern der Spezies Mensch angebaggert zu werden, geriet auch durch die Anmache eines Monsters in voller Kampfmontur nicht aus der Ruhe.

„Nein, danke", sagte sie. „Mit der platten Glatze, den Hörnern und den Hauern sehen Sie zwar sympathischer aus als mein Ex-Freund. Aber ich habe mir geschworen, nie wieder was mit jemandem anzufangen, der sich von rohem Fleisch ernährt, sich in Grunzlauten artikuliert und in einer düsteren kalten Höhle lebt – selbst wenn der Makler das Souterrain-Appartment genannt hat!"

Sie wies Haffstedt an, fortzufahren.

„Vero bastelt Schmuck und hatte bei uns angefragt, ob sie an unserem Stand was verkaufen könnte, Ringe, Armbänder, Ketten. So sind wir in Kontakt gekommen. Wir fanden ihre Sachen super und", eine leichte Rötung legte sich über sein Gesicht, „ich fand sie selbst auch toll. Wir waren ein oder zweimal zusammen aus, einmal im Kino und dann bei einer Comicmesse. Aber es hat bei ihr wohl nicht gefunkt. Im Grunde glaube ich, ist sie nur mitgegangen, weil ihr das schmeichelte, dass sie mir gefiel. Was richtig mit mir angefangen hätte sie nie und als ich ihr gesagt hab, dass ich gern mehr mit ihr hätte, hat sie sich schnell zurückgezogen und nichts mehr von sich hören lassen." Er senkte den Blick. „Vielleicht war ich da ein bisschen zu aufdringlich."

Die Elfe, ein schmales Mädchen, das aussah, als würde es bei hohen Tönen zerspringen, richtete den silbernen Haarreif, der ihr dünnes, hellblondes Haar von den spitzen

Plastikohren zurückhielt. Ihren blassen Teint – ihre Haut wirkte fast durchsichtig – hatte sie mittels Make-up noch blasser gestaltet. Sie trug ein weißes Kleid mit kunstvollen Bordüren, das ein geflochtener Gürtel um ihre Hüften zusammenhielt, die man mit zwei Händen hätte umfassen können.

„Was ist denn los?" Ihre Stimme ähnelte dem Klang eines Windspiels, in das ein zarter Lufthauch fährt. „Ist der Vero irgendwas passiert?"

Harder beobachtete prüfend Haffstedts Gesicht, als Vogt antwortete.

„Sie ist verstorben."

Der Troll ließ den Erdnussflip fallen. Der Zwerg fuhr auf seinem Stuhl zur Größe eines Achtjährigen auf.

„Wie jetzt? Echt jetzt?"

„Vero ist tot?"

Die Elfe riss die Augen auf.

„Das ist ja furchtbar!"

Es klang wie zwei Gläser, die sacht aneinander klirren.

„Ja, das ist furchtbar", sagte Vogt. „Und im Übrigen können Sie mit Ihrer normalen Stimme sprechen. Das Rollenspiel ist fürs Erste vorbei."

Betreten blickte die Elfe auf den Tisch.

„Das ist meine normale Stimme."

„Oh!" Vogt schien kurz davor, zu ihr zu gehen und ihr die Schulter zu tätscheln. „In dem Fall tut's mir doppelt leid."

Haffstedt hatte sich einigermaßen berappelt.

„Was ist denn passiert?"

Harder antwortete, bevor Vogt darauf verweisen konnte, dass sie über laufende Ermittlungen keine näheren Auskünfte geben konnten.

„Jemand hat sie mit einem Messer durchsiebt." Er beobachtete ihre Gesichter. „Anschließend hat er sie enthauptet, ihr einen Widderkopf aufgesetzt und sie in einer Unterführung ausgestellt." Er trat an das Regal und nahm einen kleinen Skeletor heraus, He-Mans ewigen Widersacher. „Gibt's zu dem hier auch diesen lila Panther, auf dem er unterwegs ist? Den fand ich immer cool."

Der Zwerg und der Troll starrten ihn fassungslos an. Die Elfe presste sich die Hand auf den Mund. Haffstedt wäre erblasst, wenn es ihm möglich gewesen wäre. Aber er war bereits so bleich, als leide er an Sonnenallergie und müsse schon unter einer 60-Watt-Birne mit Brandblasen rechnen. Einzig seine roten Aknesprenkel brachten etwas Farbe in sein Gesicht.

„Bitte was? Enthauptet? Einen Widderkopf? Und jetzt denken Sie, dass ich ..."

Harder betrachtete den kleinen Skeletor in seinem blauen Ganzkörperstretchanzug mit den lila Stiefeln, dem lila Lendenschurz und dem lila Brustgurt. Wenn man dazu noch He-Mans Outfit berücksichtigte, mit dem er auf jedem Christopher-Street-Day punkten würde, schien eine gewisse homoerotische Komponente in ihrer Feindschaft nicht abwegig. Harder fand das in Ordnung. Es war sowieso an der Zeit, dass sich auch unter Superhelden und -schurken endlich mal jemand outete. Für ein Gerippe war Skeletor eindrucksvoll durchtrainiert. Aufschlussreicher aber schien ihm der Stab, mit dem er seine magischen Strahlen abfeuerte (ganz sicher keine sexuelle Anspielung) und dem der Totenschädel eines Widders mit geschwungenen Hörnern aufsaß.

„Der verschmähte Liebhaber macht sich als Verdächtiger immer gut."

„Was? Nein, warten Sie, ich war doch gar nicht ..."

„Wir wüssten gerne", unterbrach ihn Vogt, „wann Sie Veronika zum letzten Mal gesehen haben und wo Sie in den letzten zwei Tagen gewesen sind."

Haffstedts Blick ging zwischen Harder und Vogt hin und her. Schließlich, als nehme er Harder den Polizeibeamten noch immer nicht recht ab – zumal er in die Beschäftigung mit der Spielfigur vertieft war – entschied er sich für Vogt.

„Ich hatte die ganze Woche bis zum Nachmittag Seminare.

Da können Sie meine Dozenten oder Kommilitonen fragen. Später war ich dann hier und habe World of Warcraft gespielt."

Der Troll sprang ihm bei.

„Das stimmt. Wir haben uns da online getroffen. Ich bin Krieger der Maximalstufe!"

Er sah Vogt so voller Stolz an, als könne er mit dem Knüppel, der seine Bewaffnung darstellte, Atome spalten.

Harder stieß Vogt in die Rippen.

„Das solltest du dir nicht entgehen lassen. Vom Prestige her entspricht das einem Anwalt oder Arzt in der wirklichen Welt."

„Ich schmelze dahin. Ich wollte schon immer in einer virtuellen Villa wohnen, an meinem virtuellen Swimmingpool liegen und mit meinem virtuellen Porsche durch die Gegend fahren. Sie wollen mir also erzählen", lenkte sie das Gespräch auf Haffstedt zurück, „dass Sie nicht das kleinste Bisschen frustriert, vielleicht sogar sauer waren, dass Veronika auf Ihre Avancen nicht eingegangen ist?"

Haffstedt ließ sich in den Drehstuhl am Schreibtisch fallen, der unter seinem Gewicht bedenklich knarzte.

„Natürlich war ich enttäuscht. Aber doch nicht so, dass ich ihr was angetan hätte. Ich meine, wenn ich alle Frauen umbringen würde, die nichts von mir wollen, würde ich als größter Serienkiller aller Zeiten in die Geschichte eingehen." Er schüttelte den Kopf. „Warten Sie – das kam jetzt falsch rüber! Ich meine nur, wenn man auf Rollenspiele, Fantasy und Science-Fiction steht, gewöhnt man sich schnell daran, dass sich die Mädchen einem nicht an den Hals werfen."

Harder drehte die Skeletor-Packung um und betrachtete die Bilder auf der Rückseite, die zu der Figur erhältliches Zubehör zeigten.

„Sie studieren doch Altertumskunde, nicht wahr?"

„Lateinische Philologie und Mediävistik."

Er wirkte froh, wenigstens auf eine der Fragen eine klare, unzweifelhafte Antwort zu haben, die ihn nicht weiter in Bedrängnis brachte.

„Kennen Sie sich mit Runenschrift aus?"

„Ich hatte da mal ein Seminar. Ich könnte das jetzt nicht ohne Weiteres lesen. Aber mit der entsprechenden Aufschlüsselung ..."

„Und der Begriff Fatrasie? Sagt Ihnen das was? Ärsche, die im Priesterdress Grammatik lehren und so'n Kram?"

Haffstedt machte eine vage Geste.

„Ja, so einigermaßen. Das ist ja ein etwas abseitiges Thema und in der Forschung ..." Er hob ratlos die Hände und ließ sie fallen, sodass sie auf seine Oberschenkel klatschten. „Hören Sie, ich verstehe nicht, was das mit Vero zu tun hat. Ich schwöre es, ich habe sie länger nicht gesehen und wer immer sie getötet hat – ich weiß nichts darüber und schon gar nicht war ich da irgendwie dran beteiligt. Ich mochte die Vero doch, trotz allem!"

Er blickte Vogt an. Er schien kurz davor, vor ihr auf die Knie zu fallen, ihre Beine zu umschlingen und sie zu beschwören, ihm doch bitte zu glauben. Er sah angeschlagen aus, ein schlaffer, zusammengesunkener Haufen Elend, der sich nur mit Mühe auf dem Stuhl hielt. Der Troll reichte ihm die Limonadenflasche, die er dankbar nahm und sofort an den Mund setzte, als handle es sich um einen Regenerationstrank, mit dem er seine Kräfte wiederherstellen konnte.

„Der Basti ist nicht gewalttätig", versicherte die Elfe mit gläsernem Lächeln. „Bei WoW ist der ein Heiler. Daran sehen Sie schon, wie friedfertig der ist!"

Dankbar blickte Haffstetdt sie an. Der Zwerg nickte gewichtig, als sei damit jeder Verdacht aus der Welt geräumt.

„Na, wenn das kein hieb- und stichfestes Alibi ist", sagte Harder.

Vogt tippte mit ihrem Kugelschreiber auf den Notizblock.

„Fällt Ihnen denn noch jemand aus Ihrer Gruppe oder diesem Mittelalter-Umfeld ein, der sich auffällig verhalten hat und der mit Veronika etwas zu tun hatte?"

Der Zwerg und der Troll schüttelten den Kopf. Haffstedt

stützte die Ellenbogen auf die Knie und atmete durch, erleichtert, dass die Beamten ihre Aufmerksamkeit zumindest für den Augenblick von ihm abzogen.

„Dieser Heiko vielleicht“, sagte die Elfe. „Wisst ihr noch? Ich weiß zwar nicht, ob der die Vero kannte. Aber auffällig war der schon, richtig strange sogar.“

„Oh ja, der war ein richtiger Freak“, sagte der Troll, eine Aussage, die in Anbetracht seiner Aufmachung gewagt anmutete. „Dem würde ich sofort zutrauen, dass er junge Frauen abschlachtet.“

Harder sah, wie Vogts Körper sich spannte.

„Wer genau ist das und woher kennen Sie ihn?“

„Wir treffen uns regelmäßig zum Rollenspiel-Kampftraining im Wald“, erklärte der Zwerg. „Da ist jeder willkommen und hin und wieder stoßen eben neue Leute dazu. Vor ein paar Wochen kam da einer, Heiko, der unbedingt mitmachen wollte. Junger Typ, Klamotten ganz in Schwarz, aber ohne Maske oder so. Sah eher aus, als wollte er zu einem Gothic-Treffen. Wir haben da natürlich alle unsere Waffen dabei“, er hob den langstieligen, mit Symbolen verzierten Plastikhammer, der an seinem Stuhl lehnte, „wir machen Übungen, führen Manöver durch oder spielen *Capture the Flag*.“

„Das Ding ist“, sagte der Troll, „dass dieser Heiko da mit einer richtigen Axt aufkreuzte.“ Zur Demonstration spreizte er die Arme, die eine eindrucksvolle Spannweite hatten. „Ein Riesenteil. Und die war nicht mal mittelalterlich oder so. Das war eine ganz normale Axt aus dem Baumarkt. Ich meine, wo ist denn da die Illusion?“

„Wir haben auf einer Lichtung einen toten Hirsch gefunden“, sagte die Elfe. „Keine Ahnung, woran der gestorben ist. Er lag einfach da, unter einem Baum. Dieser Heiko war ganz begeistert davon, hat den angefasst – voll eklig – und wollte ihm dann unbedingt den Kopf abschlagen, um ihn mitzunehmen, als Trophäe oder so. Völlig durchgeknallt! Da kriege ich jetzt noch Gänsehaut, wenn ich daran denke.“

Der Troll richtete sich in seinem Stuhl auf und streckte die Brust vor, bereit, Elfen, Feen und sonstige zerbrechliche Kreaturen jederzeit vor Übergriffen durch axtschwingende Irre zu bewahren.

„Wir haben ihm seine bescheuerte Axt weggenommen und ihm deutlich zu verstehen gegeben, dass Rollenspiele, zumindest unsere, nicht das richtige für ihn sind. Er war angepisst, hat sich aber ohne Aufstand verzogen und sich bei uns auch nicht mehr blicken lassen. Wahrscheinlich veranstaltet der jetzt seine eigenen Spiele. Aber da will ich beim besten Willen nicht dabei sein! Wie gesagt, keine Ahnung, ob er die Vero kannte. Aber möglich wäre es. Und wenn ich einmal jemanden getroffen hab, dem ich einen Mord zutrauen würde, dann ist es dieser kranke Typ!"

Vogt hetzte ihren Kugelschreiber über den Block.

„Wissen Sie, wie er weiter heißt?"

Haffstedt schüttelte den Kopf.

„Nein. Aber er ist auch hin und wieder bei Vorlesungen aufgetaucht. Hat nie ein Wort gesagt, immer nur in der letzten Reihe gesessen und ist nach Schluss immer schnell wieder verschwunden. Wenn er eingeschrieben ist, kriegen Sie seinen Namen über die Uni raus."

Harder sah Vogt fragend an. Sie ging noch einmal ihre Notizen durch, blickte auf und nickte.

„Das wäre für heute alles. Wenn Sie noch so nett wären, mir Ihre Namen, Adressen und Telefonnummern aufzuschreiben." Sie schlug eine neue Seite ihres Blocks auf und reichte ihn Haffstedt, der ihrer Aufforderung folgte und ihn an seine Freunde weitergab.

„Danke", sagte Vogt, nachdem sich alle eingetragen hatten und steckte den Block ein. „Wir melden uns dann bei Ihnen, falls wir noch weitere Fragen haben."

„In Ordnung."

Troll, Elfe und Zwerg hoben zum Abschied die Hand. Haffstedt stemmte sich aus seinem Stuhl und begleitete sie zur Tür.

„Ich finde das wirklich schrecklich mit der Vero. Das müssen Sie mir glauben!“

Vogt ging nicht darauf ein.

„Ich würde Ihnen empfehlen, in nächster Zeit nicht in Urlaub zu fahren oder aus anderen Gründen die Stadt zu verlassen.“

„Versprochen!“

Der Nachdruck, mit der er die Tür hinter ihnen schloss, ließ vermuten, dass er ihnen in diesem Moment im Bedarfsfall auch seine Nieren oder wahlweise jedes andere Organ versprochen hätte, wenn sie ihn dafür wenigstens für den Rest des Tages mit weiteren Nachfragen verschonten.

„Was meinst du?“, fragte Vogt, als sie vor dem Haus neben Harders Wagen standen. „Ist da was dran an dieser Heiko-Story oder glaubst du, die haben sich für uns was aus den Fingern gesogen, um Haffstedt zu schützen?“

„Eine Mordverschwörung von Killer-Nerds, denen das Rollenspiel nicht mehr aufregend genug war und die das Ganze mal in die Wirklichkeit verlegen wollten? Meinst du so was? Der Mördertyp scheint mir keiner von denen zu sein. Andererseits hatte Haffstedt ordentlich die Hosen voll. Es ist zu früh, da irgendwas auszuschließen. Wir gehen der Spur nach, dann sehen wir ja, was dran ist.“

„Ich rufe gleich den Professor an, damit der den Namen für uns rauskriegt.“

Vogt blickte an der Fassade des Hauses hoch bis zu dem erleuchteten Fenster von Haffstedts Wohnung, als erwarte sie, seine breite Silhouette neben dem zurückgeschlagenen Vorhang zu sehen. Aber das Fenster war leer.

„Sonderbar ist der schon, so erschüttert er sich auch gegeben hat. Ich meine, ein halbwegs erwachsener Mann, der immer wieder aus der Wirklichkeit in Fantasiewelten flieht und seine Wohnung mit Spielzeugfiguren vollstopft ... wer weiß, wie der auf die Zurückweisung einer Frau reagiert.“

Harder zuckte die Achseln.

„Die Jungs und das Mädel da oben hatten in der Schule sicher eine harte Zeit, typische Außenseiter. Was die veranstalten, gibt ihnen das Gefühl irgendwo dazuzugehören, in Sicherheit zu sein. Und jeder von uns betreibt schließlich seine kleineren oder größeren Realitätsfluchten."

„Wie du heute schon eindrucksvoll vorgeführt hast!"

„Im Übrigen sind diese Figuren kein Spielzeug."

Er zog die Packung mit dem kleinen Skeletor aus seinem Hosenbund.

„Das sind Sammlerstücke."

„Du hast einen potenziellen Verdächtigen beklaut?"

Entrüstet wollte Vogt ihm die Figur wegnehmen, aber er entzog sie rasch ihrer Reichweite.

„Bring das Ding lieber zurück und sag, es war ein Versehen, sonst hängt Haffstedt uns eine Beschwerde an den Hals."

Harder riss die Verpackung auf.

„Und so viel zum Sammlerstück!"

Er nahm Skeletor heraus und deutete auf den Widderkopf auf seinem Stab.

„Das ist Beweismaterial." Er blickte in Skeletors schwarze Augenhöhlen. „Außerdem ist der ein Super-Maskottchen für Mordermittler! Oder fällt dir eine bessere Möglichkeit ein, sich den Tod in die Tasche zu stecken?"

9

Natürlich waren die Russen schon da. Gleich beim Einbiegen auf den Krankenhausparkplatz sah Harder sie bei einem fetten schwarzen Mercedes herumlungern, Sergej und einen Typen, der ohne Weiteres als Hulks großer, hässlicherer Bruder durchginge. Beide trugen schwarze Lederjacken über schwarzen T-Shirts, dazu schwarze Jeans und schwarze Stahlkappenstiefel, wie aus dem Modekatalog für russische Mafia-Schurken. Harder fand es wieder mal erstaunlich, wie meisterhaft sie mit ihrer Umgebung verschmolzen, ungefähr so unauffällig wie zwei Panzerknacker, die, Vorschlaghammer und Brecheisen über der Schulter, vor einer Bank darauf warteten, dass die Nacht hereinbrach. Auf der anderen Seite hatten sie es nicht nötig, Verstecken zu spielen. Sie wussten, dass ihnen über kurz oder lang niemand durch die Lappen ging.

Der Hulk wirkte gelangweilt. Er stand an den Benz gelehnt und säuberte sich die Fingernägel mit einem Springmesser. Sergej tigerte von der Motorhaube zum Kofferraum und zurück und rauchte eine Zigarette in hastigen Zügen. Der Boden war mit Stummeln übersät. Harder fragte sich, warum sie sich, offenbar keine großen Leser, nicht zum Zeitvertreib einen Hacky-Sack oder wenigstens ein JoJo mitbrachten. Wahrscheinlich war Rasputin dagegen, ebenso wie gegen farbenfrohe Klamotten. Es war bedrückend – im Leben eines Unterwelt-Schergen war wenig Raum für Spaß und Spiel.

Vogt lenkte den Wagen in ihre Richtung, um möglichst nah am Eingang zu parken. Obwohl die beiden eindeutig keine teilnahmsvollen Besucher waren, die sich nach dem Genesungsverlauf eines Angehörigen erkundigen wollten, sondern eher in die Kategorie Berufsschläger gehörten, die das Ergebnis ihrer Arbeit prüfen wollen, schienen sie Vogt nicht zu beunruhigen. Erst, als sich der Hulk von dem Mercedes löste und einen Schritt auf sie zumachte, verlangsamte sie den Wagen. Der Hulk steckte das Messer ein, machte Sergej ein Zeichen und reckte sein klumpiges Kinn in ihre Richtung. Aber Sergej hatte sie schon bemerkt. Er stellte sich breitbeinig auf, die Fäuste geballt und starrte ihnen grimmig entgegen. Beim Anblick seines Gesichts mit den Glubschaugen, den Segelohren und dem Fischmaul hätte selbst ein tollwütiger Werwolf den Schwanz eingekniffen und winselnd die Flucht angetreten. Wenn es darum ging, grimmig zu gucken, machte Sergej so schnell keiner was vor.

Vogt hielt den Wagen in einiger Entfernung an, ließ aber den Motor laufen, sodass sie schnell zurücksetzen könnte, sollte es Sergej einfallen, vorzustürmen, mit einem Sprung auf die Motorhaube zu setzen und die Windschutzscheibe mit der bloßen Faust einzuschlagen, ein Unterfangen, das er, seiner Miene nach, durchaus in Erwägung zog.

„Wollen die was von dir?", fragte Harder und drehte sich eine Zigarette. „Verschmähte Liebhaber? Aufbrausende Ex-Ehemänner?"

„Keiner, der sich von mir scheiden ließe, könnte sich nachher noch so einen dicken Schlitten leisten. Irgendwie habe ich so eine Ahnung, dass die eher zu deinem Freundeskreis gehören."

Er steckte sich die Zigarette zwischen die Lippen und zündete sie mit seinem Zippo an.

„Warte hier! Ich regle das!"

„Sicher?"

„Keine Sorge! Konfliktvermeidung ist voll mein Ding!"

Skeptisch sah Vogt zu, wie er seine Tür öffnete und ausstieg. Sie stellte den Motor ab und löste ihren Gurt.

Sergej und der Hulk setzten sich in Bewegung. Sergej hatte es besonders eilig. Harder ging ihnen entgegen.

„Jungs, ihr steht auf einem Behindertenparkplatz und das auch noch quer! Ich weiß, Sergej, dass deine fette Mutter mit ihrem Riesenarsch mal zu lange auf dir gesessen hat, als du ein Kleinkind warst, und dein Kumpel sieht stark nach Autist aus – aber ohne den entsprechenden Ausweis muss ich euch leider einen Strafzettel ausstellen!“

Sergej antworte schlagfertig – mit einer rechten Geraden, bei der Harder die Kippe aus dem Mund flog. Er ging zu Boden und landete hart auf den Knien. Der Geschmack von Blut füllte seinen Mund, als hätte er den Rost von einer Eisenstange geleckt. Er spuckte rot auf den Asphalt und prüfte seine Zähne mit der Zungenspitze. Es schien keiner zu fehlen. Allerdings hatte Sergej vor, das zu ändern. Er stand mit geballten Fäusten über Harder, blickte auf ihn nieder und bedachte ihn mit einem russischen Schimpfwort, dessen Bedeutung Harder auf Teufel komm raus nicht einfallen wollte, obwohl es nicht das erste Mal war, dass es ihm jemand an den Kopf warf, für gewöhnlich, wie heute, begleitet von irgendeiner Form physischer Gewalt. Harder wartete darauf. Er war zu benommen, um nennenswerten Widerstand zu leisten, abgesehen davon, dass er gegen den prügelerprobten Sergej ohnehin keine Chance hätte und ihn mit seiner schwächlichen Gegenwehr höchstens weiter reizen könnte. Mit stoischer Gelassenheit – auch diese Wunden würden heilen – machte er sich auf den Schlag gefasst, den Tritt oder was immer Sergej sich für ihn einfallen lassen würde.

Aber es kam nichts. Stattdessen vollführten Sergejs Füße einen stolpernden Schritt. Harder blickte auf und sah gerade noch, wie Vogt ihm den Ellenbogen durch das Gesicht zog und Sergej mit einem Stoß, bei dem sie ihm gleichzeitig die Beine wegfegte, in Rückenlage brachte. Er hielt sich stöhnend die Hände vor das Gesicht. Zwischen seinen Fingern quoll Blut hervor. Der Hulk schickte sich an, die Ehre des russischen Mannes wiederherzustellen. Ganz Kavalier der alten Schule zögerte er jedoch eine Zehntelsekunde, bevor er Vogt mit einem gewaltigen Schwinger den Schädel von den Schultern zu hauen versuchte – Zeit genug für sie, ihm das Knie mit einer Wucht zwischen die Beine zu rammen, die ihm wahrscheinlich die Eier in die Bauchhöhle beförderte. Er gesellte sich zu Harder und Sergej auf den Asphalt und krümmte sich jammernd in Fötusstellung zusammen.

Vogt, die Hände in Verteidigungshaltung, vergewisserte sich, dass die beiden außer Gefecht waren und keine weiteren Angreifer auf sie zustürmten, bevor sie zu Harder trat, ihn unter den Achseln griff und auf die Füße zog.

„Super geregelt hast du das! Konfliktfrei wie Gandhi. Hier."

Er nahm das Taschentuch, das sie ihm hinhielt und presste es sich auf die aufgeplatzte Lippe, während er den stöhnenden Sergej und den Hulk betrachtete, der sich vom Jammern aufs Wimmern verlegt hatte.

„War das jetzt Yoga oder Pilates?"

„Krav Maga. Mit dem Nach-unten-schauenden-Hund kannst du bei ner Schlägerei nicht viel reißen! Wobei, mit diesen Amateuren wären auch die Mädels aus meinem Ashtanga-Kurs fertig geworden. Nichts für ungut, Harder!"

„Schon in Ordnung. Aber du solltest was tun, um deine Aggressionen unter Kontrolle zu kriegen. Da scheint sich was in dir aufgestaut zu haben. Ich meine, ich wusste, dass du passiv-aggressiv bist. Aber das hier war schon ziemlich aktiv ..."

Er ging neben Sergej in die Hocke, der mit ausgestreckten Beinen auf dem Hosenboden saß wie ein Kind, das von einem größeren im Sandkasten geschubst worden war. Er sah Harder anklagend an und nahm die Hände herunter, als wollte er ihm den Schaden vorführen, den Vogt in seinem Gesicht angerichtet hatte. Harder zog eine Grimasse.

„Scheiße, Vogt! Du hast Sergej die Nase gebrochen."

„Na und?"

„Wie, na und? Der arme Kerl sah doch nun wirklich schon übel genug aus! Die Nase war das einzige, das bei ihm noch einigermaßen durchging. Außerdem gab es wirklich keinen Grund, so auszurasten. Die wollten doch nur reden!"

„Er hat dir direkt eine reingehauen!"

„Offenbar sprichst du kein Russisch." Er fasste Sergej an der Schulter. „Alles klar, Kumpel?"

Sergejs Glubschaugen richteten sich auf Vogt, die den ramponierten Berufsschläger mit spöttischer Genugtuung betrachtete.

„Ich fick dich, du Hure!", blubberte er durch das Blut, das ihm aus der Nase in den Mund lief.

Harder tätschelte ihm den Rücken.

„Das willst du nicht, Sergej! Die ist Veganerin."

Sergej schien über diese Eröffnung noch verdutzter als über die Tatsache, dass er gerade von einer Frau vermöbelt worden war. Er hatte jedoch keine Gelegenheit, seinem Erstaunen Ausdruck zu verleihen. Die Hintertür des Mercedes wurde aufgestoßen und Rasputin sprang mit einem Satz von der lederbezogenen Rückbank. Mit seinem dunkelblauen Hemd, der grauen Stoffhose und den braunen Halbschuhen (vermutlich alles aus der Kinderabteilung) war er im Gegensatz zu seinen Angestellten geradezu farbenfroh gekleidet. Harder stand auf. Sergej senkte beschämt den Kopf. Der Hulk war noch nicht in einem Zustand, in dem er an den Ereignissen um sich herum Anteil nehmen konnte. Rasputin marschierte mit kurzen Schritten an seinen zerschlagenen Angestellten vorbei, ohne ihnen die geringste Beachtung zu zollen.

„Nette Showeinlage!"

Er baute sich vor Vogt auf, so gut es ihm bei seinem Kleinwuchs möglich war, und maß sie mit dem Sachverstand eines Boxpromoters.

„Wir veranstalten jeden Mittwoch ein Damen-Wrestling in einem meiner Klubs – knappe Kostüme, Babyöl und ein Planschbecken als Arena, eine Attraktion für Kunden mit, sagen wir, robustem Unterhaltungsanspruch. Sie haben das Talent und, wenn Sie erlauben, die Figur. Ich könnte Sie da reinbringen, wenn Sie Interesse hätten. Wir haben stattliche Siegprämien, mit denen Sie sich Ihr Gehalt ein wenig aufstocken könnten."

Vogt überschlug sich nicht gerade vor Begeisterung.

„Klingt verlockend. Aber mittwochs tanze ich schon in einem billigen Stripschuppen an der Stange und genieße es, mir von sabbernden Lustmolchen Schweinereien zugrölen zu lassen, weil ich mich dadurch in meiner Minderwertigkeit als Frau bestätigt fühle. Später sitzen meine Freundinnen und ich dann zusammen, tauschen Kochrezepte aus, diskutieren die besten Arten, Männer zu befriedigen und lästern darüber, dass Karrierefrauen nur so ehrgeizig sind, weil sie keinen abkriegen. Wenn wir richtig gut drauf sind, schreiben wir auch noch Drohbriefe an die Frauenbeauftragte und verbrennen die neueste Ausgabe der *Emma*. Aber danke für das Angebot!"

Rasputins Jungengesicht zeigte ehrliches Bedauern.

„Schade! Sie hätten da eine große Zukunft." Er wandte sich Harder zu und hielt ihm das ausgestreckte Händchen hin. „Lass mich nicht lange bitten, okay?"

Harder beugte sich seufzend in den Passat, zog den braunen Umschlag, in dem das Preisgeld vom Roulette steckte, unter dem Beifahrersitz hervor und reichte ihn Rasputin.

„Besten Dank! Als fairer Sportsmann musst du zugeben, dass du es nicht wirklich verdient hast."

Er gab den Umschlag an Sergej weiter, der sich aufgerappelt hatte und froh schien, sich nützlich machen zu können, anstatt nur betreten herumzustehen. Er gab jedoch darauf acht, nicht in Vogts Reichweite zu kommen.

„Da wir das geklärt haben, bliebe, abgesehen von dem Geld, das du mir sowieso noch schuldest, die Kleinigkeit eines zerschossenen Champagnerkühlers aus Kristall samt Inhalt – fünf Liter feinstes französisches Prickelwasser – ganz abgesehen von dem durch kein Geld aufzuwiegenden Image-Schaden, den du mir und meinem Etablissement zugefügt hast. Das Publikum war zwar ganz angetan – die Leute lieben solche Action-Einlagen. Aber schließlich waren sie da, um Köpfe und nicht Flaschen zerplatzen zu sehen. Wenn ich da nicht liefere, schadet das meinem Ruf."

„Na ja", sagte Harder, „wenn das nächste Mal eine Runde Roulette auf dem Programm steht, könnte ich ..."

Rasputin unterbrach ihn mit einem charmanten, aber verstörend vielsagenden Lächeln.

„Ich denke, wir werden eine andere Art der Wiedergutmachung finden."

„Oder", Vogt ignorierte Harders warnende Geste, „Sie hören auf, einen Kriminalkommissar der Berliner Polizei unter Druck zu setzen. Sonst können wir Sie gerne mit auf die Wache nehmen, Sie in einen Schuhkarton sperren und Sie durch die Luftlöcher mit Brotkrumen füttern. Was halten Sie davon?"

Rasputin war nicht beeindruckt. Es brauchte schon etwas mehr, um einen Clanchef der Russenmafia einzuschüchtern, der sein Geschäft von der Pike auf gelernt und eine Tournee durch sämtliche Zuchthäuser und Straflager seines Heimatlandes absolviert hatte.

„Eine aufbrausende Kollegin hast du da."

Harder boxte ihr freundschaftlich auf den Oberarm.

„Sie hat Probleme mit ihrem Temperament. Wir haben schon darüber gesprochen."

Harder lächelte ihr zu. In dem Lächeln lag die Bitte, sich weiterer Bemerkungen zu enthalten. Vogt schien nicht abgeneigt, ihm die gleiche Behandlung zukommen zu lassen, mit der sie Sergejs Gesicht neu gestaltet hatte. Aber sie sagte nichts mehr.

„Ein hoher Ermittler der Mordkommission", fuhr Rasputin fort, „kann mir sicher bei Gelegenheit gute Dienste leisten, um seine Schulden abzutragen. Voraussetzung dafür ist natürlich, dass du mittelfristig deinem Beruf erhalten bleibst. Nach allem, was man so hört, könnte deine Karriere als Freund und Helfer in absehbarer Zeit zu Ende gehen, wenn du diese Mordgeschichte nicht auf die Reihe kriegst. In diesem Fall könnte ich nichts mit dir anfangen und wäre gezwungen, unsere Differenzen nach traditioneller russischer Sitte zu bereinigen. Das wäre unbefriedigend für beide Seiten und obendrein eine Riesensauerei. Ich schlage also vor, du gibst dir Mühe und findest diesen Psychopathen. Wir hören voneinander!"

Er vollführte eine kleine Verbeugung vor Vogt.

„Frau Kommissarin. War mir ein Vergnügen!"

Er schnippte mit den Fingern und zog von dannen. Der Hulk stemmte sich ächzend auf die Beine, schaffte es allerdings nicht, sich vollständig aufzurichten, und schleppte sich vorgebeugt Richtung Wagen, um Rasputin die Hintertür aufzuhalten. Sergej warf Vogt noch einen weniger wütenden als vorwurfsvollen Blick zu, aus dem nicht zu schließen war, ob er sich auf die gebrochene Nase oder die Blamage bezog, die sie ihm vor seinem Boss zugefügt hatte, und trottete ergeben hinterdrein. Er hätte sicher nichts dagegen gehabt, kurz in der Notaufnahme vorbeizuschauen, um sich die Nase richten zu lassen. Aber Rasputin war nicht in der Stimmung, solche Gefälligkeiten zu gewähren.

Harder und Vogt sahen zu, wie die drei in den Mercedes stiegen und an ihnen vorbei vom Parkplatz rollten. Vogt wartete, bis sie die Schranke passiert hatten, abgebogen und am Ende der Straße außer Sicht waren.

„Es geht nichts über gute Freunde! Zerschossene Champagnerkühler? Zerplatzende Köpfe? Was zur Hölle treibst du in deiner Freizeit?"

„Wir sind ein Tischfußballteam." Er deutete auf das Krankenhaus und setzte sich in Bewegung. „Kommst du?"

Vogt blickte auf den Passat, der zwar mitten auf der Fahrbahn zwischen den Parktaschen stand, aber keine anderen Autos blockierte.

„In Ordnung!"

Sie folgte ihm Richtung Eingang, über dem, da es zu dunkeln begann, gerade ein weißes Leuchtschild anging. Trotz seines Unwillens, darüber zu sprechen, war sie nicht so gnädig, das Thema fallenzulassen.

„Aber mal im Ernst: Du hast bei der Russenmafia Schulden gemacht? Bist du irre?"

„Die haben günstigere Zinsen als eine Bank", sagte er über die Schulter, „und als Sicherheit genügen ein paar Daumen, die sie dir brechen können. Bei diesen Konditionen konnte ich nicht nein sagen."

Vogt verzichtete darauf, seine Finanzplanung näher zu kommentieren.

„Woher wussten die eigentlich, wo sie dich finden?"

„Das ist leicht. Ich komme jeden Abend her."

Vogt holte zu ihm auf. Die Schiebetüren glitten vor ihnen auseinander und sie traten in den von Neonröhren beleuchteten Eingangsbereich.

„Okay, und wenn die Russenmafia so gut über deine Gewohnheiten Bescheid weiß, erklärst du mir als deiner Partnerin dann vielleicht auch mal, was wir hier machen, während wir eigentlich auf Mörderjagd sein sollten? In einer knappen Stunde müssen wir bei der Dienstbesprechung sein. Wir haben wirklich keine Zeit für irgendwelche privaten Erledigungen, auch wenn sie darin bestehen, dass du dir die Fresse polieren lässt."

„Wir besuchen nur kurz jemanden. Und es könnte unseren Ermittlungen sogar nützen."

„Wen? Einen Informanten oder so was?"

„So ungefähr. Geht auch ganz schnell, versprochen!"

Sie machte eine zweifelnde Miene, gab sich aber fürs Erste damit zufrieden.

„Übrigens", sagte er, während sie auf den Aufzug warteten, „solltest du dir Rasputins Angebot mit dem Wrestling noch mal überlegen. Könnte dir nicht schaden, dich hin und wieder mal so richtig auszutoben. Dann flippst du vielleicht nicht gleich aus, wenn einer mit der Hand zuckt."

„Kann sein", erwiderte sie. „Aber wer rettet dir dann den Arsch?"

10

Der alte Mann röchelte, als versuchte er, das letzte bisschen Leben aus sich herauszuwürgen, das sich gegen seinen Willen in seinem ausgemergelten Körper festkrallte. Er stützte seine mageren Arme auf die Matratze, stemmte sich ächzend auf und lehnte sich aus dem Bett, um mühsam etwas, das aussah wie braunes Gewölle, in eine metallene Nierenschale zu spucken, die auf dem Beistelltisch stand. Er sank seufzend zurück, als hätte ihn dieser Kraftakt seine letzten Reserven gekostet und fuhr sich mit einer knochigen Hand über den Mund, den er mit seiner trockenen Zunge vergeblich zu befeuchten versuchte. Harder trat an sein Bett, beugte sich über ihn und drückte ihm einen Kuss auf die von Altersflecken gesprenkelte Stirn, über der ihm einige dünne weiße Haarbüschel erhalten geblieben waren.

„Na, du Schwerenöter“, sagte Harder. „Wie viele Krankenschwestern hast du heute vernascht?“

Der alte Mann sah ihn missbilligend an, legte aber gleichzeitig seine Hand, an der eine Kanüle mit Infusionsschlauch festgeklebt war, auf Harders Unterarm und drückte ihn.

„Red keinen Unsinn, Thomas!“ Seine Stimme klang wie trockenes Laub, durch das man mit den Schuhen scharrt. „Es gibt nicht genug Medikamente, um mich dafür noch mal instand zu setzen. Sonst hätte ich mir längst eine Dosis verschreiben lassen, das kannst du mir glauben.“

Er wandte den Kopf ab und hustete rasselnd in sein Kissen. „Ein Schlückchen aus deinem Flachmann und eine Selbstgedrehte könnten mir allerdings auf die Sprünge helfen.“

Vogt, die in der Tür stehen geblieben war, machte sich bereit, einzuschreiten, sollte Harder sich anschicken, diesem Wunsch nach Selbstmedikation nachzukommen. Sie war überrascht, als er den Kopf schüttelte und dem Alten stattdessen den gelben Becher reichte, der neben der Spuckschale stand.

„Ich fürchte, du musst dich mit Hagebuttentee zufriedengeben.“

Der alte Mann verzog das Gesicht, protestierte jedoch nicht, sondern nahm den Becher und führte ihn folgsam zum Mund. Harder stützte ihn und half ihm, zu trinken. Er schlürfte den Tee durch einen schmalen Spalt zwischen seinen Lippen, wobei ein dünnes Rinnsal aus seinem Mundwinkel und auf das weiße Krankenhausnachthemd lief, das schon mit einigen unbestimmbaren Flecken beschmutzt war. Er hatte sichtlich Schwierigkeiten, zu schlucken, und der Becher schien schwerer und schwerer zu werden, sodass er ihn kaum noch halten konnte. Seine Hände zitterten immer stärker und mit jedem Schluck verkleckerte er ein wenig mehr Tee. Er setzte den Becher ab und Harder stellte ihn zurück an seinen Platz. Vogt sah zu, wie Harder ihm die Teereste mit einem Tuch abtupfte, ihm das Kissen zurechtzog und ihm half, sich im Bett ein wenig höher zu legen.

„Und, Kalle – was tut sich hier so?“

Kalle sah mit müden Augen zu ihm auf und hätte wohl die Schultern gezuckt, wenn es ihm nicht zu anstrengend gewesen wäre.

„Alles beim Alten! Die Ärzte sonnen sich in ihrem halbgöttlichen Glanz, die Schwestern sehnen sich danach, ihnen in der Mittagspause einen blasen zu dürfen, drumherum das große Stöhnen und Verrecken und ich liege mittendrin, würge den Fraß runter, den sie mir hinstellen, pinkele durch einen Schlauch“, er machte eine schwache Geste in Richtung des Katheterbeutels, der zu drei Vierteln gefüllt an seinem Bett hing, „und warte darauf, dass die ganze Chose vorbei ist.“

Harder nickte. Vogt konnte sehen, wie sich Betroffenheit über sein Gesicht legte. Er schob sie jedoch sofort beiseite, zwang sich zu lächeln und klopfte Kalle zuversichtlich, wenn auch sachte auf die Schulter.

„Das Essen ist immer noch scheiße, was? Das nächste Mal

schmuggel ich dir ein fettes Steak rein. Wir finden schon eine Möglichkeit, das zu pürieren. Übrigens, Kalle", er trat einen Schritt zur Seite, damit er an ihm vorbei zur Tür sehen konnte, „das ist meine Kollegin Claudia Vogt. Vogt, das ist Kalle!"

Der alte Mann drehte den Kopf ein wenig und lächelte ihr zu, wobei sich seine dünne Haut über seinem Gesicht spannte, als wolle sie zerreißen.

„Schön, dass Sie mich besuchen kommen!"

Vogt erwiderte sein Lächeln. Aber ihre Lippen wollten sich nicht recht voneinander lösen.

Ein „Hallo!" brachte sie dennoch hervor.

Sie machte einen halben Schritt vorwärts, konnte sich aber nicht überwinden, an sein Bett zu treten. Es war, als läge eine Zone um ihn, die zu betreten sie scheute. Kranke und gebrechliche Menschen hatten diese Wirkung auf sie. Der Tod schreckte sie nicht. Leichen machten ihr nichts aus und wenn es um die Beurteilung etwa eines Mordes ging, fiel es ihr leicht, kühl und sachlich zu bleiben. Bei Sterbenden war es etwas anderes. Es war nicht so, dass sie das Leiden anderer nicht ertrug. Sie hatte schon zu viel Elend gesehen, als dass sie beim Anblick einer schlimmen Wunde oder eines sich in Schmerzen windenden Kranken in Ohnmacht gefallen wäre. Es war auch nicht so, dass sie sie an ihre eigene Sterblichkeit erinnerten und sie den Gedanken nicht ertrug, irgendwann selber an ihrer Stelle zu sein. Es lag einfach daran, dass sie nicht wusste, wie sie mit ihnen umgehen sollte. Sie waren noch nicht tot. Sie atmeten, dachten, fühlten und redeten wie lebendige Menschen. So richtig lebendig waren sie aber auch nicht mehr. Sie standen auf der Schwelle. Man konnte mit ihnen nicht über alltägliche Dinge sprechen, das Wetter, die Nachrichten, Filme oder Musik. Alles hatte einen Unterton, der es mit dem Tod in Verbindung brachte. Sie fühlte sich hilflos in der Gegenwart dieses Mannes, der eindeutig schon näher am Tod als am Leben war. Am liebsten wäre sie zurück in den Korridor gegangen und hätte dort auf Harder gewartet. Aber sie wollte nicht unhöflich sein. Sie hoffte nur, dass Harder es bei einem Kurzbesuch bewenden ließe. Sie wollte weg, raus aus der Beklemmung, in die dieser Mann und sein naher, wie in der Schwebe gehaltener Tod sie versetzte.

„Alles klar“, sagte Harder. „Ich lass euch zwei dann mal ein Weilchen allein.“

Bevor sie Einspruch einlegen konnte, war er schon an ihr vorbei und aus der Tür. Kalle lächelte ihr entgegen und bedeutete ihr, näher zu kommen.

„Entschuldigen Sie mich kurz“, sagte sie und hastete Harder nach.

„Wo willst du denn hin?“, zischte sie, als sie ihn auf dem Gang eingeholt hatte, packte ihn am Jackenärmel und hielt ihn fest.

„Pissen. Ist nervig, ich weiß, aber als Besucher kriegt man hier keinen Katheter. Und wenn man die Schwestern danach fragt, halten die das gleich für ne Anmache.“

Sie hatte Mühe, ihre Stimme zu dämpfen.

„Du kannst mich doch nicht mit ihm allein lassen. Ich meine ... wir kennen uns doch gar nicht!“

Er machte seinen Ärmel los.

„Ernsthaft? Du verkloppst zwei russische Schläger und hast dann Angst vor einem alten Mann? Glaubst du, der zerrt dich in sein Bett und fällt über dich her?“

„Red keinen Quatsch! Es ist nur ...“

Sie gestikulierte in Richtung des Zimmers.

„Worüber soll ich denn mit ihm reden?“

„Weiß nicht. Über das, worüber alte Leute halt gern reden, Herzinfarkte, Uschi Glas, Zweiter Weltkrieg, solche Sachen. Du machst das schon!“

Er zog eine Packung Kaugummi aus der Hosentasche und hielt sie ihr hin.

„Willst du? Beruhigt die Nerven.“

Sie zog sich einen Streifen heraus.

„Was ist das für ein Geschmack?"

„Nikotin."

Sie gab ihm den Streifen zurück.

„Nein, danke. Aber löblich, dass du aufhören willst."

„Wieso aufhören?" Er wickelte das Kaugummi aus, steckte es in den Mund und begann zu kauen. „Die Dinger nehm ich nur da, wo ich nicht rauchen kann." Er griff sie an der Schulter, drehte sie herum und schob sie sanft an. „Geh wieder rein! Alles, was du tun musst, ist, nicht durchzudrehen und ihm den Infusionsschlauch abzuknicken oder ihm ein Kissen aufs Gesicht zu pressen, um deine Sozialneurosen zu überspielen. Er ist ein netter Kerl. Ihr werdet schon miteinander auskommen. Ich bin gleich wieder da."

Er wandte sich um und entfernte sich eilig über den Korridor.

„Und dann erklärst du mir vielleicht auch mal, wie das hier bitteschön unsere Ermittlungen voranbringen soll!", rief Vogt ihm hinterher.

Aber er winkte nur über die Schulter. Sie wollte ihm noch nachrufen, dass die nächsten Toiletten einem Schild zufolge in der anderen Richtung lagen. Aber er war schon um die nächste Ecke verschwunden. Ratlos blieb sie auf dem Gang stehen. Sie überlegte, ob sie nicht selbst zur Toilette gehen und sich in der Kabine einschließen oder vielleicht einen Getränkeautomaten suchen und die Entscheidung zwischen stillem und Sprudelwasser so lange hinauszögern sollte, bis Harder wieder da war. Der alte Mann hätte es ihr sicher nicht übel genommen. Er kannte sie ja nicht, sie hatten nichts miteinander zu bereden und außerdem musste ihm klar sein, dass seine Gesellschaft für die Lebenden, also noch so richtig Lebenden, alles andere als angenehm war. Aber sie wusste, dass sie sich deswegen später erbärmlich und charakterlos vorgekommen wäre und es war leichter, für den Moment ihre Hemmungen zu überwinden, als nachher tagelang darüber nachgrübeln zu müssen, wieso ihr der Umgang mit „solchen

Leuten“ eigentlich so schwerfiel und was sie unternehmen konnte, um diese tief sitzenden Ängste, Neurosen oder was es auch war abzulegen. Eine Mordermittlung war nicht der passende Rahmen, um sich mit seinen persönlichen Verschrobenheiten auseinanderzusetzen. Ein wenig gesunde Verdrängung musste da reichen.

Zögerlich kehrte sie in das Zimmer zurück.

Der alte Mann lag gerade ausgestreckt in seinem Bett. Sie musste sich geradezu gewaltsam ermahnen, dass er einen Namen hatte: Kalle. Aber obwohl sie ihn sich mehrmals still vorsagte, wollte er nicht recht zu ihm passen. Kein Name, fand sie, hätte gepasst. Namen waren etwas für die Lebenden. Man verlor sie im Sterben wie alles andere auch. Kalle regte sich nicht, als sie eintrat. Er war wie erstarrt. Seine Hände waren auf der Brust gefaltet. Sein Mund war geschlossen. Seine Augen blickten leer zur Decke. Vogt räusperte sich. Er zeigte kein Lebenszeichen, nicht einmal einen Lidschlag. Sie blieb in der Tür stehen und versuchte, das Heben und Senken seiner eingefallenen Brust unter der Decke zu erkennen. Aber sie konnte nicht die kleinste Bewegung ausmachen.

„Kalle?“

Er antwortete nicht.

„Großartig“, dachte sie. „Er sucht sich zum Sterben genau die fünf Minuten aus, die ich mit ihm verbringen soll.“

Sie blickte über den Korridor. Es war niemand zu sehen, weder ein Arzt noch eine Schwester, die sie über sein mehr oder minder spontanes Ableben unterrichten könnte. Obwohl sie wusste, dass es unbegründet war (und Harder ihr schwerlich Vorwürfe machen konnte), hatte sie ein schlechtes Gewissen, als hätte sie ihre Aufsichtspflicht vernachlässigt wie ein gedankenloser Babysitter. Andererseits musste sie sich eingestehen, dass sie sich erleichtert fühlte. Wenn Kalle so entgegenkommend war, in dem kurzen Moment ihrer Abwesenheit abzutreten, ersparte er ihr ein krampfiges Gespräch. Sie trat an das Bett, leise, als könne sie ihn stören, und betrachtete ihn. Er schien ihr nicht mehr einschüchternd. Er hatte das friedliche Aussehen frisch Verstorbener (sobald die Verwesung einsetzte, dauerte es freilich nicht mehr lange und von diesem Frieden war nicht mehr viel übrig). All die Beschwerden, die Alter und Krankheit ihm aufgebürdet hatten, hatte er hinter sich gelassen, war ihnen entschlafen in sanfte, unantastbare Ruhe. Sie streckte die Hand aus, um den Knopf zu drücken, mit dem man die Schwester verständigte, und fuhr mit einem Schrei zurück, als Kalle ihr sein Gesicht zudrehte.

„Entschuldigung", sagte er und lächelte. „Ich wollte sie nicht erschrecken. Manchmal übe ich. Man will ja vorbereitet sein, wissen Sie?"

Sie brauchte einen Augenblick, um sich zu fassen. Beinahe bereute sie es, Harders Kaugummi nicht angenommen zu haben – sie hätte sogar eine Zigarette genommen, wenn ihr jetzt jemand eine angeboten hätte.

„Verstehe", sagte sie, als gebe es nichts Natürlicheres, als zwischendurch seine eigene Leiche zu spielen. Er sah zu ihr auf, erwartungsvoll, als sei es ihre Aufgabe, ihm die Zeit bis zum Tod zu vertreiben. Jetzt, wo sie schon neben dem Bett stand, konnte sie nicht mehr zurückweichen, um den gebotenen Sicherheitsabstand wiederherzustellen. Sie blickte im Zimmer umher, um ihn nicht ansehen zu müssen und gezwungen zu sein, das unbehagliche Thema, das er mit seiner Darbietung angeschnitten hatte, zu vertiefen. Aber die Einrichtung, Beistelltisch, Einbauschrank, ein einzelner Stuhl, gab nichts her, das eine nähere Auseinandersetzung gerechtfertigt hätte und auch sein Katheter und sein Tropf boten nicht gerade wünschenswerten Gesprächsstoff.

„Kann ich irgendwas für Sie tun? Brauchen Sie was?", fragte sie in der Hoffnung, er würde sie fortschicken, um frischen Tee zu machen oder ihm eine Zeitung vom Kiosk im Erdgeschoss zu holen, ein Weg, den sie mühelos auf eine Viertelstunde ausdehnen könnte.

„Meine Bettpfanne ist voll."

Mit viel Überwindung gelang ihr ein verständnisvolles Lächeln.

„Nur ein Scherz", erlöste er sie. „Ich krieg Verstopfung von dem Laden hier. Setzen Sie sich doch."

Hoffnungsvoll schaute sie zur Tür. Aber Harder ließ sich noch nicht blicken. Notgedrungen zog sie den Stuhl heran, der neben dem Einbauschrank in einer Ecke stand.

„Sie arbeiten also mit Thomas zusammen, ja? Wie lange schon?"

Er merkte, wie sehr ihr Beisammensein sie verkrampfte – auch wenn er es wahrscheinlich nicht auf die wahren Gründe zurückführte – und sie war ihm dankbar, dass er die Gesprächsführung übernahm.

„Ich bin erst vor ein paar Monaten nach Berlin gezogen. Und Harder, ich meine: Thomas hat ja eine Weile ausgesetzt und ist gerade erst wieder eingestiegen. Das ist daher das erste Mal, dass wir zusammen einen Fall bearbeiten. Es ist eine ... interessante Erfahrung."

„Das kann ich mir vorstellen. Thomas ist schon besonders."

„Keine Frage."

Unter gewöhnlichen Umständen wäre Harder nicht ihre erste Themenwahl gewesen. Aber jetzt war sie froh, dass es etwas gab, worüber sie sprechen konnten, anstatt in bedrückendem Schweigen zusammenzusitzen.

„Und Sie? Sind Sie mit ihm verwandt?"

Kalle deutete ein Kopfschütteln an. Zu mehr schien ihm die Kraft zu fehlen.

„Verwandt nicht. Ich habe früher für seine Familie gearbeitet."

„In einer Firma oder so?"

„Bei ihnen zu Hause, in ihrer Villa bei Potsdam. Ich war da Gärtner, Chauffeur, Hausmeister, von allem ein bisschen."

Vogt gelang es nicht, ihn sich dabei vorzustellen, wie er eine Hecke schnitt, einen Wagen wusch oder auch nur eine

Glühbirne wechselte. Angesichts seines Zustands schien es undenkbar, dass er jemals etwas anderes getan hatte, als hier zu liegen, zu husten, zu röcheln und auf sein Ende zu warten.

„Meine Frau war Köchin und Kindermädchen." Sein Blick rutschte an ihr vorbei zu Boden. „Sie ist vor ein paar Jahren verstorben."

Sie hätte ihm gerne gesagt, dass es ihr leidtat. Aber sie traute sich nicht. Sie hatte Angst, nicht den richtigen Tonfall zu treffen und beschränkte sich auf einen teilnahmsvollen Blick.

„Ich wusste nicht, dass seine Familie so wohlhabend ist", sagte sie stattdessen, nur um irgendetwas zu sagen.

Sein Blick fand sie wieder, ein verwunderter Blick, als müsste sie, als Harders Partnerin, über seinen Hintergrund bestens informiert sein.

„Doch, doch! Der Vater ist erfolgreicher Unternehmensberater und die Mutter hat üppig geerbt, alter preußischer Landadel. Sie haben mehrere Ferienhäuser, einen Oldtimer-Fuhrpark, ein paar Rennpferde, ein Segelboot ... so richtig High Society. Thomas hat davon allerdings nichts. Den haben sie schon vor Jahren enterbt. Es gab da Streitigkeiten, Zwischenfälle und Sie können sich denken, dass sie von seinem Lebenswandel im Allgemeinen nie begeistert waren."

Vogt setzte sich ein wenig gerader, um ihm besser ins Gesicht sehen zu können. Überrascht stellte sie fest, dass es ihr nun leichter fiel, sich mit ihm zu unterhalten. Die Beklemmung, die von ihm ausging, war immer noch da. Aber solange sie das Gespräch in Gang hielt, gelang es ihr, zu verdrängen, dass sie an einem Totenbett saß.

„War er schon immer so? Ich meine, ein wenig ..."

Kalle lächelte.

„Durchgeknallt? Ja. Das fällt den Leuten immer schnell auf. Als Kind war er immer still, verschlossen, blieb am liebsten für sich ... Es war schwer, zu ihm durchzukommen, ein Vertrauensverhältnis zu schaffen. Und er hatte schon früh diese kleinen Anfälle, bei denen er aus der Wirklichkeit zu fallen schien und nicht ansprechbar war. Das haben sie bestimmt auch schon mitbekommen."

„Allerdings."

Sie dachte an die Autofahrt, die beinahe im Leichenschauhaus geendet hätte. Sie kriegte Gänsehaut bei der Vorstellung, dass Orpheus über ihr seine Arien sang, während Keilmann sein Wunsch erfüllt wurde, sie nackt zu sehen.

„Woher, glauben Sie, kommt das?"

„Ich weiß nicht. Ich kann auch nur ab der Zeit sprechen, als er neun oder zehn Jahre alt war. Da haben Erika und ich bei den Harders angefangen. Vorher hatten sie jemand anderen. Ob in seiner frühen Kindheit irgendwas passiert ist, kann ich nicht sagen. Er hat mir nie was erzählt. Aber das will nichts heißen, auch wenn wir ein enges Verhältnis haben und ich schon so etwas wie sein Ziehvater war. Ich habe auch nie gefragt. Wenn Thomas etwas nicht von sich aus preisgegeben will, macht es keinen Sinn, ihn dazu bringen zu wollen."

Er versuchte, sich im Bett etwas höher zu schieben, und streckte die Hand nach dem Becher auf dem Tisch aus. Vogt kam ihm zuvor, reichte ihm den Becher und half ihm zu trinken, so wie Harder es getan hatte. Kalle nahm einige mühsame Schlucke, gab ihr den Becher zurück und ließ seinen Kopf wieder auf das Kissen sinken. Das Trinken schien ihn mehr Kraft gekostet, als gespendet zu haben.

Vogt stellte den Becher weg.

„War er mal in Therapie wegen dieser Anfälle?"

Kalle hob seine mageren Hände und ließ sie auf das Bett zurückfallen, dass sie meinte, seine Knochen klappern zu hören wie Kastagnetten.

„Seine Eltern haben ihn zu zwei oder drei Psychologen geschickt. Für sie war das schrecklich, dass ihr Sohn offenbar nicht ganz richtig im Kopf war, vor allem, weil seine Schwester ... aber das gehört nicht hierher. Ich will nichts erzählen, von dem Thomas vielleicht nicht möchte, dass es jemand erfährt. Die Psychologen sind jedenfalls nicht zu ihm durchgedrungen. Meiner Meinung nach ist es sinnlos, ihn zu analysieren, und Sie werden damit genauso wenig erreichen wie die anderen. Ich glaube, das Einzige, was dabei rauskommen kann, ist, dass Sie sich selbst in den Wahnsinn treiben."

Sie musste darüber schmunzeln, dass er, der sie kaum zehn Minuten kannte, ihr auf den Kopf zusagte, dass sie an der Berufskrankheit jedes Psychologen litt, dem Drang, alles und jeden durchschauen zu wollen. Sie hatte immer für sich in Anspruch genommen, ihn regulieren zu können und sich immer versichert, dass sie sich in einem zwischenmenschlichen Verhältnis davon niemals leiten ließe. Aber auch Psychologen waren eben nicht vor Selbsttäuschung gefeit.

„Da könnten Sie recht haben."

Harder kam hastig ins Zimmer und drückte die Tür hinter sich zu. Obwohl es warm war, hatte er den Reißverschluss seiner Jacke hochgezogen. Die linke Hand hatte er in die Seitentasche gesteckt.

„Wir können dann."

Vogt blieb sitzen.

„Wir unterhalten uns gerade."

„Das freut mich. Super! Tauscht Eure Nummern aus! Aber es wird Zeit." Er trat ans Bett und gab Kalle einen Kuss auf die Stirn. „Wir sehen uns morgen. Komm, Vogt, schwing die Hufe!"

Er hastete zur Tür, öffnete sie einen Spalt und spähte nach links und rechts den Flur hinunter.

„Ok, los jetzt!"

Er winkte ihr, ihm zu folgen, und war schon aus der Tür.

Vogt stand auf und gab Kalle die Hand. Seine dürren Finger schlossen sich kraftlos um ihre.

„Es war nett, Sie kennenzulernen." Und, da sie nicht wusste, was man jemandem wünschen sollte, der dieses Zimmer aller Voraussicht nach nicht mehr lebendig verlassen würde: „Alles Gute!"

„Ihnen auch."

Harder hatte den Korridor schon fast durchquert, als sie aus dem Zimmer kam. Sie holte kurz vor dem Ausgang zu ihm auf und fiel neben ihm in einen eiligen Marschschritt. Sie ärgerte sich, dass sie sich von ihm herumkommandieren und sich sein Tempo aufdrücken ließ. Aber da immerhin die vage Möglichkeit bestand, dass die Dringlichkeit in seinem Verhalten einen ernsten Anlass hatte und nicht wieder auf irgendeine Albernheit zurückzuführen war (obwohl die Erfahrung sie eines Besseren belehrt hatte), entschied sie, dass es nicht der passende Zeitpunkt war, ein Statement über ihre Selbstbestimmung und Unabhängigkeit abzugeben. Außerdem hätte sie ihm zugetraut, ohne sie wegzufahren, wenn sie zu weit zurückblieb.

„Was hast du jetzt wieder für Mist gebaut? Hast du bei irgendwem den Stecker gezogen, oder was?"

„Erklär ich dir später." Er blickte über die Schulter. Eine Schwester schaute ihnen verwundert nach. „Mach hin! Das gibt sonst nur Komplikationen."

Sie verließen das Krankenhaus, liefen die Einfahrt für die Rettungsfahrzeuge hinab und erreichten den Parkplatz. Im Wagen sank Harder erleichtert auf den Beifahrersitz, holte Tabak und Blättchen hervor und fing an, sich eine Beruhigungszigarette zu drehen. Sein Kaugummi schien in Stresslagen nicht den gewünschten Zweck zu erzielen. Vogt steckte den Zündschlüssel ein, ließ den Motor jedoch nicht an.

„Erklärst du mir jetzt, warum wir so fluchtartig abhauen mussten?"

Er steckte sich die Zigarette zwischen die Lippen und prüfte im Rückspiegel, ob ihnen auch wirklich niemand gefolgt war.

„Eine hochkomplexe Polizeiaktion, bei der diskretes Vorgehen oberste Priorität besaß. Oder denkst du, ich habe ein Rezept hierfür?"

Er zog den Reißverschluss seiner Jacke herunter und förderte eine Plastiktüte voller Pillenpackungen und Medizinfläschchen zutage.

„Du klaust Medikamente?“ Vogt blickte zum Krankenhauseingang in der Erwartung, eine Horde aufgebrachter Pfleger käme ihnen nachgestürmt. Aber es war niemand zu sehen. „Dass du wegen des alten Mannes kommst, hätte ich verstanden. Dafür hättest du mir nicht mal was vorlügen müssen, von wegen Informant und so. Ich bin schließlich kein gefühlskalter Brocken. Aber für einen verdammten Diebstahl – hast du gar keinen Anstand?“

Harder zündete die Zigarette an und inhalierte gierig, wie jemand, der kurz vor dem Ersticken rettende Luft in seine Lungen zieht.

„Jetzt mach mal halblang. Klar komme ich wegen Kalle. Aber ich hol mir ja auch mal einen Kaffee aus der Kantine oder zieh mir einen Schokoriegel aus dem Automaten, wenn ich ihn besuche. Daran findest du doch auch nichts verwerflich, oder?“

Vogt machte sich nicht mal die Mühe, auf diese Frage einzugehen.

„Kommt es dir nicht daneben vor, einen alten Mann, der im Sterben liegt, als Vorwand zum Medikamentendiebstahl zu missbrauchen?“

Harder sah sie an, als hätte sie die Existenz der Schwerkraft in Zweifel gezogen.

„Wieso im Sterben? Der ist die Treppe runtergefallen und hat sich die Hüfte gebrochen. Sie haben ihm eine neue eingesetzt, bald geht's ab in die Reha und in ein paar Wochen haben die ihn wieder fit. Dann springt er wieder durch die Gegend wie zu seinen besten Zeiten.“

Vogt beschloss, ihre Zweifel daran für sich zu behalten. Sie startete den Wagen und lenkte ihn Richtung Straße.

„Und jetzt? Wollen wir noch zusammen einen Kiosk überfallen oder ein paar Omas ausrauben?“

„Vielleicht später. Erst mal fahren wir jetzt zur Besprechung mit Wichert und den anderen und hören uns an, was die weiter rausgekriegt haben. Und anschließend werden wir diese Pillen“, er schüttelte die Plastiktüte, „einer sinnvollen Verwendung zuführen.“

Sie setzte den Blinker und bog vom Parkplatz ab.

„Du meinst sinnvoller, als Kranken zu helfen, ihre Schmerzen zu lindern oder ihnen das Sterben zu erleichtern?"

Harder stellte die Plastiktüte zwischen seine Füße.

„Keine Sorge, ich hab noch genug im Schrank gelassen, dass sich sämtliche Patienten und die ganze Belegschaft damit zudröhnen können. Ich bin doch kein Unmensch." Er kurbelte das Fenster herunter und stützte seinen Ellenbogen darauf ab. „Ob es so erstrebenswert ist, auf einer Morphiumwolke dem Nirwana entgegen zu schweben und vor lauter Seligkeit nichts davon mitzukriegen, möchte ich übrigens bezweifeln." Er nahm einen weiteren Zug und blies einen Rauchschwall in die beginnende Nacht. „Ich meine, kannst du dir was Schlimmeres vorstellen, als deinen eigenen Tod zu verpassen?"

11

Man konnte nicht atmen. Das kleine Konferenzzimmer, in dem sich die Hauptverantwortlichen der SoKo „Widder“ zur Lagebesprechung zusammengefunden hatten, war eine Räucherkammer. Die vier Gestalten, die um den Tisch in der Mitte saßen, ließen sich nur anhand ihrer Silhouetten unterscheiden. Von der Decke, unter der sich das grauweiße Gemisch staute, war nichts mehr zu sehen. Man hätte meinen können, dass hier eine Generalversammlung der deutschen Tabakindustrie gemeinschaftlich auf einen Lungenkollaps hinpaffte. Aber es hatte nicht mehr als zwei leidenschaftliche Qualmer, einen gewissen Grad von Stress und eine halbe Stunde Ungeduld gebraucht, um den Kohlenmonoxidgehalt des Raumes in so bedenkliche Höhen zu treiben, dass es die Umweltschutzbehörde auf den Plan rufen müsste. Das Fenster stand offen. Aber der Rauch machte keine Anstalten, abzuziehen und es drang auch kein Wind herein, der ihn zumindest ein wenig verdünnt hätte. Harder schloss die Tür, als wollte er unter keinen Umständen einen Hauch der kostbaren Giftstoffe entkommen lassen, und zündete sich gleich eine an, um seinen Beitrag zu der Luftverschmutzung zu leisten. Vogt watete durch den Nikotin-Nebel und stellte sich ans Fenster, den Oberkörper weit zurückgelehnt, um zumindest ab und zu ein Quäntchen Sauerstoff in die Lungen zu kriegen, das nicht von Teer und Schwermetallen verpestet war. Sie wusste, dass es aussichtslos war, Lisa Maaßen von der Spurensicherung und Volker Spöhrl, zuständig für Personenermittlung, um Rücksicht auf eine gesundheitsbewusste Kollegin zu bitten. Eine Morduntersuchung machte nicht unbedingt Lust darauf, den Kippen-Konsum einzuschränken. Gerber rauchte zwar nicht, doch schien er, wie immer, wenn er sich ganz in seinen Verstand zurückgezogen hatte, für jegliche äußerliche Gegebenheit unempfänglich. Auch von ihrem Chef durfte sie keine Unterstützung erwarten. Wichert hatte zwar vor

Jahren aufgehört, wie er ihr einmal während einer Plauderei über Sport und Ernährung stolz verkündet hatte. Aber jeder wusste, dass er noch immer ein genussvoller Passivraucher war. Wenn man sich irgendwo im Dezernat eine ansteckte, konnte man sich darauf verlassen, dass er rein zufällig auftauchte und ein Gespräch anknüpfte, in dessen Verlauf er die Schwaden, die dem Mund seines Gegenübers entströmten, begierig einsaugte (wenn man ihm jedoch eine Zigarette anbot, lehnte er in überlegener Gelassenheit ab). Unter anderen Umständen hätte er wahrscheinlich so gelöst gewirkt, als säße er nicht in einem versmogten Kabuff, sondern in einem türkischen Dampfbad. Aber der Anlass ihrer Zusammenkunft minderte seine Entspannung beträchtlich. Er nickte den beiden Neuankömmlingen zu und schlug die Aktenmappe auf, die vor ihm lag.

„In Ordnung, dann sind wir komplett und können loslegen. Vogt, Harder – wir fangen bei euch an."

Vogt hatte ihren Notizblock hervorgezogen. Sie war damit beschäftigt, ihre Notizen durchzusehen – wobei sie nutzlos den Rauch vor ihrem Gesicht wegwedelte – und forderte Harder mit einem Blick auf, den Anfang zu machen.

„Okay, ich fasse mal zusammen, was wir bisher haben."

Er zog an seiner Zigarette und schnippte die Asche in einen der beiden überquellenden Aschenbecher, die umgeben von Zigarettenpackungen, halb vollen Kaffeebechern und Bäckereitüten mit angebissenen Broten die Mitte des Tisches einnahmen.

„Der Mann, den wir suchen, tötet gern. Aber ein Mord erfüllt für ihn auch einen Zweck. Er braucht seine Toten – wir müssen von mehreren Opfern ausgehen, früheren vielleicht und sicherlich künftigen, wenn wir ihn nicht aufhalten. Sie sind sein Material für obskure Inszenierungen, in denen er seine Wahnvorstellungen auslebt, seinen Dämonen huldigt, sich dem Rest der Welt mitteilt, oder was immer es ist, das ihn antreibt. Er geht darin auf, es verschafft ihm Genuss,

Erfüllung. Mord ist für ihn eine Leidenschaft, ein Lebenssinn, wenn man so will."

Er kam einem Einwand von Vogt zuvor, die ihm mit kritischer Miene zugehört hatte.

„Das ist nur meine persönliche Einschätzung, die ich nicht mit harten Fakten belegen kann. Nennt es ein Gefühl, Intuition, von mir aus auch Spinnerei. Was wir mit Sicherheit wissen, ist, dass er methodisch vorgeht. Jeder seiner Schritte ist detailliert geplant. Es gelingt ihm nicht vollständig, diesen Plänen zu folgen. Manchmal dreht er durch, verliert die Beherrschung. Was dabei herauskommt, sehen wir an den Wunden, die er Veronika Fromm zugefügt hat. Hier scheint er geradezu in einen Gewaltrausch gefallen zu sein, hat sich hinreißen lassen und dabei sogar riskiert, entdeckt zu werden. Aber hinterher war er wieder kühl, handelte überlegt. Die Art und Weise, in der er uns Veronika präsentierte, war durchdacht und von langer Hand vorbereitet. Unser Täter hat also offenbar einen ordentlichen Sockenschuss, hat sich nicht immer im Griff und neigt zu unkontrollierter Gewalt. Aber er hat leider auch Hirn und er hat ein Projekt. Wir müssen davon ausgehen, dass dieser wahrscheinlich erste Mord nur der Auftakt war und er seinen nächsten nicht nur schon geplant hat, sondern vielleicht sogar schon dabei ist, diesen Plan umzusetzen."

Er blickte in die Runde. Die Gesichter seiner Zuhörer, soweit hinter den Rauchschwaden erkennbar, waren ernst. Alle hatten sich die Aktenmappen vorgenommen, die vor ihnen auf dem Tisch gelegen oder die sie im Schoß gehalten hatten und die sämtliches ermittlungsrelevantes Material enthielten, das seit dem Fund der Toten durch die Untersuchungen, Befragungen und Labortests zusammengekommen war. Harders Ausführungen hatten nichts Neues hinzugefügt und es war nicht nötig, den erfahrenen Ermittlern noch einmal die Dringlichkeit vor Augen zu führen, die der Suche nach Veronika Fromms Mörder innewohnte. Aber seine Charakterskizze, ob sie nun erwiesenen Tatsachen oder seinem

Gefühl entsprang, sorgte dafür, dass jeder vor ihnen in seiner Fantasie ein Bild des Mannes entwarf, den sie jagten, sie ihm eine Gestalt, vielleicht sogar ein Gesicht gaben. Wenn ihre Vorstellungen auch unterschiedlich ausfallen mochten, so stimmten sie doch darin überein, dass er mehr war als ein gewöhnlicher Krimineller, ein Mörder, ein Psychopath. Er war ein Phantom, ein dunkler Geist, ein Monster, das in der Finsternis auf seine Opfer lauerte.

Harder lehnte sich mit dem Rücken an einen der Aktenschränke. Vogt übernahm.

„Aller Wahrscheinlichkeit nach ist er ein Einzelgänger. Aber er weiß sich zu verstellen, mit Menschen umzugehen. Er kann charmant und überzeugend sein und weiß, wie man andere manipuliert, um den eigenen Willen durchzusetzen. Er hat Veronika Fromms Vertrauen gewonnen, sie für sich eingenommen und sie gleichzeitig dazu gebracht, niemandem etwas über ihre Beziehung zu erzählen. Das verlangt ein hohes Maß an Überzeugungskraft und Täuschungsvermögen. Wir gehen davon aus, dass Veronika kein Zufallsopfer war. Er hat sie ausgesucht. Warum gerade sie, wissen wir nicht. Aber es ist wahrscheinlich, dass er sie schon vorher kannte, dass sie sich vielleicht im gleichen Umfeld bewegten. Klaus hat euch ja schon darüber informiert, dass die ... Beigaben, die wir an der Toten fanden, ihre gesamte Aufmachung, einen mittelalterlichen Bezug haben, ebenso wie das absurde Gedicht, das er ihr eingeritzt hat."

Sie wartete, bis ihre Kollegen die Fotos des Leichnams vorgenommen hatten. Wie in stiller Übereinkunft verharrten ihre Blicke einige Sekunden auf jenem Bild, das Veronika in der Unterführung zeigte, als übe die abscheuliche Inszenierung auch nach wiederholter und intensiver Betrachtung eine verstörende Faszination auf sie aus. Es schien sie Überwindung zu kosten, sich davon zu lösen und ihre Aufmerksamkeit auf die Nahaufnahmen des Amuletts und die Schriftzeichen auf dem Rücken der Toten zu richten.

„Das Gottessiegel und die Fatrasie – ihr habt ja eine Übersetzung vorliegen – führen zu der Annahme, dass er sein eigenes mittelalterliches Ritual konstruiert. Was genau er damit bezweckt, wissen wir nicht. Wir haben eine Gruppe von Studenten getroffen, die auf alles abfährt, was mit Mittelalter zu tun hat. Der Anführer dieser Gruppe ist Sebastian Haffstedt, Veronika Fromms abgewiesener Verehrer. Wir halten es für denkbar, dass er in der Sache mit drinsteckt. Allerdings haben uns die Studenten auch einen weiteren Verdächtigen geliefert, einen Heiko Irgendwas, den wir versuchen ausfindig zu machen."

Wichert wartete, ob sie noch etwas hinzuzufügen hatte. Er sog einen tiefen Zug Rauch ein, als handele es sich um frische Bergluft, die ihm wohltuend die Lungen weitete, und wandte sich dann an Lisa Maaßen.

„Habt ihr in der Wohnung etwas Brauchbares gefunden?"

Die Leiterin der Spurensicherung zündete eine frische Rothändle an der Glut ihrer letzten an. Sie sah älter aus als ihre Vierzig, woran ihr Kettenrauchen und eine Leidenschaft für stark getorfte Whiskys nicht unschuldig waren. Ihr braunes Haar war grau durchsträhnt, unter ihren Augen hingen Tränensäcke und ihre Haut war so ledrig, dass man sie für Ötzis Großmutter halten konnte.

„Das Blut stammt ausschließlich von Veronika Fromm", sagte sie mit der heiseren Stimme einer Nachtklubsängerin (nur dass sie nicht genügend Luft gehabt hätte, auch nur zwei Takte zu singen). „Auch sonst haben wir nichts gefunden, das sich unserem mordlüsternen Freund zuordnen ließe: keine Haare, keine Kleidungsfasern, kein Speichel, Sperma oder sonstige Körperflüssigkeiten. Wir haben ein paar blutige Fußabdrücke, aber sie sind verschmiert, sodass wir sie nicht eindeutig zuordnen können. Ich tippe auf Größe 43, er ist also mit ziemlicher Sicherheit ein Mann. Aber das ist auch schon alles, was sich daraus schließen lässt."

Die anderen suchten die Fotos heraus, die die Spurensicherung in Veronika Fromms Wohnung gemacht hatte. Harder, dessen Mappe an seinem Platz auf der anderen Seite des Tisches lag, stellte sich hinter Wichert und blickte über seine Schulter. Es war schwer, auf die riesige Blutlache neben der Garderobe im Flur zu blicken, ohne sich Veronika Fromm darin vorzustellen. Weitere Fotos zeigten eine Küchenzeile mit einem Arbeitstresen, auf dem ein Schneidebrett neben einer Schüssel mit Salat lag. Dieser, ebenso wie das farbenfroh eingerichtete Wohnzimmer, ließen nichts von der grausigen Tat erkennen, die sich nur wenige Meter entfernt ereignet hatte. Die Aufnahme des kleinen Badezimmers hingegen, in dessen Waschbecken hellrotes, mit Wasser verdünntes Blut getrocknet und dessen Fliesenboden rot gesprenkelt war, erinnerte daran, was in dieser Wohnung geschehen war.

„Wie sieht es mit Fingerabdrücken aus?", fragte Wichert.

Maaßen schüttelte den Kopf.

„Gar nichts. Wir haben die Mordwaffe gefunden, ein einfaches Küchenmesser, das Fromm vorher offenbar benutzt hat, um Gemüse zu schneiden. Es ist also kein persönlicher Besitz ihres Mörders und verrät uns daher auch nichts über ihn. Es war wahrscheinlich das Nächstbeste, was er zur Hand hatte. Das Messer", sie unterbrach sich für einen ausgiebigen Raucherhusten, „war vollkommen blutverschmiert, wie ihr auf den Fotos seht, sodass sich auch darauf keine Fingerabdrücke fanden. Wenn er in der Wohnung irgendetwas angefasst hat, hat er es abgewischt. Es stimmt, was Harder sagt: Er ist ausgerastet, hat das Mädchen niedergemetzelt, aber danach hat er die Nerven behalten und es vermieden, irgendetwas zu hinterlassen, das sich mit ihm in Verbindung bringen lässt."

Vogt stützte die Mappe in ihrer Ellenbogenbeuge ab und drehte ihren Kugelschreiber zwischen den Fingern der freien Hand.

„Wie sieht es mit dem Amulett und dem Umhang aus? Könnt ihr damit was anfangen?"

Maaßen zuckte die Schultern.

„Nicht wirklich. Alles Standardware, die man überall bekommt, sowohl der Stoff als auch das verwendete Metall, und die Verzierungen hat er mit einem Schraubenzieher eingestanzt, wie man ihn in jedem Baumarkt kriegt. Auch die Kerzen weisen keine Besonderheiten auf. Ich kann euch nur sagen, dass er sie nicht selbst hergestellt hat. Aber woher sie stammen, werden wir nicht rauskriegen. Was die Ketten angeht, so fallen sie insofern aus dem Rahmen, als dass sie nicht neu sind wie seine anderen ... Accessoires. Aber mehr geben auch sie nicht her und es überrascht mich nicht. Der Junge hat offenbar genug Krimis gesehen, um zu wissen, dass man keine Gegenstände verwendet, die sich zurückverfolgen lassen."

„Genauso vorsichtig und organisiert hat er den Abtransport der Leiche durchgeführt," sagte Spöhrl, der kerzengerade auf seinem Stuhl saß, eine Angewohnheit langer Jahre bei der Bundeswehr, ebenso wie sein grauer Stoppelhaarschnitt und das stets penibel rasierte Gesicht. Auch wenn sein Ausscheiden aus dem Dienst und sein Wechsel zur Polizei schon geraume Weile zurücklagen, hätte er mit seinem militärischen Gepräge noch immer genauso gut in eine Generalstabsversammlung der NATO wie in eine Besprechung der Mordkommission gepasst.

„Er muss den Aufzug benutzt haben. Es wäre für einen einzelnen Mann schwierig gewesen, eine Leiche über die Treppe nach unten zu schaffen, vor allem, da Fromm relativ schwer war."

„Wir haben den Aufzug nach Fingerabdrücken abgesucht", fügte Maaßen an. „Wir haben erwartungsgemäß viele gefunden. Wir gehen dem nach, gleichen sie mit den Abdrücken der Hausbewohner ab. Aber ehrlich gesagt verspreche ich mir nicht viel davon. Unser Täter ist zu clever, um solch einen Hinweis auf einem Knopf zu hinterlassen. Es finden sich auch außerhalb der Wohnung keinerlei Blutspuren."

Spöhrl drückte seine Zigarette aus.

„Wir nehmen an, dass er die Leiche in Decken oder Bettlaken gewickelt hat. Er hat sich Zeit gelassen. Wahrscheinlich hat er bis spät nachts gewartet, um sie nach unten zu schaffen, um die Wahrscheinlichkeit zu minimieren, im Aufzug oder dem Hausflur jemandem zu begegnen. Und tatsächlich haben wir nicht einen einzigen Zeugen. Er muss in der Nähe des Hauses geparkt haben. Niemand schleppt eine eingewickelte Leiche um drei Häuserblöcke. Aber keiner von den Anwohnern, die wir befragt haben, kann sich an einen Kleintransporter erinnern – wir gehen davon aus, dass er einen solchen benutzt. Ich halte es für denkbar, dass er den Wagen in einiger Entfernung abgestellt und ihn erst vor das Haus gefahren hat, kurz bevor er die Leiche nach unten brachte. Ich gebe euch recht: Er ist vorsichtig und gut organisiert. Aber er schreckt auch vor Risiken nicht zurück. Leider ist er, wie es aussieht, dieses Mal damit durchgekommen."

Wichert nahm seine Brille ab und rieb sich die Nasenwurzel.

„Keinerlei brauchbare Zeugenaussagen? Niemand hat etwas gesehen oder gehört? Er muss doch bei seinem Mord einen gehörigen Lärm veranstaltet haben."

Spöhrl faltete seine Hände auf der Aktenmappe.

„Die Nachbarn direkt nebenan haben ein bisschen Rumpeln und Geschrei gehört, sich aber nichts weiter dabei gedacht. Die restlichen Bewohner auf der Etage waren unterwegs und alle anderen, mit denen wir gesprochen haben, wissen von nichts. Niemand hat etwas bemerkt. In dem Haus – Vorderhaus, Hinterhaus und Seitentrakt – gibt es über dreißig Parteien, nicht jeder kennt jeden, ganz abgesehen davon, dass dort unzählige Besucher ein- und ausgehen. Und unser Täter weiß sich unauffällig zu verhalten. Wenn er jemandem begegnet ist, hat er wahrscheinlich freundlich gegrüßt und den Kopf unten gehalten. Wir werten unsere Befragungsprotokolle weiter aus. Vielleicht haben wir Glück."

Sein Tonfall verriet, wie sehr es ihm zuwider war, bei einer

Mordermittlung auf einen so unverlässlichen Faktor wie die Achtsamkeit und das Erinnerungsvermögen von Laien angewiesen zu sein.

„Wir haben uns natürlich auch mit Fromms Freundinnen und ihren Eltern unterhalten."

Harder fiel auf, dass Spöhrl nicht Veronika Fromms vollen Namen verwendete, sie nur Fromm nannte oder von „der Leiche" sprach. Er vermutete, dass es Spöhrls Art war, professionellen Abstand zu halten, um kühl und sachlich zu bleiben, anstatt, was bei einem solchen Fall schnell passieren konnte, emotional zu tief hineingezogen zu werden.

„Alle Freundinnen haben die Vermutung geäußert, dass Fromm seit einer Weile einen Verehrer hatte. Sie habe ein paar Andeutungen gemacht. Aber weiter auch nichts. Keine von ihnen weiß, wer der Typ ist, wie er heißt, wo und unter welchen Umständen die beiden sich kennengelernt haben. Sie sagen, dass es sie gewundert hat, dass Fromm so etwas vor ihnen geheim hielt. Aber immer, wenn sie nachfragten, wiegelte Fromm ab. Wir sprechen weiter mit ihnen. Vielleicht fällt ihnen noch irgendetwas ein, dass uns etwas über ihn verrät. Auch ihren Eltern hat Fromm sich damit nicht anvertraut, obwohl sie, wie die Mutter sagt, ansonsten über alles mit ihnen sprach. In dieser Hinsicht hatte der Täter sie gut unter Kontrolle."

„Er wusste genau, wie er sie manipulieren kann."

Wichert setzte seine Brille wieder auf.

„Wahrscheinlich hat er ihr die große Liebe vorgespielt und sie hatte Angst, dass die Beziehung kaputtgeht, wenn sie nicht tut, was er sagt. Ihre Angst, allein zu sein und die Hoffnung, endlich jemanden gefunden zu haben, sind ihr zum Verhängnis geworden."

Vogt klappte ihre Aktenmappe zu. Wichert mochte sich seiner Betroffenheit hingeben. Ihr war nicht nach solchen Sentimentalitäten zumute. Wenn sie den Drecksack gefasst hatten, war immer noch genug Zeit, Veronika Fromm zu bemitleiden.

„Gerber, wie weit sind wir mit den Recherchen über den Widder?“

Christoph Gerber, dem es auf unerklärliche Weise gelang, gleichzeitig schmal und speckig auszusehen, hing schlaff in seinem Stuhl, als würde er jeden Moment auf den Boden rutschen. Er starrte in den Rauch, als erkenne er in seinen Schleifen und Spiralen Symbole, die ihm einen Hinweis auf den Täter geben würden, wenn es ihm nur gelänge, sie zu entschlüsseln. Wenn man ihn sich ansah, hätten man meinen können, die gesamte Unterhaltung sei bis zu diesem Punkt an ihm vorübergezogen. Aber Vogt wusste, dass er jedes einzelne Wort aufgenommen und in den Prozessor gespeist hatte, der hinter seiner Stirn unablässig Daten verarbeitete, Formeln austüftelte und Lösungen ausspuckte.

„Ein Schäfer hat vergangene Woche den Tod einer seiner Widder gemeldet. Er hatte die Herde über Nacht auf einer umzäunten Weide gelassen. Am nächsten Morgen fand er den Kadaver. Das Tier war enthauptet worden, den Kopf hatte der Täter mitgenommen. Keines der übrigen Schafe wurde getötet oder verletzt. Die Gegend ist abgelegen, die nächste Straße liegt fernab und die Weide ist nicht beleuchtet. Der Schäfer hat nichts mitbekommen und auch ansonsten ist niemandem etwas aufgefallen.“

Sogar seine Stimme, fand Vogt, klang wie von einem Computer erzeugt, im immer gleichen Rhythmus, ohne Hebungen und Senkungen.

„Was vorbestrafte Gewalttäter angeht, haben wir zwar ein paar mögliche Kandidaten, einen mehrfachen Vergewaltiger mit sadistischer Tendenz, einen Mörder, der seine Tat im Rahmen eines religiösen Rituals beging und vor Kurzem aus dem Gefängnis entlassen wurde, einen notorischen Tierquäler, der die Hunde und Katzen seiner Nachbarn ausgeweidet hat. Aber keiner von ihnen passt wirklich in unser Täterprofil. Natürlich ist es möglich, dass kriminelle Veranlagungen eskalieren.

Aber in diesen Fällen wäre es schon eine sehr drastische Entwicklung."

Harder ging hinüber zu der kleinen Küchennische, die gerade genug Platz für einen Wasserkocher und eine Kaffeemaschine bot, und hielt zwei Finger an die Kanne. Der Kaffee war nicht mehr heiß, aber noch trinkbar. Er goss sich einen Becher ein, nahm einen Schluck und musste sich beherrschen, nicht zu würgen. Man konnte immer schmecken, wer den Kaffee gekocht hatte. Das Aroma von verbranntem Metall und Holzkohle war Maaßens Markenzeichen.

„Was ist mit den Vorfällen damals im Tierpark und dem Museum? Der Typ, der den Gorilla und die ausgestopften Tiere geköpft hat. Hast du darüber was herausgefunden?"

„Das ist eine ganz sonderbare Sache", sagte Gerber. „Sowohl der Tierpark als auch das Museum haben ihre Anzeigen zurückgezogen, kurz nachdem ein anonymer Gönner jeweils große Summen gespendet hat. Rein zufällig sind ihnen auch sämtliche Unterlagen über das Arbeitsverhältnis abhandengekommen. Ich habe zwar ein paar frühere Angestellte gefunden, die sich an die Vorfälle erinnern. Aber abgesehen davon, dass es sich bei dem Pfleger beziehungsweise Wärter um einen jungen Mann handelte, konnten sie keine hilfreichen Informationen liefern, keinen Namen, keine Beschreibung. Und es kommt noch besser: Auch in unserem Archiv und unseren elektronischen Datenbanken taucht nichts darüber auf, obwohl das gemeldet worden sein muss. Jemand hat sich große Mühe gegeben, die Sache zu vertuschen."

Harder zwang einen zweiten Schluck herunter. Er war kein Feinschmecker. Von einem Kaffee erwartete er vor allem, dass er ihn wachhielt. Aber dieses Zeug, dick und ölig wie Diesel, schien alle Geschmacksnerven in seinem Mund abzutöten. Jetzt verstand er, warum die Becher auf dem Tisch alle noch zur Hälfte voll waren. Nicht einmal mit einer Unmenge an Milch und Zucker wurde das Gesöff erträglich.

„Unser Täter, wenn es denn derselbe ist, hat offenbar einflussreiche Freunde.“

Vogt hielt den Kopf aus dem Fenster und schnappte nach Luft, die sie in einem genervten Stöhnen ausstieß.

„Klar! Wäre ja auch langweilig, wenn wir es einfach nur mit einem fanatischen Psychopathen zu tun hätten. Da gehört noch eine anständige Verschwörung dazu.“

„Wir sollten uns mit Mutmaßungen zurückhalten“, warf Spöhrl ein, dem Spekulationen zuwider waren und der sich immer bemühte, Diskussionen in sachlichem Rahmen zu halten. „Wir wissen ja nicht, ob die Fälle tatsächlich zusammenhängen. Es ist möglich, dass da keinerlei Verbindung besteht.“

„Das wäre aber ein ziemlicher Zufall, oder?“

Maaßen, die Harder spöttisch beim Genuss ihres Gebräus beobachtet hatte, räucherte sich noch einmal ausgiebig die Stimmbänder, bevor sie den Stummel ihrer letzten Rothändle mit sichtlichem Bedauern in den Aschenbecher quetschte. Weder Harder noch Spöhrl hätten es ihr abgeschlagen, wenn sie bei ihnen geschnorrt hätte. Sie wurde launisch, wenn der Nikotinwert in ihrem Blut sank und das wollte niemand riskieren. Aber weder Spöhrls Marlboros noch Harders Selbstgedrehte erfüllten ihren hohen Anspruch an ein qualmiges Geschmackserlebnis und nach eigener Aussage hätte sie dem Tabakgenuss lieber auf ewig entsagt und auf ihre geliebten Islay-Malts verzichtet, bevor sie sich mit diesen „Räucherstäbchen für Kinder“ zufrieden gab.

„Es handelte sich offenbar bei beiden Vorkommnissen um ein und denselben Täter. Er wurde nicht zur Rechenschaft gezogen, hat wahrscheinlich fröhlich weiter seinem Hobby gefrönt und da drängt sich doch die Annahme auf, dass sich dieser Hang in ihm ausgewachsen hat. Der Mord an Veronika Fromm würde perfekt zu so einem passen. Das können wir nicht ignorieren.“

Spöhrl wollte etwas erwidern. Aber Wichert setzte der Diskussion ein Ende, bevor sie ausuferte.

„Das werden wir auch nicht. Wir gehen sämtlichen Hinweisen nach. Aber wir sollten uns nicht in Theorien verzetteln, für die wir keine eindeutigen Belege haben. Konzentrieren wir uns auf das, was wir haben. Es ist nicht viel, aber es lässt sich was damit anfangen."

Niemand erhob Einspruch oder beharrte auf seinem Standpunkt. Wichert hatte es nicht nötig, den resoluten Chef raushängen zu lassen. Die ruhige, dabei bestimmte Art, die er sich in jahrzehntelanger Erfahrung im Polizeidienst erworben hatte, wirkte verlässlicher als jedes herrische Gehabe. Auch wussten sie, dass er recht hatte. Das Letzte, was sie jetzt brauchen konnten, waren Streitigkeiten, die nur Zeit kosteten und sie davon abhielten, in ihren Ermittlungen weiterzukommen. Wichert blickte von einem zum anderen.

„Lisa, du schaust, ob du nicht doch etwas über diese Ketten herauskriegen kannst. Wenn sie alt sind, vielleicht sogar mittelalter-alt, sind sie vielleicht irgendwo gestohlen worden, in einem Museum, irgendeiner Sammlung. Volker, du nimmst dir noch einmal Fromms Freundeskreis vor, ihre Familie, alle, die mit ihr in Kontakt standen. Irgendjemand muss doch eine Ahnung davon gehabt haben, mit wem sie sich traf. Durchforste ihr Leben, Hobbys, Jobs, wo sie einkaufen gegangen ist, Restaurants, in denen sie öfter war. Vielleicht kriegen wir raus, wo sie ihren Mörder kennengelernt hat. Thomas, Claudia, ihr macht diesen Typen ausfindig, von dem euch die Studenten erzählt haben, diesen Heiko. Christoph, du bleibst an der Sache mit den verschwundenen Akten dran. Ich weigere mich, zu glauben, dass so was bei uns passiert und keiner aufzutreiben ist, der etwas davon weiß. Außerdem suchst du bitte alles zusammen, was du über diese Mittelalter-Gruppe finden kannst, in Internetforen, Blogs und wie das alles heißt. Wenn unser Täter nicht zu ihnen gehört, war er vielleicht trotzdem da unterwegs. Er ist schlau. Aber so ein großes Unterfangen zieht man nicht durch, ohne irgendwo Spuren zu hinterlassen."

Er stand auf und gab somit das Zeichen, dass die Sitzung beendet und es Zeit war, wieder an die Ermittlungsarbeit zu gehen.

„Macht euch ran und meldet euch, sobald ihr auch nur die kleinste Kleinigkeit entdeckt!"

Maaßen erhob sich ächzend, streckte sich und trat steif in die Küchennische, um den Rest Kaffee aus der Kanne in ihren Becher zu gießen, dringend benötigter Treibstoff für die lange Nacht, die ihr und den anderen bevorstand. Es war schon spät. Aber keinem von ihnen wäre eingefallen, nach Hause zu gehen. Niemand hätte Ruhe gefunden mit dem Wissen, dass der Mörder, den sie suchten, vielleicht schon mit der Planung oder gar der Ausführung seiner nächsten Tat beschäftigt war. Spöhrl zeigte wie üblich keine Spur von Müdigkeit, während er seinen Stuhl an den Tisch schob, sich seine Akten unter den Arm klemmte und strammen Schrittes das Zimmer verließ. Seine Einsätze bei der Bundeswehr hatten ihn gelehrt, dass man nicht schlief, wenn man müde war, sondern, wenn die Zeit und die Umstände es erlaubten – und die derzeitigen Umstände verlangten von ihm, wach und leistungsfähig zu sein. Gerber hatte diesen Grundsatz nicht verinnerlicht. Er schluffte hinter Spöhrl und Maaßen her, als seien ihm die Füße eingeschlafen, und der Rest seines Körpers würde bald folgen. Aber alle wussten, dass der Eindruck täuschte und es in seinem Gehirn dafür umso schneller ratterte. Vogt blieb am Fenster stehen, als warte sie, dass mit ihren Kollegen der Rauch aus dem Zimmer zog. Sie sah noch einmal die Fotos in der Aktenmappe durch. Wenn sie jedoch gehofft hatte, darin einen Hinweis zu finden, der ihnen bisher entgangen war und der ihnen Aufschluss über die Identität des Mörders lieferte, wurde sie enttäuscht.

Harder trat zu Wichert, der hinter seinem Platz stehen geblieben war und sich in Gedanken schon einmal den Bericht zurechtzulegen schien, den er dem Staatsanwalt gleich am Telefon durchgeben musste. Er schien dem Gespräch nicht unbedingt mit Vorfreude entgegenzusehen. Zwar hatten sie eine Menge an Informationen zusammengetragen, aus denen sich einige vielversprechende Ansätze ergeben hatten. Aber der eine, der einen baldigen Erfolg verhieß, die berühmte „heiße Spur“, war nicht darunter. Wichert war immer jemand gewesen, der dicht an den Ermittlungsvorgängen dran sein wollte und es wurmte ihn, auf die Rolle des Koordinators beschränkt zu sein. Harder wusste, dass er lieber über seinen Unterlagen gebrütet, mit Gerber das Internet durchforstet oder mit ihm und Vogt durch die Stadt gezogen wäre, anstatt untätig hinter seinem Schreibtisch zu hocken und sich von Kimmel unnötigerweise noch einmal darüber aufklären zu lassen, wie wichtig ein schneller Abschluss des Falles war.

„Was habt ihr jetzt vor?“, fragte Wichert. „Wollt ihr euch Fromms Wohnung ansehen?

Harder setzte seinen Becher an, brachte es aber nicht über sich, seinen Geschmacksnerven mit Maaßens Teufelstrank den Rest zu geben.

„Ich nicht. Ich glaube nicht, dass wir dort irgendwas finden, das die Spurensicherung übersehen hat. Aber Vogt will hin. Ich setze sie nachher auf dem Heimweg da ab. Aber vorher haben wir noch was anderes zu erledigen.“

Er legte Wichert die Hand auf die Schulter und drückte sie.

„Keine Sorge, Klaus. Wir kriegen das Arschloch.“

„Das denke ich auch.“

Wichert fasste nachdenklich seinen Bart und blickte ihn an.

„Die Frage ist nur, ob wir ihn rechtzeitig kriegen.“

Harder verzichtete auf krampfhaft bemühte Zuversicht. Er wusste ebenso wie Wichert und Vogt, dass ihnen der Mörder mit seiner sorgfältigen Planung und gewissenhaften Vorbereitung einen Schritt voraus war. Im Moment hetzten sie ohne klare Richtung hinter ihm her und es war zweifelhaft, dass es ihnen gelingen würde, ihn einzuholen, bevor er das nächste Mal tötete. Sie würden dafür mehr Glück brauchen, als sie erwarten durften. Aber schließlich, dachte er, gab es Wege, dem Glück auf die Sprünge zu helfen.

Er stellte den halb vollen Kaffeebecher auf den Tisch und gab seiner Partnerin einen Wink, die längst ihre Aktenmappe zugeklappt hatte und nur darauf wartete, dass er bereit zum Aufbruch war.

„Auf geht's, Vogt! Wir haben ein heißes Date!"

12

Der Junkie-Zirkus gab seine übliche Nachtvorstellung. Typen, denen nicht mal der Teufel ihre abgewrackte Seele für ein Butterbrot abgekauft hätte, lungerten an der Treppe zur U-Bahn herum und raunten jedem, der vorbeikam, ihr zweifelhaftes Angebot ins Ohr. Abgerissene Gestalten, deren zerlöcherte Ellenbogenbeugen nicht vom Blutspenden herrührten, stolperten mit einer besessenen Zielstrebigkeit der kurzzeitigen Erlösung entgegen, die ihnen das Rauschmittel ihrer Wahl als Wiedergutmachung für körperlichen Verfall und geistige Umnachtung gewährte. Junge Stricher, die das Glück gehabt hatten, einen Gönner zu finden, der ihnen eine Spritze ganz eigener Art in Mund oder Arsch setzte, investierten den hart erarbeiteten Lohn in ein paar Stunden zugedröhnten Vergessens. Abgehalfterte Huren, die mit ihren ausgezehrten Brüsten, entfleischten Beinen und schlaffen Hintern nicht mal mehr eine Zigarette erwirtschaften konnten, staksten auf Stöckelschuhen herum, denen ihr Gleichgewichtssinn schon lange nicht mehr gewachsen war und hofften, dass sich jemand ihrer erbarmte und für ein wenig Schwanzlutschen mit trockener Zunge und aufgesprungenen Lippen seine Fixe mit ihnen teilte. Zwischendrin schwebten die Seligen, die auf ihrem letzten Trip hängen geblieben waren und keine Drogen mehr brauchten, um einen Nebel zwischen sich und die Welt zu legen. Mit diesem Ensemble gescheiterter Existenzen wirkte der Kotti wie ein Sammelplatz für Zombies, die schon mal für ihren großen Auftritt nach der Apokalypse probten. Dazwischen absolvierte der eine oder andere Sozialarbeiter einen Gastauftritt, um hier einen seiner Härtefälle abzufangen und zu einer warmen Mahlzeit zwischen zwei Highs zu überreden. Die gehobene Kundschaft, die sich gleichfalls hier einfand, war so vielfältig wie die abgewichsten Nadelartisten, Crack-Künstler und Heroin-Heroen: Der Schriftsteller, der Inspiration suchte, die gestresste Hausfrau, die eine Portion

Hasch zur Entspannung brauchte, der aufstrebende Unternehmer, der im neuen BMW vorfuhr, um seinen Koksvorrat für das nächste Teamtreffen aufzustocken, die Jura-Studentin, bei der die Energydrinks nicht mehr anschlugen und die deshalb auf Crystal umstieg, um ihr Staatsexamen zu bestehen. Das Kottbusser Tor war ein Basar für alles, womit man sein Hirn zuverlässig in Brei verwandeln konnte. Es hätte nur noch gefehlt, dass die Dealer sich Bauchläden umhängten und an der Ampel von Auto zu Auto gingen, um ihre Waren anzupreisen.

Harder und Vogt hatten den Passat unter dem Hochbahnbogen geparkt, mit Vorzugssicht auf das Spektakel. Harder hatte eine braune Papiertüte im Schoß, aus der er nach und nach eine Menge an Burgern förderte, als hätte er die Bestände sämtlicher Berliner Fast Food-Läden für polizeiliche Zwecke beschlagnahmt. Er schlang sie in großen Bissen herunter und unterbrach sich darin nur, um zwischendurch lange Züge durch den Trinkhalm des Jumbo-Bechers zu saugen, der in heikler Schräglage auf dem Armaturenbrett balancierte. Vogt hatte zwei Tupperdosen auf den Knien und tunkte Karotten, Zucchini und Paprika, die zu Stäbchen geschnitten waren, in eine weiße, cremige Masse. Sie biss kleine Stücke ab und blickte kauend durch die Windschutzscheibe wie auf eine Leinwand, auf der eine Dokumentation über Drogensucht in der Großstadt lief. Sie wirkte fasziniert davon und gleichzeitig froh, nur als Zuschauerin daran teilzunehmen.

„Wie eine Parade von Leichen, die aus der Körperwelten-Ausstellung ausgebüchst sind." Ein Stückchen Zucchini wanderte in ihren Mund. „Egal, wie oft ich solche Typen sehe und wie viele Abstiegsgeschichten ich gehört habe: So richtig begreifen werde ich nie, wie man so abrutschen kann. Wieso man nicht vorher die Notbremse zieht." Sie tunkte die angebissene Zucchini in ihren Dip. „Vielleicht reichen meine Vorstellungskraft und mein Einfühlungsvermögen dafür einfach nicht aus. Eigentlich armselig für jemanden, der behauptet, was von Psychologie zu verstehen."

Harder war zu stark mit seinem Burger beschäftigt, um sich anders als beiläufig mit den Vorgängen auf der Kreuzung, an der U-Bahn-Treppe oder auf der runden Grünfläche zu befassen, auf der sich mancher zufriedene Kunde ein gemütliches Plätzchen für einen Freilicht-Rausch suchte. Er hatte diesen Film schon hundertmal gesehen. Die Akteure mochten wechseln, wenn einer an einer Überdosis krepierte, für Beschaffungskriminalität eingebuchtet wurde oder bei einem schief gelaufenen Deal ein Messer zwischen die Rippen bekam. Die Handlung blieb immer die gleiche: die gleichen Dramen, die gleichen Konflikte in immerwährender Wiederholung. Elend in der Endlosschleife.

Er antwortete mit vollem Mund.

„Stell dir einfach vor, du sitzt im tiefsten, dunkelsten Loch, wo du kein Fitzelchen Licht siehst und keinen Hauch frischer Luft kriegst und dann kommt jemand und packt dich, reißt dich raus und schleudert dich auf die höchste Wolke. An der versuchst du dich festzukrallen. Aber die Wolke bietet keinen Halt. Du krachst zurück in dein Loch und es ist doch ganz klar, dass du nichts anderes willst, als so schnell wie möglich wieder da raufzukommen." Er hatte kaum geschluckt, bevor er den nächsten Bissen nahm. „Warst du etwa noch nie high?"

Sie schüttelte den Kopf, ohne den Blick von den Geschehnissen jenseits der Scheibe zu nehmen.

„Echt nicht? Hast du in deinen Teenie-Tagen nie einen durchgezogen oder wenigstens mal einen magischen Brownie genascht?"

„Nie!"

Er langte in seine Tüte und schob dem Burger ein paar Fritten nach.

„Tragischer Fall von versäumter Jugend, würde ich sagen."

Vogt rührte mit dem Zucchini-Stück in ihrem Dip, wie hypnotisiert von dem Tanz, den ein dürrer Schlacks mit langen Haaren vor einem der Dealer aufführte.

„Ich habe noch nicht mal Zigaretten ausprobiert. Dabei

wäre es von meinen Eltern her kein Problem gewesen. Die waren da offen, antiautoritär, aber ohne dass sie gleichgültig gewesen wären. Außerdem haben sie mir vertraut, dass ich keine Scheiße baue, die mich in richtige Schwierigkeiten bringt. Ich weiß nicht ..." Ein gehässiger Zug schlich sich in ihre Stimme, ohne dass sie es verhindern konnte. „Ich schätze, weil ich diese Freiheit hatte, diese Selbstbestimmung schon von früh an, hatte ich nie das Bedürfnis, zu rebellieren, weil ich das wohlbehütete Heranwachsen oder die hohen Erwartungen eines erfolgreichen Vaters nicht verkraftet hätte und unbedingt daraus ausbrechen und allen zeigen wollte, dass man auch anders leben kann."

Harder warf ihr einen Seitenblick zu, aß aber ungerührt weiter.

„Kalle hat mich großgezogen", sagte er und lehnte sich mampfend in seinem Sitz zurück, „zumindest ab einem gewissen Alter. Er weiß viel über mich. Aber von den Dingen, die bei uns zu Hause abliefen, zwischen meinen Eltern und mir, hat er nur eine vage Ahnung. Du kannst aus dem, was er dir erzählt hat, so viele Rückschlüsse ziehen, wie du willst. Aber erwarte nicht, dass du damit immer ins Schwarze triffst."

Vogt schwieg. Sie bereute, so gereizt reagiert zu haben, ohne dass sie sich jedoch dazu durchringen konnte, es vor Harder zugegeben oder sich gar bei ihm zu entschuldigen. Sie fragte sich, ob es ein kleiner Racheakt dafür war, dass er sie mit dem alten Mann allein gelassen hatte. Aber schließlich hatte er nicht wissen können, dass er sie damit an einer empfindlichen Stelle traf und vielleicht hatte ihre gereizte Stimmung weniger mit ihm zu tun als mit ihr. Die rasante Autofahrt, die Russen, die Nähe zu einem (entgegen Harders Behauptung) Sterbenden – es waren Vorkommnisse, die jeden aus dem Tritt bringen konnten. Aber sie kannte sich als tough genug, darüber nicht die Nerven zu verlieren. Was ihr stärker zu schaffen machte und alles andere erst belastend, zermürbend werden ließ, war das Wissen, dass dort draußen ein Mörder unterwegs war, dem sie allen Bemühungen zum Trotz noch nicht nennenswert nähergekommen waren und es ging ihr an die Substanz, dass Harder das augenscheinlich so gelassen nahm. Der Trip zum Krankenhaus und die Auseinandersetzung mit den Russen hatten sie ihrem Ziel kein Stück nähergebracht, im Gegenteil: Langsam fing sie an, sich zu fragen, ob Harder und sie überhaupt das gleiche Ziel hatten. Jedenfalls war sie entschlossen, sich nicht weiter von ihm für irgendwelche zweifelhaften Aktionen durch die Stadt schleppen zu lassen, sollte sich auch der Ausflug zum Kottbusser Tor als Spinnerei erweisen. Immerhin, sagte sie sich, war das hier besser, als am Schreibtisch über irgendwelchen Unterlagen zu grübeln. Sie war draußen, sie war unterwegs und sie durfte hoffen, dass etwas passierte. Und wenn nichts passierte, dachte sie, hätte sie immer noch ausreichend Gelegenheit, Harder die Hölle heißzumachen.

Sie schloss die Augen, holte tief Luft und ließ, wie sie es sich beigebracht hatte, die Anspannung mit dem Atem aus sich herausfließen. Die Lage war beschissen: Eine junge Frau war tot, und ja: Der Täter lief frei herum. Aber sie hatten Fortschritte gemacht. Sie kamen ihm näher. Sie würden ihn erwischen und, versprach sie sich, sie würden es tun, bevor er Gelegenheit hatte, wieder zu morden.

„Was ist das für ein Typ, den wir suchen?"

Harder schien ihre kleine Attacke schon vergessen zu haben.

„Molle? Ein alter Bekannter aus meiner Zeit bei der Drogenfahndung. Vertickt alles, was dir Flügel wachsen lässt und kennt die halbe Welt. Hab mich immer bei ihm mit Stoff versorgt, als ich undercover war und mich mit ihm verkumpelt. Zwischen Dealer und Kunde kann ein wunderschönes Vertrauensverhältnis entstehen."

„Wie romantisch! Molle, ja? Klingt putzig!"

„Kurz für Molotow. Den Spitznamen hat er aus der linken

Szene mitgebracht. War da früher sehr aktiv. Keiner hat bei den Maikrawallen so schöne Brandbomben gebastelt. Später ist er dann Geschäftsmann geworden und hatte mit dem Kapitalismus auf einmal kein Problem mehr. Wir haben öfter zusammen gequarzt oder Saufgelage abgehalten. Er war ziemlich angepisst, als ich ihm gesteckt hab, dass ich bei der Polizei bin und ihn gern als Spitzel rekrutieren würde – ich hatte genug gegen ihn in der Hand, um ihm das Angebot schmackhaft zu machen. Später habe ich ihm mal aus der Scheiße geholfen, als er versuchte, sein Territorium gegen überlegenen Widerstand auszubauen und ein paar üble Jungs ihm ans Leder wollten. Seitdem sind wir so." Er kreuzte die Finger. „Den Rücken zukehren würde ich ihm allerdings nicht."

„Ein Freund fürs Leben also. Verrätst du mir jetzt auch, was wir von ihm wollen?"

„Abwarten. Bei Molle muss man immer schauen, wie er drauf ist. Ich will nichts versprechen, was er nicht leisten kann – oder will. Und erstmal muss er auftauchen. Viele von den Dealern hier arbeiten für ihn und er schaut regelmäßig nach dem Rechten. Kann aber sein, dass er wieder mal auf Geschäftsreise in München oder Hamburg ist, da hat er Zweigstellen. Ich hoffe, dass er kommt. Ist immer nett, mit ihm zu plaudern, bringt viele Erinnerungen hoch. War eine spannende Zeit damals. Vom Spaß ganz zu schweigen."

Vogt verzichtete darauf, sich zu erkundigen, worin genau dieser Spaß bestanden hatte. Sie hielt es für besser, nicht zu viel über Harder zu wissen, das sie bei ihrer Befragung in dem Disziplinarverfahren, das ihm über kurz oder lang unvermeidlich bevorstand, in eine Zwickmühle bringen konnte. Sie sah zu, wie Harder seinen dritten Burger auswickelte, hineinbiss und es nur haarscharf vermied, sich die Mayonnaise, die hinten herausquoll, auf die Lederjacke zu kleckern.

„Den gesunden Lebensstil hast du dir jedenfalls bewahrt. Isst du eigentlich auch mal was mit Vitaminen?"

Er blickte in das weißgraue Innere zwischen den Brötchenhälften.

„Was meinst du? Das ist der Fischburger."

„Ich meine so was wie Gemüse."

Er hielt ihr die Frittenpackung hin.

„Kartoffeln."

Er zeigte ihr ein Tütchen Ketchup.

„Tomaten. Und auf dem Burger sind noch Salat und ne Gurke. Damit ist das quasi vegetarisch."

„Klar doch. So vegetarisch wie ein Sauerbraten. Obst?"

„Apfeltasche. Und was ist das für ein Zeug?" Er deutete mit einer Fritte auf ihren Dip. „Schimmelpilzpüree?"

„Hummus." Sie hielt ihm das Döschen hin. „Willst du mal?"

„Danke, ich esse nichts, wo andere ihre Blumen reinpflanzen."

„Das ist aus Kichererbsen, du Kretin. Man sollte meinen, die kulinarischen Kenntnisse von jemandem, der in einem gediegenen Elternhaus aufgewachsen ist, sollten nicht auf die verschiedenen Möglichkeiten beschränkt sein, sich eine Herzverfettung anzufressen, sondern ..."

„Obacht!", unterbrach er sie und wies mit dem angebissenen Burger durch die Windschutzscheibe. „Molle ist im Anmarsch."

Ein Dickwanst wuchtete sich unter dringend nötiger Zuhilfenahme des Geländers die Stufen der U-Bahn-Station hinauf und brachte Vogt zu der Vermutung, dass sich sein Spitzname nicht nur auf explosive Wurfgeschosse, sondern auch auf seinen Körperumfang bezog. Schlabbrige Männerbrüstchen und eine ausladende Wampe verzerrten den Aufdruck seines türkisfarbenen T-Shirts, das einen Schimpansen mit Kopfhörern zeigte und offenbar beim Waschen eingelaufen war. Darunter lugte ein Spalt blassen Bauchspecks hervor. Nach unten hin schmiegten sich enge Karottenhosen – wobei „Karotte" sich sowohl auf den Schnitt als auch auf die Farbe bezog – an schwabbelige Beine. Birkenstock-Sandalen, aus denen weißwurstförmige Zehen ragten, vervollständigten das modische Ensemble. Molles Gesicht, rot und glänzend von der Anstrengung, die ihm die Treppe zumutete, sah verquollen aus, Augen, Nase und Mund zusammengedrückt, was teilweise dem Fett geschuldet war. Doch hatte auch der freimütige Konsum seiner eigenen Waren hier einen sichtbaren Beitrag geleistet. Ein feuchter brauner Haarwust klebte ihm an Stirn und Schläfen. Mit einer Hand, die für Feinmotorik ungeeignet schien, hielt er sich ein Handy ans Ohr, in das er, nachdem er Luft geschnappt hatte, kurze Erwiderungen auf Mitteilungen schnaufte, die offenbar nicht zu seiner Zufriedenheit ausfielen. Mit der anderen Hand wedelte er die kleinen Dealer und Junkies von sich, die sich ihm ehrerbietig näherten, jedoch nicht wagten, ihm ihre Anliegen vorzubringen, bevor er sein Telefonat beendet hatte. Molle sah nicht aus wie jemand, der auf Störungen seiner geschäftlichen Verhandlungen mit Nachsicht reagierte.

Harder schob sich den letzten Bissen Burger rein, kaute zweimal und würgte ihn hinunter. Mit der einen Hand griff er sich die Plastiktüte mit den Medikamenten, die er im Krankenhaus gestohlen hatte, mit der anderen seinen Becher, stieß die Tür mit dem Fuß auf und stieg aus dem Wagen.

„Warte hier." Er lehnte sich noch einmal hinein. „Und dieses Mal wirklich! Molle ist ein Sensibelchen, empfindlich bei Leuten, die er nicht kennt, besonders bei Bullen."

„Du bist ein Bulle."

„Ja, aber ich bin korrupt und verdorben. So was schafft Vertrauen."

Er schlug die Tür zu und ging, an seinem Trinkhalm saugend, auf Molle zu. Vogt hielt sich an seine Anweisung, räumte jedoch ihr Gemüse beiseite, um bereit zu sein, falls sie ihm doch wieder zu Hilfe kommen musste. Sie lehnte sich in ihrem Sitz zurück und sah ihm nach. Er bewegte sich anders als sonst. Der federnde Gang mit leicht gebeugten Knien, die Art, wie er die Plastiktüte an seiner Seite schlenkern ließ, wie er sich umsah, vermeintlich sorglos, tatsächlich aber mit der ängstlichen Aufmerksamkeit des Kleinkriminellen, der weiß, dass alle um ihn ebenso zwielichtig und skrupellos sind wie er selbst – niemand hätte ihn für etwas anderes gehalten als einen Junkie auf dem Weg zum nächsten Fix. Es war, als fiele er in Gegenwart dieser Männer und Frauen automatisch zurück in die Verhaltensmuster aus jener Zeit, in der er einen von ihnen gespielt hatte und, wie Vogt vermutete, vielleicht mit etwas zu viel Bereitschaft und Hingabe in seiner Rolle aufgegangen war.

Molle entdeckte ihn früh. Sein Gesicht verhehlte nicht, dass die Verbundenheit, die Harder zwischen ihnen beschworen hatte, eher einseitiger Natur war, und dass er keinen großen Wert darauflegte, ihre „alte Freundschaft" mal wieder aufleben zu lassen oder gar mit Harder in Erinnerungen über gemeinsam bestandene Abenteuer, Höhenflüge und Abstürze zu schwelgen. Er schüttelte den Kopf und machte Harder ein Zeichen, das auf sein wichtiges Telefongespräch und die vielen Besprechungen hinwies, die er mit seinen Angestellten und Bittstellern abzuhalten hatte und die ihm bedauerlicherweise nicht erlaubten, sich mit außergeschäftlichen Belangen zu befassen. Harder schlürfte seinen Becher leer, beförderte ihn in den nächsten Mülleimer und sagte etwas, das Molle dazu brachte, nach kurzem Zögern sein Handy wegzustecken. Er nickte den Junkies und Dealern zu, woraufhin sie sich widerwillig zurückzogen und trat Harder mit dem Lächeln des anpassungsfähigen Businessman entgegen, der weiß, dass er, will er sich dauerhaft in seinem hart umkämpften Metier behaupten, gelegentlich auch unangenehme Allianzen schmieden muss. Harder zog ihn zur Seite, um etwas mehr Abstand zu Molles Untergebenen zu schaffen, die sich misstrauisch in der Nähe hielten. Vogt lehnte sich vor, um besser sehen zu können. Aber Harder stand mit dem Rücken zum Wagen und versperrte ihr die Sicht. Sie fragte sich, ob er sich mit Absicht so gestellt hatte, damit sie nicht genau erkennen konnte, was zwischen ihm und Molle vor sich ging. Harder sagte etwas zu ihm. Molle schüttelte den Kopf. Harder rückte näher an ihn heran und raunte ihm etwas ins Ohr. Molle machte ein sauertöpfisches Gesicht. Widerwillig nahm er die Tüte, blickte hinein und wühlte mit seiner fetten Hand zwischen den Packungen und Fläschchen herum. Schließlich zuckte er die Schultern, langte in seine Tasche und reichte ihm etwas, das Harder mit einer so flüssigen Bewegung in seiner Jacke verschwinden ließ, dass es jedem ungeübten Beobachter entgangen wäre. Harder schlug Molle auf die Schulter und machte sich auf den Rückweg zum Wagen. Molle blickte ihm nach, wobei sein Gesicht nun, da Harder es nicht mehr sehen konnte, seine ganze Abneigung für ihn zum Ausdruck brachte. Harder grinste Vogt entgegen und hielt ihr den aufgerichteten Daumen hin.

Er stieg ein und zog die Tür zu.

„Alles bestens gelaufen."

„Was hast du gemacht? Die geklauten Medikamente gegen Stoff eingetauscht, der mehr nach deinem Geschmack ist?"

„Gegen Informationen – und zehn Gramm Schwarzer Afghane." Er holte ein Tütchen Hasch aus seiner Hosentasche. „Willst du ein bisschen? Macht sich bestimmt gut in einem grünen Smoothie."

„Nein, danke!"

„Echt nicht? Ich dachte, wo du so öko bist und noch nie dicht warst."

Er schüttelte das Tütchen vor ihrer Nase.

„Ist voll bewusstseinserweiternd."

Sie wischte seine Hand weg.

„Erzähl mir lieber was über die Infos!"

Harder machte es sich in seinem Sitz gemütlich, öffnete das Tütchen und atmete das Hascharoma ein.

„Eins muss man Molle lassen: Sein Zeug ist immer vom Feinsten."

„Die Infos, Harder?"

„Immer mit der Ruhe. Noch haben wir sie nicht. Aber ich habe Molle eine freundliche, halboffizielle Anfrage übermittelt."

Sie blickte auf den fetten Drogendealer in den engen Klamotten, der sich jetzt, nach der lästigen Störung, von seinen Handlangern über Umsatz, Nachfrage, Zahlungsschwierigkeiten und eventuelle Übergriffe von Seiten der Konkurrenz in Kenntnis setzen ließ. Er hielt Hof, als sei er der König vom Kotti, der dem gemeinen Volk gnädig eine Audienz gewährte.

„Musst du ihn dafür entschädigen? Kannst du ihn nicht einfach unter Druck setzen, anstatt mit ihm einen auf Gut-Freund zu machen?"

Harder verschloss das Tütchen und steckte es ein.

„Theoretisch ja. Aber das schädigt unser Verhältnis. Es tut Molle gut, wenn man ihm Honig um den Bart schmiert. Vor allem steht er besser vor seinen Jungs da, wenn es so aussieht, als erhielte er für seine Dienste eine Gegenleistung. Wenn ich ihn bloßstelle, macht er ganz schnell dicht. Ich hab dir doch gesagt, dass er sensibel ist. Außerdem bin ich von Natur aus diplomatisch."

Vogt schien kurz davor, alle Diplomatie fahren und Molle eine weniger umsichtige Behandlung angedeihen zu lassen, als er einen kleinen Kerl in fleckigem T-Shirt und zerrissenen Jeans mit einem Stoß vor die Brust beinahe die U-Bahn-Treppe herunterbeförderte, weil er es gewagt hatte, ihn zu unterbrechen und sich sogar erdreistet hatte, ihn am T-Shirt zu zupfen. Aber sie wollte nicht dafür verantwortlich sein, dass Harders Informationsquelle versiegte. Bei allem Abscheu, den der Fettsack ihr einflößte und bei aller Lust, ihn aus dem Verkehr zu ziehen und ihm eine Zwangsdiät aus der Knastküche zu verordnen: Den Frauenmörder zu fassen hatte Vorrang.

„Und worin bestehen seine sogenannten Dienste genau?"

Harder drehte sich eine Zigarette. Vogt war froh, dass er davon absah, den Tabak mit ein paar Bröseln aus Molles

Tütchen zu versehen (wobei das, in Anbetracht seiner sonstigen Verstöße gegen die Dienstvorschriften, auch nicht mehr ins Gewicht gefallen wäre).

„Er setzt das Netzwerk in Gang", sagte er und leckte das Blättchen. „Molle sieht vielleicht aus wie ein Sauftourist vom Ballermann. Aber er hat Beziehungen. Politiker und hohe Macker in der Wirtschaft stehen auf seiner Kundenliste. Du glaubst gar nicht, wer alles zugedröhnt im Bundestag und den Vorständen der großen Unternehmen sitzt. Aber die haben ja auch viel Stress, klar! Jedenfalls, wenn er die richtigen Stellen anzapft und wir ein bisschen Glück haben, kriegt er vielleicht raus, wer damals die Vorfälle im Tierpark und im Naturhistorischen Museum vertuscht hat."

Vogt runzelte die Stirn, skeptisch, ob die gestohlenen Medikamente auf diese Weise wirklich gewinnbringend angelegt waren. Wenigstens, sagte sie sich, war Harder bemüht, einen Beitrag zur Klärung des Falles zu leisten.

„Aber selbst wenn", sagte sie, „heißt das nicht, dass wir was davon haben. Wir wissen ja nicht, ob das tatsächlich derselbe Täter war, der sich ein Hobby draus gemacht hat, Tiere zu köpfen und Museumsexponate zu zersägen, bevor er sich auf junge Frauen verlegt hat."

Harder steckte sich die Zigarette zwischen die Lippen und zündete sie an. Molle, der seine Visite beendet hatte, watschelte zurück in den U-Bahn-Eingang. Seine Händler kehrten auf ihre Posten an der Kreuzung zurück. Jetzt, mit dem Fortschreiten der Nacht flossen immer mehr begierige Kunden auf den Platz, scharten sich um die Dealer, wickelten routiniert ihre Geschäfte ab, um mit der Aussicht auf ein paar glückliche Stunden hastig von dannen zu ziehen, stritten, wenn sie einander in die Quere kamen oder sich übervorteilt fühlten, und bettelten, wenn sie zu knapp bei Kasse waren.

„Eine Garantie haben wir natürlich nicht", sagte Harder. „Aber der ist schon eine spezielle Sorte Spinner. Er trägt seine Fantasien bestimmt schon lange mit sich rum und es ergibt

Sinn, dass er früh angefangen hat zu üben, bevor er sich an menschliche Opfer wagte. Auch Mord ist schließlich ein Handwerk, das gelernt werden will."

Vogt schnallte sich an und startete den Wagen.

„Und unser Freund", sagte sie, „macht gerade seine Meisterprüfung."

13

Man spürte, dass es die Wohnung einer Toten war. Es lag nicht an der Stille, die in den Räumen ruhte, einer schweren, bedrückenden Stille, nicht an den liegengebliebenen Lebensmitteln auf dem Küchentresen und nicht einmal an dem riesigen rotbraunen Blutfleck, der sich im Flur von der Garderobe beinahe bis zur Tür erstreckte. Es war etwas anderes, schwer zu bestimmen, und es dauerte eine Weile, bis Vogt es begriff: Alles hier, die farbenfrohen Möbel, die Bücher in den Regalen, die Fotos in ihren Glitzerrahmen, wirkte wie vor langer Zeit vergessen, verwaist und trostlos, Überreste eines vergangenen Lebens, die keinen anderen Zweck mehr erfüllen konnten, als in den Hinterbliebenen Erinnerungen, Trauer und Schmerz auszulösen. Beinahe wunderte es Vogt, dass all dies nicht längst von einer zentimeterdicken Staubschicht bedeckt war. Vielleicht entstammte die Empfindung nur dem Wissen, dass die junge Frau, die hier noch vor Kurzem auf dem Sofa gesessen, mit ihren Freundinnen telefoniert, Musik gehört und in Zeitschriften geblättert hatte, niemals zurückkehren würde. Vielleicht lag es an der Verlorenheit, die sie empfand, jetzt, da sie das erste Mal allein war, seit sie Veronika gefunden hatten, an einer Einsamkeit, die sie den ganzen Tag verfolgt und erst hier eingeholt (oder ihr aufgelauert) hatte. Vielleicht war es nichts als Einbildung, hervorgerufen von Müdigkeit und Stress. Aber Vogt war sicher, dass sich nur die Wohnung einer Toten so leer, so verlassen anfühlen konnte.

Sie hatte die Tür geschlossen, war über den Fleck auf dem Parkett gestiegen und neben dem Küchentresen stehengeblieben. Das farbenfrohe Wohnzimmer zeugte von der Hingabe, mit der diese Wohnung einst eingerichtet, zu einem Zu Hause gemacht worden war, und obwohl es Veronika Fromm nicht mehr stören konnte und sich ohnehin den ganzen Tag über unzählige andere Fremde in der Wohnung zu schaffen gemacht hatten, kam Vogt sich wie ein Eindringling vor.

Die Kollegen vom Erkennungsdienst waren schon mit ihren Koffern abgezogen. Von ihrer Anwesenheit zeugten die schwarzgrauen Rußpulverspuren auf sämtlichen Oberflächen, die einen Fingerabdruck preisgeben konnten, und die Markierungen, die sie überall dort hinterlassen hatten, wo ihnen etwas aufgefallen war, das eine Auswertung lohnenswert erscheinen ließ. Die Wohnungstür war verschlossen gewesen. Aber sie hatten vergessen, das Licht auszuschalten. Nicht nur im Wohnzimmer, auch im Küchenbereich, dem Schlafzimmer und dem Bad brannten sämtliche Lampen, als sollte einem späteren Besucher ein warmer Empfang bereitet werden. Es klappte nicht. Trotz des vielen Lichts und der Farben wirkte die Wohnung kalt, abweisend. Vogt war sich nicht sicher, ob das Frösteln, das sie durchfuhr, von außen kam oder von innen her in ihr aufstieg. Sie steckte den Schlüssel, den Wichert ihr gegeben hatte, in die Tasche ihres Blazers, überwand sich und trat in das Wohnzimmer. Die Stille war dicht und schien undurchdringlich. Beinahe erschrak sie über das Geräusch ihrer eigenen Schritte. Sie las die Titel auf den Büchern und den DVDs in den Regalen, betrachtete die Fotos und die Bilder an den Wänden. Sie wusste, dass Harder recht hatte. Sie würde hier nichts Neues finden, kein blutiges, notdürftig verstecktes Kleidungsstück des Mörders, keine ausgerissene Locke, die nicht zu Veronikas Haarfarbe passte, keine Streichholzschachtel mit dem Logo einer zwielichtigen Bar und auch keine Visitenkarte, die unter das Sofa gefallen und der Spurensicherung zufällig entgangen war. Aber sie wollte hier sein, es kam ihr wichtig vor, dass sie hier war. Sie wollte näher an Veronika Fromm herankommen, ein Gefühl dafür entwickeln, was für ein Mensch sie gewesen war. Man konnte sie noch spüren, meinte sie, einen Nachhall ihrer Persönlichkeit, ihrer Freude, ihres Kummers, ihrer Hoffnungen und Enttäuschungen, der mit der Zeit verblassen würde, so wie die Wärme aus ihrem toten Körper gewichen war. Und darunter mischte sich, wie ein schleichendes Gift, die Gegenwart des Mörders, die dunkle Aura, die er zurückgelassen hatte. Vogt stellte sich vor, wie er in diesem Zimmer umhergelaufen war, mit Veronika gesprochen, vielleicht mit ihr gescherzt und gelacht hatte, wie er mit dem Messer über sie hergefallen war, brutal auf sie eingestochen und hinterher bei ihrer Leiche gewartet hatte, bis es Nacht war und er sie unbeobachtet fortschaffen konnte. Es war ihr unmöglich, an einen von ihnen zu denken, ohne dass der andere sich in ihren Verstand drängte. Veronika und ihr Mörder waren untrennbar miteinander verbunden.

Sie nahm eines der Fotos aus dem Regal und setzte sich auf das Sofa. Das Foto zeigte Veronika zwischen einem Mann und einer Frau, beide etwas älter, um die 60 vielleicht, denen sie die Arme um die Hüften gelegt hatte, um sie eng an sich zu drücken. Vogt nahm an, dass es ihre Eltern waren. In den Gesichtszügen, mit wachen braunen Augen und einer kräftigen, aber nicht klobigen Nase, glich Veronika ihrem Vater, der schmal wirkte neben ihr, geradezu zerbrechlich. Es war offenbar ihre Mutter gewesen, die ihr, neben dem leicht gelockten braunen Haar und den vollen Lippen, einen Hang zu Körperfülle vererbt hatte, wobei sie ihre Tochter im Umfang weit übertraf. Veronika trug einen blauen Talar und einen passenden Doktorhut mit goldener Kordel. Der Vater war im Anzug, der ihm ein wenig zu groß schien, als hätte er ihn geliehen. Der breite Leib der Mutter war in ein geblümtes Kleid gehüllt, das Bauch und Hüften kaschierte und gleichzeitig die gewaltigen Brüste zur Geltung brachte. Im Hintergrund war das Hauptgebäude der Humboldt-Universität zu sehen. Vogt vermutete, dass die Aufnahme von Veronikas Bachelor-Feier stammte. Alle drei lächelten, Veronika freudestrahlend, die Mutter stolz, der Vater ein wenig gezwungen, als fühle er sich unbehaglich dabei, fotografiert zu werden, hätte jedoch um nichts in der Welt darauf verzichtet, diesen Moment mit seiner Tochter und seiner Frau zu teilen. Es war ein schönes und, in Anbetracht der späteren Geschehnisse, zugleich bedrückendes Bild, das Bild einer Familie, von deren Glück heute nichts mehr übrig war.

Der Mann, der es zerstört hatte, hatte Veronikas Schwäche ausgenutzt, ihre Angst, allein zu sein, ihre Sehnsucht, geliebt zu werden. Er hatte gespürt, dass sie verletzlich war, dass sie lange darauf gewartet hatte, jemanden zu finden. Sie war hübsch gewesen. Aber das bedeutete nichts bei einem jungen Mädchen, wenn es pummelig war und vielleicht schüchtern, verunsichert wegen seines Übergewichts. Es fiel Vogt nicht schwer, sich vorzustellen, wie es für sie gewesen sein musste: Heimlich die Jungs anzuhimmeln, die sich nicht für sie interessierten, die Angst, ausgelacht zu werden, wenn sie ihnen gestanden hätte, dass sie sie mochte, allein zu sein, während alle anderen ihre ersten Küsse, ihre ersten Beziehungen, den ersten Sex erlebten. Vogt kannte das, das Gefühl, außen vor zu bleiben, auch wenn ihre Voraussetzungen ganz anders gewesen waren. Sie war nie dick gewesen und immer einigermaßen ansehnlich, zumindest, nachdem sie ihre Zahnspange losgeworden war und, recht spät, im Alter von 16, ihre Brüste endlich angefangen hatten zu wachsen. Aber sie hatte nie zu den Coolen gehört, war immer eine Außenseiterin gewesen, still, in sich gekehrt. Sie hatte nicht geraucht und nicht getrunken. Auf Partys hatte sie fehl am Platz gewirkt. Mit Boygroups, Filmstars und wofür andere Mädchen sonst schwärmten, hatte sie nichts anfangen können. Die anderen waren so fest davon überzeugt gewesen, dass es wichtig war und lohnenswert, sich damit zu beschäftigen, sein Leben mit diesen Dingen zu füllen. Sie aber war immer getrieben gewesen, nach etwas anderem zu suchen, nach etwas, das sich für sie richtig anfühlte, auch wenn ihr lange nicht klar war, worum es sich handelte. Es ging nicht einmal um Glück oder Erfüllung. Es ging um etwas viel Grundsätzlicheres, Lebensnotwendiges, um einen Sinn vielleicht oder etwas wie Wahrheit. Es war, als fehlte ihr etwas und sie musste es finden, um vollständig zu sein oder sich wenigstens vollständig zu fühlen. Es hatte sie verwirrt, nicht zu wissen, wohin mit sich, und es hatte Phasen gegeben, in denen sie darüber verzweifelt war. Sie hatte ein paar Beziehungen gehabt. Aber sie hatten nicht geholfen, ihre innere Unruhe, ihre Getriebenheit zu mindern und wenn sie nach einigen Monaten zerbrochen waren, hatte sie es nie wirklich bedauert. Es war nicht das, wonach sie suchte. Erst im Polizeidienst hatte sie es gefunden, zumindest etwas, das dem nahekam, das ihr das Gefühl gab, am richtigen Platz zu sein und das Richtige zu tun. Ihre Verzweiflung hatte sich gelegt, sie war ruhiger geworden. Aber die Angst, dass dieses Gefühl eines Tages vergehen könnte, hatte sie nie losgelassen.

Vogt riss sich aus diesen Gedanken. Es brachte sie nicht weiter, hier zu sitzen und nach einer Verbindung zwischen ihr und Veronika Fromm zu suchen, die es nicht gab. Sie hatten nichts gemeinsam gehabt, keine geteilten Erfahrungen. Es war nicht ratsam, aus einem Mordfall etwas Persönliches zu machen. Ohnehin ging es hier nicht um sie, sondern allein um Veronika Fromm und um das, was ihr widerfahren war. Sie hatte nicht gefunden, wonach sie gesucht, worauf sie gewartet hatte. In ihrer Freude darüber, endlich jemanden zu haben, hatte sie nicht erkannt, dass sie einer Täuschung erlegen war. Ihre Sehnsucht war ihr zum Verhängnis geworden.

Vogt stellte das Foto auf den Couchtisch, auf dem eine aufgeschlagene Zeitschrift lag. Auf dem Hochglanzfoto irgendeines Filmsternchens, dessen Name Vogt nichts sagte, stand eine kleine Schachtel mit bunten Holzperlen, daneben lag eine Schnur, auf die einige der Perlen gezogen waren. Vogt fasste die Schnur an beiden Enden und hob sie auf. Auf jeder der Holzperlen stand ein Buchstabe. Zusammen bildeten sie den Namen Veronika. Es sollte wohl ein Armband werden, ein Geschenk vielleicht für ihren neuen Freund, ihren Mörder.

„Aber er wollte etwas anderes von ihr."

Die fremde Stimme, obwohl leise, durchbrach die Stille in der Wohnung wie ein Schrei.

Vogt fuhr zusammen und ließ das halb fertige Armband los. Holzperlen klickerten auf den Tisch, rollten über die Glasfläche und fielen auf den Teppich. Sie sah auf. Vor ihr, auf der anderen Seite des Couchtisches, stand ein langer, schmaler Mann, der mit einer ruhigen Neugier auf sie niederblickte. Sie schalt sich dafür, ihn nicht bemerkt zu haben. Sie hatte sich angewöhnt, ihrer Umgebung gegenüber aufmerksam zu sein und sie hatte sich immer eingebildet, ein gutes Gespür dafür zu haben, was um sie herum vorging. Aber sie hatte ihn nicht hereinkommen gehört, hatte nicht gehört, wie er sich ihr näherte – ihn nicht gefühlt – und sie hatte keine Ahnung, wie lange er schon dort gestanden, sie beobachtet und, wie ihr schien, ihre Gedanken erraten hatte. Sie fühlte sich unbehaglich unter seinem Blick, ertappt, durchschaut. Trotzdem gelang es ihr, sich wieder zu fassen. Sie versuchte, sich zu entspannen, ihn nicht merken zu lassen, wie sehr sein plötzliches Erscheinen sie verstörte, auch wenn es zwecklos schien, ihm etwas vormachen zu wollen.

„Mein Gott, erschreck mich doch nicht so! Willst du, dass ich einen Herzinfarkt kriege?"

Der schmale Mann lächelte. Vogt war sicher, dass er öfter so etwas zu hören bekam, selbst wenn er nicht durch die Wohnung eines Mordopfers schlich und plötzlich vor jemandem auftauchte, der nichts ahnend in seine Gedanken versunken war. Sein bloßer Anblick reichte aus, um in seinem Gegenüber Unbehagen auszulösen. Seine graublauen Augen wurden von den fingerdicken Gläsern einer Hornbrille grotesk vergrößert und ließen Vogt an Monster aus alten Horrorfilmen denken. Er war penibel rasiert, wobei seine Haut die Rasierklinge nicht gut zu vertragen schien und vor allem am Hals mit kleinen Pusteln darauf reagierte. Sein stumpfblondes Haar war sorgfältig in der Mitte gescheitelt, sodass sich eine schnurgerade Furche trockener, von zu viel Anti-Schuppen-Shampoo geröteter Kopfhaut über seinen Schädel zog. Er trug ein rot-blau kariertes Hemd, das er straff in seine Stoffhose mit Bügelfalte gesteckt hatte, dazu schwarze Halbschuhe. Unter seinem spitzen Adamsapfel saß eine rote Fliege. Er sah aus, als sei er auf dem Weg zu einem Senioren-Tanztee – in den Fünfzigerjahren. Es fehlte bloß noch das Nelkensträußchen, mit dem er eine der reifen Witwen für ein kleines Techtelmechtel zu gewinnen hoffte.

Vogt war ihm erst ein- oder zweimal begegnet und hatte bei diesen Gelegenheiten kaum ein Wort mit ihm gewechselt. Es dauerte einen Moment, bis ihr sein Name einfiel: Detlef Wencke. Im Dezernat nannten sie ihn den „Maulwurf", was nicht nur daher rührte, dass er stark kurzsichtig war und man ihn nur selten zu Gesicht bekam. Er war derjenige, der, wenn die Spurensicherung nach einem Gewaltverbrechen ihre Arbeit verrichtet hatte, noch stunden-, manchmal tagelang in den Wohnungen der Opfer zurückblieb, um sich auf der Suche nach einem Hinweis durch ihre sämtlichen Habseligkeiten zu wühlen. Es war eine unverzichtbare Arbeit, mit der er schon mehr als einmal zur Lösung eines Falles beigetragen hatte. Aber Vogt war froh, dass er ihr zurückgezogen nachging und sie nur selten mit ihm zu tun haben musste. Sein forschender Blick löste in ihr das Bedürfnis aus, sich das Gesicht mit den Händen zuzuhalten. Es kam ihr vor, als wisse er mehr über sie, als ihm zustand, oder als habe er noch am Vorabend unter ihrem Fenster gestanden und ihr beim Umziehen zugesehen. Sie wusste, dass sie ihm unrecht tat – er war ihr gegenüber nie unhöflich gewesen, geschweige denn, dass er anzügliche Bemerkungen gemacht hätte – und es schien ihr logisch, dass man für eine Tätigkeit wie seine ein Eigenbrötler sein musste – oder über kurz oder lang einer wurde. Aber das hieß nicht, dass sie Lust hatte, öfter und mehr Zeit als nötig mit ihm zu verbringen.

Wencke lächelte noch immer, ein wissendes und zugleich undurchsichtiges Lächeln, als liefen ihre Gedanken wie ein Nachrichtenticker über ihre Stirn. Zwischen den langen, dünnen Fingern seiner rechten Hand hielt er einen Kaffeebecher aus Pappe, den er sich, vermutete Vogt, vom Kiosk auf der anderen Straßenseite geholt hatte.

„Verzeihung, das war nicht meine Absicht. Ich wollte Sie nicht bei Ihren zweifelsohne wichtigen Überlegungen stören, Frau Kriminaloberkommissarin."

Der Spott, den sie in seiner Stimme zu orten meinte, vor allem in der Betonung des letzten Wortes, dazu dieses Lächeln, kühl und berechnend, traf sie an einer empfindlichen Stelle. Ihre Selbstzweifel, ihre Angst, nicht zu genügen, als Hochstaplerin entlarvt zu werden, alles, was sie für gewöhnlich tief in ihrem Innern unter Verschluss hielt, wallte in ihr empor, unmittelbar gefolgt von dem Impuls, sich zu verteidigen, zu kämpfen, auf ihren Gegner loszugehen und ihm zu beweisen, dass sie hierher gehörte, es verdiente, hier zu sein und es niemandem zustand, sie von oben herab zu behandeln. Aber sie unterdrückte das Verlangen. Sie sagte sich, dass Wencke zwar gruselig, aber keine Bedrohung für sie war und dass er, auch wenn es ihr so vorkam, natürlich nicht imstande war, ihre Gedanken, geschweige denn ihre Gefühle zu lesen.

Sie lehnte sich auf dem Sofa zurück und machte eine Geste, die zeigen sollte, dass sie es ihm nicht übel nahm.

„Hast du schon irgendwas?"

Sie versuchte, ihrer Stimme einen gelassenen Klang zu geben. Es gelang ihr nicht. Sie fühlte sich entblößt vor ihm, durchschaubar, als hätte sie ihm in dem kurzen Moment ihrer Verletzlichkeit ihre Seele preisgegeben. Aber wenn es so war, schien er sich fürs Erste damit zufriedenzugeben und sich die weitere Erforschung für ihre nächste Begegnung aufzuheben, von der Vogt hoffte, dass sie nicht in allzu naher Zukunft stattfinden würde.

„Ich bin noch nicht besonders weit gekommen", sagte er. „Das alles hier, die Bücher und Fotos und so weiter habe ich mir noch nicht näher ansehen können. Ich fange immer im Schlafzimmer an." Er wies auf das Nebenzimmer. Durch die halb geöffnete Tür sah Vogt, dass das Bett mit Kleidungsstücken bedeckt war, die Wencke aus dem Schrank geräumt hatte, und dass auf dem Boden einige geöffnete Kartons und Taschen standen, die er unter dem Bett hervorgezogen hatte.

„Die meisten Leute heben Dinge, die ihnen wichtig sind und auch solche, die sie geheim halten wollen, im Schlafzimmer auf. Sie haben das Gefühl, dass sie dort besser geschützt sind, weil das Schlafzimmer ein Heiligtum ist, das auch Besucher nicht ohne Weiteres betreten, zumindest nicht ohne Einladung. Außerdem fühlen sie sich besser, diese Dinge in ihrer Nähe zu haben, während sie schlafen. Veronika Fromm hat es genauso gemacht."

„Und?"

Es machte Vogt nervös, dass Wencke sich nicht setzte, dass er vor ihr stehenblieb, als wolle er ihr den Weg zur Tür blockieren. Andererseits hatte sie kein Verlangen danach, mit ihm hier zu einem gemütlichen Gedankenaustausch im Wohnzimmer zusammenzusitzen.

„Ich habe ihr Tagebuch gefunden." Er sah die Aufregung in ihrem Gesicht und schüttelte den Kopf, bevor sie etwas sagen konnte. „Bedauerlicherweise steht nichts über den Täter darin. Allerdings sind im hinteren Teil etliche Seiten herausgerissen. Gut möglich, dass er das war. Wenn es so ist, und wenn man von dem Datum der letzten Eintragung ausgeht, hat sie vor ungefähr drei Wochen zum ersten Mal über ihn geschrieben."

Vogt blickte auf das Foto, das Veronika mit ihren Eltern zeigte.

„So lange hat er sie hofiert, ihr Komplimente gemacht, hat vielleicht mit ihr geschlafen und ihr gesagt, dass er sie liebt, während er die ganze Zeit über auf nichts anderes aus war, als sie zu töten?"

Wencke blinzelte mit seinen Riesenaugen hinter den Brillengläsern.

„Es war ihm offenbar eine Herzensangelegenheit. Ein

Mensch, der zu solcher Verstellung fähig ist, imstande, einen anderen von seiner Liebe zu überzeugen, sodass er ihm vollends vertraut ... Ich bin natürlich kein Psychologe." Wieder meinte sie, eine Spitze gegen sich herauszuhören, als wollte er ihr zu verstehen geben, dass er durch seine Beschäftigung in fremden Wohnungen mehr über die Menschen gelernt, mehr verstanden hatte als sie mit all ihren Diplomen und Fortbildungszertifikaten. Sie sah ihn nicht an, um ihn nicht merken zu lassen, was in ihr vorging und schwor sich, vor ihm keine Schwäche zu zeigen. „Aber ich denke, wir können davon ausgehen, dass so jemand sich sehr frei, sehr offen bewegt, viel Kontakt mit anderen Menschen hat, dass er niemand ist, der sich in seiner Wohnung versteckt hält aus Angst, entdeckt zu werden. Wenn Sie mit ihm sprechen, ihn befragen würden, wäre er nicht nervös, im Gegenteil: Er würde es genießen, würde selbstbewusst auftreten, vielleicht sogar übermütig. Wenn er die Gelegenheit hätte, würde er vielleicht sogar das Gespräch mit Ihnen suchen. Er hat nicht nur großes Vertrauen in seine Fähigkeiten, Leute zu täuschen. Er findet Gefallen daran."

Vogt hätte ihm gern widersprochen, um das Verhältnis zwischen ihnen zu ihren Gunsten zurechtzurücken, ihm zu zeigen, dass sie mehr von diesen Dingen verstand als er. Aber sie konnte nicht anders, als ihm zuzustimmen.

„Es erhöht den Reiz für ihn, mit Menschen zu spielen, sie zu manipulieren."

„Ich habe etliche Fotos gefunden", fuhr Wencke fort, als hätte er ohnehin keinen Widerspruch, geschweige denn eine sinnvolle Ergänzung von ihr erwartet, weil er ihr zwar keine weitreichende Fachkenntnis, aber wenigstens so viel gesunden Menschenverstand zutraute, ihm in seiner Einschätzung recht zu geben. „Auf einigen ist Veronika Fromm mit jungen Männern zu sehen. Möglich, dass der Täter auf einem von ihnen ist, dass er in seinem Bemühen, seine Spuren zu tilgen, etwas übersehen hat. Wir werden dem nachgehen. Aber große Hoffnung habe ich da ehrlich gesagt nicht. Weder das Tagebuch noch die Fotos waren so gut versteckt, dass man mehr als ein paar Minuten brauchte, um sie zu finden. Und unser Täter ist zu sorgfältig und gewissenhaft, um etwas derart Schwerwiegendes zu übersehen. Mit etwas Glück finde ich im weiteren Verlauf meiner Suche irgendetwas Kleines, Unauffälliges, dem er keine Bedeutung zugemessen hat, das uns jedoch etwas über ihn verraten kann."

Vogt nickte nur. Sie merkte, dass sie wieder Gefahr lief, von Veronikas Schicksal einen Bogen zu ihrem eigenen Leben zu schlagen. Sie kam sich kleingeistig vor, selbstbezogen. Aber sie konnte sich nicht gegen die Frage wehren, wie viele der Menschen, mit denen sie täglich zu tun hatte, tatsächlich so waren, wie sie schienen, wie viel von dem, was sie zeigten, Täuschung und Heuchelei war und was von ihnen übrig bliebe, wenn man hinter diese Fassade schaute. Gleichzeitig erinnerte es sie daran, wie viel sie vor anderen verheimlichte, sei es aus Selbstschutz, dem Bedürfnis nach Anerkennung oder der Sorge, von anderen nicht so wahrgenommen zu werden, wie sie es sich wünschte. Darüber, wie viel sie sich selbst vormachte, wollte sie lieber gar nicht erst nachdenken.

Wencke lächelte wieder sein überlegenes kleines Lächeln, das Vogt langsam unerträglich wurde. Es kam ihr vor, als habe er für ihre Überlegungen, die er aus ihrem Gesicht las, nichts als abschätziges Mitleid übrig, weil er schon vor langer Zeit erkannt hatte, dass es einfältig war, einen Menschen, selbst einen, dem man nahestand, tatsächlich für das zu halten, was er vorgab zu sein. Vielleicht hatte er recht, dachte Vogt. Vielleicht war nichts Besonderes daran, weil jeder es tat, manche in höherem, andere in geringerem Maße. Es war gewöhnlich, banal. Aber das machte es nicht leichter, sich damit abzufinden.

„Ich lasse Sie dann wieder in Ruhe nachdenken", sagte Wencke so, als habe er entschieden, dass der Höflichkeit durch ihren kleinen Austausch Genüge getan war und er sich jetzt endlich wieder wichtigen Belangen widmen konnte. „Schönen Abend, Frau Kommissarin."

Sein Abschied war ebenso förmlich wie bestimmt. Er vollführte sogar eine kleine Verbeugung, bevor er, ohne eine Erwiderung abzuwarten, hinüber ins Schlafzimmer ging und die Tür zudrückte.

Vogt blieb auf dem Sofa sitzen. Sie blickte sich im Wohnzimmer um, auf der Suche nach etwas, das ihr einen weiteren Gedanken, vielleicht eine neue Erkenntnis eingab. Aber die Bücher, Filme und Fotos verrieten ihr ungefähr so viel wie die Dunkelheit hinter den Fenstern. Sie wusste, dass es hier für sie nichts mehr zu tun, nichts mehr zu finden gab. Mit dem Wissen, dass Wencke im Nebenzimmer in Veronikas Sachen stöberte, konnte sie ohnehin nicht klar denken und das Gefühl, das er ihr vermittelte, das Gefühl, ein Fremdkörper zu sein, hier zu stören, während er allein zweckdienliche Polizeiarbeit verrichtete, machte es nicht reizvoller, noch länger hierzubleiben. Sie stand auf, durchquerte das Wohnzimmer und trat in den Flur. Sie stieg über Veronikas Blut, verließ die Wohnung und schloss die Tür hinter sich. Sie war erleichtert, wieder allein zu sein, ihre Gedanken für sich zu haben, und auf dem Weg durch das Treppenhaus beschloss sie, sich von der Begegnung mit Wencke nicht länger verwirren zu lassen. Ihre persönlichen Befindlichkeiten waren nicht von Belang. Das Einzige, worauf es ankam und worauf sie all ihre Konzentration richtete, war die Frage, wer Veronikas Mörder war, wo er sich aufhielt und ob er sich sein nächstes Opfer schon geholt hatte.

14

Es war fast zu einfach gewesen. Jessie hatte sich kaum gewehrt. Er hatte nichts weiter tun müssen, als sie vor ihrer Wohnung abzupassen, ihr ein bisschen sein Messer (kein Gemüsemesser, sondern den kunstvoll verzierten Dolch mit dem Schlangengriff) in die Seite zu piken, sie zu seinem Auto zu führen und sie in den Kofferraum zu sperren. Jessie hatte nicht einmal geschrien, so geschockt war sie gewesen. Im ersten Moment hatte sie gelächelt, als sie ihn erkannt hatte. Aber das Lächeln hatte nicht lange gehalten. Dann hatte sie nur fassungslos geguckt, weil sie so etwas nie von ihm erwartet hatte. Er war zufrieden mit sich. Er hatte es perfekt geplant. Niemand war in der Nähe gewesen, niemand hatte etwas gesehen. Auf der Fahrt hatte es geringfügige Komplikationen gegeben. Nachdem Jessie begriffen hatte, was vor sich ging, hatte sie angefangen, im Kofferraum um sich zu treten und um Hilfe zu rufen. Aber er hatte auch das souverän geregelt. Er war kurz rechts rangefahren und hatte ihr erklärt, dass er ihr die Titten abschneiden würde, wenn sie nicht Ruhe gab. Das wirkte besser als ein Knebel. Er war aufgeregt gewesen, voller Vorfreude. Aber er hatte sich beherrscht. Er hatte sich genau an die Geschwindigkeitsbegrenzung gehalten, an allen Ampeln gestoppt, keine riskanten Manöver unternommen. Die Wahrscheinlichkeit, dass etwas passierte, er einen Unfall baute (er war ein sehr umsichtiger Fahrer) oder sie eine Polizeistreife zu einer Kontrolle anhielt, ging gegen null. Trotzdem war er erleichtert, dass sie jetzt hier waren, in Sicherheit. Hier unten würde sie niemand suchen. Niemand würde sie stören.

Jessie saß in ihrem Käfig, nackt, ganz hinten an die Wand gedrückt, und wimmerte vor sich hin. Sie hatte sich klein gemacht, die Knie angezogen, die Arme um die Knie geschlungen, das Gesicht auf die Arme gedrückt. Sie sah schmal und zerbrechlich aus, nicht mehr stolz und selbstbewusst wie im Café. Sie war kaum wiederzuerkennen. Sie fror. Ihr ganzer

Körper war von Gänsehaut überzogen. Es gab hier unten keine Heizung (und natürlich auch keinen Strom und kein fließend Wasser), es war zugig, als fahre unablässig ein Wind durch die Tunnel und der harte Stein, auf dem sie hockte, war eisig. Die Kerzen, die er überall verteilt hatte, um das Gewölbe – seine Festung – auszuleuchten, spendeten zwar ein wenig Wärme. Aber ohne das pelzgefütterte Wams, das er hier unten trug – gleich nach der Ankunft hatte er sich umgezogen – wäre auch ihm zu kalt gewesen. Es tat ihm leid, dass Jessie fror. Aber da musste sie jetzt eben durch. An der Kälte würde sie schon nicht sterben. Und es war ja auch nicht mehr lange hin. Dass er ihr ihre Kleidung zurückgab, war ausgeschlossen. Sie erlaubten es nicht. Es war wichtig für die Vorbereitung, dass sie nackt war. Als er ihr aufgetragen hatte, sich auszuziehen, hatte sie angefangen zu betteln. In ihrer weiblichen Eitelkeit hatte sie natürlich gedacht, dass er sich an ihr vergehen wollte. Der Gedanke daran löschte sein Mitleid aus. Das könnte ihr so passen, dass er sich an ihr befleckte. Sie war sicher schon oft genug entweiht worden, die eingebildete Schlampe. Daran hatte er kein Interesse. Er hatte Größeres mit ihr vor.

Er saß auf dem Schemel seines Arbeitstisches, an dem er seine Gottessiegel und die Halsverschlüsse für die Umhänge fertigte (beides lag für Jessie bereit). Er schärfte seine Hellebarde, während er Jessie in ihrem Käfig betrachtete. An der Klinge klebte noch ein wenig von Veros Blut und er hatte beschlossen, es nicht abzuwaschen. Es gefiel ihm besser, wenn man der Waffe ansehen konnte, dass sie in Gebrauch war. Gleiches galt für den steinernen Henkersblock. Da Vero fast ihr ganzes Blut in ihrer Wohnung gelassen hatte, war ihre Enthauptung einigermaßen sauber vonstattengegangen. Es hatte gleich beim ersten Versuch „hingehauen". Mit Jessie würde es natürlich eine Schweinerei geben. Aber das war in Ordnung. Wo gehobelt wurde ... Er freute sich sogar darauf – die Pfützen und Spritzer wären eine immerwährende Erinnerung an diesen feierlichen Moment!

Vero, in Gestalt ihres Kopfes, stand auf dem Regalbrett über dem Tisch (sein Trophäenbrett, das sich nach und nach füllen würde; er hatte an eine Vitrine gedacht, aber so etwas hätte nicht zur sonstigen rustikalen Einrichtung gepasst). Sie war nicht mehr ganz frisch. Aber eine Weile würde sie noch halten. Er hatte sie so ausgerichtet, dass ihre Augen auf den Käfig blickten. Gern hätte er sie aufgehoben und rüber zum Käfig getragen, um die beiden Mädchen einander vorzustellen. Früher hätte die hübsche Jessie mit der plumpen Vero sicher nichts zu tun haben wollen. Jetzt hatten sie etwas gemeinsam. Er hatte sie zusammengebracht und er hätte es schön gefunden, wenn sie einander kennenlernten. Aber bei näherer Überlegung hielt er es für keine gute Idee. Es würde Jessie nur noch mehr ängstigen, sie in Panik versetzen und alles Weitere nur schwieriger machen. Es war schade, dass er ihr kein Verständnis der Erhabenheit vermitteln konnte, die diesem Unterfangen innewohnte. Sie hätten etwas Besonderes daraus machen können, eine gemeinsame Unternehmung. Er hätte sie gerne den Umhang anprobieren lassen, den er für sie besorgt, ihr gerne schon einmal das Gottessiegel umgehängt, das er für sie gebastelt hatte (es war noch besser geworden als das erste). Natürlich wäre es auch spannend gewesen, schon mal ihren neuen Kopf gegen den alten zu halten, als einen direkten Vergleich – er hatte einen so schönen neuen Kopf für sie! Aber gut, wenn sie so störrisch war, würde er das eben später tun, nur dass er dann den alten halten würde, während der neue bereits auf ihren Schultern saß. Es war ihre eigene Schuld und ihr Pech, wenn sie nicht bereit war, das Beste aus ihrer Situation zu machen.

Er legte das Wetzeisen beiseite, stand auf und stellte die Hellebarde in den Waffenständer mit den Schwertern, den Lanzen und dem Morgenstern. Er durchquerte den Raum, um Jessie aus der Nähe zu betrachten, sich noch einmal vorzustellen, wie sie aussehen würde, wenn er mit ihr fertig war. Er wollte die Vorfreude voll auskosten. Sie musste seine Schritte hören, spüren, dass er zu ihr kam. Aber sie regte sich nicht, blieb in sich zusammengezogen, als hoffe sie, er werde sie nicht bemerken und alles werde einfach so vorübergehen. Er hatte den Käfig fast erreicht, wollte gerade etwas zu ihr sagen, ein paar aufmunternde Worte, als ihn ein Schwindel durchfuhr und er ins Taumeln geriet. Er stolperte die letzten Schritte zum Käfig und hielt sich an einem der Gitterstäbe fest. Er kniff mehrmals die Augen zusammen, hoffte, es sei nur eine vorübergehende Kreislaufschwäche. Er hatte das manchmal. Aber seine Hoffnung wurde enttäuscht. Der Raum, ohnehin düster, schien noch dunkler zu werden und kälter mit einem Mal, sodass ihn selbst der Pelz nicht mehr wärmte. Er blickte sich um. Keine der Kerzen war ausgegangen. Aber ihr Licht wirkte mit einem Mal fahl, kraftlos. Finsternis wallte wie ein schwarzer Rauch in ihm auf, quoll aus ihm heraus, breitete sich aus und hüllte ihn ein. In diesem Rauch erschienen die Schatten, umkreisten ihn, drangen auf ihn ein, zogen Grimassen und flüsterten ihm drohend zu. Er schüttelte den Kopf. Sie kamen zu früh. Er hatte nicht damit gerechnet, dass sie so bald zurückkehren würden. Er hatte gedacht, sie würden ihm noch ein wenig Zeit zugestehen, nachdem er doch so folgsam gewesen war, ihnen Vero gegeben hatte. Aber da waren sie, umzingelten ihn, rückten näher, streckten ihre Krallen aus, um ihn zu packen, ihn mit sich zu nehmen in die Finsternis, eine ewige Finsternis, aus der er niemals wieder herausfinden würde.

Er stieß einen Schrei aus – „Lasst mich!" – und klammerte sich an den Gitterstäben fest – „Es ist noch nicht soweit! Ich tue doch alles, was ihr wollt!"

Jessie hatte den Kopf gehoben und starrte ihn voller Schrecken an. Aber er hatte jetzt keine Zeit, sich um sie zu scheren, auch wenn sie ihn wahrscheinlich für verrückt hielt. Er war nicht verrückt. Wenn er verrückt wäre, wäre es leichter gewesen, *sie* zu ertragen. Was wollten sie von ihm? Er hatte alles getan, was sie ihm befohlen hatten. Er hatte doch die

Nächste schon besorgt! Da saß sie, im Käfig, und starrte ihn angsterfüllt an, ohne zu begreifen, was mit ihm, in ihm vorging. Er versuchte, Ruhe zu bewahren, durchzuatmen. Vielleicht würden sie verschwinden, ihm noch eine Schonfrist geben. Aber es half nichts. Sie ließen nicht von ihm ab. Gebieterisch forderten sie ihr Recht und er konnte nichts anderes tun, als zu gehorchen.

Wie in Trance ging er zu seinem Arbeitstisch, griff den Dolch. Er kehrte zum Käfig zurück, entriegelte die Tür, öffnete sie.

„Steh auf!"

Jessie gehorchte. Sie versuchte, ihre Brüste und ihre Scham mit den Händen zu bedecken, als hätte all das noch eine Bedeutung. Sie blickte ihn an, hoffte wohl, dass ihre armselige Erscheinung, ihre verheulten Augen, ihre zitternden Lippen, das zerzauste Haar ihm Mitleid einflößen, ihn davon abhalten würde, ihr wehzutun. Aber er konnte kein Mitleid empfinden, konnte nichts empfinden als den dunklen Drang, der ihn beherrschte.

„Raus mit dir!"

Sie sagte seinen Namen, sagte ihn noch einmal. Vorher hatte es ihm gefallen. Jetzt nervte es ihn. Es zögerte nur alles hinaus. Er packte sie am Arm, zerrte sie aus dem Käfig und stieß sie in Richtung des Henkersblocks. Dankbar merkte er, wie die Finsternis bereits ein wenig von ihm zurückwich. Er schämte sich für den Schreck, den er bekommen hatte. Er gehörte doch ihnen. Er war ihr Untergebener, sie allein bestimmten, was wann zu geschehen hatte und wenn sie entschieden hatten, dass es jetzt geschehen sollte – wer war er, sich dagegen aufzulehnen? Es war eine Ehre, ihnen dienen zu dürfen!

Er gab Jessie noch einen Stoß. Sie fiel, stürzte auf den harten Boden. Sie blickte zu ihm auf, das Gesicht nass von ihren Tränen.

„Bitte, ..." Wieder sein Name. „Warum tust du das?"

Aber er ging nicht darauf ein. Eine so dumme Frage konnte nur jemand stellen, der die Antwort nie verstehen würde. Er setzte seinen Helm auf und hob die Hellebarde aus dem Waffenständer. Er packte Jessie am Genick, zerrte sie vor den Henkersblock und drückte ihren Kopf auf den Stein. Er hoffte nur, dass sie, wenn sie begriff, was als nächstes passieren würde, ein wenig mehr Haltung bewahrte als Vero in ihrer Wohnung, dass sie sich darauf beschränkte, zu flennen und zu flehen. Er wusste, dass er sich nicht beherrschen könnte, wenn sie einen Aufstand machte, sich gar wehrte oder zu fliehen versuchte. Dann gäbe es wieder ein Malheur und er hätte nachher die Mühe, sie wieder zusammenzuflicken. Er hoffte, sie würde die Nerven behalten, anstatt durchzudrehen und es ihm – und schließlich auch sich selbst – unnötig schwer zu machen. Er hoffte, sie würde nicht schreien.

Aber natürlich schrie sie doch.

15

Die Schreie kamen von allen Seiten. Von links helles, spitzes Gekreisch, bei dem die Fenster zu zerspringen drohten, von rechts dunkles, lang gezogenes Geröhre, das die Wände zum Vibrieren brachte, von oben abgehacktes Jaulen und aus dem Zimmer gegenüber kurzatmiges, gehetztes Hecheln. Dazu das Krachen von Bettgestellen und Lattenrosten, manchmal Gelächter oder anfeuernde Rufe, das rhythmische Klatschen von Fleisch auf Fleisch – Hüfte auf Hüfte, Hüfte auf Arsch, Hand auf Arsch – und ekstatisches Brüllen, gefolgt von erleichtertem Röcheln, wenn einer kam. Harder nahm den Lärm kaum wahr. All das Geschrei und Gestöhne war für ihn – heute noch mehr als sonst – nichts als lange gewohntes Hintergrundgeräusch wie für andere Leute das Rauschen von Autos vor dem Fenster, das Geschepper einer Straßenbahn oder Schritte auf dem Pflaster, an die man irgendwann so gewöhnt war, dass man sie nicht mehr hörte. Er saß auf seinem Bett, an die Wand gelehnt, eine Zigarette zwischen den Fingern, die unbeachtet zu Asche verbrannte. Vor ihm auf der Bettdecke lagen die Fotos aus der Ermittlungsakte ausgebreitet, die er aus dem Dezernat mitgenommen hatte. Unerreichbar für alles, was ihn umgab, starrte er auf den zerschundenen und notdürftig geflickten nackten Körper von Veronika Fromm, auf die zahllosen Stichwunden in der bleichen Haut und die Leerstelle über dem offenen Hals, wo ihr Kopf sein sollte. Daneben, wie zu einem grausigen Vorher-Nachher-Vergleich, ein Bild von ihr, das sie lebendig zeigte, eine junge Frau, ein bisschen füllig, aber hübsch, kastanienbraunes, lockiges Haar, das sie sorgsam pflegte in dem Wissen, dass es einer ihrer Vorzüge war, dunkle Augen, die offen und gleichzeitig forschend blickten, ein Lächeln, das den Betrachter ansprang, ihn auch zum Lächeln bringen wollte.

Harder stellte sich vor, wie es gewesen sein musste, sie zu töten, mit dem Messer auf sie einzustechen, das Blut aus ihr herauszulassen, immer weitere Wunden in ihren Bauch und ihren Rücken zu schlagen, bis sie aufhörte, sich zu wehren, zu geschwächt war, um sich länger aufrechtzuhalten und sterbend vor ihm zusammenbrach. Er stellte sich vor, die Tote zu enthaupten, sie zu reinigen, ihre Wunden zu nähen und zu salben. Er konnte sie spüren, ihre kalte Haut, den Blick ihrer toten Augen, die zusahen, wie er sie, den Rest von ihr, zurechtmachte, ihr den Widderkopf aufsetzte, sie in den Umhang kleidete und ihr das Gottessiegel umhängte, bis sie bereit war für ihren großen Auftritt und er sie aufhob und forttrug. Er brachte sie in die Unterführung, stellte sie auf, straffte ihre Fesseln, sodass sie beinahe aufrecht stand, und zündete die Kerzen an, die sie umstellten. Er schlug noch eine Falte aus dem Umhang, richtete das Amulett aus, damit es genau zwischen ihren schweren Brüsten hing, und rückte den fremden Kopf gerade. Er trat zurück und betrachtete noch einmal sein Werk. Stolz und Rührung ergriffen ihn. Er war das gewesen, er hatte das hier geschaffen! Harder fühlte die Erhabenheit des Moments. Er empfand die Glückseligkeit, die der Mörder empfunden hatte, seine Erleichterung und gleichzeitig den Drang, weiterzumachen, ein nächstes Opfer zu finden, weil die Erlösung, die ihm Veronikas Tod verschafft hatte, nicht lange halten würde. Er musste wieder töten, bald, gehetzt von den Monstern, die in seiner eigenen inneren Finsternis lauerten. Harder fühlte sich ihm nah, als herrsche eine dunkle Verbundenheit zwischen ihnen, zwei Schatten, die einander streiften. Er teilte seine Gedanken, seine Gefühle, verstand, was in ihm vorging, ihn zu seinen Taten trieb. Doch wenn er versuchte, sein Gesicht zu erkennen, entzog er sich ihm.

„Steck nicht wieder das Bett in Brand!"

Harder sah auf. Gisela stand in der Tür und füllte das Zimmer mit einer Parfümwolke, so dicht, dass man sie schmecken konnte. Sie war im Arbeitsdress, einem schwarzen Paillettenkleid, das ihr faltiges Dekolleté stärker zur Geltung brachte, als ihr selber lieb war. Sie wusste, dass die Zeiten, in denen sie ihren Körper – früher mehr als ansehnlich – zur Schau stellen und dafür Bewunderung ernten konnte, lange vorbei waren. Die Brüste hingen durch, der Hintern schlaffte ab und über die Waden zogen sich die ersten Krampfadern. Sie hätte sich lieber auf zurückhaltendere Weise gekleidet, ihrem Alter entsprechend (sie hatte die 60 schon vor geraumer Zeit überschritten). Aber die Gäste erwarteten, dass sie sich zurechtmachte, grellen Lippenstift, eine üppige Ladung Rouge und fingerdick Lidschatten auflegte, um für sie die verruchte Obernutte, die Herrin aller Huren zu mimen. Sie verkaufte auch eine Illusion, pflegte sie zu sagen, und die Herren in Jeans und Schlabberpulli zu begrüßen, wäre ihr provinziell vorgekommen. Man sah ihr an, dass sie schon länger auf den Beinen war, als ihrem von Hexenschüssen malträtierten Rücken guttat und dass sie es nicht erwarten konnte, aus ihren schwarzen Pumps rauszukommen, um ihre geschwollenen Füße in einem Fußbad wieder auf Normalgröße zu bringen (aber es war nicht ihr Stil, darüber zu jammern; sie hatte in ihrem Leben weitaus Schlimmeres erduldet). Über dem Kleid, weniger glamourös, trug sie eine Schürze, die erkennen ließ, dass sie gerade aus der Küche kam, wo sie für die Mädchen Stullen mit Fleischwurst, Käse und ihrem berühmten Zwiebelmett geschmiert hatte, der übliche Imbiss nach Schichtende, wenn sie alle bei Kaffee zusammensaßen. Das „Liebesnest“ war ein kleines Bordell, in dem die Inhaberin sich nicht damit begnügen durfte, die Kundschaft an der Tür willkommen zu heißen und den Freiern die Wartezeit mit Small Talk zu vertreiben, während es ihren Angestellten überlassen blieb, auf dem Rücken, in Reiterstellung, auf allen vieren und in allen sonstigen denkbaren Positionen für Umsatz zu sorgen.

Auf Harders fragenden Blick hin wies sie auf die vergessene Zigarette, von deren Filter sich die Asche wie ein brüchiger Finger bedenklich Richtung Bettdecke krümmte.

„Ich würde dich schmoren lassen wie ein Spanferkel.“

„Sorry, ich war in Gedanken."

Er versuchte, die Zigarette unbeschadet über die leere Bierflasche auf dem Nachttisch zu manövrieren, in der bereits ein Dutzend Stummel in einem Rest abgestandener Flüssigkeit schwammen. Aber schon bei der ersten Bewegung seiner Hand löste sich die Asche und fiel auf das Kopfkissen. Er schnippte sie fort. Aber es blieb ein grauer Fleck auf dem Stoff, den er in seinem Bemühen, ihn fortzuwischen, nur verschmierte. Gisela schüttelte den Kopf, wobei an ihrer roten Dauerwelle, die ihr dank einer halben Dose Haarspray aufsaß wie ein Helm, nicht eine Locke ins Wippen geriet.

„Das Bett habe ich gestern frisch bezogen."

Aber sie ließ es dabei bewenden, als sie die Fotos bemerkte, über denen er gebrütet hatte. Ihr Gesicht, eben noch streng und vorwurfsvoll, füllte sich mit Sorge und Ärger, bis es dem Gesicht einer Mutter ähnelte, die ihren Sohn mit Drogen erwischt.

„Meinst du, das ist eine gute Idee? Du hast mir versprochen, dass du von dem Ganzen etwas mehr Abstand hältst, dich nicht wieder so tief da reinziehen lässt nach dem Dreck, der das letzte Mal passiert ist. Du hattest sogar davon gesprochen, die Finger von Mordfällen zu lassen. Und jetzt das hier!"

Harder lehnte den Kopf gegen die Wand, um seinen Nacken zu lockern, der steif war vom langen Sitzen.

„Das hatte ich ja auch vor. Ich hatte gedacht, sie machen es mir einfach, geben mir nur noch leichte Fälle, weißt du: Eifersuchtsdramen, Raubmord, solche Sachen ... damit wäre ich klargekommen. Aber sie brauchen einen, dem sie die Arschkarte zuschieben können, wenn die Sache hier", er wies auf die Fotos, „daneben geht und dafür bin ich ihnen offenbar immer noch qualifiziert genug."

Gisela stemmte eine Faust in ihre leicht abgesackte Hüfte, mit deren Schwung sie früher jeden Hula-Hoop-Wettbewerb gewonnen hätte, die mit den Jahren aber, wie alles andere, aus der Form geraten war.

„Du meinst, die wollen dich loswerden, ohne sich groß dafür rechtfertigen zu müssen, und gleichzeitig halten sie sich selbst den Rücken frei. Dafür spannen sie dich ein und du stürzt dich auf die Gelegenheit, als hätten sie dir eine Beförderung versprochen?"

Harder gab einen Lippenfurz von sich, begleitet von einer wegwerfenden Handbewegung.

„Scheiß auf Beförderungen! Und scheiß drauf, ob sie mich loswerden wollen." Er hob eines der Fotos auf, das Veronikas kopflose Leiche zeigte, und hielt es ihr hin. „Da draußen ist ein Irrer unterwegs, der eine junge Frau gekillt hat und ich weiß, dass er es wieder tun wird."

Gisela gab sich unbeeindruckt, vermied es jedoch, das Bild direkt anzusehen.

„Und du musst natürlich unbedingt derjenige sein, der ihn schnappt." Sie machte einen Schritt ins Zimmer. „Warum tust du dir das an? Reicht es dir noch nicht, was alles in die Brüche gegangen ist? Willst du es so weit treiben, dass du rausfliegst und mit Glück noch einen Job bei einem Sicherheitsdienst kriegst, bei dem du nachts Lagerhallen bewachen darfst? Vorausgesetzt, du kommst heil aus der Nummer raus. Das ist doch bescheuert, sich immer wieder selbst in die Schusslinie zu stellen. Was ist das nur in dir, das dich auf Teufel komm raus zugrunde richten will? Es gibt doch wirklich schon genug andere, die das versuchen."

Harder legte das Foto beiseite, schob sich die Handflächen über das Gesicht und rieb sich die Augen, wobei nicht klar war, ob es der lange Tag und die Belastungen seiner Arbeit waren, was ihn ermüdete, oder diese Diskussion, bei der es erfahrungsgemäß keinem von ihnen gelingen würde, den anderen vom eigenen Standpunkt zu überzeugen.

„Bescheuert ist das", sagte Gisela noch einmal, trat einen weiteren Schritt näher und blickte auf die Fotos, als hielte sie sich nur mit Mühe zurück, sie ihm wegzunehmen und in den Müll zu werfen, weil sie wusste, dass die Beschäftigung mit diesen Dingen eine Seite in ihm hervorbrachte, die besser unter Verschluss gehalten wurde. Sie verschränkte die Arme über den hängenden Brüsten und setzte eine strenge Miene auf. Aber es dauerte nicht lange, bis sie es aufgab, seufzte und die Arme fallen ließ. Sie kannte Harder gut genug, um zu wissen, dass ihre Vorhaltungen wirkungslos bleiben würden, dass es ohnehin zu spät und daher unmöglich war, ihn zu einer Abkehr von dem zu bewegen, was er sich in den Kopf gesetzt hatte. Jeder Versuch würde nur dafür sorgen, dass er sich weiter in sich zurückzog, bis er für sie, wie für jeden anderen auch, unerreichbar wäre. Niemand, auch sie nicht, konnte ihn vor sich selber retten, vor dem Drang, der ihn antrieb, immerfort auf etwas Schlimmes zu, dem er irgendwann nicht mehr würde ausweichen können. Sie konnte nur versuchen, es ihm leichter zu machen.

„Hast du wenigstens was Anständiges gegessen? Ich weiß doch, wie du bist, wenn du einen neuen Fall hast – Billigfraß, Schnaps und Kippen. Wenn du willst, mache ich dir einen Teller mit ein paar Broten zurecht."

Er nahm den Waffenstillstand, den sie ihm mit diesem Vorschlag anbot, erleichtert an. Seine gesamte Aufmerksamkeit floss in die Auseinandersetzung mit dem Mord und er hatte keine Kraft übrig, um sich in sinnlosen Streitgesprächen aufzureiben.

„Danke, ich hab keinen Appetit. Ich hatte auch unterwegs schon was."

„Döner und Burger?"

Er zuckte die Achseln, als wolle er ihr eine Antwort ersparen, die sie erneut verärgert hätte. Sie verzog das Gesicht, ließ es ihm aber durchgehen. Sie blickte sich in seinem Zimmer um, das, mit dem eierschalenweißen Teppich, den cremefarbenen Vorhängen, dem Doppelbett und der Kommode mit dem Blumenbild, aussah wie all die übrigen Zimmer (keine roten Teppiche, pornografischen Bilder oder Nachttischlampen in Form nackter Jünglinge; Gisela legte Wert darauf, dass die Räume nicht zu puffig gestaltet waren). Abgesehen von ein paar herumliegenden Wäschestücken, leeren Bierflaschen, Zigaretten und den Ermittlungsunterlagen wies es keinerlei persönliche Note auf, obwohl es schon über ein halbes Jahr her war, dass Harder aus seiner Wohnung geflogen war und Gisela ihn aufgenommen hatte. Aber bei aller Strenge und Sorge um sein Wohlergehen konnte nicht einmal sie ihm vorwerfen, dass er sich keine Mühe gab, in einem Bordellzimmer heimisch zu werden.

„Penny hat nach dir gefragt“, sagte sie. „Sie ist schon eine Weile fertig. Soll ich ihr sagen, dass sie raufkommen kann? Oder willst du deine Zeit lieber mit einer Toten verbringen?“

Sie wartete seine Antwort nicht einmal ab.

„Ich schicke sie rauf. Sie wird dir guttun. Ich will nicht noch einmal erleben, dass du in eins deiner Löcher fällst.“ Sie fasste ihn an der Schulter. „Tu mir einen Gefallen, Thomas: Gib dieses Mal besser acht, ja? Du weißt, ich bin für dich da. Aber ich weiß nicht, ob ich so eine Phase noch einmal mitmachen kann. Und den anderen darf ich das auch nicht zumuten, ganz egal, wie gern sie dich haben. Ich hoffe, du verstehst das.“

Harder legte seine Hand auf ihre und drückte sie. Es musste ihr als Antwort genügen.

„Und lass das Zeug“, sie deutete auf die Fotos, „bitte nicht wieder herumliegen. Das bekommt den Mädchen nicht, so was zu sehen und ich bin davon auch nicht der größte Fan.“

„In Ordnung.“

Sie schickte sich an, das Zimmer zu verlassen, blieb jedoch noch einen Moment in der Tür stehen und sah ihn an, ruhiger nun, aber auch zweifelnd. Auch wenn sie es zu verbergen versuchte, war erkennbar, dass sie ihrer eigenen Hoffnung nicht vertraute, der Hoffnung, er werde den nötigen Abstand zu der Finsternis wahren, an deren Grenze er stand, werde nicht zurückfallen in frühere, schädliche Verhaltensweisen. Sie sah ihn an wie jemanden, der in einen Abgrund stürzt und dessen

Hand man im letzten Moment zu fassen kriegt: Man klammert sich daran fest, kämpft mit aller Kraft, ihn heraufzuziehen, bis man mit Schrecken merkt, dass er nur so tut, als strenge auch er sich an, wieder nach oben zu kommen, und in Wahrheit gar nicht gerettet werden will, sondern nichts sehnlicher wünscht als zu stürzen. Aber sie sagte nichts mehr, zwang sich nur zu einem ermutigenden Lächeln. Dann wandte sie sich um und zog die Tür an, ohne sie zu schließen.

Harder hörte, wie sich ihre Schritte über den Flur entfernten und sie die Treppe hinunterging. Er sammelte die Fotos ein und schob sie zu einem Stapel zusammen, bei dem das Bild der lebenden, lachenden Veronika oben lag. Er betrachtete sie, die etwas gezwungene Freude in ihrem Lachen, und spürte, dass dieses Foto nichts in ihm bewirken würde, gäbe es nicht auch die anderen, hätte er Veronika nicht in der Unterführung gesehen und später in der Gerichtsmedizin. Wäre er ihr früher begegnet, hätte mit ihr gesprochen, etwas über sie erfahren – er hätte nichts mit ihr anzufangen gewusst. Erst ihr Tod hatte sie für ihn wichtig werden lassen, so wichtig, dass sie seine Gedanken und seine Gefühle beherrschte, wenn es dabei auch, wie er zugeben musste, in Wahrheit nicht um sie ging, sondern sie lediglich ein Verbindungsglied war zwischen ihm und ihrem Mörder. Er wusste, dass es ihm unmöglich wäre, ihr Foto nun gleichgültig zu betrachten, ebenso, wie es ihm unmöglich wäre, Giselas Rat zu befolgen, den nötigen inneren Abstand zu wahren, sich nicht in Grübeleien und einer düsteren Besessenheit zu verlieren. Es war ein Fluch, der ihn schon lange begleitete und den er, wie er wusste, nie loswerden würde. Die Toten (und was sie ihm auferlegten) würden für ihn immer bedeutsamer sein als die Lebenden.

Die Tür ging auf und Penny kam zu ihm, die atmende, warme, so lebendige Penny. Sie sah ihn an mit den dunklen, schmelzenden Augen ihrer italienischen Mutter, die auf einen Blick jede Sehnsucht errieten, und lächelte mit geschwungenen Lippen, die ohne ein einziges Wort die Erfüllung aller Wünsche versprachen – wenn ihr gerade danach war. Jetzt aber stand nichts in ihrem Gesicht als Erschöpfung nach harter Schufterei und eine müde Freude darüber, ihn zu sehen. Ihr schwarzes Haar, schulterlang und gekräuselt, schimmerte noch feucht von der Dusche. Ein schlichter grauer Jogginganzug ließ nichts ahnen von einem Körper, der an genau den richtigen Stellen straff und an den richtigen Stellen weich war und bei dessen Anblick niemand geglaubt hätte, dass Penny einen Sohn geboren hatte (Jordie, drei Jahre alt, verbrachte die Abende bei seinen Großeltern). Einfache Schlappen vervollständigten ihr Feierabendoutfit, nachdem sie im Laufe der Nacht genügend Zeit damit verbracht hatte, im enggeschnürten Korsett mit Strapsen und High Heels verführerisch und verwegen auszusehen. Sie trug weder Make-up noch Schmuck. Wie auch jede andere Geschäftsfrau in der Regel wenig Lust verspürt, sich außerhalb der Bürozeiten aufwendig zurechtzumachen, lief sie in ihrer Freizeit am liebsten in Wohlfühlklamotten herum. Außerdem wusste sie, dass sie Harder auf diese Weise, ungekünstelt, unverstellt, am besten gefiel und ihr selbst tat es gut, sich ihm zu zeigen, wie die anderen, ihre Kunden, sie niemals sahen. Sie mochte ihren Job und war stolz darauf, den Männern zu geben, was sie suchten, sei es Bestätigung, Geborgenheit oder ein Abenteuer. Aber wenn der letzte gegangen war und sie seinen Geruch von sich abgewaschen hatte, wurde sie zu einer anderen Frau, die mit all dem nichts zu tun hatte und für die, wenigstens einige Stunden lang, nur noch zählte, woraus ihr wirkliches Leben bestand.

Sie drückte die Tür hinter sich zu und drehte wie selbstverständlich den Schlüssel.

„Hallo, Harder."

„Hey, Penny." Er wunderte sich, wie matt seine Stimme klang. „Wie stehen die Dinge?"

Er lächelte und merkte, dass das Lächeln schwach ausfiel.

Aber sie nahm es ihm nicht übel. Sie kannte die Stimmungen, in die er manchmal versank und wusste, dass er in ihnen nicht unbedingt den redefreudigsten Gesprächspartner abgab.

„War anstrengend heute. Viele Sonderwünsche, die Typen schienen alle unter Stress zu stehen und ich hatte den Kopf auch nicht frei."

Sie schlenderte zum Bett und setzte sich neben ihn. Er rückte, um ihr Platz zu machen.

„Der Kleine hat sich was eingefangen. Hat stark gefiebert die letzten Tage. Aber das Schlimmste ist überstanden. Ich wollte heute eigentlich gar nicht hier sein. Aber Yvonne ist ausgefallen und ich brauche die Kohle. Dafür habe ich ab morgen bis zum Wochenende frei, da kann ich endlich mal durchatmen und habe Zeit für Jordie."

Sie lehnte sich an ihn und zog seinen Arm um sich, den er ihr willenlos überließ.

„Und bei dir? Siehst angeschlagen aus."

Er winkte ab.

„Das alte Lied. Menschen töten. Menschen sterben. Wir finden die eine Sorte und suchen die andere."

Trotz der vagen Antwort bedrängte sie ihn nicht. Sie standen nicht in einem Verhältnis, in dem sie es einander übel nahmen, wenn nicht jeder Gedanke geteilt, jedes noch so kleine Erlebnis besprochen wurde. Sie nahm den Stapel mit den Fotos, der in seinem Schoß lag, und betrachtete jenes, das obenauf lag.

„Neue Freundin? Sieht nett aus."

Er sah zur Seite. Es war ihm unangenehm, mit Penny über Veronika zu sprechen, zum einen, weil er sie nicht mit den Einzelheiten des Mordes belasten wollte, zum anderen und vor allem aber, weil es sie nichts anging. Es betraf nur Veronika, ihn und den Mörder und niemand durfte in die besondere Beziehung eingreifen, die zwischen ihnen bestand.

„Nicht mein Typ", sagte er.

Sie warf ihm einen spöttischen Blick zu.

„Zu füllig?"

Er zog das Foto zwischen ihren Fingern hervor. Darunter kam Veronikas nackte Leiche auf dem Seziertisch zum Vorschein.

„Zu tot."

Penny blickte auf das Foto. Sie hatte schon viel Schlimmes gesehen, noch nicht genug, um über den Tod einer Frau, die nur wenige Jahre jünger gewesen sein konnte als sie, mit einem Schulterzucken hinwegzugehen, aber doch so viel, um beim Anblick einer Leiche nicht zurückzufahren oder gar aufzuschreien. Spätestens seit ihrer Bekanntschaft mit Harder hatte sie begriffen, dass es nicht die Toten waren, von denen ein Schrecken ausging und denen man mit Furcht oder Abscheu begegnen musste. Sie nahm Harder das Bild der lächelnden Veronika ab und legte es über die Aufnahme aus der Gerichtsmedizin, als könne sie auf diese Weise Veronikas Ermordung zwar nicht rückgängig machen, sie für diesen Moment aber durch die Erinnerung an ihr Leben überlagern, selbst wenn weder Harder noch sie eine solche wirklich besaßen. Sie legte den Stapel Fotos auf den Fußboden neben dem Bett und zog die Beine hinauf. Sie schmiegte sich an Harder und drehte den Kopf, damit sie ihn ansehen konnte. Er starrte auf das Blumenbild über der Kommode, als scheue er vor dem zurück, was er in ihren Augen finden würde, die gleiche Sorge, die Gisela ihm gezeigt hatte, jedoch weniger streng und ohne Vorwurf. Stattdessen wäre diese Sorge von Mitleid durchzogen, und das war beinahe noch belastender. Ihre Anteilnahme bedrückte ihn, weil dies, Veronikas Tod und was er in ihm bewirkte, nichts war, woran sie Anteil nehmen, was sie gemeinsam bewältigen konnten. Es war etwas, in dem er allein war, in einer gewaltigen, undurchdringlichen Einsamkeit. Penny kannte ihn gut genug, um zu wissen, dass er dabei war, sich von ihr zu entfernen, wenn sie ihn nicht festhielt und vor dem Abdriften in sich selbst bewahrte. Sie fuhr ihm mit den Fingern ins Haar, reckte den Hals und küsste ihn auf die stoppelige Wange. Er ließ es geschehen, ging jedoch nicht darauf ein.

„Willst du nicht zu deinem Kleinen?"

Sie küsste ihn erneut, zog ihn an sich, ohne sich davon abhalten zu lassen, dass er ihr nicht entgegenkam, sich steif machte, als erstarre er unter ihrer Berührung.

„Der schläft sowieso noch. Ich lasse ihn den Vormittag über bei meiner Mutter."

Sie drängte sich an ihn und küsste seinen Mund. Er wollte sie sacht von sich schieben. Aber sie ließ ihn nicht und er hatte keine Kraft für stärkere Gegenwehr. Sie streifte ihren Jogginganzug ab – selbst in dieser Position schaffte sie es, ohne dass es ungelenk oder gar albern wirkte – öffnete seinen Gürtel und zerrte seine Hose herunter. Er sah sie nicht an, wollte zu den Fotos auf dem Boden schauen. Aber er konnte seine Erregung nicht mehr verhehlen. Penny fasste seine Schläfen, zwang ihn zu sich und drückte sein Gesicht an ihre Brüste, während sie auf ihn stieg und ihn in sich hineinführte. Sie presste sich an ihn, bis sie spürte, dass er bei ihr war. Dann ließ sie ihn los, vertraute darauf, dass er bei ihr bliebe – und er blieb. Er atmete dicht an ihr, an ihrer warmen Haut, er roch ihr Haar, hörte ihr Herz, das dicht an ihm schlug, meinte, ihr Blut fließen zu spüren, während sie sich auf ihm hob und senkte. Er spürte einen Schwindel, der alles um ihn herum zerfallen ließ, seinen letzten Widerstand brach. Er legte seine Hände auf ihren Rücken, krallte sich an ihr fest. Sie stöhnte auf, bewegte sich schneller. Ein Flimmern und Schwirren hüllte ihn ein, nahm ihm den Atem, spannte jede Faser seines Körpers und drohte, ihn auseinanderzureißen. Er sehnte sich danach, flehte um diese Erlösung. Ein Rauschen füllte seinen Schädel und ein ächzender Schrei stieg seine Kehle hinauf. Eine sanfte und unnachgiebige Macht ergriff ihn, zog ihn mit sich, hoch und immer höher. Er verlor allen Halt. Er klammerte sich an Penny fest, dankbar, verzweifelt, und starb den kleinen Tod, den sie ihm schenkte.

16

Die Tote blieb nicht lange allein. Nur die letzten Stunden der Nacht stand sie unbeachtet auf ihrem Hügel, die Arme ausgebreitet, als erwarte sie ihre Jünger zu einer Predigt. Während Dunkelheit die Wiese, den Spielplatz und die Tischtennisplatten verbarg, beleuchtete der Kerzenkranz, der sie umstellte, matt ihren nackten, mit einem Umhang kaum verhüllten Körper, das Schmuckstück, das um ihren Hals hing und die spitze Schnauze, die unter der Kapuze hervorragte. Als es zu dämmern begann, bekam sie Gesellschaft: Ein Jogger, schon aus der Ferne neugierig geworden, hielt auf sie zu, erklomm die flache Anhöhe und vergaß sein morgendliches Fitnessprogramm, als er erkannte, was sie war. Bald gesellten sich zwei Hundebesitzer, eine frühe Spaziergängerin und zwei Punks mit ihrem Frühstücksbier dazu und als die Sonne über dem Park aufging, wurde ihr eine so große Aufmerksamkeit zuteil, wie sie sie, ungeachtet aller männlichen Bewunderung und allen weiblichen Neids, zu Lebzeiten nie genossen hatte. Polizeiwagen mit kreisendem Blaulicht blockierten die Wege und Parkeingänge, der Hügel war in weitem Abstand von Absperrbändern umzogen. Dutzende Männer und Frauen in Uniform liefen geschäftig umher (die Zuschauer waren vertrieben) und Gestalten in weißen Schutzanzügen knieten vor ihr, durchkämmten das Gras zu ihren Füßen, fotografierten sie von allen Seiten und ließen der Erkundung ihres Körpers noch größere Sorgfalt angedeihen als jeder frühere, noch so gewissenhafte Liebhaber.

Harder trottete über den asphaltierten Weg, der die taufeuchte Wiese durchschnitt und bereute es, nicht an einer Tankstelle oder einem Kiosk gehalten zu haben. Die Morgenluft, obwohl kühl und frisch, war als Muntermacher ein kümmerlicher Ersatz für einen starken Kaffee. Aber vermutlich hätte nicht einmal eine Kanne tiefschwarzen, bitteren Gebräus gereicht, die viel zu wenigen Stunden wettzumachen, die er geschlafen hatte, bis der Anruf ihn geweckt und ihn aus wirren, wie von Opium durchräucherten Träumen zurück in die Wirklichkeit gerissen hatte. Penny war schon fort gewesen. Es war Teil ihrer stillschweigenden Vereinbarung, nicht nebeneinander aufzuwachen. Es hätte eine Intimität bedeutet, für die sie beide (noch) nicht bereit waren. Wie ein Zombie auf Valium hatte er sich aus dem Bett gewühlt, war in seine Hosen gestiegen, hatte sich ein T-Shirt übergezogen und die Stiefel über die bloßen Füße gestülpt, bevor er sich ins Auto gesetzt und in Trance die Strecke bis zum Park hinter sich gebracht hatte, die zu seinem und dem Glück anderer Verkehrsteilnehmer zu dieser Uhrzeit wenig befahren gewesen war. Jetzt, wo er durch die Luft, die Bewegung und das Treiben, das ihn umgab, mehr und mehr zu Bewusstsein gelangte, konnte er sich nicht mehr daran erinnern, wie er hierhergekommen war – geschweige denn, wo er den Wagen geparkt hatte.

Er fand Vogt und Wichert vor der Absperrung, wo sie im Gespräch beieinanderstanden und darauf warteten, dass die Spurensicherung den Leichnam freigab. Vogt sah frisch und ausgeruht aus. Harder vermutete, dass sie selbst während einer Mörderjagd nicht auf Yoga, Spinatsmoothies und Algenpräparate zum Stressabbau verzichtete und strikt darauf achtete, ihre acht bis zehn Stunden Schlaf auf einem nackenstützenden Kleiekissen zu bekommen. Ihre Kleidung, weiße Jeans, anthrazitfarbene Bluse, eine leichte dunkelblaue Jacke, war sauber, sogar gebügelt. Lediglich die Tatsache, dass sie ungeschminkt war (am Vortag hatte sie dezentes Make-up getragen – garantiert Bio-Kosmetik), verriet, dass auch sie in der Eile ihre Morgentoilette auf die nötigsten Verrichtungen beschränkt hatte. Wicherts Aussehen entsprach eher Harders angeschlagener Verfassung. Wenn er in der letzten Zeit überhaupt geschlafen hatte, dann wohl höchstens, wenn er für ein paar Sekunden am Getränkeautomaten eingenickt war, während der zwanzigste Kaffee des Tages oder der Nacht in seinen Pappbecher sickerte. Das Einzige, was seinem Gesicht ein wenig Farbe verlieh, waren die gelbliche Haut und die blauschwarzen Ringe unter den geröteten Augen. Sein Bart, den er festhielt, als müsse er zum Sprechen seinen Kiefer mit der Hand auf und ab bewegen wie bei einer Handpuppe, schien einen halben Meter länger und diverse Stufen grauer geworden zu sein. Er blickte Harder müde durch seine Brillengläser entgegen. Harder winkte schlaff und brachte ein gemurmeltes „Morgen“ zustande. Vogt trat beiseite, sodass sie einen kleinen Halbkreis vor dem Hügel bildeten. Harder rechnete damit, dass sie ihn mit einer spitzen Bemerkung über sein spätes Eintreffen und seine abgerissene Erscheinung begrüßen würde. Aber sie schien nicht aufgelegt für Sticheleien.

„Er wird selbstbewusster“, sagte sie und deutete auf die Tote. „Beim letzten Mal hat alles so gut geklappt, dass der Drecksack sich sicher genug fühlt, höhere Risiken einzugehen.“

Ihr Atem roch frisch. Im Gegensatz zu ihm hatte sie sicherlich daran gedacht, sich die Zähne zu putzen. In Harders Mund war ein Geschmack, als sei seine Zunge verrottet. Aber selbst ihm war es zu früh für eine Mundspülung aus dem Flachmann.

„Er will mit seinem Werk protzen, indem er es dort aufstellt, wo viele Leute es sehen“, fuhr Vogt fort. „Gleichzeitig will er uns vorführen, dass er uns überlegen ist. Auf jeden Fall ein Narzisst mit ausgeprägtem Geltungsdrang.“

Harder blickte zu der Toten auf. Soweit er es zwischen den weißen Gestalten hindurch bestimmen konnte, die sie umringten, war ihre Haltung die gleiche wie bei Veronika Fromm. Zu beiden Seiten waren hölzerne Pfosten in die Erde getrieben, an denen die Ketten befestigt waren, die sie aufrecht und ihre Arme ausgebreitet hielten. Auch der Umhang und das Amulett wiesen auf den ersten Blick keine Unterschiede auf. Anders als in der Unterführung standen die

Kerzen jedoch in Gläsern, ähnlich Friedhofslichtern, damit der Wind ihre Flammen nicht ausblies. Harder versuchte, zu erkennen, was sich unter der Kapuze verbarg. Aber sie war zu tief herabgezogen und er konnte nur den Ansatz einer schwarzen, von weißem Fell eingefassten Nase ausmachen.

„Je höher sein Risiko" sagte er, „desto besser stehen unsere Chancen, dass ihm ein Fehler unterlaufen ist. Er hat sich ziemlich viel Zeit genommen, um alles herzurichten. Da muss doch selbst nachts irgendwer etwas bemerkt haben."

Wichert schüttelte den Kopf. Es schien ihm Mühe zu bereiten, als hätte er selbst für diese kleine Bewegung keine Kraft mehr.

„Die Typen, die hier nach Einbruch der Dunkelheit rumhängen, gehören nicht zu der Sorte, die sich gern mit der Polizei unterhält. Die haben sich spätestens dann verzogen, als wir eingetroffen sind. Der Jogger, der sie gefunden hat und die anderen, die mit ihm auf uns gewartet haben, haben auch nichts gesehen. Wir können nur darauf setzen, dass in der Nachbarschaft jemandem etwas aufgefallen ist. Aber die wenigsten Leute verbringen ihre Nächte damit, aus dem Fenster zu schauen." Er blickte ernst von Harder zu Vogt. „Wir müssen was tun, um dieser Mordserie, die wir jetzt hier haben, ein Ende zu setzen und zwar schnell! Wir können diesen Spinner nicht länger frei herumlaufen lassen."

Harder betrachtete ihn besorgt. Er hatte seinen Chef noch nie so angeschlagen erlebt. Er kannte ihn als beherrschten und durchsetzungsfähigen Mann, der ihm selbst in den heikelsten Situationen den Rücken freigehalten hatte. Es erschreckte ihn, dass er jetzt unter der Verantwortung, die sein Beruf ihm aufbürdete, einzuknicken drohte – und das kurz vor seiner Pensionierung. Wichert hatte nie zur Befriedigung seines persönlichen Ehrgeizes gearbeitet und was ihm zu schaffen machte, war sicher nicht die Angst um sein Vermächtnis. Vielmehr litt er wohl darunter, dass sozusagen unter seiner Aufsicht ein Mörder in Berlin brutal junge

Frauen umbrachte, und zusätzlich zermürbte ihn der Druck, der von allen Seiten auf ihn ausgeübt wurde. Harder war entschlossen, ihn nicht mit einem ungelösten Mordfall aus dem Amt scheiden zu lassen, der seiner langen und eindrucksvollen Karriere ein unrühmliches Ende setzen würde. Er verdankte ihm zu viel.

„Wir haben einige Anhaltspunkte", sagte er, „denen wir nachgehen können und wir haben verschiedene Quellen angezapft, die uns hoffentlich – und hoffentlich bald – brauchbare Informationen liefern; wenn wir Glück haben, schon heute."

Er hätte ihm gerne mehr zum Trost und zur Ermutigung geboten als vage Aussichten. Aber mehr hatte er nicht, zumindest im Moment. Dennoch verfehlten seine Worte es nicht, Wichert aufzubauen, wenn es auch weniger ihr Gehalt als der tröstliche Tonfall war, der ihn daran erinnerte, dass er der Leiter der Mordkommission war und es ihm nicht gut anstand, sich vor seinen Mitarbeitern hängen zu lassen. Er straffte sich, ließ seinen Bart los und schob seine Brille zurecht, obwohl sie wie festgeschweißt vor seinen Augen saß.

„Was immer ihr braucht, sagt Bescheid." Er strengte sich an, seinen Worten einen festen Klang zu verleihen. „Die höheren Etagen, vom Polizeipräsidenten bis hin zum Oberbürgermeister, sind so begierig darauf, den Typen aus dem Verkehr zu ziehen, dass ich euch wahrscheinlich sogar Panzer und Kampfjets besorgen und die Bundeswehr hier einmarschieren lassen könnte."

„Das wird nicht nötig sein."

Vogts Stimme war hart und düster wie ihr Blick.

„Wir werden schon mit ihm fertig, sobald wir wissen, wer er ist. Aber wenn wir ihn haben, kannst du gern deine Beziehungen spielen lassen, um mir ein kleines Tête-à-tête mit ihm zu verschaffen. Dann kann dieser Bastard mal zeigen, wie gut er sich gegen eine Frau verteidigt, die er nicht hinterrücks überrumpeln kann."

In der rechten Hand hielt sie ihren Notizblock, die linke

steckte in der Tasche ihrer Jacke, und Harder meinte, die Wölbung ihrer geballten Faust unter dem Stoff zu erkennen. Wenn er ihr gerade erst begegnet wäre, hätte er ihre Ankündigung als einen der üblichen Angebersprüche abgetan, mit denen Polizisten gerne ihre Toughness raushängen ließen. Aber nach ihrer Vorführung mit Sergej und seinem Kumpel wusste er, dass es kein leeres Versprechen war. Er spürte, dass sie auf einen Spruch wartete, Spott oder irgendeine andere Provokation, damit sie ihre Aggression an ihm auslassen konnte (wenn auch, hoffte er zumindest, nicht in Form körperlicher Gewalt). Ein einziges falsches Wort, meinte er, und sie wäre explodiert. Aber bei aller Kollegialität hatte er keine Lust, ihr diesen Gefallen zu tun. Es war zu früh am Morgen, um sich anschreien – oder vermöbeln – zu lassen.

Er versuchte einen diplomatischen Ausweg.

„Wir kriegen ihn bald, keine Sorge! Bis dahin sollten wir einen kühlen Kopf bewahren. Wenn wir die Nerven verlieren, kommt ihm das nur zugute."

Aber Vogt war nicht in versöhnlicher Stimmung.

„Wir wären vielleicht schon näher an ihm dran, wenn wir nicht so viel Zeit damit verloren hätten, uns mit der Russenmafia zu kloppen und uns bei Drogendealern lieb Kind zu machen. Und was den kühlen Kopf angeht, bist du ja genau der Richtige mit deinen Ausrastern!"

Harder, anstatt darauf einzugehen, machte ein aufwendiges Unterfangen daraus, seine Kaugummis aus der Tasche zu holen, einen Streifen auszuwickeln und ihn sich in den Mund zu stecken. Er hatte noch keine Lust, zu rauchen. Aber irgendwas musste er gegen den faulen Geschmack unternehmen.

Wichert schien überrascht von der Heftigkeit, mit der Vogt Harder so unvermittelt anging. Er unterband den Schlagabtausch, bevor sie nachlegen konnte, wobei er über Vogts Erwähnung der Russen und der Drogendealer geflissentlich hinwegging. Es war nicht so, dass er Harder jeglichen Verstoß gegen die Dienstvorschriften durchgehen ließ. Aber er wusste, dass er seinen Ermittlern einen gewissen Spielraum zugestehen musste, und dass es manchmal besser war, nicht zu genau nachzufragen. Wenn Vogt nach Abschluss des Falles eine offizielle Beschwerde einreichen wollte, hätten sie noch genug Zeit, sich um diese Dinge zu kümmern und, wenn nötig, Konsequenzen daraus zu ziehen.

„Es bringt nichts, wenn wir uns gegenseitig an die Gurgel gehen“, sagte er. „Konzentrieren wir uns auf das, was wir vor uns haben und sorgen wir dafür, dass dies sein letztes Opfer ist.“

Vogt presste die Lippen aufeinander, als müsste sie einen Protest zurückhalten. Harder sah sie nicht an, damit sie sich nicht davon provoziert fühlte, dass und wie er seinen Kaugummi kaute. Wichert war sichtlich froh, dass die Spurensicherung sich zurückzog und sie die Anhöhe ersteigen konnten.

Die Tote erwartete sie geduldig. Ein sachter Wind ließ den Saum ihres Umhangs wehen. Jetzt, wo sie nicht mehr gezwungen war, tatenlos abzuwarten, kriegte Vogt sich wieder in den Griff. Doch war ihr die innere Spannung nach wie vor anzumerken. Harder sah zu, wie sie ihren Notizblock zur Hand nahm und begann, in Stichpunkten die Einzelheiten des Leichenfunds festzuhalten. Er fragte sich, was diesen Ausbruch in ihr hervorgerufen hatte. Es war verständlich, dass Gewalt gegen Frauen für sie ein Reizthema war, mehr noch als für ihn. Und natürlich konnte es einen zur Weißglut treiben, von einem Mörder, der seine Opfer derart höhnisch zur Schau stellte, nach Strich und Faden verarscht zu werden. Es kam ihm jedoch vor, als ob all dies noch eine andere Saite in ihr anschlug, einen tief in ihr liegenden Hass an die Oberfläche trieb. Er hätte es gerne verstanden. Aber er wusste, dass es vermutlich keine Thematik war, mit der sie freimütig hausieren ging, schon gar nicht ihm gegenüber, den sie kaum kannte und mit dem sie, wenn sie auch Partner waren, nicht unbedingt in engem Vertrauensverhältnis stand. Und selbst wenn sie bereit wäre, ihm davon zu erzählen, war jetzt der denkbar schlechteste Zeitpunkt, sich danach zu erkundigen.

Vogt trat an die Tote heran und griff nach ihrer Kapuze.

„Mal sehen, was sich dieser Irre dieses Mal ausgedacht hat."

Sie schlug die Kapuze zurück. Darunter kam ein Fuchskopf zum Vorschein. Leere, bernsteinfarbene Augen glotzten die Ermittler an. Das Maul stand leicht offen und ließ spitze Zähne sehen. Dazwischen klaffte die Zunge hervor. Auf dem weiß-orangenen Fell waren sorgfältige Bürstenstriche zu erkennen.

„Krankes Arschloch!", sagte Vogt. Aber es war kein Zorn mehr in ihrer Stimme, keine Empörung, nur kalter Abscheu. Sie wirkte ruhig, geradezu unantastbar jetzt, nachdem sie kurzzeitig die Beherrschung verloren hatte. Es war, dachte Harder, als hätte sie alle Gefühle mit Gewalt niedergerungen und sie in eine undurchdringliche Kapsel eingeschlossen, um sie aufzubewahren, bis sie ihre Wut an dem Mörder auslassen konnte.

„Er hat offenbar keinen festen Typ", sagte sie, vollkommen sachlich. „Sie ist deutlich leichter als Veronika Fromm, schlanker, besser gebaut. Sie hat auf ihre Figur geachtet, sicher Sport getrieben. Außerdem", sie zeigte mit ihrem Kugelschreiber auf die Schamhaare zwischen den bleichen Schenkeln, „war sie blond. Unterschiedlicher können zwei Frauen äußerlich kaum sein."

Harder umrundete die Tote. Die Pfosten, an denen die Ketten befestigt waren, waren ungefähr mannshoch, rund und oben flach, wie Zaunpfähle. Die Ketten und die Verschlüsse an ihren Unterarmen waren von der gleichen Art wie jene in der Unterführung. Auch die Kerzen aus gelbem Wachs waren die gleichen. Aber trotzdem war an ihnen etwas anders.

„Dieses Mal sind es nur zehn Kerzen", sagte er. „Und ich glaube nicht, dass er einfach eine vergessen hat."

Vogt zählte nach.

„Du hast recht. Was soll das bedeuten?"

„Vielleicht zählt er herunter."

„Das würde heißen, dass er es insgesamt auf elf Opfer abgesehen hat", sagte Vogt. „Wenn er sie nicht nach äußerlichen Kriterien aussucht, muss es einen anderen Zusammenhang zwischen ihnen geben. Ich glaube nicht, dass er zufällig mordet. Er kennt diese Frauen. Wir müssen herausfinden, in was für einer Verbindung er zu ihnen steht."

Wichert wollte auf den Bauch und die Brust der Toten deuten, zog seine Hand jedoch zurück, als brächte ihn ihre Nacktheit in Verlegenheit.

„Was sagt ihr zu den Verletzungen?"

Zwar waren an dem Körper keine Stiche oder Schnitte auszumachen. Dafür war er von einer Vielzahl blauer Flecke, Prellungen und Quetschungen übersät.

Vogt sprach, während sie schrieb.

„Es klingt absurd: Aber ich glaube, er war vorsichtiger mit ihr. Er wollte sie nicht beschädigen, zumindest nicht so, wie es ihm mit Veronika passiert ist. Darum hat er ja auch ihre Wunden vernäht und mit Salbe eingerieben: Er will, dass seine Opfer möglichst unversehrt sind."

„Gleichzeitig", bemerkte Harder, „schafft er es nicht, sich zurückzuhalten. Wir können davon ausgehen, dass er sie nicht bewusst und systematisch so zugerichtet hat. Ich schätze, er ist ausgerastet, wegen irgendetwas, das sie getan oder gesagt hat und konnte sich dann nicht mehr beherrschen."

Wicherts Blick schweifte über den Park, über den Spielplatz, die Tischtennisplatten und die uniformierten Beamten, die auf der Wiese und im Gebüsch nach Spuren suchten.

„Aber er entwickelt sich", sagte er. „Er wird besser in dem, was er tut, planvoller, sorgsamer."

Der Gedanke vertiefte die Sorge in seinem Gesicht.

Vogt trat hinter die Tote, fasste einen Zipfel des Umhangs und hob ihn. In den Rücken waren mittig, umgeben von weiteren blauvioletten Blessuren, elf Zeilen eingeschnitten.

„Es sind die gleichen Schriftzeichen wie bei Veronika Fromm." Sie holte ihr Smartphone hervor und machte Fotos. „Die maile ich direkt an unsere Altertumsexperten, damit sie uns den Text übersetzen. Ich vermute, dass es sich wieder um eine dieser bescheuerten Fatrasien handelt." Sie tippte auf den Touchscreen, bis ein Piepton verkündete, dass die E-Mail unterwegs war. Sie steckte das Smartphone ein. „Er hat sie auch wieder gebrandmarkt." Sie ging neben der Toten in die Hocke, um das Symbol, die drei ineinander verschlungenen Kreise, genauer zu betrachten. „Wenn wir nur rauskriegen könnten, was das bedeutet, woher es stammt. Aber Gerber hat alles durchforstet, ohne einen Hinweis zu finden."

Wichert fasste seinen Bart.

„Wie wollt ihr weiter vorgehen?"

Harder kaute auf seinem Kaugummi herum und starrte in die toten Augen des Fuchses.

„Wir müssen sie so schnell wie möglich identifizieren. Dann kriegen wir vielleicht heraus, ob sie etwas mit Veronika Fromm zu tun hatte oder woher der Täter sie kannte. Wenn wir Glück haben, können wir dadurch sein Handlungsumfeld eingrenzen."

Vogt stand auf.

„Zieh den Kopf ein, Harder! Kimmel ist im Anmarsch."

Harder wandte sich um und entdeckte den Staatsanwalt am nächstgelegenen Parkeingang, wo er im Vorübergehen einen jungen Streifenpolizisten zusammenfaltete, der ihn nicht erkannt und den fatalen Versuch unternommen hatte, ihn aufzuhalten. In langen Schritten, mit denen er jeden Jogger weit hinter sich gelassen hätte, strebte er über den Weg. Man hätte ihm zugetraut, in seinem Anzug und mit seiner Kuriertasche über der Schulter einen Marathon zu laufen, ohne dass ein einziger Schweißtropfen seine Glatze benetzte, sein Krawattenknoten sich verschob oder die Bügelfalten zerknitterten. Er sprintete die Anhöhe hinauf, warf grimmige Blicke um sich und hatte, mit seinem sportlich erweiterten

Lungenvolumen, schon Atem geholt für eine Tirade. Aber die Tote ließ ihn schweigen. Er starrte sie an, vom Fuchskopf über den ramponierten nackten Körper zu den in Ketten gelegten Handgelenken. Sein Mund wurde zu einer schmalen blassen Linie und seine Kieferknochen wölbten sich vor, was sein ohnehin markantes Gesicht noch härter und entschlossener aussehen ließ. Er schien den Mord mindestens so persönlich zu nehmen wie Vogt, wenn Harder auch vermutete, dass er ihn dem Täter vor allem als heimtückischen Angriff auf seine Karriere übel nahm.

„Ich weiß, dass Sie das nicht hören wollen", sagte er schließlich, „und dass Sie das Gefühl haben, ich wollte Sie schikanieren, weil ich der böse Staatsanwalt bin, der nichts weiter im Sinn hat, als Ihre Ermittlungen zu sabotieren. Und ich hoffe, dass ich Ihnen das eigentlich gar nicht sagen muss, nicht mal Ihnen, Harder, aber ich sage es trotzdem: Wenn Sie diesen Verrückten nicht bald fassen, werden nicht nur weitere junge Frauen sterben, dann können Sie sich auch darauf einstellen, in Zukunft in der Poststelle Dienst zu schieben."

Es klang wie ein Vortrag, den er sich wohl schon auf der Fahrt zum Park zurechtgelegt hatte, der jedoch jetzt, im Beisein der Toten, an Nachdruck verlor, weil der Anstand verbot, die Stimme zu heben oder ausfallend zu werden. Wichert schob sich in die verbale Schusslinie, bevor es Harder einfallen konnte, mit einem Spruch, einer Geste oder – es hätte gereicht – einem Blick die Erregung des Staatsanwalts weiter anzufachen.

„Wir haben verschiedene vielversprechende Spuren. Und mit den Erkenntnissen, die wir heute gewinnen, lassen sie sich sicherlich verfestigen. Wir werden unsere Theorien über den Täter ausbauen und stärken können und hoffentlich ein klareres Bild von ihm gewinnen."

Kimmel war weit davon entfernt, sich damit zufriedenzugeben.

„Theorien genügen nicht, Klaus! Wir brauchen Ergebnisse.

Ihr seid euch darüber vielleicht nicht im Klaren: Das ist längst eine politische Angelegenheit und in den oberen Etagen werden schon die Bauernopfer ausgesucht, die man der Öffentlichkeit präsentiert, wenn der Fall nicht zu einem baldigen Abschluss kommt. Wir sind die ersten auf der Liste, die werden uns zerreißen. Ich meine, habt ihr euch das hier mal angesehen?"

Er öffnete seine Kuriertasche und zog die jüngste Ausgabe einer der großen Boulevardzeitungen hervor. Er schlug sie auf und hielt ihnen das Titelblatt hin, auf dem eine Großaufnahme der ersten Toten aus der Unterführung abgedruckt war. Darunter prangte die Schlagzeile: „Irrer Killer terrorisiert Berlin!" Harder sah nur flüchtig hin. Er hatte nichts von dem Aufsehen mitbekommen, den der Mordfall in der Öffentlichkeit ausgelöst hatte. Er schaute kein fern und las keine Zeitungen und in den letzten Tagen hatte er schon gar nicht daran gedacht, sich auf dem Laufenden zu halten. Es interessierte ihn auch nicht besonders. Sich damit auseinanderzusetzen schien ihm eine ebensolche Zeitverschwendung wie die Sorge um seine berufliche Zukunft. All das war nebensächlich gegenüber der Suche nach dem Täter.

Vogt hingegen schien mit der Berichterstattung vertraut.

„Das Foto kann nur von dem Jungen stammen, der sie gefunden hat", sagte sie. „Niemand hat daran gedacht, sein Handy zu konfiszieren. Den Vorwurf müssen wir uns gefallen lassen."

„Und es ist bei Weitem nicht der einzige." Kimmel schlug mit dem Handrücken auf die Zeitung. „Die Sache ist an sich schon brisant genug und die Medien wetteifern darum, sie weiter aufzubauschen, ob mit Tatsachen, die irgendwo durchsickern, oder schwachsinnigen, aber immer skandalträchtigen Mutmaßungen. Wir können davon ausgehen, dass auch jetzt einige von diesen Geiern in den Büschen hocken und ihre Teleobjektive auf uns richten, und dass wir uns in wenigen Stunden in einer Sonderausgabe oder in den Nachrichten sehen, untermalt von bissigen Kommentaren darüber, wie unfähig die Berliner Behörden sind, die Bevölkerung vor einem Psychopathen zu schützen. Wir müssen liefern, und zwar bald."

Harder schluckte seinen Kaugummi herunter (es hätte sich nicht gehört, ihn vor der Toten auszuspucken) und holte seinen Tabak und seine Blättchen hervor. Um Kimmel und sein Gejammer zu ertragen, brauchte er Nikotin in Zigarettenform.

„Vielen Dank für diesen substanziellen Beitrag zu unseren Ermittlungen", sagte er, während er Tabak in das Blättchen füllte. „Wir werden Sie in unserem Abschlussbericht lobend und voller Dankbarkeit erwähnen. Wenn Sie dann fertig sind, können wir vielleicht wieder an unsere Arbeit gehen."

Die dämpfende Wirkung, die die Tote eben noch auf Kimmels Gemüt ausgeübt hatte, kam nicht an gegen den empfindlichen, leicht zu erregenden Zorn, den Harder verlässlich in ihm hervorrief. Es schien nicht viel zu fehlen und er hätte ihn am Kragen gepackt.

„Hören Sie, Harder, für Sie ist das alles vielleicht nur eine Spielerei: fester Job, Aufstiegsmöglichkeiten, ein guter Ruf. Aber andere haben hart dafür gearbeitet und etliche Opfer gebracht. Selbst wenn Ihnen das alles nichts bedeutet, würde es Ihnen gut anstehen, das wenigstens zu respektieren."

Harder leckte ungerührt das Blättchen und rollte die Zigarette zusammen.

„Sie haben recht, Kimmel: Das bedeutet mir nichts. Das Einzige, worauf es mir ankommt, ist, dass wir diesen Penner kriegen und ob ich oder Sie dabei auf der Strecke bleiben und Sie von Ihrem Porsche auf einen Golf oder ein Dreirad umsteigen müssen, ist mir scheißegal."

Kimmel stellte sich dicht vor ihn. Harder wich nicht zurück.

„Wenn das so ist, schlage ich vor, Sie geben den Fall ab, Harder! Ich sehe sowieso nicht, wie Sie mit Ihrer Einstellung und

Ihrem allgemeinen Verhalten zur Lösung beitragen sollten. Dass Sie im Gegenteil eher noch für weitere Schwierigkeiten sorgen mit Ihrer Rücksichtslosigkeit und Ihrem gedankenlosen Vorgehen, haben Sie ja oft genug bewiesen. Klaus!"

Obwohl er mit Wichert sprach, löste er seinen Blick nicht von Harder.

„Ich will damit nicht über dich hinweggehen, darum bitte ich dich hiermit, Harder auf die Ersatzbank zu setzen, bis die Sache ausgestanden ist. Was er sich leistet, ist absolut nicht mehr zumutbar, ganz abgesehen davon, dass seine Teilnahme an den Ermittlungen für die Medien ein gefundenes Fressen ist. Die erinnern sich nur allzu gut an die Katastrophen, die auf sein Konto gehen."

Unbeeindruckt steckte Harder sich die Zigarette zwischen die Lippen. Wichert hingegen hob beschwichtigend die Hände.

„Jetzt hör mal, Boris! Ich weiß, dass ihr beide nicht die besten Freunde seid. Aber Thomas ist mit den Einzelheiten und den Hintergründen dieses Falles vertraut. Es würde uns zurückwerfen, auf ihn zu verzichten oder jemand anderen ins Boot zu holen, der sich erst einarbeiten muss. Und denk dran, was für ein Signal wir damit der Öffentlichkeit geben würden."

Vogts Handy verkündete, dass eine SMS eingegangen war. Sie rief sie auf und las sie aufmerksam durch, bevor sie eine Nummer wählte. Sie trat ein paar Schritte beiseite und hielt sich das Handy ans Ohr. Der Anlass, sich aus der Diskussion auszuklinken, kam ihr spürbar gelegen.

„Wenn ihr mich aus dem Fall schmeißen wollt, von mir aus." Harder zog sein Zippo aus der Jackentasche, zündete die Zigarette an und räucherte sich den Rachen mit dem ersten Zug des Tages voll. Es hatte außerdem den positiven Nebeneffekt, dass Kimmel, strikter Nichtraucher, auf Abstand ging. „Ich mach auch ohne euch weiter. Wenigstens brauch ich mir dann nicht mehr Bullshit anzuhören, nur weil unser Herr

Staatsanwalt letztes Jahr Mist gebaut und seinen Vorgesetzten was zu beweisen hat."

„Dank Ihnen, Harder", sagte Kimmel. „Wenn ich Ihnen damals nicht Rückendeckung gegeben hätte, wäre ich heute fein raus. So haben Sie mich mit in die Scheiße geritten!"

Wichert hatte genug von der Auseinandersetzung.

„Schluss jetzt mit diesen Querelen. Wir haben verdammt noch mal einen Mordfall zu lösen. Und wir werden das gemeinsam tun. Wenn wir das geschafft haben, könnt ihr euch gegenseitig nach Herzenslust die Fresse polieren oder tun, worauf auch immer ihr Lust habt. Aber bis dahin will ich davon nichts mehr hören."

Harder zuckte die Schultern, als wolle er stillschweigend zu verstehen geben, dass Kimmel schließlich angefangen habe. Der Staatsanwalt machte ein mürrisches Gesicht, ordnete sich der Anordnung des Mordkommissionsleiters jedoch ohne weiteren Einwand unter. Vogt kehrte zu ihnen zurück. Man sah ihr an, dass sie entschlossen war, nach diesen Kindereien endlich wieder zu richtiger Polizeiarbeit überzugehen.

„Professor Stechert hat geschrieben." Sie schwenkte ihr Handy. „Auf den Runentext wird er Schleifer ansetzen, sobald er ins Büro kommt. Außerdem hat er mir den Namen des Studenten geschickt, mit dem der Ork und seine Kumpanen ihre verstörende Begegnung hatten. Er heißt Heiko Naujoks. Gerber hat die Datenbank nach ihm durchforstet: Vorstrafen wegen Einbruchs, Körperverletzung – er hat ein junges Mädchen angegriffen – und die Misshandlung und Tötung von Tieren. Wir haben sogar eine aktuelle Adresse."

„Das klingt doch endlich nach einem brauchbaren Ansatz", sagte Kimmel. „Dann nehmen Sie sich diesen Typen so schnell wie möglich vor, damit wir endlich von der Stelle kommen."

Harder, um Wicherts Willen, ersparte sich den Kommentar, dass sie ihre Arbeit schon erledigen würden, während Kimmel in seinem schicken Büro hockte und sich darum sorgte, dass sie ihm seinen bequemen Lederstuhl und den

Mahagonischreibtisch wegnahmen. Er wusste, dass er Kimmel damit unrecht tat. Bei aller persönlichen Feindschaft, die sich zwischen ihnen entwickelt hatte, musste er zugeben, dass er ein fähiger Staatsanwalt war (auch stimmte es, dass er für Harder den Kopf hingehalten und Harder sich auf recht unrühmliche Weise dafür revanchiert hatte). Aber er hatte leider die unliebsame Eigenschaft, regelmäßig zu einem unausstehlichen Arschloch zu mutieren.

Er wandte Kimmel den Rücken zu, machte Vogt ein Zeichen und stieg den Hügel hinunter.

„Wo finden wir diesen Naujoks?“

Vogt folgte ihm nach unten. Wichert und Kimmel schlossen sich an, froh, dass die Verantwortung fürs Erste wieder an die Kommissare übergegangen war und sie etwas hatten, mit dem sie ihre Vorgesetzten für eine Weile besänftigen konnten.

„Das ist der beste Teil.“ Sie holte zu Harder auf. „In einer psychiatrischen Anstalt.“

Harder blickte zurück auf die Tote, zog ein letztes Mal an seiner Zigarette und schnippte sie ins Gebüsch.

„Warum kommt mir das passend vor?“

17

Die Irren hatten es gut: Gemütlich gepolsterte Zellen, in denen sie sich nach Herzenslust gegen die Wände schmeißen konnten, Rundumbetreuung durch robustes Personal, das sich auch für gelegentliche Rangeleien nicht zu schade war, drei Mahlzeiten am Tag, die, wenn man es bequemer mochte, durch einen Schlauch eingenommen werden durften. Bei guter Führung gab es Bastelstunden mit stumpfen Scheren, Maltherapie mit Wachsstiften oder freien Auslauf im Korridor, Zwangsjacken nach der neuesten Mode und so viele Medikamente, dass man sich vor Glückseligkeit besabberte. Die Insassen des Universitätsklinikums, geschlossene Abteilung, lebten wie Gott in Frankreich – und manche hielten sich auch dafür.

„Wie im Club Med", sagte Harder, während sie, vorbei an den Patientenzimmern, über die weißen, schmucklosen Flure gingen. „Nur ohne Badehose."

Vogt zeigte nicht einmal den Ansatz eines Lächelns.

„Die Leute hier sind ernsthaft krank, Harder", sagte sie. „Daran ist nichts Lustiges."

„Ach, komm! Ernsthaft krank ... Ihr einziges Problem ist, dass sie in der Unterzahl sind – noch."

Er blieb vor einem der Zimmer stehen, dessen Tür offen stand. Darin war eine ältere Dame damit beschäftigt, in dem schmalen Bereich zwischen Bett und Schreibtisch leichtfüßige Walzerschritte auszuführen, während sie sich selbst die entsprechende Begleitmusik vorsummte. Sie trug einen rosa Bademantel und dazu passende Pantoffeln. Sie tanzte selbstvergessen. Manchmal warf sie den Kopf zurück und lachte, ein mädchenhaftes Lachen, als habe ihr der Kavalier, der sie im Arm hielt, ein Kompliment gemacht. Sie schien Harder nicht zu bemerken, ebenso wenig, wie sie sich der hypnotischen Wirkung bewusst war, mit der sie ihn bannte. Er hatte das Gefühl, das zwischen ihm und dieser Frau (und allen anderen Bewohnern dieses Traktes) nur eine dünne Trennlinie lag, eine Grenze, die man nur in eine Richtung überschreiten konnte. Es kam ihm vor, als stünde er vor dieser Grenze oder habe schon einen Fuß auf sie gesetzt. Aber er brachte es nicht über sich, den letzten Schritt hinüber auf die andere Seite zu tun. Manchmal sehnte er sich danach. Und manchmal hoffte er, jemand würde ihn stoßen.

„Kommst du?"

Vogt war ein paar Meter weiter stehengeblieben. Harder riss seinen Blick von der tanzenden Frau los und holte zu Vogt auf.

„Sorry. Das war so beruhigend und friedlich. Wie Meeresrauschen, weißt du?"

Vogt wandte sich um und setzte ihren Weg Richtung Pflegestation fort.

„Du hast dir wohl zu viele von deinen gestohlenen Pillen reingepfiffen."

„Für eine Psychologin bist du nicht besonders einfühlsam."

„Du kannst hier ja einziehen", erwiderte sie, „wenn du dich in dieser Gesellschaft so wohl fühlst. Die anderen Patienten würden dich wahrscheinlich sofort zu ihrem Präsidenten küren."

Sie erreichten die Pflegestation, einen Glaskasten, von dem aus sich der Korridor zu beiden Seiten hin überblicken ließ. Wider Erwarten saß darin keine sadistische Krankenschwester, deren Lebensziel darin bestand, den psychisch Versehrten auf ihrer Station die Hölle auf Erden zu bereiten. Stattdessen hockte hier, auf einem Drehstuhl, der unter ihm winzig und zerbrechlich wirkte, ein Muskelprotz, der einem Bodybuilder-Poster entsprungen schien. Seine Haut war dunkel gebräunt wie Brot, das man zu lange im Ofen gelassen hat. Seine Haare hingegen, auf wenige Zentimeter gestutzt, waren wasserstoffblondiert, als fürchte er, mit seinem sonnenbankverkohlten Teint im Dunkeln übersehen zu werden. Er trug kurze schwarze Trainingshosen, Turnschuhe und ein rotes

Muskelshirt. Auf Höhe seiner klotzigen Brustpakete war ein Namensschild angepinnt, das ihn als Guido Kessner vorstellte. Um seinen Hals hing ein Goldkettchen und um sein linkes Handgelenk war eine Uhr geschnallt, die aussah, als könne sie nicht nur Herzfrequenz, Körperfett und Blutzucker messen, vom Trainingsfortschritt ganz abgesehen, sondern das Ganze auch gleich an einen Satelliten senden und nebenbei, wenn man die richtigen Knöpfe drückte, auch noch die Zeit anzeigen. Vor ihm stand ein Shakebecher mit einem Proteindrink und in der rechten Hand hielt er einen Handtrainer, den er mechanisch zudrückte und wieder freigab, während er eine Zeitschrift studierte, in der eingeölte Männer in knappen Höschen dem Betrachter sämtliche Körperpartien hinhielten. Den Dienstausweis, den Vogt ihm zeigte (Harder hatte seinen in der anderen Hose), las er mit deutlich weniger Interesse als den Artikel über die optimale Zusammensetzung von Aminosäurepräparaten für höhere Trainingsleistungen. Für einen kurzen Moment nur zog etwas über sein Gesicht, das sowohl Unbehagen als auch Missmut ausdrücken konnte – ob er unter seiner braunen Kruste rot anlief, war nicht zu erkennen – und das nicht preisgab, ob er sich lediglich über die Störung seiner Lektüre ärgerte oder die Konsequenzen dafür fürchtete, dass er sich mehr illegale Anabolika zu Gemüte führte als eine Kugelstoßerin in der DDR. Aber er fing sich schnell wieder und ließ nur eine seiner Fingerübungen aus, bevor er seinen Rhythmus wiederaufnahm.

„Kriminalpolizei. Wir wollen mit Heiko Naujoks sprechen."

Vogt steckte den Ausweis ein. Es war eine flüssige Bewegung, so sicher und geschmeidig wie der Griff zu ihrer Waffe. Harder fragte sich, ob sie wohl zu Hause vor dem Spiegel übte, den Ausweis wie ein Zauberkünstler unvermittelt erscheinen und verschwinden zu lassen, um den respektheischenden Effekt zu vergrößern. Er musste zugeben, dass es eindrucksvoller war als die lange Suchaktion, bis er selbst seinen Ausweis endlich aus einem Wust von Kassenbons, Busfahrkarten und Schmierzetteln herausgefischt hatte (wenn er nicht irgendwo in seinem Zimmer herumlag oder als Untersetzer für seine Bierflasche diente), mit denen seine Taschen und sein Portemonnaie normalerweise vollgestopft waren.

„Geht grad nicht", sagte der Muskelprotz, blätterte die Seite seiner Zeitschrift um und vertiefte sich in eine Bildserie über den männlichen Gluteus Maximus (im Volksmund auch „Arschmuskel" genannt).

Vogt stimmte sich durch einen Blick mit Harder über die weitere Vorgehensweise ab. Er hatte nichts dagegen, ihr samt ihrem weiblichen Charme und Verhandlungsgeschick das Feld zu überlassen. Sie schien solche Herausforderungen zu lieben, Gelegenheiten, sich durchzusetzen, und je größer und einschüchternder ihr Gegner dabei war, desto besser. Er lehnte sich an die Wand, neben eine Tafel mit Patientennamen, Aktivitäten und verschiedenen Zahlen und vertrieb sich die Zeit damit, Guidos von buckligen Muskeln strotzende Schultern, seinen gerösteten Stiernacken und seinen wie eine Glühbirne strahlenden Kopf zu betrachten.

„Und warum bitte geht das nicht?", fragte Vogt.

„Ist in Therapie."

„Was für eine Therapie?"

„Ergo."

„Wie lange wird das dauern?"

„Stunde."

Harder wusste, dass es nur noch Augenblicke bräuchte, bis Vogt der Kragen platzte. Seit dem Fund der zweiten Toten war sie reizbar, noch reizbarer als zuvor, bereit, beim kleinsten Anstoß in Rage zu geraten. Sie hätte nichts dagegen gehabt, legte es vielleicht sogar darauf an, mit Guido aneinanderzugeraten und ihn, wenn er ihr weiter blöd kam, zu einem wimmernden Bündel zusammenzustauchen. Ausnahmsweise, beschloss er, würde er von ihnen beiden der Vernünftige sein und mäßigend einschreiten, bevor Guido es zu weit trieb und sich auf der Station ein Krawall entfesselte, der dem Heilungsprozess der Insassen sicher nicht förderlich war.

„Wie ist er so, dieser Naujoks?"

Guido drehte sich zu ihm um.

„Was meinen Sie, wie ist der so? Ein Schizo ist der, das sagt doch schon alles."

Er schien einzusehen, dass es nichts brachte, auf stur zu stellen und schwang sich zu der kommunikativen Höchstleistung mehrerer aneinander gereihter Sätze auf.

„Hören Sie, ich habe hier nur die Aufsicht, okay? Ich passe auf, dass von den Spinnern keiner Scheiße baut. Das ist ein Nebenjob. Wenn Sie was über die Patienten wissen wollen, müssen Sie mit dem Arzt reden. Und der ist grad nicht da. Kommen Sie später wieder, oder besser noch morgen, okay?"

Aber so leicht ließ Vogt sich nicht abwimmeln.

„Haben Sie Naujoks Akte hier?"

Guido schüttelte genervt den Kopf.

„Noch mal: Reden Sie mit dem Arzt! Ich darf nichts rausgeben."

Vogt bewahrte die Ruhe, als wolle sie Harder zeigen, wie gut sie ihr Temperament unter Kontrolle hatte.

„Keine Sorge, ich kläre das schon mit Ihrem Vorgesetzten. Hier geht es um eine polizeiliche Ermittlung."

Guido zuckte die Schultern – selbst bei dieser kleinen Bewegung wölbten sich seine Muskeln. Ihm schien inzwischen alles recht, solange sie nur Ruhe gab. Er schob sich mit seinem Drehstuhl zu einem Aktenschrank, suchte eine schmale Mappe heraus und hielt sie Vogt hin.

„Wenn's Stunk gibt, hab ich damit nichts zu tun."

Er beugte sich wieder über sein Heft und tat sein Bestes, die Anwesenheit der Kriminalbeamten zu ignorieren.

Vogt schlug die Akte auf. Harder stellte sich hinter sie, um über ihre Schulter schauen zu können. An das oberste Krankenblatt war ein Foto von Naujoks geheftet. Er hatte ein langes, ausgezehrtes Gesicht, schwarze, dunkel unterränderte

Augen und tiefe Schatten an den Wangen. Das Foto sah aus wie eine Kohlezeichnung auf weißem Papier. Schwarzes Haar, verfilzt und ausgefranst, reichte ihm bis ans Kinn. Ein dünner Vollbart umfasste schmale, blutarme Lippen. Nicht allein wegen seiner kurzen, schnabelähnlich gebogenen Nase, sondern stärker noch wegen seiner Augen, die selbst auf dem Foto in hektischer Bewegung unentwegt um sich zu schauen schienen (auf der Suche nach Verfolgern? Auf der Suche nach Opfern?), erinnerte er an eine ausgehungerte Krähe. Es war, als seien die Qualen seiner Krankheit, die ihn zerfraßen, Angst, Hass, Einsamkeit und Verlorenheit, nach außen getreten, um sich in seinen Gesichtszügen niederzuschlagen. Niemand, der dieses Bild sah, hätte gezögert, ihm einen Mord zuzutrauen, selbst wenn er nicht die dazugehörigen medizinischen Angaben verstand, die darunter aufgelistet waren. Harder sagten sie wenig. Aber es reichte, um zu begreifen, dass Heiko Naujoks ein Härtefall war, der aufgrund verschiedener, nicht selten gewalttätiger Delikte seit seiner Jugend ein Dauergast in Einrichtungen wie dieser war und ihre Annehmlichkeiten aller Voraussicht nach auf richterliche Anweisung für den Rest seines Lebens in Anspruch nehmen würde.

Vogt klappte die Akte zu, rollte sie zusammen und schob sie in die Tasche ihres Blazers.

„Wo ist sein Zimmer?"

Guido ersetzte einen Fingerzeig durch ein Rucken mit dem Kopf, ohne von seiner Zeitschrift aufzusehen oder seinen Handtrainer zu vernachlässigen.

„Gang runter, vierte Tür rechts."

Harder versuchte nicht einmal, auf dem Weg über den Korridor mit Vogt Schritt zu halten. Jetzt, nachdem sie Naujoks gesehen und eine Ahnung von seinem Charakter und seinem Krankheitsbild gewonnen hatte, wirkte sie noch zielstrebiger, noch entschlossener als zuvor, wie ein Bluthund, der eine Fährte aufgenommen hat. Harder war weniger enthusiastisch als sie, was Naujoks Schuld anging. Nicht nur, dass sie keine einschlägigen Beweise gegen ihn hatten. Schwerwiegende Gründe sprachen gegen seine Täterschaft, etwa die Tatsache, dass er einer Rund-um-die-Uhr-Bewachung unterworfen war und sicher nicht zu jenen gehörte, die hier Freigang erhielten. Es wäre ratsam gewesen, Vogts Erwartungen zu dämpfen. Ein Tunnelblick konnte dafür sorgen, dass man Wesentliches übersah. Er hatte es oft genug erlebt, auch oft genug an sich selbst. Aber er beschloss, zu warten, bis Vogt von sich aus in ihrem Jagdeifer nachließ und sich damit abfand, dass sie hier, aller vielversprechenden Ansätze zum Trotz, höchstwahrscheinlich in eine Sackgasse gelaufen waren. In ihrem jetzigen Zustand hätte sie auf derartige Hinweise nur ablehnend, vielleicht aggressiv reagiert.

Sie fanden die Tür und traten ein. Naujoks Zimmer gab auf den ersten Blick nicht viel her, was einen Ermittlungserfolg verhieß: ein Bett, einen Tisch mit Stuhl, einen Kleiderschrank, alles einfach, alles austauschbar, nichts Persönliches. Es war wenig verwunderlich, wenn man bedachte, dass Naujoks bevorzugte Dekorationsgegenstände wahrscheinlich in auf den Möbeln drapierten Tierkadavern und an die Wand genagelten Eingeweiden bestanden und die vermutlich vornehmlich in Schwarz und Rot gehaltenen Bilder, die er in der Malstunde anfertigte, nach den Klinikbestimmungen auch keinen angemessenen Zimmerschmuck abgaben. Das Bett mit weißer Klinikbettwäsche war frisch gemacht, die Schreibtischplatte war leer, als sei der Bewohner gerade erst entlassen worden. Einzig der Inhalt des Kleiderschranks verriet, dass hier tatsächlich jemand lebte. Vogt ging sofort daran, Naujoks Hemden, Hosen und Pullover zu untersuchen, als hoffe sie, dazwischen auf blutbefleckte Kleidungsstücke der Mordopfer zu stoßen. Harder, weniger erwartungsvoll, schlenderte zum Fenster. Es war unvergittert, bestand jedoch – er klopfte mit den Knöcheln dagegen – aus bruchsicherem Glas und ließ sich von innen nicht öffnen. Von hier aus blickte man auf den Klinikpark, in dem einige der leichteren Fälle von Geisteskrankheit zwischen alten Bäumen und liebevoll gepflegten Blumenbeeten über sorgsam gestutzten Rasen spazierten oder auf einer der Bänke saßen, rauchten oder sich unterhielten, manchmal sogar mit einem tatsächlich vorhandenen Menschen.

„Sieht aus, als würden sie hier mit der Zahnbürste sauber machen. Und sicher kontrollieren die regelmäßig, was die Patienten in ihren Schränken haben. Was hoffst du, hier zu finden?" Er blickte sich im Zimmer um, während Vogt in Naujoks Klamotten wühlte. „Einen Schuhkarton voller Gottessiegel, ein Dutzend roter Umhänge auf Kleiderbügeln und zwei Frauenköpfe in der Sockenschublade? Meinst du, unser Freund stellt seine Accessoires hier in der Bastelstunde her und die Therapeuten loben seine Fortschritte und geben ihm Fleißsternchen, ohne zu ahnen, dass er damit später ermordete Frauen schmückt?"

Vogt knallte die Schranktür zu.

„Unser Mörder hat eine enge Verbindung zu seinen Opfern und sie wird enger, nachdem er sie umgebracht hat. Du glaubst doch nicht, dass einer wie der nicht irgendwo in seinem Zimmer zumindest das kleinste Souvenir aufbewahrt und wenn es bloß eine Haarlocke ist."

Sie machte sich über das Bett her, zerwühlte das Bettzeug, zerrte die Decke und das Kissen aus ihren Bezügen.

Harder lehnte sich gegen den Schreibtisch.

„Du weißt, dass wir hier gerade gegen sämtliche Dienstvorschriften verstoßen, von denen der Klinik ganz abgesehen?"

Sie riss das Laken herunter und suchte die Matratze nach Schnitten und Löchern ab, die ein brauchbares Versteck abgegeben hätten.

„Kommst du mir jetzt mit den Grundrechten eines Psychokillers? Und seit wann legst du solchen Wert darauf, die Vorschriften einzuhalten?"

„Ich wundere mich nur über dich."

Sie hob die Matratze und inspizierte die Unterseite, bevor sie sie mit einem frustrierten Grollen wieder fallenließ. Sie drehte sich zu ihm um.

„Zwei Frauen sind tot, Harder, ihre Leichen geschändet und zur Schau gestellt. Es ist gut möglich, dass Naujoks Veronika Fromm über die Mittelaltergruppe kannte, er ist hochgradig gestört, bringt gern Tiere um und schlägt ihnen die Köpfe ab – brauchst du noch mehr, um ihn auf Platz Eins unserer Verdächtigenliste zu setzen? Und falls er wider Erwarten nichts mit der Sache zu tun haben sollte, will ich das so schnell wie möglich klären, damit wir anderswo weitermachen können. Wie wäre es also, wenn du dich nützlich machst, anstatt nur blöd rumzustehen und mich vollzuquatschen?"

Sie kniete sich hin, um unter das Bett zu spähen.

Harder zog die Schreibtischschublade auf. Wie er erwartet hatte, war sie leer. Nicht einmal ein Schnipsel Papier, ein Bleistiftstummel oder ein Radiergummi waren darin, ganz zu schweigen von einer Karte zum Killergeheimversteck.

Bei Vogt ging eine Mail ein. Verärgert, in ihrer Suche unterbrochen zu werden, zog sie ihr Handy aus der Hosentasche und rief sie auf.

„Ist von Gerber. Sie haben es noch nicht geschafft, das Mädchen zu identifizieren. Es gibt auch keine Vermisstenmeldung, die passen würde. Aber er hat mir die Ergebnisse der Obduktion geschickt."

„Und?"

„Außer den zahlreichen Blutergüssen hat sie weitere Verletzungen, das linke Handgelenk ist gebrochen, außerdem das Schlüsselbein auf der rechten Seite und das rechte Schienbein. Er muss wie ein Berserker an ihr gewütet haben."

Sie stockte. Harder fragte nicht, wollte sie nicht drängen, auszusprechen, was er fürchtete.

Vogt überwand sich, wusste sie doch, dass es gesagt werden musste. Dass sie es nicht sagen und Harder es nicht hören wollte, änderte nichts daran, dass es wahr war.

„Sie war noch am Leben, als er ihr den Kopf abgeschlagen hat. Ich hoffe, sie war wenigstens nicht mehr bei Bewusstsein."

Aber ihre Stimme verriet, dass sie dieser Hoffnung nicht glaubte. Sie hatte es plötzlich eilig, durch den Rest des Berichtes zu kommen.

„Ansonsten entspricht alles seinem Vorgehen bei Veronika Fromm. Der Fuchskopf war auf ihren Rumpf angeleimt, die Leiche war gewaschen, natürlich keinerlei Rückstände, die uns etwas verraten, und wie bei seinem ersten Opfer hat er sich viel Zeit genommen, um sie herzurichten. Nichts, das uns weiterhilft."

Sie drückte ein paar Buttons auf dem Touchscreen.

„Gerber und die anderen gehen ein paar Augenzeugenberichten nach. Mehreren Leuten ist ein Kleintransporter aufgefallen, der lange am Rand des Parks gestanden hat. Wir haben unterschiedliche Angaben über die Farbe und die Marke und natürlich kein Kennzeichen. Gerber bleibt dran. Außerdem", sie rief eine weitere Nachricht auf, „hat sich unser Professor gemeldet und mir die Übersetzung der Runen geschickt." Sie scrollte durch den Text. „Sie stammt wieder aus diesem Fatrasienbuch und ist genauso ein Blödsinn wie bei Veronika. Hör dir das an:

„Frost ohne Kälte
verlieh zu Wucherzinsen
wenig für gar nichts.
Kein Lebewesen
spannte Saphire
aus dem Orient auf die Folter.
Schönwetter aus Regen und Wind
und helllichter Tag bei finstrer Nacht
lieferten sich ein Turnier;
auf einer Handvoll saubersten Drecks
schmolzen sie Kupfer in Dinant."

Sie sah von ihrem Handy auf.

„Alles klar, oder?"

Sie war froh, über etwas anderes reden zu können als über das tote Mädchen und darüber, wie sie gestorben war. Harder ging es genauso.

„Passt auf jeden Fall gut hier rein. Wenn wir irre wären, könnten wir vielleicht was damit anfangen."

„Wenn das so weitergeht, dauert es nicht mehr lang und ich werde irre." Sie las sich noch einmal den Text durch. „Du glaubst, da steckt wirklich irgendeine Nachricht drin? Mir kommt es wie reiner Hohn vor, uns das zukommen zu lassen."

„Wer sagt, dass es für uns gedacht ist? Wenn der Typ wirklich ein durchgeknallter Dämonenbeschwörer ist, richtet er sich mit diesem Kauderwelsch vielleicht nicht an uns, sondern an die höheren oder tieferen Mächte, mit denen er sich verbünden will. Wir interessieren ihn vielleicht gar nicht, sind für ihn vielleicht nur Außenstehende, die seinen Ritualen zufällig beiwohnen und ob wir irgendwas davon kapieren oder nicht, ist ihm schnuppe, solange wir ihm nicht im Weg sind."

Sie steckte das Handy ein und beugte sich unter das Bett.

„Okay, du hast recht. Hier ist gar nichts. Oder hast du irgendwas im Schreibtisch gefunden?"

„Nichts."

Harder wollte die Schublade gerade wieder zuschieben, als er auf ihrem Boden etwas entdeckte, das all seine Zweifel an Naujoks Täterschaft mit einem Schlag auslöschte.

„Warte, ich nehme alles zurück. Sieht aus, als hätten wir unseren Mann."

Vogt blickte in die Schublade. Sie stand nur wenige Zentimeter von Harder entfernt. Er konnte förmlich spüren, wie sie sich spannte, während sie auf die drei ineinander verschlungenen Kreise blickte, die in das Holz geritzt waren.

„Der Mistsack! Ich wusste es!"

„Und wenn du in der Pflegestation einen Blick auf die

Therapiezeiten auf der Tafel geworfen hättest, wäre dir aufgefallen, dass Naujoks erst heute Abend für die Ergotherapie eingetragen ist."

Sie blickte ihn an, als wollte sie ihm an die Gurgel, um an ihm schon einmal für Naujoks zu üben.

„Und das sagst du mir erst jetzt?"

„Ich dachte, es hätte sich vielleicht was verschoben."

„Klar, weil unser freundlicher Pumpkumpel da vorn uns ja auch niemals anlügen würde. Dem reiß ich seine anabolikaverschrumpelten Eier ab!"

Sie war aus dem Zimmer, bevor er antworten konnte.

Guido war am Telefon, als sie, Vogt mit deutlichem Vorsprung, den Glaskasten erreichten. Der Handtrainer hatte in die andere Hand gewechselt. Er legte auf, als er sie kommen sah. Aber er tat es ein wenig zu hastig, um es beiläufig erscheinen zu lassen. Außerdem war seine Zeitschrift immer noch auf der gleichen Seite aufgeschlagen wie vorhin – und es war so wenig Text darauf, dass selbst ein Legastheniker ihn inzwischen auswendig kennen müsste. Vogt stürmte auf ihn zu, als wollte sie mal wieder eine Demonstration ihrer Krav Maga-Künste geben. Ihre Wut verunsicherte Guido, wenn er auch versuchte, sich nichts anmerken zu lassen.

„Naujoks hat gerade keine Therapiesitzung, oder?"

„Klar hat er. Hab ich doch gesagt."

Er starrte auf seine Zeitschrift, bemüht, Gelassenheit zu markieren. Aber er drückte den Handtrainer immer schneller und heftiger zusammen. Vogt riss ihm das Heft unter der Nase weg und schmiss es hinter sich, sodass hunderte Trizeps-, Bizeps-, Pectoralmuskeln und Waschbrettbäuche gegen die Wand flatterten und zu Boden fielen.

„Hey!"

Guido blickte zu ihr hoch. Doch sein Protest fiel schwach aus. Falls er mit der Idee gespielt hatte, aufzustehen, ließ er sofort wieder davon ab. Das Risiko, Vogt könnte es als Aggression werten, war ihm offenbar zu groß.

Vogt legte nach.

„Jetzt ist Schluss mit dem Bullshit! Wenn Sie nicht auf der Stelle das Maul aufmachen, nehmen wir Sie mit auf die Wache und setzen Sie fest wegen Behinderung polizeilicher Ermittlungen in einem Mordfall, kapiert?"

„Mordfall? Aber was ...? Ach, Scheiße!" Er warf den Handtrainer auf den Schreibtisch und stieß sich mit seinem Drehstuhl vom Tisch weg. „Er ist nicht in der Klinik, okay? Er ist draußen. Ich hab ihn rausgelassen. Erschießen Sie mich doch!"

Vogt schien nicht weit davon entfernt, diesem Vorschlag nachzukommen. Harder nahm wieder seinen Platz an der Wand ein und schob die Hände in die Hosentaschen. Es reichte, wenn einer von ihnen Guido die Hölle heißmachte.

„Wie oft haben Sie ihn schon rausgelassen?", fragte er. „Und wie stellen Sie das an?"

Guido drehte sich mit seinem Stuhl zu ihm hin.

„Ich weiß nicht, wie oft. Fünf, sechs Mal. Wenn ich Nachtschicht hab, lasse ich ihn abends durch ein Fenster im Waschkeller raus, das nicht an den Alarm gekoppelt ist. Und bevor meine Ablösung kommt, lasse ich ihn wieder rein. Das klappt immer gut. Keine große Sache."

Harder wartete nicht, bis Vogt ihre gegensätzliche Meinung in diesem Punkt abgeben konnte.

„Ich nehme an, das machen Sie nicht aus Mitgefühl. Wer bezahlt Sie dafür?"

Guido rückte mit einem Stuhl ein wenig näher an ihn heran, als erwarte er, bei ihm Schutz vor Vogt zu finden, die nur auf ein einziges falsches Wort oder eine falsche Bewegung zu warten schien, um wieder über ihn herzufallen. Er schien seinen Muskeln nicht zuzutrauen, ihn bei einer körperlichen Auseinandersetzung mit der weitaus kleineren, schmalen Frau vor nachhaltigem Schaden zu bewahren.

„Seine Familie. Die wollen nicht, dass der hier die ganze Zeit eingesperrt ist. Die meinen, das tut ihm nicht gut. Die haben richtig Asche. Und ich kann das Geld gut brauchen. Haben Sie eine Ahnung, wie viel man hinblättern muss für Nahrungsergänzungsmittel, Booster, Weight Gainer und all das? Die braucht man, wenn man bei Wettkämpfen was reißen will. Die Konkurrenz ist echt hart." Er erkannte, dass sein Versuch, sich mit Harder von Mann zu Mann zu verbrüdern, zum Scheitern verurteilt war und verlegte sich aufs Abwiegeln. „Ich weiß, das ist nicht okay, gegen die Regeln und so. Aber das schadet doch auch nicht. Der Typ ist bekloppt, klar, aber im Grunde ist der harmlos."

„Das ist Ihre professionelle Einschätzung, ja?"

Vogt zog Naujoks Akte aus der Blazertasche. Sie schien mit dem Gedanken zu spielen, sie Guido durchs Gesicht zu ziehen, begnügte sich dann aber damit, sie aufzuschlagen und sie vor ihm auf den Tisch zu klatschen.

„Dieser Typ", sie stach mit dem Zeigefinger auf Naujoks Foto, „hat aller Wahrscheinlichkeit nach zwei Frauen ermordet. Und das, weil du dummes Arschloch dir eine Extraladung Steroide reinziehen wolltest. Du sagst mir jetzt sofort, wo er ist, oder du kannst deine Gewichte in Zukunft auf dem Gefängnishof stemmen."

Harder legte den Kopf zurück und schlug ein Bein über das andere.

„Das könnte lustig für dich werden. Die stehen da drin auf Typen mit knackigen, durchtrainierten Ärschen."

Bei dieser Aussicht geriet Guido in Panik. Seine Stimme wurde schrill und es hätte ihn nicht auf seinem Stuhl gehalten, wenn Vogts Blick ihn nicht darauf festgenagelt hätte.

„Ich weiß nicht, wo er ist!" Er sah von Harder zu Vogt und zurück. „Ich habe ihn gestern Nacht rausgelassen. Nur ist er dieses Mal nicht zurückgekommen. Ich habe keine Ahnung, wo er hin ist – ich gehe ihm ja nicht nach. Ich schwöre, weiter weiß ich nichts!"

Ein alter Mann im Jogginganzug schlurfte über den Gang, hielt an der Pflegestation inne und blickte auf die sonderbare

Vorführung der drei Gestalten in dem Glaskasten. Harder wartete, bis er seinen Weg fortsetzte, kopfschüttelnd, als frage er sich, ob in dem Laden hier außer ihm alle den Verstand verloren hatten.

„Wissen Sie, ob er jemanden trifft, ihn jemand abholt, irgendjemand von seiner Familie?"

Guido schüttelte den Kopf.

„Sorry! Ich würde Ihnen helfen, wenn ich was wüsste. Ich weiß, dass das dumm war von mir. Es tut mir leid. Wirklich!"

„Das nützt uns richtig viel", sagte Vogt. „Für den Mist, den Sie gebaut haben, werden Sie die Konsequenzen tragen, darauf können Sie sich verlassen. Und beten Sie, dass niemand sonst zu Schaden kommt."

Guido sackte in sich zusammen, als seien ihm all seine Muskeln mit einem Mal zu einer Last geworden, die ihn zusammendrückte. Vogt zog ihr Handy hervor. Sie wählte und sah ernst zu Harder hinüber, während sie es sich ans Ohr hielt und wartete, dass die Dienststelle abnahm.

„Ich verständige Wichert, dass er eine Fahndung rausgibt und sich mit der Familie in Verbindung setzt. Vielleicht wissen die was. Und Gerber soll die Krankenhausdaten nach Hinweisen durchforsten. Wir müssen ihn finden, bevor er sich sein nächstes Opfer holt!"

Harder trat an den Schreibtisch und blickte auf Naujoks Foto, in sein bleiches Gesicht mit den schwarzen Augen, die ihm aus einer unendlich tiefen Finsternis entgegen starrten.

„Wenn du verrückt wärst und frei in Berlin", sagte er, „wohin würdest du gehen?"

18

Doktor Hagedorn, mit seinem geübten Blick für Verrückte, Exzentriker und seelisch Versehrte, hatte in Harder sogleich ein lohnenswertes Forschungsobjekt ausgemacht. Das wissende Lächeln, mit dem er ihn bedachte, verriet nicht, in welche dieser Kategorien er ihn einsortierte. Aber ebenso aus professioneller Faszination wie aus menschlicher Anteilnahme schien er geneigt, ihn, bevor sie auch nur ein Wort miteinander gesprochen hatten, am Arm zu fassen und in seine Praxisräume zu zerren, damit Harder vor ihm seine Seele mit all ihren Rissen, Löchern und sonstigen Verschleißerscheinungen zur gefälligen Betrachtung ausbreitete. Seine Erscheinung ließ jedoch darauf schließen, dass ihm Handgreiflichkeiten gleich welcher Art fernlagen und er sich bei seiner Überzeugungsarbeit lieber auf Menschenkenntnis, Sachverstand und Verbindlichkeit verließ. Er war ein dürres Männlein, das aussah, als hätte man es aus Pfeifenreinigern zusammengesetzt (beim Versuch, Harder mit Gewalt vom Fleck zu bringen, hätte er sich wahrscheinlich die Schulter ausgekugelt). Man war verlockt, ihm die Arme und Beine zu verbiegen, um zu sehen, ob sie nicht in dieser Haltung stehen blieben. Sein Gesicht, wie der Rest von ihm, war schmal und asketisch und trug die Überzeugung zur Schau, dass der Leib sich dem Geist zu unterwerfen und im Dienste der Wissenschaft zeitweise Entbehrungen wie Nahrungsentzug und durchgearbeitete Nächte am Schreibtisch zu erdulden hatte. Sein Körper rächte sich für diese Zumutungen durch frühe Geheimratsecken und einen hoch auf der Stirn liegenden Haaransatz, Faltenbildung um die Mundwinkel und eine Sehschwäche (eine Lesebrille hing ihm von einem Band um den Hals), Beeinträchtigungen, die Hagedorn gern in Kauf zu nehmen schien, wirkte er doch heiter und aufgeräumt. Er trug eine helle Leinenhose, ein braunes Cordsakko über einem weißen Hemd und dazu Pantoffeln. Er schien nicht überrascht, dass zwei Beamte der Kriminalpolizei auf seiner Türschwelle standen, was wohl weniger daran lag, dass er mit diesem Besuch gerechnet hatte, als vielmehr daran, dass seine Erfahrung mit der Unberechenbarkeit des Lebens und seine Kenntnisse der menschlichen Psyche ihn darauf eingestellt hatten, jederzeit auf alles vorbereitet zu sein. Und selbst, wenn ihn der Besuch irritierte oder in einer wichtigen Beschäftigung störte, hätte er sich durch die Begegnung mit einem so einnehmenden Paradebeispiel psychischer Angeschlagenheit, wie Harder es abgab, vielfach dafür entschädigt gesehen.

„Wir sind auf der Suche nach Heiko Naujoks", sagte Vogt, nachdem sie ihm ihren Ausweis gezeigt hatte. „Unseren Informationen nach waren Sie sein langjähriger Therapeut."

„Das ist richtig", sagte Hagedorn nach einem raschen Blick auf den Ausweis, bevor er wieder Harder ins Auge fasste, als stelle er im Hinterkopf schon einmal eine Liste von Symptomen für eine vorläufige Diagnose zusammen. „Ist mit ihm irgendetwas passiert?"

Harder wich hinter Vogt zurück. Hagedorns zudringliche Aufmerksamkeit war ihm unangenehm. Das fachliche Interesse eines Psychotherapeuten zu wecken war nur bedingt schmeichelhaft und auf keinen Fall war ihm danach, sich von ihm auf seine Couch schnallen zu lassen. Schon die Termine bei verschiedenen Seelenfledderern, die seine Eltern ihm in seiner Jugend aufgezwungen hatten, waren ihm verhasst gewesen und das Gleiche galt für die Pflichtgespräche mit Polizeipsychologen, die er regelmäßig zu absolvieren hatte. Das Letzte, was er brauchte, war ein weiterer Quacksalber, der in seinem Innenleben herumstocherte.

„Herr Naujoks ist aus der Anstalt entkommen, in der er untergebracht war", sagte Vogt. „Wir haben Grund zu der Annahme, dass er in eine Reihe von Gewaltverbrechen verstrickt ist. Wir hoffen, dass Sie uns helfen können, ihn ausfindig zu machen."

„Gewaltverbrechen? Das ist ja furchtbar." Wiederum war

keine Überraschung in seinem Gesicht zu erkennen, wenn diese Mitteilung sein Interesse auch kurzzeitig von Harder abzog. „Kommen Sie rein. Wir gehen am besten in mein Büro."

Er wandte sich um und verließ den quadratischen, mit hellem Parkett ausgelegten Flur, der mit einer weiß lackierten Garderobe, einem ebenfalls weißen Fußbänkchen und dem Aquarellgemälde einer Dünenlandschaft eher an eine Pension auf Sylt als an eine psychotherapeutische Praxis erinnerte. Er trat durch eine an der Seite gelegene Tür, die er hinter sich offenstehen ließ. Vogt streifte sich die Schuhe an der Fußmatte ab und schickte sich an, ihm zu folgen. Harder hielt sie am Arm zurück.

„Vielleicht sollte ich draußen warten", raunte er ihr zu. „Ausschau halten, falls Naujoks auftaucht."

Vogt kannte ihn inzwischen zu gut, um ihm seine fade Ausrede abzukaufen. Auch ihr war die Faszination nicht entgangen, die er auf Hagedorn ausübte. Aber es lag ihr fern, auf seine Neurosen und Sozialphobien Rücksicht zu nehmen.

„Stell dich nicht so an! Nur, weil er Psychologe ist, wird er dich nicht gleich von deinem Irrsinn kurieren, damit du anschließend ein gesetzestreuer Spießbürger wirst. Keine Sorge: Du wirst von hier genauso meschugge weggehen, wie du hergekommen bist."

Harder blickte die Straße hinab, ob nicht zufällig gerade ein Überfall vereitelt oder jemand aus einem brennenden Auto gerettet werden musste. Aber keine Katastrophe verlangte eine Heldentat. Es war nicht einmal jemand zu sehen, der als Zeuge dienen konnte, falls er auf Nimmerwiedersehen in Hagedorns Haus verschwinden sollte.

Widerwillig trat er über die Schwelle.

Hagedorns Büro, das offenbar gleichzeitig als Therapiezimmer diente, war hell und freundlich. Die mattgelben Tapeten, der bunte Läufer auf dem Parkett, die einladenden Korbsessel, die Landschaftsbilder (mehr Dünen, mehr Strand): Alles hier schien darauf ausgerichtet, ein Wohlgefühl zu erwecken, das

Vertrauen, das man hier gut aufgehoben war und keine Scheu zu haben brauchte, auch seine tiefsten Ängste und absonderlichsten Begierden zu offenbaren.

Hagedorn, anstatt hinter dem Schreibtisch Platz zu nehmen, setzte sich in einen der Korbsessel. Vogt wählte den Sessel ihm gegenüber. Harder blieb stehen, nahe der Tür. Er war entschlossen, sich von der Einrichtung ebenso wenig foppen zu lassen wie von Hagedorns Freundlichkeit und Hilfsbereitschaft. Es wäre ihm passender erschienen, wenn der Seelenklempner in einer düsteren, feuchten Höhle gewerkelt hätte, in der Fledermäuse von der Decke hingen und in der er hingebungsvoll in den geistigen Eingeweiden seiner Opfer wühlte, die er mit fadenscheinigen Heilsversprechen hierhergelockt hatte. Hagedorn drängte ihn nicht, sich ebenfalls zu setzen. Stattdessen lächelte er ihm zu, als habe er genau diesen kleinen rebellischen Akt von Harder erwartet. Harder war kurz davor, sich doch zu setzen, um ihm zu beweisen, dass er bei Weitem nicht so berechenbar war, wie Hagedorn zu glauben schien. Aber wahrscheinlich hätte Hagedorn auch diesen Schachzug durchschaut.

„Was kann ich tun, um zu helfen?"

Harder wollte ihm gerade mitteilen, dass er auf seine Hilfe keinen Wert legte und den Teufel tun würde, ihm von seiner Kindheit oder der Beziehung zu seiner Mutter zu erzählen. Er unterdrückte den Impuls, als ihm einfiel, dass sie nicht seinetwegen hier waren. Er beschloss, Vogt die Gesprächsführung zu überlassen, um dem Psychologen keinen weiteren Ansatz für etwaige Theorien über seine geistige Befindlichkeit zu liefern.

„Wir hoffen, dass Sie uns etwas über Herrn Naujoks erzählen können, das uns hilft, ihn zu finden, etwas über seinen Charakter und seine Verhaltensweisen, seine Gewohnheiten und Vorlieben, und ob es bestimmte Orte gibt, die er immer wieder aufsucht."

Hagedorn nickte.

„Sie verstehen natürlich, dass ich durch das Vertrauensverhältnis zwischen Therapeut und Patient gebunden bin. In Anbetracht der Tatsache, dass es sich um Gewalttaten handelt und es zu Herrn Naujoks eigenem Besten ist, wenn Sie ihn schnellstmöglich finden, scheint es mir nicht angebracht, hier auf meine Schweigepflicht zu beharren. Aber Sie müssen verstehen, dass ich bestimmte Informationen nicht preisgeben kann."

Er schlug ein Bein über das andere und verschränkte die Hände über dem Knie.

„Sehen Sie, Herr Naujoks ist ein leidender Mensch, durchdrungen von inneren Qualen. Das habe ich schon in unseren ersten Sitzungen festgestellt. Man entwickelt mit der Zeit nicht nur ein Gespür für diese Dinge. Man lernt, sie an einem Menschen zu erkennen."

Er schaute zu Harder hinüber, der sich mit dem Reißverschluss seiner Jacke beschäftigte, als gebe es nichts Wichtigeres auf der Welt. Am liebsten hätte er sich für die Dauer ihres Aufenthalts im Bad eingeschlossen. Aber er fühlte sich unwohl bei dem Gedanken, sich allein in Hagedorns Haus zu bewegen, als habe der Psychologe Fallen aufgestellt, um neue Patienten in seine Gewalt zu bringen. Er hätte nie gedacht, dass er einmal so froh sein würde, Vogt bei sich zu haben und unter keinen Umständen, schwor er sich, würde er von ihrer Seite weichen, bis sie wieder wohlbehalten im Freien waren.

„Ein tief verstörter Mann", fuhr Hagedorn fort, „zersetzt von Einsamkeit, Schuldgefühlen, abnormen Bedürfnissen, zerstörerischem – auch selbstzerstörerischem – Trieb und dem Gefühl, keinen wirklichen Platz in der Welt zu haben." Sein Blick blieb auf Harder gerichtet, während er sprach, sodass nicht klar war, ob er sich noch immer auf Naujoks bezog oder an Harder eine erste Einschätzung vornahm. Harder gab Gleichmut vor, bis Hagedorn sich zu seiner Erleichterung wieder Vogt zuwandte.

„Mit einer Verhaltenstherapie oder einem psychoanalytischen Ansatz war ihm nicht beizukommen. Ich wusste bald, dass die Unterbringung in einer psychiatrischen Einrichtung sowie die medikamentöse Behandlung der einzige Weg waren, Herrn Naujoks Leiden zu lindern und sicherzustellen, dass er sich selbst und anderen keinen Schaden zufügt. Ohne diese Maßnahmen war es nur eine Frage der Zeit, bis er seine Gewaltfantasien und seine sadistischen Triebe ausleben würde. Sie liegen sehr tief in ihm, zu tief, als dass es mir möglich gewesen wäre, ihn davon zu befreien."

Vogt holte ihren Notizblock hervor und schrieb mit.

„Richteten sich diese Triebe immer schon gegen Menschen?"

Der Psychologe nahm die Wasserflasche und eines der Gläser, die auf einem Beistelltisch standen. Er füllte das Glas und reichte es Vogt, die mit einem Nicken dankte. Er füllte ein weiteres und hielt es Harder fragend entgegen. Harder schüttelte den Kopf. Auf keinen Fall würde er hier irgendetwas essen oder trinken. Wer wusste schon, mit welchen Drogen dieser Scharlatan seine Patienten gefügig machte?

Hagedorn lächelte erneut – Harder konnte dieses Lächeln schon jetzt nicht mehr ausstehen – und trank selbst einen Schluck, wie zum Beweis, dass Harder mit seinen Unterstellungen falsch lag.

„Anfangs", sagte er, „ging es ihm vor allem um die Verstümmelung und Tötung von Tieren. Damit begann er schon in seiner Kindheit und Jugend. Er fing etwa Kaninchen und Mäuse, schnitt sie bei lebendigem Leibe auf, nahm sie aus, untersuchte ihre Eingeweide. Er war geleitet von einer Faszination für Tod und Blut und einem Allmachtsgefühl über fremdes Leben. In dieser Hinsicht, der Gewalt gegen Tiere, ist er ja auch, wie Sie sicher wissen, in späterer Zeit mehrfach straffällig geworden. Er bewohnte ein abgelegenes altes Haus in Weißensee. Nachdem seine Einlieferung angeordnet worden war, fanden sich darin zahllose Tierkadaver, Katzen,

Hunde, Vögel, sogar ein Reh war dabei. Die abgetrennten Köpfe hatte er in seinem Schlafzimmer um sein Bett aufgestellt, die Eingeweide hatte er sortiert, wenn man so sagen kann, eine Kiste voller Herzen, eine voller Lebern, eine voller Nieren, alles in verschiedenen Stadien der Verwesung. Im Keller hatte er sich für seine Experimente eine Werkstatt eingerichtet. Ein schauriges Bild, wie Sie sich denken können."

Vogt trank einen Schluck Wasser und stellte das Glas auf den Tisch. Harder nahm es ihr übel, dass sie offenbar vorhatte, es sich hier gemütlich zu machen. Dieses Zimmer, das ganze Haus flößte ihm Beklemmungen ein. Selbst wenn Hagedorn ihn gerade nicht ansah, fühlte er sich beobachtet, als ob aus irgendeinem Versteck heraus eine Kamera jede seiner Bewegungen und jedes Mienenspiel aufzeichnete. Er blickte sich um, fasste jede Topfpflanze und jedes der Aquarellbilder ins Auge und es zerstreute sein Misstrauen nicht, dass er nirgendwo ein Objektiv oder ein kleines rotes Licht entdecken konnte. Er beschloss, die Unterhaltung voranzutreiben, um möglichst schnell von hier fortzukommen.

„Aber Tiere reichten ihm irgendwann nicht mehr, oder? Der Psycho brauchte etwas anderes, um sich seine abartige Befriedigung zu verschaffen."

Hagedorn musterte ihn, als gewinne er aus jedem einzelnen Wort, aus jeder Betonung, jedem Heben und Senken seiner Stimme zusätzliches Material für Harders psychologisches Profil. Er sah davon ab, ihn für seine wenig wissenschaftliche Ausdrucksweise zu rügen, schien sich aber genötigt zu fühlen, für seinen Patienten Partei zu ergreifen.

„Befriedigung, ja – aber auch Erleichterung. Sie müssen das verstehen. Er ist kein Monster. Sicher: Er hat das starke Bedürfnis, eine Sehnsucht gar, zu verletzen und zu töten. Aber gleichzeitig leidet er darunter. Es ist ein Zwang, dem er sich nicht entziehen kann. Er ist krank. Das darf man nicht vergessen." Er seufzte, weil er wusste, dass Naujoks Taten auch bei objektiver Betrachtung abscheulich blieben. „Aber

Sie haben leider recht: Tiere genügten ihm bald nicht mehr. Er hat mir gegenüber mehrmals und zunehmend dringlich das Verlangen geäußert, das, was er mit Tieren gemacht hat, mit einem Menschen zu tun."

Vogt, als studierte Psychologin, bewahrte die Sachlichkeit, die Harder abhandengekommen war (aber im Gegensatz zu ihm, dachte er, musste sie sich ja auch nicht mit Hagedorns lästiger Neugier herumschlagen).

„Wie glauben Sie, würde er vorgehen, um sich ein Opfer zu verschaffen?"

Hagedorn antwortete nicht gleich. Es nahm ihn sichtlich mit, über diese Dinge zu sprechen. Er schien sich verantwortlich zu fühlen für die Verbrechen eines Menschen, der in seine Obhut gegeben worden war und den er aller Anstrengung zum Trotz nicht vor sich selbst und seinen Dämonen hatte retten können.

„Nun, wie Sie sicher wissen, hat er ja bereits einmal jemanden angegriffen, ein junges Mädchen. Der Vorfall ereignete sich in einem Waldstück, wo nicht viel Betrieb war. Durch ihre Gegenwehr konnte sie ihn schnell in die Flucht schlagen. Im Grunde ist er scheu, feige, wenn Sie so wollen. Er würde sich nicht trauen, jemanden auf der Straße anzugreifen, geschweige denn, irgendwo einzubrechen. Aber wenn sich ihm eine Gelegenheit bietet, sich ohne Gefahr ein Opfer zu verschaffen, wird er nicht zögern, sie zu ergreifen."

„Hat er irgendeine Verbindung zum Mittelalter oder mittelalterbezogenen Themen?"

Der Psychologe dachte über die Frage nach.

„Er hat mal erzählt, dass sein Vater eine Sammlung alter Waffen besitzt, Schwerter, Lanzen, Hellebarden, Morgensterne – viele Nachbildungen, aber wohl auch einige Originalstücke. Mit denen hat er als Kind gerne gespielt. Ich weiß allerdings nicht, ob er sie für seine Verstümmelungen an Tieren verwendet hat."

Vogt machte eine Notiz. Harder war ihr dankbar, dass

sie Hagedorn beschäftigt hielt, seine Wissbegier von ihm ablenkte, auch wenn es nur ein positiver Nebeneffekt ihrer Befragung war. Es gelang ihm sogar, sich ein wenig zu entspannen, wenn er auch weit davon entfernt war, sich in der Gegenwart des Psychologen wohlzufühlen.

„Wie steht denn seine Familie zu seiner Krankheit und seinen Taten?"

Hagedorn hob in einer Geste der Hilflosigkeit, wohl auch der Frustration, die Hände.

„Die Eltern waren bedauerlicherweise im Hinblick auf seine Therapie nicht gerade eine unterstützende Kraft. Herr Naujoks ist ein Einzelkind. Die Eltern haben nie begriffen und, muss ich wohl sagen, nie begreifen wollen, wie schlimm es um ihren Sohn stand. Wenn sie seine ... Neigungen auch nicht gerade gutheißen, so haben sie doch viel Verständnis dafür. Seine Einlieferung in die Klinik empfanden sie als Zumutung. Sie versuchten mit allen Mitteln, sie zu verhindern, scheiterten jedoch, zum Glück, muss man sagen, vor Gericht. Sie glauben immer noch daran, dass mit ihm im Grunde alles in Ordnung ist, dass er geheilt werden und dann alle Hoffnungen erfüllen kann, die sie in ihn als ihren Sohn und Erben gesetzt haben."

Harder suchte Vogts Blick.

„Was meinst du?"

Vogt ging die Stichpunkte auf ihrem Block mit dem Kugelschreiber durch.

„Der zeitliche Ablauf könnte passen. Einen seiner nächtlichen Ausflüge nutzt er, um Veronika Fromm zu entführen, sie vielleicht schon seinen Vorstellungen entsprechend herzurichten. Dann kehrt er in die Anstalt zurück. Am nächsten Abend stellt er sie in der Unterführung aus. Das alles ist natürlich ein gehöriger Aufwand und verlangt viel Planung und Organisation. Ich bin nicht sicher, wie gut das mit seinem Krankheitsbild zu vereinbaren ist. Aber wer weiß, ob er nicht außer unserem Bodybuilder und seiner Familie noch weitere

Hilfe hatte." Sie sah von ihrem Block auf. „Ich denke, das ist unser Mann!"

Harder wiegte den Kopf. Für einen Moment vergaß er, dass er sich strikte Zurückhaltung auferlegt hatte, um gegenüber Hagedorn möglichst wenig von sich preiszugeben.

„Aber würde eine junge Frau so jemanden ohne Weiteres in ihre Wohnung lassen? Auf dem Foto sieht er nicht gerade aus wie der unwiderstehliche Womanizer."

Hagedorn schaltete sich ein.

„Herr Naujoks weiß sich zu verstellen. Er kann überaus charmant sein, wenn er es darauf anlegt. Natürlich gelingt es ihm nur vorübergehend, seine dunklen Triebe zu unterdrücken. Aber er hält es durchaus für einige Stunden durch, wenn es seinen Plänen dient und er weiß, dass es nur um einen Aufschub geht und er für diese Selbstbeherrschung belohnt wird. Und wenn er sich entsprechend zurechtmacht und kleidet, gibt er durchaus einen ansehnlichen jungen Mann ab."

„In Ordnung." Vogt richtete sich in ihrem Korbstuhl auf, als warte sie nur auf ein Stichwort, um loszustürzen und Naujoks dingfest zu machen. „Sagen wir, er ist es. Dann müssen wir allerdings noch rauskriegen, wo er sich aufhält. Irgendeine Idee?"

Aber Hagedorn konnte ihrem Tatendrang keine Richtung geben.

„Er ist in Berlin aufgewachsen und hat seine Ferien oft im Umland bei Verwandten verbracht. Er kennt sich gut aus und ich fürchte, dass sich nicht vorhersagen lässt, wohin es ihn ziehen wird. Er hat keine Freunde oder Bekannten, zumindest soweit ich weiß, keinerlei Bezugspersonen."

„Außer Ihnen", sagte Harder.

Hagedorn verzog das Gesicht, da der bloße Verdacht, er würde einem gefährlichen Kriminellen Unterschlupf gewähren, schließlich nicht nur eine Beleidigung seiner fachlichen Kompetenz, sondern auch seines Charakters darstellte. Er hatte sich schnell wieder gefasst. Aber Harder freute sich, dass seine Spitze ihn aus dem Konzept gebracht hatte.

„Ich denke nicht, dass er versuchen wird, mit mir in Kontakt zu treten. Er weiß, dass ich ihn den Behörden ausliefern würde. Schließlich habe ich daran mitgewirkt, ihn in die Anstalt einweisen zu lassen. Das macht mich nicht gerade zu einem Verbündeten, dem er rückhaltlos vertraut. Ich fürchte, wenn seine Familie oder sonst jemand ihm hilft, kann er überall sein. Er ist intelligent, er weiß, dass man nach ihm suchen wird. Gleichzeitig will er seinen Trieben nachgehen. Ich denke also, sie sollten Orte überprüfen, an denen er nachts ein leichtes Opfer finden könnte, Obdachlose etwa, vielleicht Prostituierte an einsamen Plätzen. Das Einzige, was ich Ihnen darüber hinaus anbieten kann, ist, dass ich meine Akten durchsehe und nach Hinweisen suche, nach irgendetwas, das er in einem unserer Gespräche erwähnt hat und dabei helfen könnte, ihn zu finden."

Vogt stand auf und steckte ihren Notizblock ein.

„Das wäre sehr hilfreich. Wir werden derweil eine Fahndung starten und hoffen, dass wir ihn kriegen, bevor er noch jemanden verletzt."

Harder war als erster aus dem Zimmer. Für seine Begriffe hatte er die verstörende Nähe des Psychologen übermäßig lange ertragen müssen. Vogt folgte ihm, zügig, jedoch weniger hastig als er. Der Psychologe begleitete sie zur Tür. Er griff in seine Sakkotasche, zog eine Visitenkarte heraus und reichte sie Harder.

„Wenn Sie einmal das Bedürfnis haben, sich zu unterhalten, rufen Sie mich an. Sie können auch einfach vorbeikommen, jederzeit, ohne Termin."

Harder hätte die Karte am liebsten zusammengeknüllt und in die Büsche des Vorgartens geworfen. Aber er hütete sich davor, damit er sich nicht einen weiteren Eintrag in der Akte einhandelte, die Hagedorn offenbar in Gedanken schon für ihn angelegt hatte. Er nahm die Karte, als sei nichts dabei, und steckte sie in die Innentasche seiner Lederjacke.

Vogt schüttelte dem Psychologen die Hand.

„Vielen Dank für Ihre Zeit. Falls Herr Naujoks mit Ihnen in Kontakt treten sollte, melden Sie sich!“

„Natürlich.“

Er schien darauf zu warten, dass auch Harder ihm die Hand gab. Aber Harder steckte seine Hände demonstrativ in die Jackentaschen. Vogts Handy klingelte. Harder erwartete, dass Hagedorn ins Haus zurückkehren und die Tür hinter sich schließen würde. Aber der Psychologe blieb vor ihm stehen, als gebe es noch etwas Bedeutsames zwischen ihnen zu erörtern, und blickte ihn forschend, dabei mit einem kleinen Lächeln an, das Harder ihm am liebsten mit einer Ohrfeige aus dem Gesicht gewischt hätte. Er war froh, als Vogt ihr Gespräch beendete.

„Die Suche hat sich erledigt“, sagte sie. „Eine Streife hat Naujoks gefunden.“

„Gott sei Dank“, sagte Hagedorn. „Das ging schnell.“

Vogt teilte seine Erleichterung nicht.

„Wir sind trotzdem zu spät“, sagte sie. „Wie es aussieht, hat er schon wieder gemordet.“

19

Heiko Naujoks saß lächelnd in einem See aus Blut. Sein Hemd und seine Hose waren dunkelrot eingefärbt. Auch sein Gesicht, sein Haar und seine Hände waren mit Blut verschmiert, als hätte er darin gebadet und sich von oben bis unten damit eingerieben (was in Anbetracht seiner geistigen Verfassung nicht ausgeschlossen war). Auf dem Schoß hielt er den Kopf seines letzten Opfers, den er an sich drückte, als wollte er ihn nie wieder loslassen. Er saß, die Beine ausgestreckt, rücklings gegen die Bretterwand des Verschlags gelehnt, in dem mit weißen Planen überzogene Strohballen lagerten und in den er sich mit seinem Kleinod zurückgezogen hatte. Neben ihm, auf einer Schicht aus feuchtem roten Stroh, lag das breite Fleischermesser, Klinge und Griff gleichfalls mit Blut überzogen, das er benutzt hatte, um sich sein höchstes Glück zu verschaffen, in dem nichts mehr für ihn existierte als der Tod, den er bewirkt hatte, der abgetrennte Kopf, das Blut und die sanfte Seligkeit, in die ihn all dies erhob.

Die beiden Streifenpolizisten, die ihn gefunden hatten, hielten die Stellung vor dem Verschlag und betrachteten dieses Bild mit Verstörung und einem Abscheu, der höchstens dadurch ein wenig gemildert wurde, dass Naujoks Mordopfer nicht menschlich war. Sie standen weit genug entfernt, dass er sich nicht von ihrer Anwesenheit bedroht fühlte, jedoch nah genug, um ihn zu packen und zu überwältigen, sollte ihm einfallen, dass seine Mordlust noch nicht gestillt war und er dem Pferd, das er niedergemetzelt hatte, gerne noch ein, zwei tote Menschen hinzufügen würde. Aber Naujoks machte keinerlei Anstalten, noch einmal nach dem Messer zu greifen. Er schien zufrieden, ganz bei sich und seinem Pferdekopf, den er liebkoste, als spüre das Tier noch etwas von seiner Zuneigung oder könnte sie gar erwidern. Er streichelte ihm die Stirn, auf der, eingefasst von schwarzem Fell, eine runde Blesse prangte, kraulte ihm die dunkle Mähne, schmiegte sich an ihn und flüsterte ihm Koseworte zu, ohne sich daran zu stören, dass die totenstarren Augen ihn nicht mehr sahen, die kalte Nüstern seinen Geruch nicht aufnahmen und das Maul, aus dem die schlaffe Zunge heraushing, ihn nicht schmeckte. Der enthauptete Körper lag ein paar Meter neben dem Verschlag im aufgeweichten Gras, ein schwarzer weicher Sack voller Eingeweide, aus dem das Blut aus dem Hals wie aus einem Schlauch zunächst herausgeplatscht, dann geflossen, zum Schluss nur noch gesickert war und der nichts mehr von der Eleganz und Kraft besaß, die noch wenige Stunden zuvor von ihm ausgegangen war. Drei andere Pferde drängten sich auf der anderen Seite der Koppel am Zaun zusammen, scharrten mit den Hufen und schnaubten, aufgebracht von der grausigen Schlachtung ihres Artgenossen und der Nähe seines Kadavers.

Harder und Vogt traten durch das Tor und überquerten die Koppel. Es war friedlich hier draußen, von dem Lärm und Tumult der Stadt war nichts zu merken, und abgesehen von einem seltenen Spaziergänger oder Radfahrer, der sich über den Polizeiwagen auf dem Feldweg wunderte und vergeblich versuchte zu erkennen, was vor sich ging, fanden sich keinerlei Schaulustige ein, keine Reporter oder sonstigen Störenfriede. Wenn man es schaffte, dachte Harder, den Anlass auszublenden, der sie hierhergeführt hatte, könnte man sich auf einem erholsamen Ausflug ins Grüne wähnen. Aber natürlich hielt die Illusion nur so lange, bis sie den Verschlag erreichten und sich die Schweinerei besahen, in der Naujoks es sich selbstvergessen bequem gemacht hatte.

Vogt, nicht der Typ für weibisches Gekreisch, stieß ein genervtes Stöhnen aus.

„Was ist das hier? *Der Pate* oder was? Muss denn auf den ganzen Irrsinn eigentlich immer noch eins draufgesetzt werden? Irgendwann muss es doch auch mal gut sein."

Harder antwortete nicht. Der Anblick des blutbesudelten Mannes, die von Hufen zertrampelte Koppel und das nahe

Birkenwäldchen, darüber das ermattende Licht der Spätnachmittagssonne – all das zeichnete einen nachdenklichen, geradezu melancholischen Zug in sein Gesicht.

Der ältere der Streifenpolizisten, ein behäbiger Dienstveteran mit grauem Schnurrbart, war für derartige Empfindungen weniger empfänglich. Das lange Herumstehen ging ihm sichtlich gegen den Strich. Jetzt, da die Kriminalkommissare eingetroffen waren, schien er sich umso mehr auf seinen gemütlichen Platz im Wagen zurückzusehnen, den er für diesen hässlichen Zwischenfall vorübergehend hatte verlassen müssen.

„Ein Radfahrer ist hier vorbeigekommen, hat das tote Pferd gesehen und den Notruf gewählt." Er wies mit dem Daumen auf Naujoks. „Wir haben ihn so gefunden. Wir haben versucht, ihn anzusprechen. Aber er reagiert überhaupt nicht. Solange wir ihn in Ruhe lassen, scheint es ihm schnuppe zu sein, dass wir da sind."

Harder beugte sich vor und stützte die Hände auf die Knie, behutsam, um Naujoks nicht aufzuschrecken und betrachtete ihn wie ein Stillleben („Psychokiller mit Pferdekopf").

„Wie friedlich er wirkt", murmelte er. „Er ruht richtig in sich. Fühlt sich beinahe falsch an, jemanden zu stören, der so glücklich ist."

Vogt, weniger rücksichtsvoll, fiel es nicht ein, die Stimme zu senken.

„Ernsthaft? Der Typ massakriert Black Beauty und du erklärst ihn zum Dalai Lama der Geisteskranken? Sollen wir ihn vielleicht hier sitzen lassen, nur weil er ohne seinen Pferdekopf schwermütig wird?"

Der zweite Streifenpolizist, ein junger Spund mit rötlichem Haar und Sommersprossen, blickte ungeduldig zu ihnen hinüber, ohne dabei Naujoks aus seinem Sichtfeld zu lassen. Sein rechter Fuß klopfte auf den Boden und er hatte eine Hand auf seine Dienstwaffe gelegt, als warte er nur auf den Befehl, sein Magazin in den entflohenen Psychiatrieinsassen zu entleeren.

„Was denn jetzt? Nehmen wir ihn fest oder nicht?"

Vogt bedeutete ihm, die Nerven zu behalten und stieß Harder in die Seite, bevor er in die gleiche Versunkenheit abdriftete, in die es Naujoks verschlagen hatte.

„Bist du ansprechbar, ja? Möchtest du dich beteiligen? Was meinst du: Kriegen wir ihn dazu, ohne Aufstand mitzukommen oder müssen wir unseren übereifrigen Kollegen auf ihn loslassen?"

Der junge Polizist streifte seine schwarzen Lederhandschuhe über, um seine Einsatzbereitschaft zu unterstreichen, und schien schon einmal abzuwägen, ob er bei seiner Überwältigung des Straftäters, wenn er ihn schon nicht mit Schüssen niederstrecken durfte, auf seinen Schlagstock, sein Pfefferspray oder am besten gleich beides zurückgreifen sollte, bevor er ihn in Handschellen legte. Seinem Gesicht nach hoffte er auf vehemente Gegenwehr.

Harder richtete sich auf und rieb sich die Rippen, wo Vogts Ellenbogen ihn getroffen hatte.

„Kein Grund für Brutalitäten." Er ließ offen, ob er Vogts Handgreiflichkeit oder ihren Vorschlag bezüglich Naujoks meinte. „Er wirkt doch lammfromm. Ich rede mal mit ihm."

„Von Spinner zu Spinner, klar. Ihr werdet euch bestens verstehen. Vielleicht darfst du sogar mal seinen Pferdekopf halten, wenn du freundlich fragst. Oder er tauscht ihn gegen deinen."

„Jetzt bleib mal locker und hab ein bisschen Vertrauen. Ich kenn mich aus mit solchen Typen."

Vogt schien nicht überzeugt, erhob aber keine weiteren Einwände.

Harder zog seinen Flachmann hervor. Es war nicht der Verrückte mit dem abgeschnittenen Pferdekopf, der ihm an die Substanz ging und für den er sich Mut antrinken musste. Aber die nervenaufreibende Begegnung mit Hagedorn hatte er noch nicht komplett verdaut. Er dachte an Penny und daran, wie gut es ihm getan hätte, jetzt mit ihr zu reden, sie einfach nur bei sich zu haben, ein bisschen von dem zu empfinden, was in seinem Leben als Normalität durchging. Am Anfang hatte es ihn erschreckt. Aber inzwischen wusste er, dass nichts dabei war, sie hin und wieder zu vermissen, sich ihr anzuvertrauen und bei ihr, nun ja: Schutz zu suchen, wenn er auch nicht recht bestimmten konnte, wovor. Heute, das war ihm klar, würde daraus nichts mehr werden. Der Teufel allein wusste, wann sie von hier weg und zurück in die Stadt kämen. Und auch dann stand nicht zu erwarten, dass er Zeit für private Unternehmungen finden würde. Das bedeutete ebenfalls, dass er es nicht mehr ins Krankenhaus zu Kalle schaffen würde. Er hatte bisher kaum einen Besuch versäumt, und er wusste, dass der alte Mann es ihm nicht übel nehmen würde. Aber es änderte nichts an seinem Gefühl, ihn im Stich zu lassen. Es war einer dieser Momente, in denen er sich fragte, ob die Mörder, Kidnapper, Schläger und anderen dunklen Gestalten, mit denen er sich tagtäglich abgab, nicht einen allzu großen Teil seines Lebens einnahmen und es nicht besser wäre, sie, bei aller Anziehungskraft, die sie auf ihn ausübten, zugunsten jener Menschen ein wenig in den Hintergrund zu schieben, die eine andere, hellere Seite von ihm zum Vorschein brachten.

Aber das hier war weder der richtige Ort, noch die richtige Zeit oder die richtige Situation, sich mit dieser Frage auseinanderzusetzen. Der beste, der einzige Weg, hier draußen mit ihr umzugehen, bestand darin, sie mit einem ordentlichen Zug aus der Flasche zurück in die Versenkung zu spülen, aus der sie aufgetaucht war. Er setzte an, gurgelte den Schnaps in sich hinein und verschluckte sich. Als wäre es nicht schon schlimm genug, sich in der Pampa mit einem blutgeilen Spinner herumschlagen zu müssen, befand sich aus unerfindlichen Gründen auch noch Whisky in seiner Flasche (er konnte sich nicht erinnern, das widerliche Zeug hinein gefüllt zu haben). Er erlitt einen Hustenanfall und machte Vogt Zeichen, ihm auf den Rücken zu klopfen. Aber sie wartete nur in aller Ruhe, bis er sich ausgekeucht hatte.

„Du hörst das sicher nicht zum ersten Mal, aber ich sag's trotzdem: Das Zeug wird dich eines Tages noch umbringen."

„Klar." Er wischte sich den Mund. „Aber bis dahin hält es mich am Leben."

Sie wies auf Naujoks, der ihnen nach wie vor keine Beachtung schenkte.

„Kann's dann losgehen?"

Harder würgte den letzten Rest Whisky-Geschmack herunter, steckte den Flachmann ein und machte einen vorsichtigen Schritt auf Naujoks zu. Der junge Polizist, der sich mit einer Nebenrolle nicht zufriedengeben wollte, zog seine Waffe, stellte sich breitbeinig auf und zielte auf den Kopf des entflohenen Psychiatrieinsassen.

„Keine Sorge, Herr Kommissar, ich gebe Ihnen Deckung!"

Harder flüsterte über die Schulter.

„Ich hab höchstens Sorge, dass Sie mir ein Ohr abschießen."

„Packen Sie das Ding weg", wies Vogt ihn an. „Das Letzte, was wir hier brauchen, ist noch mehr Blut."

Der Polizist schob die Pistole zurück in das Holster an seinem Gürtel, spürbar enttäuscht, dass Vogt ihm die Chance verwehrte, als Held in Erscheinung zu treten. Sein älterer Kollege zeigte weniger Tatendrang. Träge, die Finger unter seinen Gürtel gesteckt, als erlebe er so was alle Tage, schien er noch immer die Minuten zu zählen, bis die ganze Tortur ausgestanden war und er zu Aufgaben zurückkehren konnte, die weniger anstrengend waren als die Jagd auf Verrückte. Aber auch er ließ Harder nicht aus den Augen, der sich, leicht geduckt, an Naujoks heranpirschte wie an ein scheues Reh. Naujoks regte sich nicht, bis Harder sich ihm auf etwa einen Meter genähert hatte und mit beiden Füßen im Blut stand. Erst dann blickte er auf. Ein Schrecken verzerrte seine eben noch so sanftmütigen Züge, als gehe ihm nicht nur schlagartig auf, dass da fremde Menschen um ihn waren, sondern dass es ihnen auch einfallen könnte, ihn an seiner erfüllenden Beschäftigung zu hindern. Er schüttelte den Kopf und umschlang den Pferdekopf mit beiden Armen. In seinem Gesicht standen weder Hass noch Zorn oder Angriffslust. Es war nichts darin als die Angst eines Kindes, sein liebstes Spielzeug zu verlieren.

Beruhigend hob Harder die Hände.

„Keine Panik, ich tu dir nichts. Ich nehm dir auch nichts weg, versprochen."

Naujoks, nicht überzeugt von Harders Beteuerungen, schob sich gegen die Bretterwand, umklammerte den Pferdekopf und starrte ihn misstrauisch an. Harder ging vor ihm in die Hocke. Hier unten war der Blutgeruch, der den Verschlag einhüllte, noch intensiver, metallisch, betäubend. Ein Schwindel durchfuhr ihn und er musste aufpassen, nicht nach hinten umzufallen und sich vor Naujoks in die rote Lache zu setzen.

„Ich will mich nur mit dir unterhalten, okay?"

Naujoks fixierte ihn mit halb zusammengekniffenen Augen. Harder hatte noch niemals jemanden mit so schwarzen Augen gesehen. Das Foto in seiner Akte wurde Naujoks nicht gerecht. In Wirklichkeit sah er noch gequälter, noch getriebener aus. Das dunkle Haar und der dunkle Bart unterstrichen die Finsternis in seinem Blick. Auch jetzt erinnerte er Harder an eine Krähe, an eine ganz bestimmte sogar, die er einmal an einem Wintertag dabei beobachtet hatte, wie sie in den Eingeweiden einer toten Taube herumhackte. Aber er wirkte nicht mehr bedrohlich, mordgierig wie auf dem Bild. Er wirkte vor allem einsam, verlassen, ein Mensch, der sich und der Welt verloren gegangen war und niemals in sie zurückfinden würde.

„Schönes Pferdchen hast du da", sagte Harder.

Er streckte die Hand aus und tätschelte den Hals oder das, was davon übrig war.

„Machst du so was öfter? Holst du dir öfter Köpfe?"

Naujoks schien es zu freuen, dass ihm sein Prunkstück gefiel und er Anteil an seinem Zeitvertreib nahm.

„Das muss ich doch! Sie sind wichtig. Sie sind für ..."

Er drückte sich eine Hand auf den Mund, als habe er beinahe ein Geheimnis ausgeplaudert.

„Aber das darf ich dir nicht verraten."

Harder hakte nach.

„Sie sind für die Mädchen, richtig? Die toten Mädchen."

Mit einem Schlag leuchtete Naujoks Gesicht auf.

„Ja! Du weißt es! Vero und Jessie haben schon einen bekommen, einen wunderschönen Widder für Vero und Jessie habe ich einen tollen Fuchs besorgt." Er fasste Harder begeistert am Jackenaufschlag, bevor dieser ihn davon abhalten und seine Jacke davor bewahren konnte, mit Blut gefärbt zu werden. Eindringlich starrte er ihn an. „Hast du sie gesehen? Sind sie nicht schön geworden, sind sie nicht wunderwunderschön?"

„Und für wen ist der hier?"

Naujoks äugte argwöhnisch nach den Polizisten vor dem Verschlag und lehnte sich zu Harder hin.

„Der hier ist für Maja, für die süße, liebe Maja." Er klopfte mit der flachen Hand auf den Pferdekopf. „Er wird ihr großartig stehen, denkst du nicht?" Sein Gesicht nahm einen träumerischen Ausdruck an. „Sie wird so hübsch sein!"

Harder ahnte, dass Vogt, die unauffällig näher gerückt war, nicht mehr lange stillhalten konnte. Ungeachtet all ihrer Kenntnisse im Umgang mit psychisch Kranken drängte es sie, sich auf Naujoks zu stürzen und ihn zu packen, um weitere Informationen aus ihm herauszuschütteln. Ohne die Augen von Naujoks zu lassen, gab er ihr ein Zeichen, sich zu gedulden. Jedes ungestüme Vorgehen, wusste er, würde Naujoks verschrecken, ihn vielleicht in einen Zustand versetzen, in dem er, tief in seinen verworrenen Gedankengängen, nicht mehr ansprechbar war.

„Hast du Maja schon?" Er versuchte, seine Stimme gleichmäßig zu halten, die Frage beiläufig klingen zu lassen. „Wo ist sie?"

Aber Naujoks antwortete nicht. Er kuschelte sich an den

Pferdekopf, streichelte das schwarze Fell, kraulte die dichte Mähne.

„Sie wird die Schönste von allen sein!"

Harder legte ihm die Hand auf die Schulter und rüttelte ihn sachte, obwohl auch er immer größere Mühe hatte, die Ruhe zu bewahren. Er musste sich ermahnen, dass Naujoks in seiner ganz eigenen Welt mit ihrer ganz eigenen abstrusen Logik zu Hause war, zu der er nur Zugang fand, wenn Naujoks ihm diesen gewährte.

„Hey! Heiko? Erzähl mir von Maja, ja? Wie heißt sie weiter? Wo ist sie?"

Naujoks lächelte ihn milde an.

„Aber das darfst du doch nicht wissen. Das ist ein Geheimnis. Sie gehört ja längst ihnen."

„Wem gehört sie? Wer sind *sie*?"

Aber Naujoks zog nur einen mitleidigen Flunsch.

„Das darf ich dir doch nicht sagen. Es würde ihnen nicht gefallen. Sie kennen dich ja nicht und du kennst sie nicht."

Harder, einer Eingebung folgend, tunkte seine Fingerspitzen in das Pferdeblut und malte die drei ineinander verschlungenen Kreise auf die Bretterwand, mit denen die Toten gebrandmarkt gewesen waren.

„Aber klar kenne ich sie. Das ist ihr Zeichen, nicht wahr?"

Naujoks starrte auf das Zeichen an der Wand und eine Freude breitete sich über sein Gesicht, als habe er in Harder seinen lange verschollenen Bruder erkannt. Er zog ihn zu sich und drückte ihn an sich, sodass nur der Pferdekopf sie voneinander trennte.

„Ja, du kennst sie! Du bist wie ich. Wir gehören zusammen. Spürst du, wie herrlich es ist, wie herrlich es sein wird?"

Harder schnappte nach Luft. Naujoks hielt ihn so fest, dass er kaum atmen konnte, was allerdings in Anbetracht des Geruchs nach Blut und Eingeweiden, der von Naujoks ausging, auch nicht besonders wünschenswert war.

„Ja, herrlich, klar. Aber erzähl mir doch ..."

„Maja!“, wisperte Naujoks dicht an seinem Ohr. „So hübsch, so wunderschön ...“

Seine Stimme sank in ein verträumtes Gesäusel und Harder musste sich eingestehen, dass er hier und jetzt aus ihm nichts weiter herausbringen würde. Vielleicht war es möglich, wenn sie ihn zurück in die Anstalt geschafft und ihm seine Medikamente verabreicht hatten. Er löste sich mit sanfter Gewalt aus der Umarmung und fuhr mit der Hand vor Naujoks Gesicht durch die Luft, bis der Psychiatrieinsasse seinen glasigen Blick auf ihn richtete.

„Was hältst du davon, wenn wir von hier weggehen? Es wird ja bald dunkel und du willst doch nicht hier draußen schlafen. Du hast bestimmt Hunger und sieh mal: Du bist ja ganz schmutzig.“

Naujoks sah an sich herunter, als fiele ihm erst jetzt das Blut auf, das überall an ihm klebte. Er lächelte Harder an.

„In Ordnung.“

Harder stand auf.

„Komm, ich nehme das.“

Er beugte sich zu Naujoks herunter und nahm ihm behutsam den Pferdekopf aus den Armen. Naujoks ließ es geschehen. Er schien darauf zu vertrauen, dass sein Besitz bei Harder gut aufgehoben war. Harder ging unter dem Gewicht in die Knie. Das Ding wog bestimmt dreißig Kilo. Er nickte in Richtung der Streifenpolizisten.

„Siehst du die beiden freundlichen Herren? Die bringen dich nach Hause, okay?“

Mit einer Kopfbewegung bedeutete er dem Jüngeren der beiden, näherzutreten. Der Beamte war mit zwei Sätzen bei ihm und setzte sofort dazu an, Naujoks in einen Sicherungsgriff zu nehmen. Sein Enthusiasmus sackte in sich zusammen, als Harder ihm den Pferdekopf in die Arme drückte.

„Hier, stellen Sie das Beweismittel sicher!“

Der Polizist zog eine Grimasse, gekränkt, dass sein Beitrag zu diesem Einsatz sich darauf beschränken sollte, Körperteile toter Tiere durch die Gegend zu wuchten. Nach einem Blick auf Vogt, die keine Unterstützung in Aussicht stellte, entschied er jedoch, dass Protest vergeblich wäre, schleppte den Pferdekopf zum Dienstwagen und packte ihn in den Kofferraum.

Harder reichte Naujoks die Hand. Naujoks fasste sie ohne Zögern und Harder zog ihn auf die Beine. Gemeinsam wateten sie durch das Blut. Harder führte Naujoks zu dem älteren Streifenpolizisten, der davon absah, ihn ebenfalls an der Hand zu nehmen und ihn stattdessen fest, aber nicht brutal am Arm fasste.

„Bringen Sie unseren Pferdenarren zurück in die Universitätsklinik", sagte Harder. „Geh nur mit, Heiko, der freundliche Onkel kümmert sich um dich."

Aber Naujoks sah nicht aus, als sei es für ihn gerade von Bedeutung, wer ihn wohin führte. Gefügig ließ er sich zum Wagen leiten, und nachdem die Beamten eine Decke über die Rückbank gebreitet hatten, um die Polster vor Blutflecken zu schützen, brauchte es nicht mehr als eine einladende Geste, um ihn zum Einsteigen zu bewegen. Lächelnd winkte er Harder noch einmal zu, bevor er endgültig alles um sich herum zu vergessen schien. Die beiden Polizisten nahmen die Vordersitze ein. Der Ältere ließ den Motor an, grüßte Harder und Vogt mit zwei Fingern und ließ den Wagen über den Feldweg rollen, der von der Koppel auf die naheliegende Landstraße Richtung Stadt führte.

Die beiden Kommissare sahen ihnen nach, bis die Rücklichter verschwunden waren. Vogt holte eine Plastiktüte für Beweisstücke aus ihrer Tasche (Harder vermutete, dass sie immer alles bei sich führte, um jederzeit spontane Ermittlungen durchführen zu können), zog sie sich über die Hand wie einen Handschuh und hob das Messer auf. Sie stülpte die Tüte darüber und verschloss sie. Sie blickte sich um, konnte aber weiter nichts von Belang entdecken.

„Das war's", sagte sie und kehrte zu Harder zurück. „Wir

haben unseren Mann erwischt. Ich würde dir auf die Schulter klopfen, wenn wir in unserem kollegialen Verhältnis schon so weit wären. Aber im Ernst: Das war gute Arbeit."

Harder nickte. Aber er empfand keine Begeisterung, nicht einmal Erleichterung. Es war nur eine Leere in ihm, als habe man ihn ausgehöhlt und nichts als ein großes Loch in seinem Inneren zurückgelassen. Er hätte sich gern eine Zigarette gedreht, was mit seinen besudelten Händen allerdings unmöglich war. Er hatte keine Lust auf Tabak mit Pferdeblutaroma und er wusste, dass selbst sein einfühlsamer Einsatz mit Naujoks Vogt nicht dazu bewegen konnte, ihm unter seiner Anleitung eine einigermaßen rauchbare Zigarette zu drehen. Er betrachtete seine Jacke.

„Scheiße, alles versifft. Hast du mal ein Taschentuch?"

Vogt war perplex, dass er nicht in ihre Feierstimmung einstieg (abgesehen davon, dass ihm ein Taschentuch bei der Sauerei so viel nützen würde wie ein Q-Tip bei einem abgerissenen Bein), holte jedoch eines aus ihrer Hosentasche und reichte es ihm.

„Ich denke, das abgeranzte Teil kannst du guten Gewissens zurück in die Altkleidersammlung geben."

„Hey! Ich hänge an dem Ding. Und außerdem ist die nicht aus der Altkleidersammlung." Er wischte mit dem Tuch zwecklos an dem Blut herum. „Die habe ich von einem Obdachlosen."

„Du nimmst Obdachlosen die Klamotten weg und trägst sie dann selbst?"

Harder sah die Aussichtslosigkeit seiner Bemühungen ein und gab es auf.

„Das ging in Ordnung. Der Typ war tot."

„Okay, ich korrigiere die Frage: Du nimmst toten Obdachlosen die Kleidung weg und trägst sie dann selbst?"

Er knüllte das Taschentuch zusammen und warf es in die Blutlache.

„Wieso nicht? Die ist doch noch gut. Außerdem kannte ich

den Typ. Der hätte gewollt, dass ich die Jacke kriege. Trägst du nie Second Hand? Ich dachte, du bist so öko."

„Und weil ich so öko bin, gönne ich mir zur Feier des Tages nachher auch eine ganze Pulle alkoholfreien Sekt. Was stehen wir hier überhaupt rum und reden über bescheuerte Jacken? Wir sollten einen verdammten Freudentanz aufführen!"

Sie holte ihr Handy hervor.

„Ich rufe Wichert und Kimmel an und sage ihnen, dass der Fall abgeschlossen ist. Die stoßen bestimmt Jubelschreie darüber aus, dass sie ihren Vorgesetzten und der Presse einen Ermittlungserfolg vorweisen können. Ich wette, die setzen für heute noch eine Pressekonferenz an." Sie warf ihm einen missbilligenden Blick zu. „Du könntest ruhig ein bisschen euphorischer sein."

Harder zuckte die Achseln.

„Meinst du nicht, es ist zu früh, die Korken knallen zu lassen?"

Vogt hörte auf zu wählen und sah ihn an wie einen Spielverderber.

„Es passt doch alles zusammen." Sie zählte an den Fingern ab. „Naujoks hatte die Gelegenheit, sein Motiv liegt in seinen Wahnvorstellungen begründet, wir haben ihn mit einem verdammten Tierkopf erwischt, wir haben in seinem Zimmer das Zeichen gefunden, das den Toten eingebrannt war und er kennt die Namen der vorherigen Opfer. Was zum Geier brauchst du mehr, um von seiner Schuld überzeugt zu sein?"

Harder blickte über die Koppel. Die Pferde hielten sich nach wie vor hinten am Zaun. Von dem nahen Birkenwäldchen zog die Dämmerung heran und breitete sich über die umliegenden Felder. Es war, als würde der dunkelnde Himmel alles Licht von der Erde ziehen, bis unter ihm nichts übrig blieb als schwere, dichtgedrängte Finsternis. Ein paar Minuten noch und das letzte Licht wäre verschwunden.

„Ich weiß nicht", sagte er. „Ich habe ein schlechtes Gefühl bei der Sache. Ich glaube, das ist noch nicht vorbei."

20

Das war besser als jeder Psychothriller. Er hatte sich beim Fernsehen schon lange nicht mehr so amüsiert. Vor einer Versammlung von Journalisten aller großen und kleinen Zeitungen, Zeitschriften und Fernsehsender saßen, hinter einem Dutzend Mikrofone, der Staatsanwalt und der Leiter der Mordkommission – der Staatsanwalt im schicken, dabei sportlichen Anzug, der Kriminalhauptkommissar im kurzärmeligen Hemd, als käme er gerade von einem Angelausflug – sonnten sich im Blitzlichtgewitter und protzten vor der gesamten Republik damit, wie zielstrebig und effektiv sie und ihre Mitarbeiter es fertig gebracht hatten, den brutalen Serienmörder dingfest zu machen. Die Stadt konnte aufatmen, die Bürger wieder ruhig schlafen und natürlich war auch der Gerechtigkeit Genüge getan – er hätte sich übergeben können bei diesem verschwurbelten Gelaber, wenn er nicht damit beschäftigt gewesen wäre, sich schlappzulachen.

Er stellte die Lautstärke hoch, um über dem Gelächter, das zwischendurch aus ihm herausplatzte, nicht ein einziges Wort zu verpassen. Wenn man es genau nahm, war es nur der Staatsanwalt, der einen auf dicke Hose machte. Er plusterte sich auf, als habe niemand außer ihm selbst alle Indizien und Beweise zusammengefügt, niemand außer ihm persönlich den Täter entlarvt und, weil er gerade noch Zeit hatte, auch noch die Verhaftung durchgeführt. Er legte sich ordentlich ins Zeug, um sich einen Platz auf sämtlichen Titelseiten zu erobern. Er schaute entschlossen, er schaute triumphierend, er schaute nachdenklich (aber nie zauderhaft), er präsentierte seine (zugegeben recht ansprechende) Visage von allen Seiten, damit auch jeder der Fotografen ein lohnendes Motiv bekam. Vor allem kriegte er gar nicht genug davon, mit klangvoller Stimme zu betonen, mit wie viel bewundernswerter Hartnäckigkeit, Durchhaltevermögen und kriminologischem Scharfsinn alle beteiligten Stellen zusammengewirkt hatten, um das Monster zur Strecke zu bringen und weitere blutrünstige Morde zu vereiteln. In seinem verbalen Popanz, verziert mit publikumswirksamen Zitaten, fehlten weder die Phrasen „unbeirrbare Zielstrebigkeit" noch „aufopferungsvoller Wagemut", und „heroische Einsatzbereitschaft" kam sogar zweimal vor.

Der Kommissar, Wichert, mit seiner weitaus weniger imposanten Statur und seinem bieder langweiligen Gesicht, wirkte neben ihm fehl am Platz, wie ein Handlanger, der nur die Aufgabe hatte, Kimmel die Glatze zu wienern, um ihr einen fotogenen Glanz zu verleihen. Unbehaglich blinzelte er durch seine Brille in die Kameras und rutschte auf seinem Stuhl herum, als wäre er lieber woanders, hinter seinem Schreibtisch vermutlich, wo er den Ermittlungserfolg damit feiern würde, seine Bleistifte zu spitzen und seine Büroklammern zu sortieren. Wenn er den Mund aufmachte, dann nur, wenn er direkt angesprochen wurde, und seine Antworten fielen so sachlich und trocken aus, dass sie es bei allem Gehalt aufgrund mangelnder Durchschlagskraft wahrscheinlich in keinen Notizblock schafften und Wichert in den Berichten der nächsten Tage auf eine unbedeutende Nebenrolle reduziert werden würde, während der Staatsanwalt genussvoll im Rampenlicht badete und sich von Bürgermeister und Senat den einen oder anderen saftigen Schmatzer auf den Allerwertesten drücken ließ.

Er nahm sein Glas, das neben der Weinflasche auf dem Tischchen neben dem Fernsehsessel stand, prostete den beiden zu und trank auf ihr Wohl. Wenn es auch eine Farce war, die sie da boten, war es doch schmeichelhaft, wie intensiv sich diese wichtigen Leute mit ihm befassten. Natürlich hatten sie keinen Schimmer, wovon sie da eigentlich redeten, und ahnten nicht, dass sie den Falschen in Gewahrsam genommen hatten und er, der „wahre Täter", noch immer „auf freiem Fuß" war (wenn man diesem Gerede zu lange zuhörte, verfiel man zwangsläufig in einen Klatschblattjargon). Es machte ihm nichts, dass ein anderer den Ruhm für seine Leistungen kassierte. Er tat all dies nicht aus Eitelkeit und er brauchte auch die Aufmerksamkeit nicht. Dass sie Naujoks eingesperrt hatten (und dieses Mal richtig), war bedauerlich. Am Anfang hatte er ihrer Zusammenarbeit, wenn man es denn so nennen wollte, skeptisch gegenübergestanden. Ein Verrückter war von Natur aus unberechenbar und somit ein Risiko für den reibungslosen Ablauf jedes Unterfangens, vor allem eines so gewaltigen. Aber was er sich vorgenommen hatte – elf Frauen verlangten *sie* von ihm und sie wollten sie bald – machte es unumgänglich, auf Hilfe zurückzugreifen, und er musste zugeben, dass Naujoks sich, wenn er auch nie in vollem Ausmaß begriffen hatte, woran er teilnehmen durfte, wider Erwarten als Bereicherung erwiesen hatte. Er hatte ihm die Mühe abgenommen, sich um die Beschaffung der Köpfe zu kümmern (und war dabei so eifrig gewesen, dass er sogar noch ein paar auf Lager hatte), und sich auch ansonsten als verlässlicher Gehilfe erwiesen, der alle ihm aufgetragenen Dienste bereitwillig erledigte, ob es um die Vorbereitung der Leichen, ihren Transport oder ihre Präsentation ging (nur an einer Entführung oder einer Tötung hatte er ihn nie teilnehmen lassen – dieser Genuss gehörte ihm allein). Ohne ihn würde es weitaus schwieriger werden, all dies zu bewältigen. Aber er würde es hinkriegen. Schwerer wog, dass seine Verhaftung die Dinge verkomplizierte. Er würde zusätzliche Vorsichtsmaßnahmen ergreifen müssen. Dass Naujoks ihn verriet, war unwahrscheinlich. Er kannte weder seinen Namen, noch wusste er, wo er wohnte. Auch eine Beschreibung seines Äußeren würde er nicht geben können, dafür hatte er gesorgt. Aber er war immer dicht an ihm dran gewesen, man konnte nicht wissen, ob er nicht doch irgendetwas aufgeschnappt hatte, das ihm zum Verhängnis werden konnte, und wenn der Fall für Wichert und Kimmel auch abgeschlossen war (zumindest bis sie die nächste Tote fanden), so durfte er sich doch nicht darauf verlassen, dass diese beiden Polizisten, die kompetent wirkende Frau und der abgerissene Typ, die hinter ihm her waren, das genauso sahen. Leichtsinn konnte er sich nicht leisten. Der gesunde Menschenverstand gebot ihm, sich zurückzuziehen, unterzutauchen. Das war lästig, aber zu verkraften. Er hatte jetzt sowieso keine Zeit mehr, sich um solche Banalitäten wie seinen Job oder die Pflege von Bekanntschaften zu kümmern. Es mochte Verdacht erregen, wenn er plötzlich verschwand. Aber darauf kam es jetzt nicht mehr an. Es kam nur noch darauf an, sein Vorhaben zum Abschluss zu bringen, es verlangte seine volle Aufmerksamkeit und da konnte er sich nicht auch noch darum kümmern, den Schein zu wahren.

Er nahm einen Schluck Wein.

Die Pressekonferenz war zu Ende. Kimmel trat vom Podium ab wie ein Popstar nach einem Stadionkonzert (Wichert verschwand rasch und ohne Aufheben, wie eine Maus, die in ihr Loch huscht). Es folgten Kommentare hochrangiger Politiker und sonstiger Wichtigtuer. Sogar die Kanzlerin brachte ihre Erleichterung darüber zum Ausdruck, dass der Schrecken gebannt sei, und beglückwünschte Staatsanwaltschaft und Polizei zu ihrer eindrucksvollen Leistung, nicht ohne den Familien der beiden Mordopfer noch einmal ihr Beileid und ihr Bedauern darüber auszudrücken, dass der Tod ihrer geliebten Töchter nicht verhindert werden konnte. Sie würde es noch viel mehr bedauern, dachte er, wenn sie wüsste, wie sie geschrien, gelitten und geblutet hatten. Er stellte sich probehalber vor, was für einen Kopf er ihr verpassen würde. Aber es war reizlos. Sie taugte nicht für seine Zwecke – sie wären beleidigt, wenn er ihnen so eine alte Schabracke vorgesetzt hätte. Und außerdem hatte er längst jemanden ausgesucht, der all ihre Erwartungen weit übertreffen würde. Er konnte es kaum erwarten, sie ihnen vorzuführen, sie für sie herzurichten, sie ihnen darzureichen. Sie würden ihn loben dafür, ihn vielleicht sogar belohnen, indem sie ihn ein paar Tage, vielleicht sogar ein paar Wochen in Frieden ließen.

Er nahm das Foto, das an der Weinflasche lehnte. Maja saß auf einer Parkbank, unter einer breiten Eiche und las eine Zeitschrift, ohne zu wissen, dass sie fotografiert wurde (er hatte es aus seinem Auto heraus gemacht, mit einem Teleobjektiv; es war aufregend gewesen, wie in einem Spionagefilm). Sie trug ein leichtes, weißes Kleid, das ihre schmalen Schultern frei ließ. Ihr dünnes blondes Haar fiel wie Goldfäden herab. Ihr Gesicht war blass, fast weiß, wie bei den Porzellanpuppen, die seine Großmutter gesammelt hatte. Sie sah aus, als würde sie schnell erschrecken. Sie wirkte so leicht, so zerbrechlich. Er wusste, dass es das war, was ihn für sie einnahm. Man durfte sie nur ganz behutsam anfassen, wenn man nicht wollte, dass sie kaputtging. Die Vorstellung, etwas so Schönes und Zartes zu zerstören, rührte ihn.

Er betrachtete sie wie ein Verliebter, strich mit den Fingerspitzen über ihr Gesicht. Er hätte gerne mit ihr gesprochen, Zeit mit ihr verbracht. Es gehörte eigentlich dazu, sie zu umgarnen, sie für sich zu gewinnen. Es machte den gesamten Vorgang intimer. Aber bei Maja war das nicht möglich. Sie war nicht so bedürftig wie Vero und auch nicht so mannstoll wie Jessie. Es wäre schwierig gewesen, einen Kontakt zu ihr herzustellen und es wäre ihm sicher nicht unbemerkt gelungen, sie an ihn zu gewöhnen, so wie man sich mit viel Geduld und Sanftmut das Vertrauen eines scheuen Tieres erwirbt. Es wäre ihren Freunden aufgefallen und das Risiko, später von ihnen verraten zu werden, durfte er nicht eingehen. Er musste sich mit Fotos zufriedengeben. Er hatte eine ganze Sammlung: Maja im Park, Maja an der Bushaltestelle, Maja beim Einkaufen. Mindestens eins hatte er immer in Reich- und Blickweite. Dieses hier war sein Liebstes. Immer, wenn er es ansah, bekam er Sehnsucht nach ihr. Er verbrachte manchmal ganze Stunden damit, es zu betrachten. Manchmal sprach er zu Maja, als könnte er sie durch das Foto erreichen. Es gab ihm das Gefühl, sie bei sich zu haben, eine Verbindung zu ihr aufrecht zu halten, bis der Zeitpunkt gekommen war, an dem sie sich erneut begegneten und einander richtig kennenlernten. Auch jetzt war es, als sei sie hier bei ihm. Er konnte sie spüren und es gefiel ihm, zu glauben, dass auch sie ihn spüren konnte, unbestimmt nur, als eine flüchtige Ahnung, die sich jedoch, je näher der Augenblick ihres Wiedersehens rückte, verdichten und sie wie ein dunkler, undurchdringlicher Schleier immer fester umschließen würde. Er führte das Foto an seine Lippen und gab Maja einen sanften Kuss. Es war nicht mehr lange hin. Er konnte es kaum erwarten.

21

Der Mörder war noch da draußen. Harder war sich sicher. Er hatte keine Beweise, nicht einmal schlagkräftige Argumente für diese Überzeugung. Er hatte nichts als eine schwere, bedrückende Ahnung, die ihm eingab, dass der sadistische Frauenschlächter weiterhin ungehindert seine Pläne vorantrieb und nicht vorhatte, von seiner Jagd auf weitere Opfer abzulassen. Dieses dunkle Gefühl füllte ihn vollständig aus, ließ keinen Raum in ihm für einen Zweifel, sodass es ihm, selbst wenn er es gewollt hätte, nicht gelungen wäre, es zu verdrängen. Gleichzeitig wusste er, dass es ihm unmöglich wäre, es Wichert, Vogt oder einem von den anderen zu vermitteln. Für sie war der Fall abgeschlossen und sie waren zu erleichtert darüber, dass der Horror vorbei war, als dass sie für eine seiner „düsteren Eingebungen" offen gewesen wären. Für sie stand unverrückbar fest, dass Naujoks der Täter war und, wenn er auch allem Anschein nach nicht allein gehandelt hatte, das Morden mit seiner Verhaftung aufhören würde. Es passte alles zusammen. Natürlich waren noch zahlreiche Fragen offen, nach seinem Motiv, wenn man es nicht seinem Irrsinn zuschreiben wollte, seinen Mittelalter-Kenntnissen, seinen Helfern und ihrer jeweiligen Rolle bei seinen Verbrechen. Aber sie waren zuversichtlich, dass sich all dies, wie alle übrigen vermeintlichen Ungereimtheiten, im Laufe der anschließenden Untersuchung klären würde, vor allem durch die Vernehmungen des Pflegers Guido Kessner, der seine Komplizenschaft ja bereits gestanden hatte, der Ärzte, die für Naujoks' Betreuung und die Zuteilung seiner Medikamente zuständig waren und nicht zuletzt seiner Familie, die Kessner für Naujoks' nächtliche Freigänge entlohnt und sich zumindest in dieser (und womöglich noch anderer) Hinsicht strafbar gemacht hatte – entsprechende Haftbefehle waren bereits ausgestellt. Es gab noch viel Arbeit und wie immer würden einige Punkte übrig bleiben, die sich nicht endgültig auflösen ließen. Aber der Anfang war gemacht, das wichtigste Ziel erreicht: Der Mörder war gefasst, unschuldige Frauen gerettet und die Berliner durften sich wieder sicher fühlen. Die Mitglieder der SoKo „Widder“ wollten es sich nicht nehmen lassen, ihren Erfolg gebührend zu feiern und das Letzte, was sie dabei brauchen konnten, war ein Miesmacher, der ihnen einreden wollte, dass sie einem fatalen Irrtum erlegen waren.

Harder tat nichts lieber, als sich von ihnen und ihrer Festtagslaune fernzuhalten. Nach der Pressekonferenz war Kimmel in seine Spendierhosen gestiegen und hatte das Team zu einem späten Umtrunk in eine der schickeren Berliner Cocktailbars eingeladen. Wohlgestimmt von der medialen Aufmerksamkeit und dem Lob aus der Chefetage, hatte er sich in seiner unendlichen Güte sogar dazu herabgelassen, Harder einzubeziehen. Er hatte dankend abgelehnt. Selbst wenn ihm nach Feiern zumute gewesen wäre, hätte er sich lieber mit einem Bier an die Spree gesetzt, anstatt den Abend mit Kimmel zu verbringen. Gerber, Spöhrl, Maaßen und Wichert kannten ihn lange genug, um seine Weigerung gleichmütig hinzunehmen. Vogt hatte versucht, ihn zu überreden, und war angepisst gewesen, dass er stur blieb, als ob er ihr dadurch etwas wegnahm, ihr böswillig etwas kaputt machte. Sie war beleidigt mit den anderen von dannen gezogen, hatte ihm später aber noch eine SMS geschickt, in der sie ihn aufforderte, nachzukommen und kein Spielverderber zu sein. Er hatte sie ignoriert. Seine kollegiale Verbundenheit reichte nicht so weit, dass er ihr zuliebe seine Bedenken ausgeschaltet und Frohsinn geheuchelt hätte, um lachend und plaudernd auf die gemeinschaftliche Ermittlungsleistung anzustoßen, über den Fall zu sprechen wie über einen Film mit Happy End und sich für seinen Beitrag auf die Schulter klopfen zu lassen, während er sicher war, dass der Mann, den sie suchten – suchen sollten! – gerade dabei war, seinen nächsten Mord zu planen.

Nachdem seine Kollegen gegangen waren, hatte er sich mit den Akten ins Besprechungszimmer des Dezernats gesetzt. Er hatte sämtliche Ermittlungsprotokolle noch einmal von vorne bis hinten durchgelesen, hatte die Obduktionsberichte studiert und lange auf die Fotos der Toten gestarrt, ohne etwas zu finden, das sie versäumt hatten und das ihm einen Hinweis darauf geliefert hätte, woraus das dunkle Gefühl entstand, das nicht von ihm ablassen wollte. Zwischendurch hatte er Molle angerufen, wieder und wieder. Es war der einzige Ansatz, der ihm blieb. Aber der übergewichtige Drogenhändler war nicht ans Telefon gegangen. Harder hoffte, dass Molle einfach nur keinen Bock hatte, mit ihm zu reden und nicht, wie es auf lange Sicht unvermeidbar war, von einem unzufriedenen Kunden niedergemacht, einem Revierkampf mit der Konkurrenz zum Opfer gefallen oder untergetaucht war, um einer Verhaftung zu entgehen. In diesem Fall wäre es unmöglich, ihn aufzuspüren, und die Infos, die er mit den Medikamenten erkauft hatte, konnte er vergessen.

Als er kurz davor gewesen war, den ganzen nutzlosen Aktenstapel in einem Anfall von Frust durch das Zimmer zu schleudern, war er in sein Auto gestiegen und durch die Stadt gefahren, zu der Unterführung, in der sie Veronikas Leiche gefunden hatten, von dort aus vorbei an der Universität, der Klinik, dem Park und sogar Hagedorns Haus, als hoffe er, hier irgendwo dem Mörder zufällig zu begegnen. In den frühen Morgenstunden, als er gerade auf dem Weg zu der Koppel war, auf der sie Naujoks mit seinem Pferdekopf angetroffen hatten, gelang es ihm endlich, Molle zu erreichen. Er hatte wohl eingesehen, dass Harder keine Ruhe geben würde und entschieden, dass es besser war, einem Treffen zuzustimmen, als damit rechnen zu müssen, dass Harder wieder ungebeten auftauchte und ihn bei seinen Geschäften störte. Er versuchte noch mit allerlei Ausreden, Harder abzuwimmeln. Aber Harder blieb hartnäckig und schließlich gestattete Molle ihm gütigst, bei ihm im Büro vorbeizuschauen – unter der Bedingung, dass er es kurz machte.

Harder warf das Handy auf den Beifahrersitz, legte einen U-Turn hin, der ihm beinahe einen Zusammenstoß mit einem Taxi bescherte, und raste zurück in die Stadt.

Molles „Büro" war eine verranzte Kneipe in Neukölln, in der er sich, wenn er seine Außentermine wahrgenommen hatte, hin und wieder zu Besprechungen mit seinen Lieferanten traf, über der aber auch immer ein Zimmer für ihn freigehalten wurde, in dem er sich zum Stressabbau gerne mit dem Strichjungen vergnügte – mindestens 16, man hatte ja Prinzipien – dem es jüngst gelungen war, vorübergehend seine Gunst zu erringen. Da Harder nicht gerade zu den höchstgeschätzten Geschäftspartnern zählte, musste er sich damit begnügen, von Molle am Hintereingang empfangen zu werden. Es war ihm recht. Die Stammkundschaft der „Schießbude" riss sich nicht gerade darum, einem Polizeibeamten ein Bier zu spendieren, um sich für seinen Dienst an der Öffentlichkeit erkenntlich zu zeigen, und Harder war nicht in Stimmung für kindische Streitigkeiten. Er lenkte den Wagen in die schmale Gasse, die hinter der Kneipe verlief und abrupt in einer Backsteinmauer endete. Seine Scheinwerfer beleuchteten überquellende Mülltonnen, Stapel leerer Bierfässer und Getränkekästen mit leeren Flaschen. Der Asphalt davor, mit seinem Muster aus braunen Flecken, sah aus wie der Boden eines Kirmes-Boxrings und zeugte davon, dass die schweren Jungs, die an der Theke ab und an darüber in Streit gerieten, wer das längste Vorstrafenregister oder die meisten Tage in Einzelhaft vorzuweisen hatte, hier bei Bedarf ihre handgreiflichen Dispute austrugen und dabei auch gerne mal mit Totschlägern oder Messern argumentierten.

Molle stand vor der angelehnten Tür, aus deren Spalt ein Streifen käsiggelben Lichts drang. Er trug ein Hawaiihemd, in dem er aussah wie ein fluguntauglicher Fesselballon, Bermudashorts und Badeschlappen, als feierten sie da drinnen eine Beachparty statt einer Vollversammlung des Ehemaligen-Vereins der JVA Tegel. Seine rechte Hand steckte in der

Hosentasche. Die fetten Finger der linken spielten mit seinem Schlüsselanhänger.

Harder stieg aus dem Wagen, ließ jedoch den Motor laufen und die Tür offenstehen. Von Molle selbst hatte er nichts zu befürchten. Der kriegte schon Atemnot, wenn er sich nur die Schuhe zubinden musste. Aber Harder war sicher, dass hinter der Tür ein paar von Molles treuesten Dealern warteten, bereit, auf ihn loszugehen, falls ihr Chef sich entschließen sollte, die Gelegenheit zu nutzen und Harder ohne Zeugen die Abreibung verpassen zu lassen, die er ihm seiner Meinung nach schon lange schuldig war. Es war unwahrscheinlich. Molle wusste, dass es Konsequenzen hätte, die seiner eigenen Gesundheit und seinem florierenden Handel nicht zuträglich waren. Aber er neigte bisweilen zu sprunghaften Handlungen, vor allem, wenn er sich unter Druck gesetzt fühlte und Harder konnte sich keinen Zwangsurlaub im Krankenhaus leisten, bevor der Frauenmörder gefasst war.

Er trat auf Molle zu und musterte seinen kotzbunten Aufzug, ohne sich jedoch mit einem spöttischen Spruch oder sonst einer Begrüßungsfloskel aufzuhalten.

„Hast du was rausgekriegt?"

Molle spuckte auf den Boden, der ihm offenbar noch nicht versifft genug war. Vielleicht hielt er es auch für die angemessene Art, Harder willkommen zu heißen.

„Scheiße – ja, ich hab was rausgekriegt."

Rechts über der Tür ragte der Auslass eines Dunstabzugs aus dem Mauerwerk und spie die Gerüche einer Küche aus, die wenig Chancen hatte, in absehbarer Zeit einen Michelin-Stern oder auch nur das OK des Gesundheitsamtes zu erringen – wenn sich die Kontrolleure überhaupt hierher getraut hätten. Auf der anderen Seite waren die Fenster der Toiletten eingelassen, sodass man nur die Wahl hatte, sich in den Muff von altem Bratfett, den Gestank des Mülls oder einen strengen Kloakenduft zu stellen. Auch Molles Aroma aus saurem Schweiß und billigem Herrenparfüm war kein Hochgenuss für die Nase. Harder entschied sich, auch weil er dadurch dem Wagen am nächsten blieb, für den Küchendunst und beeilte sich, eine Zigarette zu drehen, die ihm als Räucherstäbchen dienen konnte.

„Und warum hast du dich verdammt noch mal nicht gemeldet? Hast du vergessen, dass wir eine Abmachung hatten, oder warst du zu sehr damit beschäftigt, dir kleine Jungs gefügig zu fixen?"

Nur weil er seine Lakaien in Rufbereitschaft hatte, sah Harder nicht ein, Molle mit Samthandschuhen anzufassen.

„Ach, fick dich doch", erwiderte Molle, aber es war keine Streitlust dahinter. Auch ihm war nicht danach, ihr Treffen unnötig in die Länge zu ziehen und sich dadurch von seiner wohlverdienten Feierabendbelohnung abzuhalten, die, wie Harder vermutete, im ersten Stock schon das Bett vorwärmte. Molles Haar war frisch gekämmt und Harder war ziemlich sicher, dass er sich nicht für ihn aufgehübscht hatte.

„Ich dachte, das hätte sich erledigt und du wolltest mir mit irgendwas anderem auf den Sack gehen. Ich meine, euer Herr Staatsanwalt hat doch in der Presse ein dickes Fass aufgemacht, dass der Fall geklärt ist. Warum kommst du mir dann immer noch mit diesem Mist?"

Harder zündete seine Zigarette an und beeilte sich, einen Schwall Rauch auszustoßen, um endlich frei atmen zu können.

„Ich will eben allen Spuren nachgehen. Du kennst doch mein polizeiliches Pflichtgefühl. Außerdem wäre es doch schade, wenn deine ganze Mühe umsonst wäre."

„Ja, sicher. Ich habe ja auch nichts Besseres zu tun, als für dich durch die Gegend zu rennen und die Leute auszuquetschen."

Eine Ratte, vor der jede noch so hart gesottene Großstadtkatze die Flucht ergriffen hätte, kam aus einem Loch in der Rückwand der Kneipe, trottete zwischen den beiden hindurch, ohne ihnen die geringste Aufmerksamkeit zu gönnen, und sprang auf die Getränkekästen und von dort auf die halb offenen Mülltonnen, um sich am kalten Buffet gütlich zu tun.

„Wobei ich", fuhr Molle fort, „dabei auch über dich ein paar aufschlussreiche Sachen gehört habe. Offenbar hast du es geschafft, es dir ordentlich mit Rasputin zu versauen. Man munkelt, dass er dich auf dem Kieker hat und du im Arsch bist, falls du an dem Fall scheiterst und deine Ermittlerfreunde dich auf die Straße setzen. Ohne deinen Bullenausweis bist du Freiwild für die Russen."

Er betrachtete die Ratte, die sich über einem vergammelten Schnitzelrest hermachte.

„Und wie es aussieht, hast du den Fall noch nicht gelöst, ganz egal, wie laut der Staatsanwalt rumposaunt. Sonst würdest du mir wohl kaum die ganze Nacht hinterhertelefonieren. Wird langsam eng für dich, hm? Was den Job angeht, helf ich dir gern aus der Klemme, aus alter Verbundenheit. Du kannst jederzeit bei mir anheuern, ich brauch immer zuverlässige Kuriere. Die Frage ist nur, ob du nach der Dresche von den Russen noch laufen kannst. Das heißt, wenn du mit einer Dresche davonkommst."

Harder nahm einen langen Zug an seiner Zigarette. In den vergangenen Stunden hatte er die Erinnerung an Rasputin und ihre „Meinungsverschiedenheit" erfolgreich verdrängt. Jetzt breitete sie sich mit all ihren wenig erquicklichen Aussichten wieder in ihm aus und machte eine Extraportion Nikotin bitter nötig.

„Mach dir um mich mal keine Sorgen." Er ließ den Rauch betont gemächlich aus seinem Mund strömen. Aber er wusste, dass er dabei wahrscheinlich so gelassen wirkte wie ein Teenager in der großen Pause, der weiß, dass der Klassenschläger ihn nach der Schule an der Bushaltestelle abpassen wird. „Mit den Russen komme ich klar. Du kennst doch mein diplomatisches Geschick. Hast du jetzt was oder nicht?"

Molle durchschaute seine schwache Darbietung, ließ sie ihm aber durchgehen. Er lächelte nur und klimperte mit seinem Schlüsselbund, an dem eine weiße Hasenpfote baumelte.

„Hab ich doch gesagt, dass ich was habe. Ich will doch

nicht, dass mein guter Kumpel in die Bredouille gerät. Aber jetzt mal Spaß beiseite, Harder." Sein Lächeln verschwand. Er machte einen Schritt auf ihn zu und stierte ihn mit seinen Schweinsäuglein an. „Das nächste Mal warnst du mich gefälligst, bevor du mich auf so eine kranke Scheiße ansetzt, okay? Ich meine, Drogen, Nutten, Menschenhandel und so, das ist kein Ding, das ist meine Kragenweite. Aber mit durchgeknallten Killern, die toten Frauen Tierköpfe aufpflanzen, will ich nichts zu tun haben."

Sein Gesicht, mit dem Teint eines rohen Schinkens, glänzte feucht und Harder konnte jede einzelne triefende Pore auf seinen speckigen Wangen erkennen. Sein Atem, den er Harder bei jedem Wort entgegenstieß, stank klebrig-süß nach Fruchtbonbons und Kräuterschnaps. Harder grinste hinter seiner Zigarette und versuchte, Molle nichts von dem Unbehagen merken zu lassen, das seine Nähe in ihm hervorrief.

„Was denn? Glaubst du, der Typ hätte sich über dich hergemacht, wenn der rausgekriegt hätte, dass du hinter ihm herschnüffelst? Keine Sorge, der steht nur auf Frauen. Du hast zwar eine ansehnliche Körbchengröße", er wies auf die Wölbungen unter Molles Hawaiihemd, die nun direkt vor seinem Gesicht hingen, „aber ansonsten bist du nicht gerade ein Abbild holder Weiblichkeit."

„Klar, weil solche Spinner ja auch keine Ausnahmen machen. Wenn du mit deinem Verdacht richtigliegst und es ist der Psycho aus dem Zoo, ist der offenbar gut vernetzt. Möglich, dass der mitkriegt, wer sich nach ihm erkundigt, und dass er es für eine gute Idee hält, dem ein Ende zu bereiten. Soll vorkommen so was und weißt du was: Ich hab keine Lust, irgendwann mit einem Schafskopf auf dem Alexanderplatz rumzustehen. Also halt mich in Zukunft aus solchem Scheiß raus, kapiert?"

Harder wich einen Schritt zurück. Er wusste, dass er es sich nicht erlauben konnte, vor Molle Schwäche zu zeigen. Wenn man sich von Typen wie ihm einschüchtern ließ, war es nur eine Frage der Zeit, bis man für sie und ihre grenzdebilen Gefährten den Fußabtreter spielte. Aber Molles Geruch und seine wuchtige Fülle machten es unerträglich, länger als eine halbe Minute mit ihm auf Tuchfühlung zu gehen.

„Keine Panik, wenn dir einer was will, nehme ich dich gerne für den Rest deines Lebens in Schutzhaft. Also mach dir mal nicht in dein schickes Hemd. Und jetzt verschon mich mit deinem Gejammer und gib her!"

Molle starrte ihn weiter an, als überlege er, ob er nicht doch seine Kumpels in die Unterhaltung einbeziehen und sich bei Rasputin ein Fleißsternchen verdienen sollte, indem er ihm Harder mit vorsorglich gebrochenen Beinen frei Haus lieferte. Dann aber grunzte er, griff in seine Hosentasche und zog einen zusammengefalteten, zerknitterten Zettel hervor, der aussah, als habe er vorher sein Wurstbrot darin eingewickelt.

„Da!" Er hielt ihn Harder hin, der sich eine Pinzette wünschte, um ihn entgegenzunehmen. „Dafür tust du mir aber einen Gefallen und hältst dich für die nächsten Wochen von mir fern. Abgesehen davon, dass du mir auf den Sack gehst, schadet es meinem Ruf, regelmäßig mit nem Bullen gesehen zu werden, selbst wenn das so ein abgewrackter ist wie du."

„Verstehe." Harder nahm den Zettel. „Wir wollen ja nicht, dass dich aus Versehen jemand mit einem ehrbaren Bürger verwechselt."

Molle steckte den Schlüsselanhänger ein und wandte sich um.

„Leck mich, Harder", sagte er über die Schulter und watschelte zurück in die Kneipe, wo er diese unappetitliche Aufgabe seinem Lustknaben übertragen würde. Aber daran wollte Harder lieber nicht denken, genauso wenig, wie er jetzt an Rasputin oder an das denken wollte, was passierte, wenn er den Mörder nicht zu fassen bekam.

Er stieg zurück in den Wagen und faltete den Zettel auseinander. Es stand nichts darauf außer einem Namen und einer Adresse. Harder las ihn nur einmal durch, bevor er ihn zusammenknüllte und in den Aschenbecher stopfte. Er verschwendete keine Zeit damit, über die Information nachzudenken. Sie ließ nur einen einzigen Schluss zu. Er konnte sich später darüber wundern oder sich ärgern, dass er nicht vorher darauf gekommen war. Jetzt galt es, ihm nachzugehen. Er startete den Motor und gab Gas. Vielleicht hatte er Glück. Er glaubte es nicht. Aber den Versuch war es wert. Während er mit einer Hand den Passat durch die morgenstille Stadt Richtung Friedrichshain steuerte, zog er mit der anderen sein Handy hervor und rief Vogt an. Sie ging nicht ans Telefon. Er blickte auf die Uhr am Armaturenbrett. Es war sechs Uhr früh. Wahrscheinlich schlief sie und hatte, um den versäumten Schlaf der letzten Nächte nachzuholen, ihr Handy auf lautlos gestellt. Er legte auf und wählte eine andere Nummer, bei der schon beim zweiten Klingeln jemand abnahm. Harder erläuterte in knappen Sätzen, worum es ging und erteilte Anweisungen, bevor er das Handy einsteckte. Hinter dem Volkspark bog er ab, verlangsamte das Tempo und prüfte die Hausnummern, bis er jene fand, die er suchte. Es war ein schmales Haus mit blauem Anstrich und kleinen Balkonen. Er hielt an, schaltete den Motor aus und blickte hinauf zu den Fenstern im zweiten Stock. Sie waren dunkel. Die Rollläden waren nicht heruntergelassen. Er stieg aus und ging zur Haustür. Er fand den richtigen Namen und drückte mehrmals die Klingel. Aber nichts regte sich. Die Fenster blieben dunkel. Er setzte sich zurück in den Wagen und trommelte mit den Fingern auf das Lenkrad, bis ein paar Minuten später der Scheinwerfer eines Motorrades am anderen Ende der Straße auftauchte und sich ihm näherte. Das Fernlicht leuchtete zweimal kurz auf. Harder gab mit seiner eigenen Lichthupe Antwort, wartete jedoch nicht, bis der Motorradfahrer seine Maschine vor dem Haus zum Stehen gebracht hatte. Er drehte den Zündschlüssel und setzte den Wagen in Fahrt.

Es war Zeit, Vogt aus dem Bett zu holen.

22

Der Professor war ein Wrack, zerschlagen, gebrochen, mit einem Schlag zehn Jahre gealtert. Bleich, den Tränen nah, das Haar zerzaust, weil er mit zittrigen Händen darin gewühlt hatte, klammerte er sich an den Lehnen seines Stuhls fest und schien nur dadurch zu verhindern, dass er auf den Boden rutschte. Das Rucken, das immer wieder durch seinen Kopf fuhr, untermauerte die Zweifel, dass er sich von dem Schock, den Harder und Vogt ihm verpasst hatten, in absehbarer Zeit und ohne Zuhilfenahme starker Medikamente erholen würde. Es hatte nicht mehr als zwei Sätze gebraucht, um ihn von dem freundlichen, offenherzigen Gelehrten, der den beiden Kommissaren die Hand geschüttelt und sie mit einem Lächeln in sein Büro gebeten hatte, in einen Greis zu verwandeln, der kurz vor einem Herzinfarkt zu stehen schien.

„Sie dummes Arschloch!"

Trotz seines angeschlagenen Zustands war Vogt weit davon entfernt, mit ihm Mitleid zu haben.

„Wir kommen zu Ihnen und bitten Sie um Hilfe bei der Aufklärung eines furchtbaren Verbrechens, um Ihre Expertise als Fachmann und Sie schleimen uns zu mit Ihrem Entgegenkommen, Ihrer Verbindlichkeit und Ihrem geheuchelten Schrecken über diese Morde. Sie breiten Ihre Theorien vor uns aus und führen uns Ihren Musterknaben vor, der sich an den Fotos, die wir ihm zeigen, wahrscheinlich noch mal so richtig schön aufgeilt und Sie sitzen daneben mit Ihrem widerlich freundlichen Lächeln und wissen ganz genau, dass er derjenige ist, der diese Frauen auf so abscheuliche Weise abgeschlachtet hat, und dass er es wieder und wieder tun wird."

Mit den flachen Händen schlug sie auf den Schreibtisch, dass Stechert zusammenfuhr, und lehnte sich über ihn. Er wollte vor ihr zurückweichen. Aber er hatte keine Fluchtmöglichkeit und es blieb ihm nichts anderes übrig, als sich in seinem Stuhl zusammenzukauern.

„Sie hätten nur den Mund aufmachen müssen, um die Sache zu beenden und dem nächsten Mädchen das Leben zu retten. Aber Sie sind auf Schleifers Leistungen als Killer wahrscheinlich genauso stolz wie auf irgendwelche Fachaufsätze. Wahrscheinlich haben Sie sich abends schön gemütlich mit ihm zusammengesetzt und sich von ihm erzählen lassen, wie es war, die Mädchen zu töten. Oder haben Sie vielleicht selbst Hand angelegt, ihm geholfen, ihnen die Köpfe aufzusetzen, sie in die Umhänge zu kleiden und sie draußen auszustellen? Hm? Geht Ihnen dabei einer ab, Sie perverses Schwein?"

Der Professor duckte sich, als seien es nicht Worte, sondern Faustschläge, die sie auf ihn niedergehen ließ.

„Nein, so war es nicht", stotterte er. „Wirklich! Ich habe nichts damit zu tun. Ich würde so etwas niemals machen, diese armen Mädchen ...Ich wusste auch nicht, dass er es war! Ich meine, ich hatte eine Ahnung. Aber ich war mir nicht sicher."

Er blickte flehend zu Harder hinüber, der an einem der Bücherregale lehnte, und verschränkte sogar bittend die Finger ineinander.

„Verstehen Sie doch: Ich konnte den Jungen nicht einfach ans Messer liefern, nicht, ohne sicher zu sein. Mit seiner unglücklichen Vorgeschichte hätten Sie ihn doch sofort weggesperrt und das konnte ich doch nicht zulassen! Ich habe auch mit ihm gesprochen, nachdem Sie weg waren, ihn geradeheraus gefragt, ob er es war und als er es zugab, nach einigem Hin und Her, war ich kurz davor, Sie anzurufen oder mit ihm zur Polizei zu gehen, damit er sich stellen kann. Ich schwöre es Ihnen! Aber dann fing er an zu weinen, beteuerte, wie leid es ihm täte und machte sich Vorwürfe. Da brachte ich es einfach nicht über mich, ihn auszuliefern. Ich habe ihn doch großgezogen, ich bin für ihn verantwortlich, ich muss dafür sorgen, dass ihm nichts passiert."

Er sah, dass Vogt wieder aufbrausen wollte und legte schnell nach.

„Aber ich war streng mit ihm, das können Sie mir glauben. Ich habe ihn ins Gebet genommen und ihm erklärt, dass er solche Sachen nicht tun darf." Er sagte es wie ein Vater, der seinen Fünfjährigen dafür gerügt hat, die Wände mit Filzstiften zu bemalen. „Und er hat mir versprochen, dass es nur das eine Mal war und es nicht wieder vorkommen würde. Was sollte ich denn machen? Etwas anderes konnte ich doch nicht tun. Ich war sicher, dass er es ehrlich meinte. Er würde mich nicht anlügen. Ich dachte, alles käme wieder in Ordnung. Sie müssen mir glauben, ich bitte Sie!"

Aber auch von Harder war kein Zuspruch zu erwarten. Schließlich war es nicht so, dass Stechert seinen Fehler eingesehen, zu ihnen gekommen und aus freien Stücken ein Geständnis abgelegt hätte. Ihm wäre nichts lieber gewesen, als wenn die Ermittler den Fall nach Naujoks' Verhaftung als abgeschlossen zu den Akten gelegt hätten, zumindest, bis die nächste Tote mit Tierkopf auftauchte und ihnen zeigte, dass sie zwar nicht den Falschen, aber doch nur einen Handlanger eingebuchtet hatten, während der wahre Mörder weiter sein Unwesen trieb. Aber Molles verlässliche Dienstleistung hatte Stechert einen Strich durch die Rechnung gemacht. Die Informationen des Dealers hatten sich als Volltreffer erwiesen. Einer seiner treuen Kunden hatte ihm gesteckt, vermutlich für eine Extraportion feinsten Heroins, dass die Spenden, die nach den Zwischenfällen mit den abgetrennten Tierköpfen an den Zoo und das Museum geflossen waren, von niemand anderem als von Professor Doktor Theodor Stechert stammten. Vogt war sofort auf diese Nachricht angesprungen, was Harder zu der Vermutung führte, dass auch sie, aller Feierlaune zum Trotz, von Naujoks' alleiniger Schuld doch nicht gänzlich überzeugt war. Und ebenso wie er war sie der Ansicht, dass es das Beste wäre, erst einmal den Professor mit diesen Tatsachen zu konfrontieren, sich Gewissheit zu verschaffen, bevor sie Wichert und Kimmel einbezogen, die noch, Kimmel voran, damit beschäftigt waren, die Lorbeeren einzusammeln, die ihre Vorgesetzten ihnen hinstreuten. Während der ganzen Fahrt von ihrer Wohnung zur Universität – sie hatten sich von Stecherts Sekretärin bestätigen lassen, dass er bereits in seinem Büro war – hatte sie schweigsam brütend neben Harder gesessen (sie ließ ihn ausnahmsweise sogar fahren), sauer auf sich selbst, vermutete er, weil sie sich von der Euphorie im Dezernat hatte mitreißen lassen. Mit all dem Ärger, der sich in ihr aufgestaut hatte, war sie auf den Professor losgegangen, froh, sich an ihm abreagieren zu können. Völlig überrumpelt von diesem Angriff war er sofort eingeknickt, als sie ihm auf den Kopf zusagte, dass es Jochen Schleifer gewesen war, der sich damals als Tierpfleger und Museumswärter verdingt und seinem kranken Hobby gefrönt, und den er mit Schweigegeld vor Strafverfolgung bewahrt hatte, bevor er die nötigen Stellen bestach und jeglichen Aktenvermerk tilgen ließ. Kein Abstreiten, keine Empörung über eine solch unerhörte Unterstellung, keine Drohung mit einer Beschwerde bei der Dienstaufsicht. Ganz Gelehrter von Format, begriff Stechert auf der Stelle, dass er in der Scheiße steckte und zwar so tief, dass er sie schmecken konnte, und dass vollständige Kooperation das Einzige war, was ihn, den guten Willen der Ermittler vorausgesetzt, vor einem langjährigen Gefängnisaufenthalt bewahren konnte. Das unrühmliche Ende seiner Karriere hingegen, das wusste er so gut wie sie, würde er nicht mehr abwenden können.

„Wir sind doch wie eine Familie“, sagte er, obwohl vor allem Vogts Gesichtsausdruck ihm klar zu verstehen gab, dass er mit seinen Gefühlsduseleien nichts anderes erreichte, als ihre Geduld zu strapazieren. „Er hat niemanden außer mir. Nachdem seine Eltern gestorben waren, steckte man ihn in ein Heim. Ich hatte mit seiner Mutter, meiner Schwester, nicht viel Kontakt. Aber ich konnte doch meinen Neffen nicht so aufwachsen lassen, mit diesen Heimkindern! Ich holte ihn zu mir, zog ihn groß, behandelte ihn wie meinen eigenen Sohn. Er war schon immer ein wenig ... besonders, er hatte andere Interessen als andere Kinder und dadurch wurde er zum Außenseiter. Er hatte Albträume und Ängste und manche Dinge, die er tat ..."

Er blickte Vogt an, als appelliere er an ihre Menschlichkeit, ihr Verständnis, ihr Mitgefühl, das sie doch selbst einem Mörder nicht verwehren konnte. Gleichzeitig, so schien es Harder, war er erleichtert, dass endlich jemand gekommen war, um die Wahrheit zu hören, sie ihm abzunehmen wie eine Last, die er allzu lange getragen hatte und die ihn angesichts der jüngsten Verbrechen seines Schützlings zu erdrücken drohte.

„Aber er war immer ein guter Junge, er gab sich Mühe, sich anzupassen, dazuzugehören, auch wenn es ihm nicht leicht gemacht wurde. Und später, als er in diese Schwierigkeiten geriet ..."

Vogt würgte ihn ab.

„Sie sagen das so, als sei dem Gorilla im Zoo einfach der Kopf abgefallen, als Schleifer zufällig daneben stand. Sie begreifen wohl nicht, wie tief gestört und gefährlich er ist."

Hilflos hielt Stechert ihr die Hände entgegen, als könne er ihr dadurch etwas begreiflich machen, das sie sich aus reiner Sturheit weigerte, zu verstehen.

„Aber er ist ... Er meint es doch nicht böse!"

Vogt schien kurz davor, über den Schreibtisch zu langen, ihn aus seinem Stuhl zu ziehen (in ihrer Wut hätte Harder ihr alles zugetraut) und ihn mit einem Schulterwurf durch das Büro und gegen die Regale zu schleudern. Der Professor war klug genug, nicht auf seinem Standpunkt zu beharren. Er verlegte sich auf einen sachlichen Tonfall, als erläutere er einem Laien einen komplexen wissenschaftlichen Sachverhalt.

„Er ist nur ein verwirrter junger Mann. Er leidet. Er hat Fehler gemacht, sicher. Aber es wäre nicht richtig gewesen, ihn auszuliefern. Sie hätten ihn eingesperrt, zusammen mit irgendwelchen Verbrechern, ihm Medikamente verabreicht, alles in ihm abgetötet ... Ich weiß, dass es schlimm ist mit ihm.

Ich hätte nicht gedacht, dass es so weit kommt, dass er zu so furchtbaren Taten fähig wäre. Ich hatte wirklich gehofft, wir hätten das gemeinsam geschafft, und ..." Er brach von Neuem ein und alle Haltung, zu der er sich aufgerafft hatte, kam ihm abhanden. „Er kann doch nichts dafür!"

Vogt schien es nach wie vor eine tiefe Befriedigung zu verschaffen, den Professor leiden zu sehen. Harder allerdings hatte die Schnauze voll von seinem wehleidigen Gesülze.

„Alles klar, er ist ein armes Schwein, schwere Kindheit und so weiter und die Mädchen sind ihm ins Messer gelaufen, blablabla. Das ist uns alles im Moment schnurz. Uns interessiert nur, wo wir ihn finden. Bei seiner Wohnung war ich schon – Schleifer war nicht da. Ich habe jemanden beauftragt, sie im Auge zu behalten. Ihre Wohnung übrigens auch, Professor. Aber er hat sich bisher nicht blicken lassen und wird das auch aller Voraussicht nach nicht tun. Sie kennen ihn besser als sonst jemand, seine Vorlieben, seine Gewohnheiten – also jetzt mal Klartext: Wo ist er?"

Der Professor sah aus, als hätte er einen stärkenden Schluck aus Harders Flachmann gebrauchen können. Aber selbst, wenn es Harder eingefallen wäre, ihm etwas von seiner Notfallmedizin zu verabreichen, hätte er heute nicht damit dienen können. In seinem Schulterholster steckte, durchgeladen und schussbereit, seine SIG Sauer P6 (die Gisela unter einem Stoß zerlesener Zeitungen gefunden hatte).

„Ich ... hören Sie ..."

Vogt, die jetzt ebenfalls einsah, dass Stecherts Elend sie bei aller Genugtuung, die sie daraus zog, nicht weiterbrachte, schwenkte auf Harders Linie ein.

„Je länger er da draußen ist, desto gefährlicher ist es, für andere und für ihn. Wenn Sie es uns sagen, können wir ihn vielleicht festnehmen, ohne dass jemand verletzt wird – ohne dass er verletzt wird." Sie schaffte es, ihrer Stimme einen weicheren Klang zu geben. „Es ist das Einzige, was Sie noch für ihn tun können."

Der Professor legte das Gesicht in die Hände und sprach zwischen seinen Fingern hindurch.

„Ich weiß nicht, wo er ist." Es kam wie ein Seufzen heraus. „Seit gestern Abend kann ich ihn nicht erreichen. Ich habe ihn zigmal angerufen, aber er ist nicht ans Telefon gegangen, weder bei sich zu Hause noch an sein Handy. Ich war in seiner Wohnung, ich habe einen Schlüssel, aber auch da war er nicht. Und er ist auch heute nicht ins Büro gekommen. Er ist einfach verschwunden. Ich mache mir Sorgen – was, wenn er sich etwas antut?"

„Zum Wohle der Menschheit wäre das wohl das Beste", sagte Harder, stieß sich vom Regal ab und trat an den Schreibtisch.

„Ist Ihnen in seiner Wohnung irgendetwas aufgefallen, irgendein Hinweis darauf, wo er sein könnte?"

Der Professor schüttelte den Kopf.

„Nichts. Alle seine Sachen waren da, seine Kleidung, seine Koffer, auch Bargeld habe ich gefunden. Ich glaube nicht, dass er Berlin verlassen hat. Ich dachte, dass er vielleicht zu mir kommt, mich um Hilfe bittet und wir das alles zusammen durchstehen, wie wir früher schon so vieles zusammen durchgestanden haben. Er ahnte wohl, dass ich ihn verraten würde. Aber es ist doch nur, weil ich ihn schützen will!"

„Hat er irgendwelche Gewohnheiten, irgendwelche Orte, die er regelmäßig aufsucht, einen abgelegenen Platz, an den er sich zurückziehen kann und an dem er nicht befürchten muss, gestört zu werden?"

Der Professor rieb sich bekümmert das Kinn.

„Er interessiert sich für alles, was mit dem Mittelalter zu tun hat, alte Bauwerke, Burgen, Festungsanlagen. Das hat er von mir. Ich habe ihn in seiner Kindheit an dieses Thema herangeführt und er ist richtig darin aufgegangen. Er war schon früh ein Fachmann für das Altertum. Besonders faszinierten ihn Rituale, obskure Bräuche. Das war sein Spezialgebiet."

Für einen Moment drohte er in selige Erinnerungen an gemeinsam verbrachte Stunden über alten Handschriften oder vor Museumsvitrinen voller irdener Gefäße, goldenem Geschmeide oder rostigen Waffen abzudriften. Er fing sich jedoch, bevor Vogt sich genötigt sah, ihn mit der ihr eigenen Feinfühligkeit wieder auf die richtige Spur zu bringen.

„Er interessiert sich außerdem sehr für die alten Tunnelanlagen unter Berlin, Bunker, aufgegebene U-Bahnschächte und so. Er war lange in diesem Verein tätig, der sich damit beschäftigt. Er kennt sich da sehr gut aus, hat auch selber Führungen geleitet. Vielleicht hat er sich dahin zurückgezogen. Wo genau er sich versteckt, kann ich Ihnen aber nicht sagen. Er hat mich ein paar Mal eingeladen, mir das alles zu zeigen. Aber ich habe immer abgelehnt. Ich fühle mich in engen Räumen nicht wohl. Wenn ich daran denke, dass er jetzt da unten sitzt, in irgendeiner kalten, düsteren Höhle, allein, verängstigt ..."

Seine Stimme brach, sein Gesicht wandelte sich zu einer Maske des Kummers.

Harder und Vogt waren sich mit einem Blick darin einig, dass aus ihm vorerst weiter nichts Brauchbares herauszuholen war.

„Wo ist sein Büro?"

Stechert zeigte mit einer Hand, die zu schwer schien, als dass er sie lange heben konnte.

„Den Gang runter und die zweite Tür auf dieser Seite."

Harder streckte die Hand aus.

„Schlüssel!"

Stechert öffnete eine der Schreibtischschubladen und nahm einen Schlüsselbund heraus. Mit Mühe fummelte er einen der Schlüssel von dem metallenen Ring und reichte ihn Harder.

„Wenn Sie ihn finden, bitte tun Sie ihm nicht weh! Er sagt, dass es Dämonen sind, die ihn quälen, ihm keine Ruhe lassen und ihn zwingen, diese schrecklichen Dinge zu tun. Er sagt, er müsse sie bändigen, ihnen Opfer bringen, damit sie ihn nicht zerreißen. Ich glaube ihm, nur dass es eben innere Dämonen sind, unter deren Einfluss er steht. Er kann nichts dafür. Sie wissen nicht, wie es ist, eine solche Finsternis in sich zu tragen, mit Monstern, die darin lauern und immer wieder über Sie herfallen!"

Harder blickte nachdenklich auf ihn nieder, beschloss dann aber, sich eine Bemerkung zu schenken. Es war aussichtslos, dem Professor erklären zu wollen, dass er es vielleicht besser wusste, als Stechert sich vorstellen konnte, dass auch in ihm diese Finsternis herrschte und immer wieder emporstieg, ihn einhüllen und mit sich ziehen wollte, hinab in einen Abgrund, aus dem es keine Wiederkehr gab. Er kannte ihren Sog, die Verlockung, die von ihr ausging. Im Gegensatz zu Schleifer aber war er dadurch nicht zum Mörder geworden. Es gab manche, wie Naujoks, die immer in dieser Finsternis lebten und die höchstens dann und wann einen kurzen Blick daraus hervor auf eine Welt warfen, der sie nie angehören, in der sie immer Fremde bleiben würden. Aber für andere, für ihn und, er war sich sicher, auch für Schleifer, war es eine Entscheidung, hinüberzutreten in diese innere Finsternis und sich ihr hinzugeben. Er selbst verweigerte sich ihr, manchmal unter Aufbietung all seiner Kraft. Schleifer hatte den Schritt getan. Er war verloren in der Finsternis, er wollte es nicht anders und wenn ihm jemand die Hand gereicht hatte, um ihn herauszuziehen, er hätte sie fortgeschlagen.

Aber der Professor war zu tief in seine Verantwortungs- und Schuldgefühle verstrickt, als dass er mit diesen Gedanken, der Erkenntnis, die Harder aus eigener Erfahrung gewonnen hatte, zu ihm durchgedrungen wäre. Er hatte sich zu lange eingeredet, dass Schleifer seinen abstrusen Begierden hilflos erlegen, im Grunde aber ein anständiger Mensch war, den zu retten seine, des Ziehvaters Pflicht war. Er brauchte diesen Irrglauben. Es hätte ihn zerbrochen, sich die Wahrheit einzugestehen, und wie jeder andere auch, der sein Weltbild bröckeln sieht, kämpfte er darum, die Lügen, die ihm Sicherheit boten, gegen alle Widrigkeiten zu verteidigen. Irgendwann würde er sich mit den Tatsachen auseinandersetzen müssen. Aber Harder sah es nicht als seine Aufgabe an, ihn dazu zu zwingen, und vielleicht stand es ihm auch nicht zu.

Die Kommissare wandten sich ab und verließen das Büro. Harder ließ die Tür offen. Auf dem Gang blieben sie stehen.

„Unser Professor ist ein verlogener Drecksack", sagte Harder. „Aber ich glaube ihm ausnahmsweise, dass er Schleifer schon gestern Abend nicht bei sich zu Hause angetroffen hat und keine Ahnung hat, wo er ist. Oder denkst du, er macht uns nur was vor, um ihn zu warnen, sobald sich eine Gelegenheit bietet?"

Vogt blickte in das Büro. Stechert saß reglos hinter seinem Schreibtisch, totenbleich, noch immer sichtlich unter Schock.

„Das wäre jedenfalls eine oscarreife Darbietung. Nein, ich gebe dir recht, er meint es ausnahmsweise ehrlich. Er hat zu große Angst um seinen kleinen Liebling. Und im Grunde wäre er vielleicht gar nicht so traurig, mit Schleifer in Zukunft nur noch im Besuchsraum eines Gefängnisses oder einer Heilanstalt Kontakt zu haben. Bei aller verblendeten Nachsicht, die er mit ihm hat, scheint es ihm doch an die Substanz zu gehen, dass sein Ziehsohn ein durchgeknallter Psychokiller ist."

„In Ordnung. Dann lass uns rauskriegen, wo der gute Jochen sich verschanzt hat."

Sie gingen den Gang hinunter und Vogt schloss den Raum auf, den ein Plastikschild als das Büro von Jochen Schleifer, M.A. kennzeichnete (das Prädikat „Serienmörder in Teilzeit" fehlte). Abgesehen davon, dass es kleiner war, sah es nicht anders aus als Stecherts: ein schlichter Schreibtisch, darauf ein Computer mit Flachbildschirm, Papiere und Schreibzeug, ein Drehstuhl, ein Aktenschrank und lückenlos gefüllte Bücherregale. Alles war sauber und geordnet, geradezu penibel, von den Kante an Kante stehenden Büchern über die wie mit dem Lineal ausgerichteten Dokumente neben der

Tastatur bis zu dem Füllfederhalter, dem Kugelschreiber und dem Bleistift, die sorgsam aufgereiht einen genau abgemessenen Abstand voneinander zu halten schienen. Auf den ersten Blick hätte man den Nutzer dieses Büros für ein wenig zwanghaft gehalten, einen Ordnungsfanatiker. Aber man wäre nicht auf die Vermutung verfallen, dass hier ein Geisteskranker zwischen der Korrektur von Hausarbeiten und der Organisation von Kolloquien brutale Morde plante und nach Feierabend statt des Restaurant- und Kneipenbesuchs mit seinen Kollegen die Gesellschaft kopfloser Leichen genoss. Vogt war dabei, die Titel der Bücher zu studieren. Harder schloss die Tür, damit sie Schleifers Sachen durchwühlen konnten, ohne von einer misstrauischen Sekretärin oder einem übereifrigen Studenten gestört zu werden, und wies mit dem Daumen hinter sich.

„Hab ich nicht von Anfang an gesagt, dass mir unser freundlicher Professor verdächtig vorkommt?"

Vogt zog eines der Bücher aus dem Regal.

„Klar, du hattest die ganze Sache schon im ersten Moment ausgetüftelt."

Sie blätterte durch die Seiten, auf denen neben eng gedrucktem Text Zeichnungen von monströsen Kreaturen abgebildet waren, von Vogelwesen und Echsen mit abstrus verlängerten Gliedmaßen, aufgedunsenen Leibern und verunstalteten Köpfen, wie Harder sie etwa auf den Gemälden von Hieronymus Bosch gesehen hatte. Vogt schlug das Buch zu und zeigte ihm das Cover. Es war ein Buch über Dämonenbeschwörung im Mittelalter.

„Die haben alle mit solchen Themen zu tun." Sie fuhr die aneinandergereihten Buchrücken mit dem Zeigefinger ab. „Dämonen, Geister und Hexen, Geheimbünde, Opferriten ... Wenn wir bei unserem ersten Besuch einen Blick hier reingeworfen hätten, hätte sich die Sache tatsächlich auf der Stelle geklärt. Verdammt, wir hätten auch so darauf kommen sollen!"

Sie schien kurz davor, das Buch durch das Zimmer zu pfeffern.

„Wie konnten wir so dämlich sein? Wir haben unseren Täter direkt vor uns, er passt perfekt auf das Profil: Er hat einen Mittelalter-Spleen, kennt sich mit Gottessiegeln aus, kann Runen lesen und weiß über diese bescheuerten Fatrasien Bescheid. Scheiße, Harder – der hat sich wahrscheinlich über uns kaputtgelacht, während er seine nächste Tote zurechtgemacht hat."

Harder trat um den Schreibtisch herum und stieß den Drehstuhl beiseite.

„Das bringt uns jetzt nicht weiter", sagte er. „Die einfachste Erklärung ist eben doch nicht immer die richtige und schließlich war Schleifer nicht allein. Unser werter Professor hat ausreichend Verwirrung gestiftet, um ihm Deckung zu geben, und Naujoks hängt auch in der Sache drin. Das Gewirr muss man erst mal entknoten."

Er hob den Papierstapel auf, der neben dem Computer lag.

„Sparen wir uns also das Gejammer und die Selbstanklagen. Lass uns lieber herausfinden, wo er ist und was er vorhat. Später können wir uns immer noch zerfleischen, jeder für sich oder gegenseitig, was dir lieber ist."

Er ging die Unterlagen durch. Es waren Klausuren, die Schleifer korrigiert hatte, bedauerlicherweise ohne mit seinem Rotstift darin einen Hinweis auf seinen Verbleib anzubringen oder junge Studentinnen zu einem Besuch seines Mörder-Geheimverstecks einzuladen, wo er ihnen zum Lohn für ihre Bestleistungen einen schicken Tierkopf verpassen würde. Harder ließ die Blätter achtlos fallen und nahm sich den Rest des Schreibtisches vor. Vogt, ihr Gesicht verhärtet, würgte hinunter, was ihr an weiteren Flüchen auf der Zunge gelegen hatte und schloss sich seiner Suche an, indem sie anfing, die Bücher aus den Regalen zu reißen in der Hoffnung, dahinter irgendetwas zu finden, das ihnen weiterhalf.

Harder zog die Schublade auf, die unterhalb der Schreibtischplatte eingelassen war und wollte sie durchwühlen, als er sah, dass es darin nichts zu durchwühlen gab. Das Innere der Schublade war genauso sorgfältig geordnet wie der Rest des Büros. In einem Kasten, wie man ihn für Besteck verwendet, lagen ein Brieföffner, ein Locher, ein Tacker und weitere Büroutensilien. Harder hob den Kasten heraus. Es war nichts darunter, nicht mal ein Staubfussel. Rechts neben dem Fußraum des Tisches befand sich eine Tür. Harder ruckelte an ihrem Griff. Sie war verschlossen. Er nahm den Brieföffner aus der Schublade und brach sie auf. In dem Fach, das sich dahinter auftat, lag ein weiterer Stoß Dokumente. Harder zog ihn heraus, blätterte ihn durch. Aus der Mitte des Stapels rutschte ihm ein schmaler Stapel Fotos entgegen. Harder bekam ihn zu fassen, bevor er zu Boden fallen konnte. Er legte die Papiere beiseite und betrachtete das oberste Foto. Es zeigte ein schmales, zerbrechlich wirkendes Mädchen mit blasser Haut und dünnem hellblonden Haar, das in einem leichten Kleid auf einer Wiese saß, vertieft in ein Buch und nicht ahnend, dass ein Verrückter es im Sucher seiner Kamera hatte. Harder kam sie vage bekannt vor. Aber er konnte sich nicht erinnern, wo er ihr schon mal begegnet war. Es war ihm, als habe sie damals anders ausgesehen, so anders, dass er sie jetzt nicht zuordnen konnte, mit einer anderen Frisur, geschminkt und in einem anderen Kleid, nein, ging ihm auf, nicht einem Kleid – einem Kostüm!

„Verfluchte Scheiße", murmelte er, und lauter, so laut, als stünde sie nicht einen Meter von ihm entfernt, sondern draußen auf dem Parkplatz: „Vogt!"

Sie wütete erbittert weiter. Es war, als genieße sie es, sich an Schleifer zu rächen, indem sie seine penible Ordnung zerstörte, auch wenn er nichts davon erfuhr und es nur ein Vorspiel für das war, was sie mit ihm anstellen würde, wenn sie ihn zu fassen bekam.

„Hey!"

Sie hielt inne und wandte sich zu ihm um, verärgert darüber, dass er sie in ihrem Rausch gestört hatte.

„Was ist?“ Sie warf das Buch, das sie in der Hand hielt, zu Boden und trat an den Schreibtisch. „Hast du was?“

Er nickte und hielt ihr das Foto hin.

„Kommt sie dir bekannt vor?“

Sie nahm ihm das Foto aus der Hand. Auch sie brauchte einen Moment, bis sie die Verbindung zustande brachte, ihr das Make-up einfiel, mit dem das Mädchen damals, als sie ihr begegnet waren, ihren blassen Teint zusätzlich aufgehellt hatte, sodass ihre Haut beinahe durchsichtig schien. Dann aber, auf einen Schlag, erinnerte sie sich an alles, an die Plastikohren, deren Spitzen zwischen dünnen goldenen Strähnen hervorgeragt hatten, an das Diadem, das ihr Haar zurückgehalten hatte und an ihre Stimme, die geklungen hatte wie ein Windspiel, durch das ein Lufthauch streicht.

„Das Elfenmädchen aus der Rollenspieltruppe!“

Harder blätterte einige der Fotos einzeln vor ihr auf den Schreibtisch: Maja (wie sie nun wussten) in der Mensa, Maja in der Bibliothek, Maja in der Gruppe ihrer Freunde. Es war sogar eines dabei, das sie in der Vorlesung zeigte.

„Er muss sie seit Wochen verfolgen. Und es geht noch weiter.“

Er fächerte die Fotos, die er noch in der Hand hielt, vor ihr auf. Es waren Montagen, per Photoshop angefertigt, auf denen Schleifer Majas Körper mit verschiedenen Tierköpfen ausgestattet hatte, dem Kopf eines Schweins, eines Hundes und, für einen Hauch von Exotik, dem eines Affen und einer Giraffe. Außerdem hatte er sie in diesen Kombinationen in verschiedene Umgebungen versetzt, auf einen Kinderspielplatz, in einen Supermarkt, auf ein Ruderboot in einem See, als könne er sich nicht entscheiden, wo er sie, wenn er mit ihr fertig war, der Öffentlichkeit am wirkungsvollsten präsentieren sollte. Harder stellte sich vor, wie Schleifer hier, in der Pause zwischen zwei Seminaren vielleicht, an seinem Schreibtisch gesessen, in der Betrachtung der Bilder geschwelgt und jene aus dem ersten Stapel in einem abartigen Vorher-Nachher-Vergleich neben die aus dem zweiten gehalten hatte.

„Wir müssen ihn finden, bevor er sie sich holt! Wenn er sie nicht schon hat."

Vogt starrte auf Schleifers kreative Schöpfungen, angewidert und doch unfähig, den Blick davon zu lösen.

„Wir müssen seine Wohnung durchsuchen." Sie zog ihr Smartphone hervor. „Ich sage Wichert Bescheid, damit er ein Team mobilisiert." Sie rief die Nummer des Dezernats auf. „Die können sich da mit der Streife treffen, die du schon hingeschickt hast. "

„Das wird nicht nötig sein."

„Was meinst du damit, das wird nicht nötig sein?" Sie blickte ihn verwundert an. „Natürlich ist es nötig. Wenn Schleifer überhastet verschwunden ist, hat er vielleicht was dagelassen, das uns hilft, ihn aufzuspüren."

„Nein, ich meine, es ist nicht nötig, ein Team hinzuschicken. Ich habe da schon was in die Wege geleitet ..."

„Was meinst du, du hast was in die Wege geleitet?"

Ihr Tonfall verriet, dass sie Schlimmes ahnte.

„Versprich mir, dass du dich nicht aufregst!"

Ihr Gesicht hätte das Versprechen, selbst wenn sie es ihm gegeben hätte, Lügen gestraft.

„Verdammt, Harder! Raus damit, was hast du jetzt wieder gemacht? Du hast doch gesagt, dass du eine Streife hingeschickt hast."

„Naja, weißt du ... Streife habe ich nicht gesagt ..."

„Sondern?"

In diesem Moment klingelte Harders Handy. Erleichtert, für den Moment um eine Erklärung herumzukommen, gab er Vogt ein Zeichen, sich kurz zu gedulden, und nahm ab.

„Ja, Rolf. Wie sieht's aus bei dir? Bist du drin? Keine Schwierigkeiten? Okay, bestens. Wart mal, ich stelle dich auf Lautsprecher, dann kann meine Kollegin mithören."

Er drückte eine Taste und legte das Handy auf den Schreibtisch.

Vogt hielt ihre Empörung nur mühsam im Zaum.

„Und wer in Gottes Namen ist das jetzt?“

„Rolf. Ein alter Kumpel von mir, den ich gebeten habe, mal bei Schleifer vorbeizuschauen.“

„Lass mich raten: Alter Kumpel heißt Ex-Knacki, gebeten heißt bezahlt und vorbeischauen heißt einbrechen?“

Harder strahlte sie an.

„So langsam sind wir voll auf einer Wellenlänge!“

Sie teilte die Freude über ihre wachsende Verbundenheit nicht.

„Scheiße, Harder, das kann doch nicht dein Ernst sein! Schlimm genug, dass du jemanden zu einem Verbrechen anstiftest – alle Beweise, die er findet, werden vor Gericht unbrauchbar sein, weil wir sie uns auf illegale Weise verschafft haben.“

„Keine Panik! Rolf ist Profi, der hat schon Hunderte Haustüren geknackt, und gesessen hat er höchstens für ein Dutzend. Das kriegt keiner mit, dass er da war. Wenn er was findet, lässt er es liegen und wir besorgen es uns nachher auf dem üblichen Weg, streng nach Vorschrift.“

Es reichte nicht, ihre Empörung zu mindern, und er legte schnell nach:

„Ich wollte jemanden vor Ort haben, der schnell und unbürokratisch vorgehen kann. Wenn wir Wichert und Kimmel eingeweiht hätten, damit die eine Durchsuchung anordnen, hätten wir denen stundenlang erklären müssen, wie wir auf Schleifer gekommen sind. Und da hatten wir ja noch nicht mal eine Bestätigung für unseren Verdacht. Vielleicht hätte Kimmel uns sogar einen Strich durch die Rechnung gemacht, damit wir nicht seinen schönen Ermittlungserfolg gefährden. Und selbst wenn sie uns alles sofort abgekauft hätten, hätte es ewig gedauert, einen Durchsuchungsbefehl zu bekommen. So ging es schneller und ohne Komplikationen. Jede Minute, die wir Schleifer lassen, ist eine zu viel. Das siehst du doch wohl genauso."

„Klar sehe ich das genauso. Aber das heißt noch lange nicht, dass du einfach eigenständig ..."

Eine gemütliche Stimme aus dem Handy unterbrach sie.

„Tschuldigung, aber könnt ihr das Gezanke vielleicht auf später verschieben? Ich hab heute noch zwei andere Wohnungsbesichtigungen."

Harder legte die Handflächen aneinander und sah Vogt bittend an. Sie machte eine frustrierte Geste und steckte ihr Smartphone ein. Harder hockte sich auf den Schreibtisch.

„In Ordnung, Rolf, lass hören! Was hast du?"

„Na, Leichen liegen hier jedenfalls keine rum, falls ihr so was erwartet habt. Ist ne ganz normale Bude. Zwei Zimmer mit Küche und Bad, nichts Aufsehenerregendes. Auf jeden Fall ist der Typ ein Ordnungs- und Sauberkeitsfanatiker. Nirgendwo liegt oder steht was herum, kein Schnipsel Papier, kein Stück schmutziges Geschirr, keine Klamotten, gar nichts. Die Küche und das Bad sehen aus wie im Möbelhaus, alles blitzblank, die Becken und Armaturen auf Hochglanz poliert, nicht ein Körnchen Dreck oder ein Staubfussel. Wahrscheinlich sortiert der sogar seinen Abfall nach Größe und Geruch. Wirkt irgendwie ziemlich unpersönlich, wenn ihr mich fragt. Ich bin gerade im Schlafzimmer und auch davon würde man nicht glauben, dass das mal einer benutzt. Wie ein Hotelraum, nachdem das Zimmermädchen weg ist. Das Bett ist gemacht, einfache weiße Bettwäsche. Ein paar Bilder an der Wand, die aussehen, als wären die schon beim Kauf in den Rahmen gewesen, so Meeres- und Strandlandschaften, ziemlich langweilig, nichtssagend wie alles hier."

Im Handy ertönte ein Knarzen, als er den Kleiderschrank öffnete. „Normale Klamotten, Hemden, Pullover, T-Shirts, Jeans und Leinenhosen, die Hemden auf Kleiderbügeln, nach Farben geordnet. Alles andere hat sein festes Fach. Ich kann ja mal ein paar Socken zu den Unterhosen legen, dann rastet der bestimmt aus."

Vogt lehnte sich über das Handy.

„Nichts da! Sie fassen nichts an, wenn es nicht unbedingt notwendig ist. Falls er noch mal dorthin kommt, darf er nicht wissen, dass jemand da war."

„Jaja, schon recht." Rolfs Stimme klang belustigt. „Springen Sie nicht gleich aus der Hose, Frau Kommissarin, war doch nur Spaß. Hm, weiter hat der Schrank nichts zu bieten, unter dem Bett ist nichts und in der Nachttischschublade ... Nasenspray für Allergiker, dazu Handcreme und eine Packung Tempos für romantische Abende allein. Das ist auch schon das Interessanteste. Wenn ihr den größten Langweiler des Jahrhunderts sucht, habt ihr ihn gefunden. Was soll der Typ denn verbockt haben?"

„Das lassen Sie mal unsere Sorge sein, Herr ..."

„Rolf tut's völlig, Frau Kommissarin. Muss ja nicht jeder Bulle in ganz Berlin meinen Namen kennen, nicht wahr? Na, wenn ihr nichts sagen wollt, auch gut. Manche Dinge will man vielleicht auch gar nicht wissen. Ich gehe mal rüber ins Wohnzimmer. Vielleicht gibt es da ja irgendwas zu entdecken."

Sie hörten Stiefelschritte auf Dielenboden, dann wieder Rolfs unaufgeregte Stimme, der man anhörte, dass er schon zahllosen Wohnungen einen ungebetenen Besuch abgestattet und sich die Angst, dabei erwischt zu werden, vor Jahren abgewöhnt hatte.

„Auf den ersten Blick auch hier alles unspektakulär. Aber immerhin sieht es aus, als würde hier tatsächlich jemand leben. Sofa, Sessel, Fernseher, Bücherregale. Und seinen Schreibtisch hat er hier auch stehen. Liegt natürlich nichts darauf herum, kein Stück Papier, kein Kugelschreiber, das wäre ja auch pure Anarchie. Eine breite Schublade", er zog sie auf, „mit einem Ablagefach für Schreibkram, Stifte, Büroklammern, Lineal und so weiter."

Wahrscheinlich, dachte Harder, hatte Rolf ein exaktes

Duplikat dessen vor sich, was er in Schleifers Bürotisch gefunden hatte.

„Hat der Schreibtisch noch irgendwo ein Fach?“

„Ja. Unter der Schublade.“

Erwartungsvoll stützte Vogt die Hände auf die Tischplatte. „Und?“

„Ist nichts drin als Druckerpapier und eine Ladung leerer Schnellhefter.“

Harder presste die Lippen zusammen. Vogt schüttelte enttäuscht den Kopf.

„Aber über dem Schreibtisch ist noch ein Regalbrett voller Aktenordner, alle säuberlich beschriftet. Mal sehen: Steuererklärungen, Seminar-Unterlagen, Kontoauszüge, Aufsatzmaterial ... hier ist ein einziger ohne Bezeichnung. Da ist nur so ein Zeichen drauf.“

„Was für ein Zeichen?“

„Drei Ringe, die ineinander verschlungen sind.“

Vogts Blick traf Harders.

„Was ist drin?“

Vogts Hände ballten sich auf der Schreibtischplatte zur Faust, als lausche sie einem Hörspiel, dessen Spannung sich ihrem Höhepunkt näherte. Harder beugte sich dichter über das Handy, um nicht ein einziges Wort zu verpassen. Sie hörten, wie Rolf den Ordner aus dem Regal zog, ihn auf den Schreibtisch legte und ihn aufschlug.

„Fotos sind drin, von ungefähr einem Dutzend junger Frauen. Schnappschüsse vor allem, teilweise verwackelt, unscharf, als hätte er sie heimlich gemacht. Was ist das für ein Typ, ein kranker Stalker oder so was?“

„So ungefähr. Sind irgendwelche Aufzeichnungen dabei, Namen, Adressen?“

„Nee, nur die Fotos. So ungefähr ein Dutzend verschiedene Frauen.“

Sie hörten ihn blättern.

„Ach, und guck mal an: Ganz hinten ist sogar eins von dir,

Harder. Du passt nicht unbedingt in diese Reihe. Was Attraktivität angeht, kannst du mit den anderen nicht mithalten. Der Schuss mit dem Bubischnitt neben dir allerdings schon. Sind Sie das, Frau Kommissarin? Alle Achtung! Ich sollte mich wohl öfter verhaften lassen."

„Der Mistkerl hat uns beobachtet", sagte Vogt, ohne auf Rolfs zweifelhaftes Kompliment einzugehen. „Wahrscheinlich hat er sich von unserer ersten Begegnung an über unsere Schritte auf dem Laufenden gehalten." Sie schlug auf die Tischplatte. „Verdammt, wir haben uns wie Idioten beschatten lassen."

„Und jetzt macht er sich über uns lustig", sagte Harder. „Es würde mich nicht wundern, wenn er die Fotos mit Absicht zurückgelassen hätte, damit wir sie finden. Ich glaube, er will uns zeigen, dass er uns überlegen ist und wir nichts machen können, um ihn aufzuhalten, weil es ewig dauern wird, bis wir herausgefunden haben, wer die Frauen sind und selbst dann könnten wir sie nicht rund um die Uhr beschützen. Hör zu, Rolf, stell den Ordner einfach zurück. Wir holen ihn uns später."

„Noch irgendetwas, das Ihnen nützlich vorkommt?"

Obwohl Vogt sicher niemals Rolfs größter Fan werden, ihn vielmehr ohne Zögern einbuchten würde, wenn sie ihn für einen seiner Einbrüche drankriegen könnte, schien sie mit seiner Anwesenheit in Schleifers Wohnung zumindest für den Augenblick versöhnt.

„Irgendein Hinweis darauf, wo er sein könnte?"

„Na, er hat mir jedenfalls keinen Zettel an den Kühlschrank gepinnt." Ein kurzes Schweigen, während Rolf sich vermutlich noch einmal umsah. „Nee, hier ist nichts weiter. Wie gesagt, man könnte glauben, dass hier seit Tagen keiner war. Wenn ihr mich fragt, ist der Bursche ausgeflogen. Braucht ihr sonst noch was? Sonst mach ich mich vom Acker. Ich bin schon zu spät zu meinem nächsten Termin."

Harder sah Vogt fragend an. Sie schüttelte den Kopf.

„Das sollte genügen, danke, Rolf. Wir hören uns."

„Klar, Harder, meld dich, wenn du mal wieder Bedarf hast. Tschö Frau Kommissarin!"

Harder legte auf und setzte schon dazu an, Vogt zu beschwichtigen, bevor sie von Neuem auf ihn losgehen konnte, um ihm Leichtsinn und, einmal mehr, rücksichtslose Missachtung sämtlicher Dienstvorschriften vorzuwerfen. Aber sie schien ihren Ärger über sein eigenmächtiges Vorgehen vergessen oder zumindest fürs Erste beiseitegeschoben zu haben.

„Der Irre hat sich eine Opferkartei angelegt. Er muss das seit Monaten geplant haben. Wahrscheinlich hat er über alle Frauen Informationen gesammelt, Beruf, Hobbys, Orte, an denen sie sich gern aufhalten. Vielleicht hat er sogar zu einigen von ihnen Kontakt aufgenommen. "

„Von der, auf die er es als nächstes abgesehen hat, hat er offenbar immer ein paar Bilder greifbar, um sich in Vorfreude und Mörderlaune zu versetzen."

„Wir müssen ihn finden, bevor er Maja von seiner Liste streicht. Irgendwelche Vorschläge?"

Harder kam um den Schreibtisch herum.

„In seine Wohnung wird er sicher nicht zurückkehren. Den Versuch, ihm da eine Falle zu stellen, indem wir uns im Dunkeln mit gezogenen Waffen hinter seine Couch hocken, können wir uns also schenken. Genauso wenig wird es etwas bringen, seinen Wagen zu suchen. Er ist durchgeknallt, aber kein Vollidiot und im Gegensatz zu Naujoks weiß er genau, was er tut. Er wird nicht einfach seelenruhig durch Berlin spazieren und darauf warten, dass wir ihn irgendwo einsammeln. Er wird sich irgendwo verschanzen."

„Was mittelalterliche Gebäude in Berlin angeht, die werden alle von Stiftungen betreut. Da werden Ausstellungen und Führungen veranstaltet. Da wird er sich kaum einen Unterschlupf angelegt haben. Aber wenn er sich im Berliner Untergrund tatsächlich so gut auskennt, wie der Professor sagt, hat er sich vielleicht irgendwo unter der Stadt ein Versteck eingerichtet, wo er die Mädchen enthauptet und sie ganz in Ruhe zurechtmacht, bevor er sie draußen aufstellt."

„Klingt logisch."

Sie konsultierte ihr Smartphone.

„Das Tunnel- und Höhlennetz unter Berlin ist gigantisch. Das zieht sich über weite Teile der Stadt, Gewölbe, Kanalisation, alte U-Bahn-Schächte, Bunkeranlagen und natürlich ist nur ein Teil davon offiziell zugänglich. Schleifer wird sich irgendwohin zurückgezogen haben, wo ihm niemand zu nahekommt, nicht einmal zufällig." Sie schüttelte frustriert den Kopf. „Das ist aussichtslos. Wenn wir keinen näheren Anhaltspunkt haben, finden wir ihn da unten nie, zumindest nicht zu zweit."

Sie schloss die Website, die sie aufgerufen hatte, steckte das Handy jedoch nicht ein.

„Wir sollten Kimmel und Wichert Bescheid sagen. Mit genügend Leuten können wir eine Suchaktion starten, diesen Untergrundverein zurate ziehen, Spürhunde einsetzen, das volle Programm. Es ist unsere einzige Chance, Schleifer in seinem Loch aufzuspüren."

Sie wollte schon wählen, aber Harder legte seine Hand über den Touchscreen.

„Wir wissen doch gar nicht, ob er tatsächlich dort ist. Es gibt noch tausend andere Orte, an denen er sein kann, mittelalterlich oder nicht. Und selbst wenn er da unten hockt, ist es keine gute Idee, mit einer Hundertschaft durch die Gänge zu poltern. Die würde ihn nur verschrecken. Er kennt sich besser aus als wir, das ist ein Labyrinth da unten und er hat sich sicher seine Fluchtwege geschaffen. Wenn er abhaut, erwischen wir ihn vielleicht nie."

Auf Vogts warnenden Blick hin (etwas übertrieben, fand er, als hätte er ihr an den Hintern gefasst) nahm er die Hand von ihrem Handy und wies auf die Fotos, die auf dem Schreibtisch lagen.

„Wenn wir an ihn herankommen wollen, schaffen wir das nur über das Mädchen. Alles, was wir tun müssen, ist da zu sein, wenn er kommt, um sie sich zu krallen."

Vogt sah ihn an, als gäbe er einen passablen Zimmergenossen für Naujoks in der Heilanstalt ab. Sie hatte bereits Wicherts Nummer aufgerufen.

„Du willst sie als Köder einsetzen? Das ist doch völliger Wahnsinn!"

Er zuckte die Achseln.

„Vielleicht. Aber es ist auch der einzige Weg."

Vogt blickte auf den Handybildschirm, den Daumen über dem grünen Anrufbutton.

„Ich weiß nicht, Harder. So oder so sollten wir Kimmel hinzuziehen. Wenn wir hinter seinem Rücken gegen Schleifer vorgehen ... Du stehst sowieso schon auf seiner schwarzen Liste und ich habe nicht unbedingt Lust, mir da auch einen Platz zu sichern. Mir ist nicht danach, bis zu meiner Pensionierung Nachtschichten im Verkehrsdienst zu schieben."

Harder war kurz davor, ihr das Handy wegzunehmen. Jede Sekunde, die sie diskutierten, war eine Sekunde, in der sie nichts unternahmen, um an Schleifer heranzukommen.

„Wenn wir die beiden einweihen, können wir Schleifer vergessen. Kimmel würde so einen Plan sofort sabotieren. Nach dem Rambazamba, den er im Fernsehen und den Zeitungen veranstaltet hat, wäre es peinlich für ihn, ein Gesichtsverlust, wenn er jetzt zugeben müsste, dass er sich geirrt hat. Er würde alles auf uns schieben, eine Ermittlungspanne und danach den starken Mann markieren, der die Sache selbst in die Hand nimmt. Er würde Maja in Schutzhaft nehmen, eine Großfahndung ausschreiben, sämtliche Medien mobilisieren, Wellen machen, die Schleifer von uns wegtreiben würden. Er würde wieder töten und wir hätten keine Ahnung, wen er sich als nächstes Opfer aussuchen könnte. Jetzt wissen wir es und das verschafft uns einen Vorteil, den wir nicht verspielen dürfen!"

Er fuhr fort, bevor sie weitere Einwände erheben konnte.

„Wenn wir Schleifer haben, wird Kimmel sich schon alles zurechtdrehen, das Ganze, was vorher gelaufen ist, als raffinierte Finte verkaufen, die den Täter in Sicherheit wiegen sollte, ein cleverer Schachzug, von ihm höchstpersönlich ersonnen. Er wird angepisst sein, dass wir ihn außen vor gelassen haben und ein bisschen rumnörgeln. Aber wenn wir den Fall lösen, kann er uns nichts. Und Wichert allein können wir auch nicht ins Vertrauen ziehen. Er würde nichts tun, ohne es von oben absegnen zu lassen. Wenn wir mit dieser Sache zu ihm kämen und ihn dann auch noch bäten, darüber Stillschweigen zu bewahren, würde er sich wahrscheinlich mit einem Herzinfarkt aus dem Dienst verabschieden. Das können wir dem armen Kerl nicht zumuten. Sieh es ein, Vogt: Wir sind auf uns allein gestellt."

Vogt antwortete nicht. Sie starrte auf das Handy in ihrer Hand, als erwarte sie, dass auf dem Bildschirm plötzlich eine Nachricht erschiene, die ihr mitteilte, was sie tun sollte. Sie wusste, dass Harder recht hatte. Wenn sie den Staatsanwalt einbezogen, würde er die Ermittlungen an sich reißen, sämtliche Polizisten der Stadt würden sich auf die Suche nach Schleifer machen und Maja wäre gerettet. Aber Schleifer würde entkommen. Er würde sich nicht einfach so erwischen lassen. Er hatte alles zu genau geplant, er war zu vorsichtig und er war zu clever. Er würde verschwinden, nicht für immer, nur für eine Weile, bis die Behörden ihre Suche nach ihm einstellten. Dann würde er wieder auftauchen, um sich sein nächstes Opfer zu holen, vielleicht Maja, vielleicht eine der anderen Frauen auf seinen Fotos, vielleicht jemand ganz anderes. Sie hatten keine Möglichkeit, es herauszufinden. Sie konnten nur auf ihr Glück hoffen, dass es ihnen vorher gelang, ihn zu fassen. Vogt hasste es, auf ihr Glück zu hoffen.

Aber was Harder vorhatte, war gefährlicher Irrsinn. Es war gegen jede Regel und die Regeln waren ihr immer heilig gewesen. Sie zu missachten bedeutete, den Polizeidienst zu missachten, die Pflicht und die Verantwortung, die damit einhergingen. Man durfte es sich nicht leicht machen, indem man sich einredete, dass die Regeln eben manchmal von außergewöhnlichen Umständen außer Kraft gesetzt wurden, und dass es einem höheren Zweck diente, sie nur dieses eine Mal zu umgehen. Wenn man damit anfing, betrat man eine Grauzone, aus der man nur schwer wieder herausfand, wenn überhaupt. Was dann passierte, konnte man an Harder sehen. Sie wollte nicht enden wie er, ein selbstgefälliger Einzelgänger, der auf niemanden hörte, sich niemandem verpflichtet fühlte, an nichts mehr glaubte. Der Umgang mit ihm sollte ihr eine ununterbrochene Warnung sein, sie an die Bedeutung der Vorschriften erinnern, statt sie dazu zu bringen, ein solches Vergehen auch nur in Erwägung zu ziehen. Im Grunde gab es hier nichts zu überlegen, nichts anzuzweifeln, keine Entscheidung zu treffen und sie wunderte sich, dass sie Harders Vorschlag nicht ein für alle Mal entschlossen zurückwies. Es war ihre Verantwortung, das Richtige zu tun, seiner Fahrlässigkeit, Gleichgültigkeit, oder was auch immer es war, Vernunft und Verantwortungsbewusstsein entgegenzusetzen. Wenn sie Wichert anrief und ihn in alles einweihte, war sie auf der sicheren Seite. Sie müsste nicht fürchten, für irgendetwas, das später daraus entstand, zur Rechenschaft gezogen zu werden. Sie würde beweisen, allen anderen und sich selbst, dass sie die Regeln respektierte. Niemand würde ihr etwas vorwerfen können.

Die einzige Frage war, ob ihr das half, sich von jeder Schuld freizusprechen, wenn sie – in einer Woche, einem Monat, einem halben Jahr – die nächste Tote mit einem Tierkopf fanden.

„Wir müssen rausfinden, wo Maja ist", sagte sie schließlich. „Wenn sich herausstellt, dass Schleifer uns zuvorgekommen ist, alarmieren wir Kimmel und Wichert. Wenn er sie sich noch nicht geholt hat, stellen wir ihm eine Falle, du und ich. Und falls das schiefgehen sollte und wir nicht verhindern können, dass er sie entführt, machen wir reinen Tisch und schicken alle, die wir haben, in die Tunnel, bis wir auch das kleinste Loch durchstöbert haben."

Es war keine Frage, es war kein Vorschlag. Es war eine Entscheidung, und Harder wusste, dass ihm nichts übrig blieb, als sich ihr zu fügen.

„In Ordnung."

Sie löschte den Bildschirm des Handys und sah ihn an, als wolle sie prüfen, ob er auch wirklich bereit wäre, die Sache durchzuziehen und sich über die Tragweite einer solchen Aktion klar war – und über die Konsequenzen, wenn es schiefging.

„Wenn er sie uns vor der Nase wegschnappt und sie abmurkst, sind wir schuld an ihrem Tod. Damit käme ich niemals zurecht und ich hoffe, du auch nicht. Wir haben keinen Spielraum, um Mist zu bauen."

Er hielt ihrem Blick stand und diese Antwort genügte ihr.

„Aber ganz abgesehen davon", fuhr sie fort, „bleibt noch die Frage, ob er wirklich versuchen wird, sich Maja zu holen. Es besteht offensichtlich eine Verbindung zwischen Naujoks und ihm und jetzt, wo Naujoks mit seinen Tier-Henker-Aktionen aufgeflogen ist, muss Schleifer wissen, dass wir an ihm dran sind. Vielleicht bläst er alles ab, hält für eine Weile still und sucht sich in ein paar Wochen ein anderes Opfer. Oder er verlässt Berlin, setzt sich in eine andere Stadt ab und macht einfach dort weiter, weil es ihm hier zu heikel geworden ist. Glaubst du, er wird das Risiko eingehen?"

„Auf jeden Fall", sagte Harder. „Ich denke nicht, dass er sich Maja entgehen lassen wird. Sieh dir die ganzen Fotos an. Er hegt offenbar eine enge Verbundenheit zu seinen Opfern, ist richtig von ihnen besessen. Ich kann mir nicht vorstellen, dass sie für ihn austauschbar sind und er jetzt, nachdem er sich so intensiv mit Maja beschäftigt hat, einfach von ihr ablässt, umschwenkt und sich mit der nächstbesten zufriedengibt, die er in die Finger kriegt. Ich glaube, es muss sie sein und keine sonst. Es würde ihn unglücklich machen, sie nicht zu ermorden."

Vogt betrachtete Majas Fotos, als wolle sie sich noch einmal vor Augen führen, was sie vorhatten und wie viel dabei auf dem Spiel stand.

„Aber wie sollen wir vorgehen? Wir können sie schlecht die ganze Zeit über beschatten und hoffen, dass er uns in die Falle läuft. Zu zweit ist das nicht zu machen. Wie sollen wir herausfinden, wann er versuchen wird, an Maja ranzukommen?"

„Keine Sorge", sagte Harder. „Ich habe da schon eine Idee."

Nachdenklich ließ Vogt ihre Finger über die Rückseite ihres Handys laufen. Schließlich nickte sie und steckte es ein.

„In Ordnung. Wir machen das."

Sie blickte Harder an und selbst, wenn ihm nicht bewusst gewesen wäre, wie ernst es ihr war, hätten ihre Augen es ihm spätestens jetzt unmissverständlich klargemacht.

„Aber versprich mir, dass wir das Mädchen nicht sterben lassen!"

23

Die Hexe war geliefert. Der König ließ es sich nicht nehmen, das Signal zur Hinrichtung persönlich zu geben – schließlich musste man zwischen all den Audienzen, Kriegsratssitzungen und Hofzeremonien auch mal Spaß haben. In seinem hermelinbesetzten Mantel, die Krone ein wenig schief auf dem Kopf (zur Feier des Tages hatte er schon leicht einen sitzen), gebot er der aufgebrachten Versammlung aus Bauern, Handwerkern und sonstigem niederen Volk zu schweigen, legte seinen hochherrschaftlichen Blick auf die Angeklagte und zögerte in genüsslichem Bewusstsein seiner Allmacht den Moment hinaus, in dem er in die erwartungsvolle Stille hinein den Henkern den Befehl erteilte, zur Tat zu schreiten. Beifall brach aus, als es endlich so weit war, untermalt von Wutgeschrei, Forderungen nach Rache und dem Tod der Verdammten. Ein Fanfarenstoß bekräftigte das Urteil und zwei Schergen hielten ihre Fackeln an den Scheiterhaufen, auf dem die Hexe, gefesselt an einen Pfahl, sogleich hingebungsvoll zu verbrennen begann. Sie brüllte, warf das rote Haar herum und wand sich in den züngelnden Flammen, die um sie herum emporloderten, und es tat der Dramatik ihrer Darbietung keinen Abbruch, dass diese Flammen aus LED-Lichtern und bunter Pappe bestanden. In einem furiosen Finale bäumte sie sich noch einmal auf, stieß einen letzten markerschütternden Schrei aus und erhob flehend den Blick zum Himmel, bevor sie den Kopf auf die Brust fallen ließ und kraftlos in sich zusammensackte.

Die Zeugen ihres Martyriums spendeten artig Beifall, die Lichter erloschen und einer der Fackelschergen löste die Fesseln, um der Hexe von ihrem Podest zu helfen. Sie verbeugte sich, winkte und warf Kusshände, bis das Publikum aufhörte, zu applaudieren und sich wieder über den Festplatz zerstreute, um sich die Zeit bis zur nächsten Attraktion, dem Ritterturnier etwa oder dem Sängerwettstreit, mit einer Besichtigung der Waffenkammer, einem Besuch im

Folterkabinett oder einer Runde Stockziehen und anderen mittelalterlichen Spielen zu vertreiben.

Harder biss in seine Haxe.

„Coole Show", sagte er mit vollem Mund. „Die haben sich wirklich was einfallen lassen. Wir müssen Schleifer fast dankbar sein. Ohne ihn wären wir nie hergekommen. Nur schade, dass wir nachher nicht an der Schnitzeljagd teilnehmen können, weil wir das blöde Arschloch dingfest machen müssen."

Während er mit der einen Hand den Knochen hielt, an dem der Fleischbatzen hing wie fettige, knusprige Zuckerwatte, faltete er mit der anderen den Flyer auseinander, auf dem die verschiedenen Attraktionen aufgelistet und auf einem Lageplan des Geländes eingezeichnet waren.

„Aber wir können immerhin beim Magier-Wettstreit zusehen und uns, wenn wir Lust haben, für ein Foto an den Pranger stellen lassen. Das gibt ein super Souvenir!"

Vogt teilte seinen Enthusiasmus nicht. Wie sie schon der Hexe kaum Aufmerksamkeit gezollt, sondern das Publikum und die umliegenden Stände und Buden im Auge behalten hatte, zeigte sie auch kein Interesse an Lanzenweitwurf, Ponyreiten und sonstigen Vergnügungen. Alles, was für sie zählte, war die Jagd auf Schleifer, der Rest war bedeutungslos, und sie machte keinen Hehl daraus, dass sie sich von Harder die gleiche Fokussierung gewünscht hätte.

„Vergiss nicht, dass wir nicht zum Spaß hier sind", ermahnte sie ihn. „Wir dürfen nicht zulassen, dass uns Schleifer durch die Lappen geht, geschweige denn, dass er sich Maja holt. Wenn wir ihn eingebuchtet haben, fahre ich mit dir gern ins Phantasialand oder sonst wohin. Aber erst mal konzentrieren wir uns auf unsere Arbeit, ohne uns von irgendwelchen Spielereien, Vorführungen und ähnlichem Humbug ablenken zu lassen. Meinst du, du kriegst das hin?"

Sie streckte die Hand aus, um ihm den Flyer wegzunehmen, entschied jedoch, dass ihm der Lageplan immerhin nützlich sein könnte.

„Und wo wir schon von Humbug reden: Erklär mir doch noch mal, warum das mit der Verkleidung nötig war!"

Sie deutete auf eine Familie in Jeans und T-Shirts, die gut gelaunt an ihnen vorbei in Richtung des Armbrust-Schießstandes zog.

„Wir hätten uns ja auch einfach unter die gewöhnlichen Besucher mischen können."

Harder schnitt eine Grimasse wie ein Kind, das mit seiner Mutter in den Freizeitpark fährt und dann nicht auf die Achterbahn darf. Er nagte die letzten Fleischfetzen ab, versenkte den Knochen im nächsten Mülleimer und wischte sich das Fett aus dem Bart.

„Jetzt sei mal nicht so eine Spielverderberin. Sieht doch spitze aus!"

Er vollführte eine Drehung mit ausgebreiteten Armen. Er trug die Tracht eines Knappen, einen knielangen schwarzen Waffenrock mit Bronzeknöpfen über einem leichten Kettenhemd, dazu eine schwarze Hose und braune Stiefelstulpen. An seinem Ledergürtel hing ein Plastikschwert. Auch Vogt war dem Anlass entsprechend gewandet. Dem Burgfräulein-Look hatte sie sich zwar verweigert. Doch hatte Harder sie nach längerer Diskussion für ein weniger pompöses Marktfrauenkostüm gewinnen können, das aus einem braunen, schnürbaren Mieder mit eingenähter weißer Bluse und einem dunkelgelben weiten Rock bestand, der zwar nicht gerade figurbetont war, dafür aber den Vorteil hatte, dass er die Ausbuchtung von Vogts Hüftholster und Waffe verbarg. Auf eine langhaarige Perücke über ihrem Bobschnitt hatte sie sich trotz Harders Beharrlichkeit nicht eingelassen. Auch so schien sie es sich selbst übel zu nehmen, dass sie ihm in diesem Punkt entgegengekommen war. Auf ihre unbewegte Miene hin ließ er die Arme sinken.

„Das A und O der Undercover-Ermittlung besteht nun einmal darin, mit seiner Umgebung zu verschmelzen. Willst du hier in Polizeiuniform auflaufen? Außerdem wollte ich die

Handyfotos, die ich heimlich von dir gemacht habe, für die Kollegen posten, damit die auch mal was zu lachen haben. Vor allem Gerber, der kommt doch sonst nicht raus."

„Danke, das hilft meiner Position als Frau in der Mordkommission sicher enorm auf die Sprünge. Zu viel Respekt ist ja auch nicht gesund."

Aber sie sagte es ohne Nachdruck und war in Gedanken schon wieder woanders. Sie scannte die Umgebung, als erwarte sie, Schleifer, auf eine Breitaxt gestützt und einen Hirschkopf unter den Arm geklemmt, an eine der Fressbuden gelehnt zu entdecken. Unentwegt blickte sie sich um und schien in jedem, der an ihnen vorüberkam, in jedem Ritter, Pagen oder Knecht, einen seiner Verbündeten zu vermuten. Harder wusste, dass ihre Anspannung zu einem guten Teil der Herausforderung geschuldet war, der sie sich gestellt hatten und die sich als komplizierter erwies, als sie erwartet hatten. Auch er hatte sich bei ihrer Ankunft eingestehen müssen, dass die Umstände alles andere als optimal waren. Das Festgelände war weitläufig und unübersichtlich und wenn ein Mittelalter-Markt auch nicht gerade die Massen anzog wie das Oktoberfest, so waren doch genügend Besucher unterwegs, dass man, wenn man es geschickt anstellte, in der Menge untertauchen konnte. Zumal die Kostüme es umso leichter machten, sich unbemerkt oder doch unerkannt zwischen den vielen Buden und Ständen zu bewegen. Aber trotz aller Widrigkeiten fand er, dass es zu früh war, sich verrückt zu machen. Es war erst später Nachmittag. Schleifer würde bestimmt nicht bei Tageslicht eintreffen. Er würde mit der Dunkelheit kommen, in der er sich wohl und sicher fühlte, wie ein Schatten, der sich kurz aus der Finsternis löst, um sich seine Beute zu schnappen und wieder im schützenden Schwarz der Nacht zu verschwinden. Wenn es soweit war, würde Harder bereit sein, ihn erwarten, ihn verfolgen, bis er ihn zur Strecke brachte. Aber bis dahin sah er keinen Grund, sich nicht ein wenig zu amüsieren.

„Bist du sicher, dass er auftaucht?“, fragte Vogt.

Sie blickte hinüber zu dem Stand, an dem Haffstedt, Maja, der Troll und der Zwerg – nun allesamt in menschlicher Gestalt und in mittelalterlicher Aufmachung – ihre Waren anboten: Ketten, Ringe, Armreifen, Anhänger und Broschen. Vogt hatte es Harder überlassen, Haffstedt noch einmal zu kontaktieren, um sicherzugehen, dass er und seine Freunde, vor allem Maja, auch tatsächlich hier sein würden. Anschließend waren sie zu Majas Wohnung im Studentenwohnheim gefahren und hatten gewartet, bis Haffstedt sie abgeholt hatte. Von Schleifer war nichts zu sehen gewesen. Harder schien recht zu behalten: Wenn er es noch immer auf Maja abgesehen hatte, würde er hier versuchen, sie sich zu holen. Haffstedt und seine Gruppe ahnten nichts von dieser Gefahr. Sie in den Plan einzuweihen war unmöglich gewesen und hätte das ganze Unterfangen gefährdet. Unbesorgt gingen sie in ihrer Leidenschaft für das Mittelalter auf. Haffstedt trug das schwarze Gewand eines hohen Geistlichen, der Troll gab den Ritter im glänzenden Harnisch, der Zwerg hatte sich in einen Herzog in vollem Ornat verwandelt. Maja war eine Kammerzofe in einem schlichten weißen Kleid, um das sie auf Hüfthöhe ein weißes Tuch geschlungen hatte. Auf ihrem Kopf saß eine weiße Haube, unter der ihr helles Haar zu einem Zopf geflochten herabfiel. Sie war gerade dabei, einer dicken Frau in unvorteilhaft kurzen Hosen eine Auswahl des Schmuckwerks zu zeigen. Sie schien geschaffen dafür, Geschmeide feilzubieten, das ebenso filigran gestaltet war wie sie selbst.

Die beiden Kommissare hielten sich nahe genug, um sie beobachten und ihr folgen zu können, falls sie den Stand verließ, jedoch nicht so nahe, dass sie Schleifer verschreckten, falls er sie, was wahrscheinlich war, ebenfalls observierte. Harder hatte allerdings keinen Zweifel daran, dass ein so passionierter Serienkiller sich selbst dann nicht hätte abhalten lassen, wenn sie mit gezogenen Waffen das Objekt seiner Begierde flankiert hätten. Er ließ seinen Blick in Richtung des

Parkplatzes wandern, von dem aus immer weitere Mittelalterfans oder neugierige Ausflügler auf die Festwiese strömten. Auf den übrigen Seiten war sie von Wald begrenzt. Er vermutete, dass Schleifer irgendwo außerhalb des Geländes Posten bezogen hatte, vielleicht ein Fernglas auf Maja gerichtet hielt, in mentaler Vorbereitung auf seinen Angriff. Wenn es so war, mussten sie davon ausgehen, dass er auch ihn und Vogt längst erspäht hatte. Aber es machte keinen Unterschied, dachte Harder. Er würde nicht auf Maja verzichten. All sein Verlangen zielte auf sie und heute war der Tag, an dem er versuchen würde, sie in seine Gewalt zu bringen.

Er nickte auf Vogts Frage hin.

„Hundertprozentig. Das ist seine Chance, viele Leute, Trubel, Ablenkung – beste Voraussetzungen für eine Entführung."

Vogt starrte auf Maja, die mit einem Lächeln das Geld der dicken Frau entgegennahm und ihr dafür ein Tütchen reichte, in das sie den ausgewählten Schmuck verpackt hatte. Ein paar Krieger kamen an dem Stand vorbei und grüßten. Sie antwortete mit einem Knicks. Es war beinahe rührend, fand Harder, zu sehen, wie das stille, schüchterne Mädchen ein wenig aufblühte. Man sah ihr an, wie wohl und sicher sie sich hier fühlte, umgeben von Gleichgesinnten. Selbst wenn sie sich einer Bedrohung gegenübergesehen hätte, einem Lindwurm oder einem Greif, hätte sie auf den Schutz ihrer drei (zumindest virtuell) kampferprobten Recken vertraut, und im Notfall war sicherlich auch noch ein mächtiger Zauberer zur Stelle. Aber all das, wusste Harder, ihr Wohlbefinden, das Gefühl von Sicherheit, ihre Freude, wäre zusammengebrochen, wenn sie geahnt hätte, dass Schleifer für sie das gleiche Schicksal vorgesehen hatte wie für Veronika Fromm, von deren Tod sie so schockiert gewesen war.

„Wir sind für sie verantwortlich, Harder. Verdammt, ich frage mich, ob wir hier nicht gerade gewaltige Scheiße bauen. Ich würde am liebsten da rübergehen, sie mir schnappen und sie von hier wegbringen, irgendwohin, wo der Irre nicht an sie rankommt."

Vogt sprach aus, was er selber in diesem Moment empfunden hatte. Aber es änderte nichts an seiner Überzeugung, dass dieser Plan nicht nur die beste Aussicht bot, Schleifer zu fassen, sondern wahrscheinlich ihre einzige Möglichkeit dazu war.

„Wir können keinen Rückzieher machen. Und es bringt nichts, sich jetzt in Zweifeln aufzureiben. Damit treiben wir uns nur in den Wahnsinn und davon hat keiner was, wir nicht und Maja auch nicht. Wir müssen klar im Kopf bleiben, Ruhe bewahren."

„Wir sollten sie wenigstens warnen, Haffstedt und seinen Freunden Bescheid sagen, damit sie auch aufpassen, Alarm schlagen, wenn sie Schleifer sehen."

Harder stellte sich vor sie, um ihr den Blick auf Maja zu nehmen und sie für das, was er sagte, empfänglich zu machen.

„Hör mir zu! Es klingt bescheuert, ich weiß: Aber wir dürfen es Schleifer nicht zu schwer machen. Er muss glauben, dass er an sie herankommt. Wenn die Jungs sie abschirmen, wird er verschwinden und auf eine bessere Gelegenheit warten und dann werden wir vermutlich nicht da sein, um ihn aufzuhalten." Er hielt sich davon zurück, sie an den Schultern zu fassen – sie hätte eine aufmunternde Berührung vermutlich nicht zu schätzen gewusst – und gab sich stattdessen Mühe, seiner Stimme einen zuversichtlichen Klang zu geben. „Wir schaffen das, Vogt!"

Aber er wusste, dass er mit Appellen nicht zu ihr durchdrang. Jetzt, wo sie gezwungen war, ihn anzusehen, trat in ihre Augen nicht nur ein Vorwurf, sondern Verärgerung, über ihn und über sich selbst, weil er sie zu dieser Mission überredet und sie sich wider besseres Wissen und gegen all ihre Prinzipien darauf eingelassen hatte. Sie schien drauf und dran, ihn beiseite zu stoßen, als rechne sie damit, dass Schleifer diesen kurzen Moment, in dem ihr die Sicht versperrt war, nutzen würde, um Maja zu entführen und sie, wenn Harder endlich den Blick freigab, unauffindbar verschwunden wäre.

„Spar dir den Zuspruch, Harder! Dir fällt es vielleicht leicht, gelassen zu bleiben, während du jemand anderen einer solchen Gefahr aussetzt. Ich weiß nicht, vielleicht bin ich noch nicht lange genug dabei, bin noch nicht abgebrüht genug, um mir darüber keine Gedanken mehr zu machen. Aber mir bedeutet das Mädchen was und im Gegensatz zu dir ist mir nicht egal, ob sie lebt oder stirbt."

Sie wusste, dass sie ihn getroffen hatte und dass es eine unfaire Attacke gewesen war. Er sah es ihr an und er sah ihr an, dass es ihr leidtat. Sie rang mit sich, es zurückzunehmen, sich zu entschuldigen. Sie konnte sich nicht überwinden. Aber es war auch nicht nötig. Harder wusste, dass er sie in eine Situation gebracht hatte, die sie überforderte, da sie von ihr verlangte, nicht nur ihren eigenen moralischen Grundsätzen zuwiderzuhandeln, sondern auch allem, was sie im Polizeidienst gelernt hatte. Sie sah vielleicht ein, dass es notwendig war, dass es keine andere Möglichkeit gab. Aber das machte es nicht besser.

Er trat beiseite. Es beruhigte sie, Maja wieder sehen zu können. Ihre Anspannung ließ sogleich ein wenig nach. Harder wusste, dass es zwecklos wäre, ihr noch einmal die Gründe für ihr Vorgehen aufzuzählen, die sie schon zigmal durchgegangen und abgewogen hatten. Es hätte sie nur weiter gereizt. Es war besser, fand er, ihr etwas Freiraum zu lassen, damit sie ihre Gedanken ordnen konnte und ihr zudem das Gefühl zu geben, dass sie etwas unternahmen, anstatt nur in der Gegend herumzugucken, bis Schleifer sich blicken ließ. Es war das tatenlose Abwarten, das Zweifel aufkommen ließ.

„Am besten, wir trennen uns", sagte er. „Es macht keinen Sinn, hier die ganze Zeit in der Nähe des Standes herumzuhängen."

Er wusste, dass sie sich nicht darauf eingelassen hätte, von Majas Seite zu weichen, dass sie es nicht ertragen hätte, sie auch nur eine Minute aus den Augen zu lassen. Es war ihm recht. Ihm war nicht danach, herumzustehen, bis ihm die Füße einschliefen.

„Ich sehe mich ein wenig um, kundschafte das Gelände aus. Vielleicht stoße ich auf eine Spur von Schleifer oder kriege eine Ahnung, von wo er kommt und wie er vorhat, Maja wegzubringen. Hier, darüber halten wir Kontakt."

Er griff in seine Tasche und holte zwei Walkie-Talkies heraus, klobige Kästen mit billigem Plastikgehäuse und großen orangenen Tasten.

Vogt nahm eines und betrachtete es skeptisch.

„Wo hast du die Dinger her? Aus dem Spielzeugladen?"

Er wusste, dass ihr Scherz der Versuch einer Wiedergutmachung für ihren kleinen Ausraster war. Es war ihre Art, ihm zu zeigen, dass sie sich wieder im Griff hatte und verstand, dass sie zusammenarbeiten mussten, anstatt sich gegenseitig an die Gurgel zu gehen, weil sie dadurch nur ihrem Gegner in die Hände spielten. Sie mussten all ihre Energie, auch jene, die sich aus Wut und vielleicht Angst speiste, auf seine Ergreifung richten.

„Ich darf keine Überwachungsinstrumente vom Dezernat mehr ausleihen", sagte Harder, „seit ich mal eins ihrer kostbaren Richtmikrofone", er setzte mit den Fingern Anführungszeichen in die Luft, „verloren habe."

Vogt schaltete das Gerät ein.

„Das wird schon hinhauen", sagte Harder, bevor sie das Knacken und Rauschen kommentieren konnte, das es von sich gab. Er schaltete seins ein, drückte die Taste und sprach hinein. „Wir dürfen uns nur nicht zu weit voneinander entfernen."

Seine Stimme drang zerrissen und gerade noch verständlich aus Vogts Funkgerät.

„Naja", sie zuckte die Schultern, „im Notfall können wir Schleifer immerhin damit k. o. schlagen." Sie zwängte das Ding in ihre Rocktasche. „In Ordnung. Ich bleibe hier, du drehst eine Runde, verschaffst dir einen Überblick. Nachdem du bei Naujoks schon den einfühlsamen Psychoflüsterer gegeben hast, führt dich dein Gespür vielleicht direkt zum nächsten Verrückten."

Es war perfekt! Die Ritter, Burgfräulein und Edelleute, die in ihren Rüstungen und Gewändern zwischen den Buden lustwandelten wie über einen Schlosshof, die Klänge von Laute und Schalmei, die zu ihm herüberschallten, das Klirren des Schmiedehammers auf dem Amboss, die geharnischten Pferde, die auf dem Turnierplatz tänzelten, die Wappenbanner, die sich im Wind blähten, die ganze Atmosphäre dieser so eigenen, kleinen Welt, in der das Mittelalter vor ihm auferstand, mit all seinen Bräuchen und seinen Mythen, in all der Faszination, die es auf ihn so lange schon ausübte: Es gab keinen besseren Ort für ihn und Maja, um endlich zusammenzufinden. Ihr Anblick, selbst aus der Ferne, brachte ihn zum Lächeln und erhöhte seine Vorfreude, sie zu besitzen. Sie stach heraus. Alle anderen wirkten blass, fade, grau. Sie leuchtete, als sei sie von einem magischen Glanz umgeben. Er spähte durch das Blattwerk zum Himmel. Bald war es so weit. Es begann bereits zu dämmern. Nicht mehr lang und er würde sein Versteck verlassen und sich auf das Gelände schleichen, näher und näher an Maja heran. Er fühlte sich gut, stark. Nichts und niemand konnte ihm etwas anhaben. Sie waren bei ihm (Hol sie dir!), sie würden ihn begleiten (Sie gehört uns!), ihn schützen vor seinen Widersachern. Er richtete das Fernglas auf die Kommissarin, Vogt. Sie stand auf dem Hauptplatz, auf dem die Vorführungen stattfanden, und behielt Maja im Auge, bewachte sie, wollte ihn fernhalten von ihr. Aber er würde nicht zulassen, dass sie sich zwischen ihn und Maja, seine Maja stellte. Er würde sie schon zu überlisten wissen. Er kundschaftete das übrige Gelände aus. Den anderen, Harder, konnte er nicht sehen. Er trieb sich wahrscheinlich irgendwo zwischen den Buden herum, suchte ihn.

Er lächelte. Er hatte keine Angst vor den Kommissaren. Im Gegenteil: Es war gut, dass sie hier waren. Es machte seine Aufgabe spannender, erhöhte die Herausforderung und damit den Reiz. Außerdem wurde das Ganze dadurch noch romantischer. Er würde Maja erobern, sie seinen Feinden rauben wie ein Ritter, der eine Prinzessin entführt. Es war wie im Märchen, mit dem Unterschied, dass die schöne Königstochter am Ende sterben würde. Aber das gehörte dazu. Nicht alle Märchen hatten ein Happy End.

Mit der Nacht kamen die Schatten. Tagsüber hatten sie sich versteckt gehalten. Hier und da nur hatte sich, lichtscheu, ein blasser Schemen gezeigt, wie ausgebleicht von der Sonne, ein Vorbote, der auskundschaftete, ob es schon Zeit war, aufzuerstehen und die Finsternis zu feiern. Jetzt, in der Dunkelheit, erhoben sie sich, lösten sich von ihren (vermeintlichen) Besitzern und nahmen, gedrungen, auseinandergezogen oder auf andere, absonderliche Weise verzerrt, menschliche Gestalt an. Sie waren überall. Mit jedem der bärtigen Kerle im Pelzgewand, die ihre Zinnhumpen gegeneinander krachen ließen, dass der Met überschwappte, gurgelte sich ein Scherenschnitt den Honigwein die Kehle hinab. Mit jedem der Akrobaten in ihren Narrenkostümen, die jonglierten oder sonstige Kunststücke vollführten, schlug ein Abziehbild ihrer selbst Purzelbäume oder lief auf den Händen. Mit jedem Musikanten spielte ein schwarzer Zwilling stumm die Fidel oder blies auf der Flöte. Mit all den Männern und Frauen, die um das Lagerfeuer tanzten, tanzten ihre Schatten, schleuderten die Beine, wirbelten mit den Armen, warfen die Köpfe herum, sodass es aussah, als führten die Tänzer mit ihren eigenen dunklen Geschwistern einen Reigen auf. Das Licht der Fackeln und des Lagerfeuers brachte sie zum Flackern. Die Nacht gehörte ihnen. Sie würden tanzen und singen, saufen und Kapriolen schlagen, bis der Morgen graute. Wenn das Licht kam, würden sie wieder erblassen. Aber sie würden nicht verschwinden.

Sie würden bleiben, stille und unbemerkte Begleiter, die man nicht gänzlich vertreiben und niemals loswerden konnte, weil jeder immer einen Schatten warf, auch wenn er gerade nicht zu sehen war.

Harder stand in dem Kreis, der sich um das Lagerfeuer und die Tänzer gebildet hatte. Die Zuschauer klatschten im Rhythmus und belohnten besonders gelungene Figuren und Sprünge mit Lobesrufen. Die Scheite krachten in den Flammen und hin und wieder gellte das Lachen eines Mädchens auf, das sein Kavalier besonders gewagt herumgewirbelt hatte, sodass ihr bauschender Rocksaum die Flammen streifte. Ein warmer Wind wehte den Geruch von Kiefernholz und beißende Rauchschwaden auf, die zu Tränen reizten. Das Feuer beleuchtete die erhitzten Gesichter der Tänzer und legte einen Glanz über die Augen der Umstehenden. Harder achtete weder auf die Musik noch auf den Tanz. Seine Suche war ergebnislos verlaufen. Er hatte das gesamte Gelände durchkämmt, ohne auf eine Spur von Schleifer zu stoßen oder auch nur eine Ahnung davon zu bekommen, wie er vorgehen würde. Einige Mal hatte er geglaubt, ihn zu erkennen, und jedes Mal hatte er sich geirrt. Er war sicher, dass er längst hier war. Er meinte, ihn zu spüren, stärker jetzt, als stehe er unmittelbar neben ihm und strecke die Hand aus, um ihn zu berühren. Erneut ließ er seinen Blick, von Gesicht zu Gesicht, über die Menge gehen.

Dieses Mal brauchte er nicht lange zu suchen.

Schleifer stand auf der anderen Seite des Lagerfeuers, in der ersten Reihe der Zuschauer. Er war so urplötzlich erschienen, als wäre er dem Feuer entstiegen. Er stand still und sah Harder an. Immer wieder gerieten sie einander kurz aus dem Blick, wenn die Flammen hochschlugen oder sich eine der Lücken schloss, die die Tanzenden ließen. Er trug ein grünes Wams, das eng an seinem schmalen Körper anlag, dazu braune Hosen und auf dem Kopf eine längliche Kappe, deren Spitze über sein weiches Jungengesicht ragte. Er hatte nichts von einem Mörder an sich, was nicht nur daran lag, dass man seinen dünnen Armen nicht genügend Kraft zugetraut hätte, eine Frau zu überwältigen oder ihr mit einem Axthieb den Kopf abzutrennen. Er sah drollig aus, wie ein Schüler, der sich zu Karneval als Robin Hood verkleidet hat. Harder hätte gelacht, wäre nicht etwas in Schleifers Augen gewesen, das seinem albernen Aufzug alles Komische nahm. Seine Augen leuchteten. Aber es kam nicht von dem Feuer. Sie leuchteten kalt. Es war, als freue er sich, Harder zu sehen und fordere ihn zu einem Versteckspiel heraus, dessen Einsatz das Leben eines Mädchens war. Harder machte einen Schritt auf ihn zu. Ein Lächeln ging über Schleifers Gesicht. Dann wich er zurück durch die Menge und tauchte in die umliegende Dunkelheit ein.

Harder sprach in sein Walkie-Talkie.

„Er ist hier, Vogt. Und er weiß, dass wir hier sind. Halt die Augen offen!"

„Alles klar", krächzte Vogts Stimme aus dem Funkgerät. „Haffstedt und Co. haben ihren Stand dicht gemacht. Sie sind auf dem Weg zum Festplatz. Da findet gleich der Drachenkampf statt. Ich hänge mich an sie dran. Ich schlage vor, du kommst von der anderen Seite, dann haben wir ..."

Ihre Stimme brach ab.

„Vogt? Vogt! Hörst du mich?"

Harder ließ den Sendeknopf los. Aber das Funkgerät gab nichts als Rauschen von sich. Eilig drängte er sich in den Zuschauerkreis, stieß und rempelte die umstehenden Männer und Frauen beiseite. Sie bedachten ihn dafür mit Schimpftiraden und Beleidigungen, die im Gegensatz zu ihren Kostümen ziemlich modern ausfielen. Jemand packte ihn an seinem Waffenrock. Er trat zu. Ein Schrei teilte ihm mit, dass er getroffen hatte. Der Griff lockerte sich. Harder riss sich los und kämpfte sich aus der Menge. Er sprintete zwischen den Buden hindurch. Die Besucher, denen er entgegenstürmte, wichen erschrocken aus. Der Schmied hielt im Schlag seines

Hammers inne. Der orientalisch anmutende Mann, auf dessen mit einem Lederhandschuh überzogenen Arm ein Falke saß, drehte verwundert den Kopf. Harder rutschte auf einer Ladung Pferdeäpfel aus, fing sich und stolperte weiter. Aus der Alchemistenküche quollen benebelnder Dampf und Schwefelgestank, das Letzte, was er brauchen konnte. Auch so brannte schon jeder Atemzug. Er hustete, ohne in seinem Tempo nachzulassen und fluchte auf seine Raucherlunge. Er presste sich die Hand in die Seite, um den stechenden Schmerz zurückzuhalten, bis er, nach etwa hundert Metern, keuchend den weiten Turnierplatz erreichte. Er beugte sich vor, stützte die Hände auf die Knie und versuchte, zu Atem zu kommen, während seine Blicke über die Zuschauermenge flogen, die sich hier eingefunden hatte, weitaus zahlreicher noch als beim Lagerfeuer, um dem Spektakel beizuwohnen, das in diesem Moment begann.

Ein Drache, ein schwarz-grünes schuppiges Ungetüm mit geschwungenen Hörnern, krallenbewehrten Pranken und stacheligem Schwanz stieß ein Brüllen aus, das die Luft erzittern und die Erde beben ließ. Er duckte sich in Angriffsstellung. Seine gelben Augen funkelten böse, aus seinen Nüstern stob ein Schwall Rauch. Im Licht der Fackeln, die den Kampfplatz beleuchteten, wirkte er furchterregend, ein Fleisch und Blut gewordenes Sagenmonstrum, das, wenn sich ihm nicht Helden vom Format eines Lanzelot entgegenstellten, Städte verwüsten, Wälder und Felder mit seinem Feuerodem zu Asche verbrennen und die Bevölkerung ganzer Landstriche verschlingen würde. Erst auf den zweiten Blick erkannte man (wenn man sich den Spaß der Illusion verderben wollte), dass er aus Plastik, Stoff und Pappmaché bestand und dass er sich die drei Menschen, die in seinem Bauch steckten, nicht als Appetitanreger einverleibte, sondern sie sich seinen gepanzerten Leib freiwillig übergestülpt hatten, um ihm Leben zu verleihen und gegen die Ritterschar anzutreten, die sich auf der anderen Seite des Platzes bereit machte, Ruhm, Ehre und die Gunst der einen oder anderen Prinzessin zu erringen. Sie trugen prachtvolle Rüstungen und waren mit Schwertern, Hellebarden und Lanzen bewaffnet. Auf ihren Schilden prangten kunstvolle Wappen. Scheppernd stellten sie sich in Formation. Der Drache spannte sich, bereit zum Sprung. Ein Fanfarenstoß verkündete den Beginn des Kampfes. Die Ritter reckten ihre Waffen empor, stürmten schreiend auf das Ungetüm zu und drangen mit Schwertstreichen, Lanzenstößen und Hellebardenschwüngen auf ihn ein. Der Drache setzte sich fauchend zur Wehr, warf den Kopf herum, stieß mit seinen Hörnern zu, hieb mit seinen Pranken um sich und teilte Schwanzschläge aus. Die tapferen Krieger aber, wenn auch mancher von ihnen fiel, ließen in ihrem Kampfeswillen nicht nach, war es doch, wenn sie schon nicht den Sieg davontrugen, ein nicht minder erstrebenswertes Verdienst, für ihr Königreich den Heldentod zu sterben.

Harder richtete sich auf. Inmitten der Zuschauer, die den Kampf teils gefesselt, teils belustigt verfolgten, entdeckte er Haffstedt, der die meisten der Umstehenden um eine Kopflänge überragte. Harder warf sich in die Menge, wühlte sich unter Einsatz seiner Ellenbogen zu ihm durch und fasste ihn an der Schulter. Haffstedt drehte sich zu ihm um und lächelte, als er ihn erkannte.

„Ach, Sie? Schön, dass Sie gekommen sind. Und sogar verkleidet. Wollen Sie ..."

Harder schnitt ihm das Wort ab.

„Wo ist Maja?"

Haffstedt schüttelte verwirrt den Kopf.

„Was? Wieso? Ich weiß nicht." Er schaute sich um. „Sie war eben noch da." Er tippte seine Freunde an, die neben ihm standen. „Hey, wisst ihr, wo Maja hin ist?"

Aber sie murmelten nur eine Verneinung und ließen sich nicht darin stören, gebannt das Gefecht zu verfolgen.

Haffstedt wies in Richtung der Toilettenwagen am Rande des Festgeländes.

„Vielleicht ist sie pinkeln gegangen."

Ein violett gewandeter Herzog, der eine Videokamera über die Köpfe hielt, schaltete sich ein.

„Wenn ihr das Mädel in dem weißen Kleid sucht – der ist schwindelig geworden, Kreislaufkollaps oder so. Ein Typ hat sie weggeführt, damit sie Luft schnappen kann, so ein Kleiner in einem grünen Kostüm. Ich dachte, das wäre ein Freund von ihr."

„Wo sind sie hin?"

Er machte eine Kopfbewegung zum Parkplatz.

„Da rüber."

Harder zögerte keinen Augenblick und kämpfte sich aus der Menge.

Haffstedt folgte ihm.

„Ist irgendwas nicht in Ordnung?"

Harder antwortete nicht. Angestrengt starrte er in Richtung des Parkplatzes, konnte aber in dem schwachen Licht nichts ausmachen, das ihm einen Hinweis auf Schleifer oder Maja gegeben hätte. Zudem waren, auch wenn sich die meisten am Lagerfeuer oder dem Turnierplatz versammelt hatten, noch genügend Leute unterwegs, um ihm die Sicht zu versperren. Er wusste, dass es nichts brachte, auf Geratewohl loszulaufen und zu hoffen, zufällig auf Schleifer zu stoßen oder ihn irgendwo abzupassen. Der Parkplatz hatte mehrere Zugänge und außerdem hätte Schleifer auch längst einen anderen Weg einschlagen können, um zu flüchten. Er wollte gerade über sein Funkgerät versuchen, mit Vogt Kontakt aufzunehmen, als sie aus einer Gasse zwischen den Buden herbeigerannt kam.

„Der Mistkerl hat sich an mich rangeschlichen und mir eine übergezogen." Sie befühlte die Beule an ihrem Hinterkopf, ebenso verärgert wie beschämt, dass es Schleifer gelungen war, sie auszutricksen. „Hast du eine Ahnung, wo er ist?"

In diesem Moment flackerte nahe der niedrigen Umzäunung, die das Festgelände abschloss, etwas Weißes auf. Sie entdeckten es gleichzeitig.

„Da vorn!"

Sie sprinteten los.

„Bleib an ihm dran", rief Vogt und scherte zur Seite aus. „Ich versuche, ihm den Weg abzuschneiden und ihn vom Parkplatz her abzufangen."

Harder war kein schneller Läufer. Aber auch Schleifer kam nur langsam voran. Harder holte weit genug zu ihm auf, um zu erkennen, dass er Maja quer vor sich auf seinen Armen trug. Sie war offenbar nicht bei Bewusstsein. Schlaff lag sie in seinem Griff, ihr Kopf, ihre Arme und Beine hingen kraftlos herunter. Schleifer lief ungelenk, von seiner Last immer wieder aus dem Gleichgewicht gebracht. Aber er strebte eilig und unbeirrbar vorwärts, wie ein Raubtier, das nur das eine Ziel kennt, seine Beute in sein sicheres Versteck zu bringen.

„Schleifer!", schrie Harder ihm nach. „Bleib stehen!"

Aber er wusste, dass er sich den Atem hätte sparen können. Schleifer warf ihm nur einen Blick über die Schulter zu und verstärkte seine Anstrengung. Harder blieb stehen. Schleifers Vorsprung war zu groß, als dass er ihn einholen konnte, bevor er den Parkplatz erreichte und Maja in den Kofferraum eines Wagens verfrachtete. Er sah Vogt in vollem Spurt über den Zaun setzen. Aber auch sie war noch zu weit entfernt, um ihn abzufangen. Harder wollte nach seiner Waffe greifen. Aber das Risiko, dass das Projektil, wenn er Schleifer auf diese Entfernung überhaupt erwischte, seinen Körper durchschlug und Maja verletzte, war zu groß. Der Zufall kam ihm zur Hilfe. Wie gerufen tauchte eine Gruppe junger Männer und Frauen auf, die offenbar gerade den Schießstand verlassen hatten. An ihrer Spitze lief ein junger Mann, der sich, der Begeisterung seiner Freunde und seinem stolzen Gesichtsausdruck nach, als Schützenkönig hervorgetan hatte. Er trug eine gespannte Armbrust lässig über der Schulter.

Harder riss sie ihm aus der Hand.

„Hey! Was zur Hölle ..."

„Polizei! Spezialeinsatz!"

Seine Verkleidung schien die Gruppe nicht restlos zu überzeugen. Aber sein bestimmtes Auftreten verwirrte sie und brachte sie dazu, zurückzuweichen. Er legte die Armbrust an, kniff ein Auge zu und zielte. Bei den Trainingseinheiten am Schießstand mit seiner SIG schnitt er nicht gerade begeisternd ab. Schusswaffen gleich welcher Art waren nicht unbedingt sein Ding. Aber Schleifer bot ihm seinen Rücken dar und wenn er sich auch bewegte, so doch nur vorwärts, in gerader Linie, ganz abgesehen davon, dass Harder ohnehin nichts anderes übrig blieb, als den Versuch zu unternehmen. Es war die einzige Möglichkeit, Schleifer aufzuhalten. Die Gruppe um den entwaffneten Schützenkönig stand starr. Haffstedt, der ihn eingeholt hatte, hielt den Atem an. Harder drückte den Abzug. Die Sehne schnellte vor, der Bolzen schwirrte mit einem hellen Sirren durch die Nacht. Schleifer stürzte. Sein rechtes Bein flog empor, während sein Oberkörper in einer Gegenbewegung nach hinten kippte. Er ließ Maja los, die wie ein Sack Wäsche auf die Erde schlug, wirbelte mit den Armen in dem vergeblichen Versuch, sich aufrecht zu halten und krachte auf den Rücken. Harder wunderte sich, war der Bolzen doch meterweit von Schleifer entfernt in einen hölzernen Fackelständer gefahren. Er vermutete Pferdeäpfel, die Schleifer zu Fall gebracht hatten. Das zusätzliche Glück eines günstig gelegenen Steins, an dem Schleifer sich bei seinem Aufprall den Schädel eingeschlagen hätte, blieb ihm bedauerlicherweise verwehrt. Schleifer blieb nicht liegen. Er rappelte sich auf und machte Anstalten, sich Maja über die Schulter zu hieven. Aber als er sah, dass Vogt vom Parkplatz her auf ihn zuhielt, ließ er von ihr ab. Mit einem Wutschrei sprang er auf, hastete zum Wald und stürzte sich in das Dickicht, das sich wie eine Wand hinter ihm schloss.

Vogt lief ihm bis an den Waldrand nach, erkannte jedoch, dass es aussichtslos wäre, ihn nachts im Unterholz aufstöbern zu wollen, und machte kehrt. Harder warf die Armbrust hin und rannte zu Maja, die reglos auf dem Boden lag. Er erreichte sie zeitgleich mit Vogt, die im Gegensatz zu ihm kein bisschen außer Atem war. Maja lag auf der Seite. Ihre Haut wirkte noch blasser als sonst. Ihre Augen waren geschlossen, ihr Mund leicht geöffnet. Äußerlich waren keine Verletzungen an ihr zu erkennen. Harder ging neben ihr in die Knie, prüfte ihren Puls. Er war da, schwach, aber regelmäßig.

„Sie lebt, aber wir brauchen einen Krankenwagen." Er blickte zu Vogt auf, die bereits ihr Handy gezückt hatte. „Wer weiß, womit er sie vollgepumpt hat."

Er fasste Maja an den Schultern und drehte sie sacht auf den Rücken. Maja regte sich wie eine Schlafende, die aus unruhigen Träumen erwacht. Ihre Lider flatterten. Sie kam zu sich. Sie öffnete die Augen und sah verwirrt zu Harder auf, ohne ihn zu erkennen.

„Was ist passiert?", murmelte sie. „Wo bin ich?"

„Alles in Ordnung", sagte Harder. „Wir kümmern uns um dich. Hast du irgendwo Schmerzen?"

Sie schüttelte schwach den Kopf.

„Ich bin nur benommen, alles dreht sich."

„Keine Sorge, wir bringen dich ins Krankenhaus."

Er stand auf und gab Haffstedt, der hinzugekommen war und betroffen auf Maja niederblickte, ein Zeichen.

„Bleiben Sie bei ihr!"

Haffstedt nickte und setzte sich neben Maja auf die Erde. Sie schien froh, ein bekanntes Gesicht zu sehen. Sie tastete nach ihm. Er fasste ihre Hand und streichelte sie unbeholfen. Dankbar lächelte sie ihn an und schloss die Augen.

Der Aufruhr hatte einige Besucher angelockt, die jetzt um Maja, Haffstedt und die Kommissare einen Kreis bildeten. Harder wies sie an, Abstand zu halten und trat zu Vogt, die das Handy am Ohr hatte.

„Wir haben es versaut, Harder", sagte sie, während sie wartete, dass am Ende der Leitung jemand ranging. „Der ganze Scheißplan ist nach hinten losgegangen. Wir müssen Wichert Bescheid sagen." Sie deutete auf den Wald. „Schleifer kann noch nicht weit sein. Wir stellen Suchtrupps zusammen und durchkämmen die ganze Gegend. Wir holen uns den Drecksack. Ja, Klaus!" Sie wandte sich von Harder ab. „Claudia hier. Hör zu, wir brauchen deine Hilfe."

Harder machte einen Schritt auf den Wald zu und starrte in das dichte Unterholz, das abweisende Dunkel zwischen den Bäumen und Büschen. Nichts regte sich darin. Nicht einmal ein Vogelruf war zu hören. Er teilte Vogts Zuversicht nicht, dass es ihnen gelingen würde, Schleifer darin aufzuspüren. Er hatte eine Ahnung, dass er schon zu weit weg war, als dass sie ihn noch zu fassen bekämen.

Und als kurz darauf sein Handy klingelte, war er sicher.

24

Der Passat schlitterte um die Kurve und krachte beinahe in einen parkenden BMW, bevor die Reifen griffen und Harder den Wagen zurück in die Spur zwang. Er krampfte seine Finger um das Lenkrad, als wollte er es aus seiner Verankerung reißen, und presste seinen Fuß auf das Gaspedal, als wollte er den Boden durchtreten. Das alte Vehikel, das eine so grobe Behandlung nicht gewöhnt war, sprotzte, ruckelte und schlingerte mit dem Heck, während Harder es wie ein störrisches Maultier voranpeitschte. Ungebremst schoss es über rote Ampeln und Kreuzungen, vorbei an Vorfahrtsschildern und anderen Verkehrsteilnehmern, die um ihn herum erschrocken Vollbremsungen hinlegten und ihre Hupen strapazierten. Der Wackeldackel auf der Hutablage nickte sich vor Begeisterung einem Schleudertrauma entgegen. Der Christophorus auf dem Armaturenbrett hatte Panik in den Augen. Aber Harder achtete ebenso wenig auf den artgerechten Transport von Kunststofftieren wie auf die Befindlichkeit von Heiligen.

Er hörte noch immer Schleifers zischende Stimme.

„Maja war mein, Harder! Sie gehörte mir. Ich hatte so viel mit ihr vor, so viel Großes. Sie hatten kein Recht, sie mir wegzunehmen. Sie bedeutet Ihnen doch nichts, nicht so viel wie mir. Zur Strafe werde ich jetzt Ihnen etwas wegnehmen. Dann sehen Sie mal, wie das ist!"

Harder hatte sofort begriffen, von wem er sprach. Das Handy am Ohr war er zum Parkplatz gerannt. Ohne Vogt zu antworten, die ihm nachgerufen hatte, dass Wicherts Leute bald eintreffen würden und wo zum Teufel er denn jetzt hinwolle, war er in den Wagen gesprungen, hatte den Motor angelassen und war davongerast.

„Wenn Sie sie wiederhaben wollen, müssen Sie zu mir kommen."

Unter seinem Hass war noch etwas anderes durchgeklungen, eine neckische Bosheit, als freute er sich fast genauso darauf, Harder Schmerz und Leid zuzufügen, wie er sich darauf gefreut hatte, Maja zu töten. Harder hatte sich Mühe gegeben, seine Stimme ruhig zu halten, Schleifer nichts von seiner Anspannung, der Angst merken zu lassen, die sich in ihm zusammengeballt hatte.

„Allein, nehme ich an? Wenn ich Verstärkung mitbringe, tötest du sie, stimmt`s?"

Schleifer hatte gekichert.

„Tolle Idee, gefällt mir! Sie haben das wohl schon mal gemacht. Für mich ist das neu, wissen Sie? Ich weiß nicht genau, was ich tun werde."

Harder hatte versucht, die Angst in Wut umzumünzen, sie aus sich herauszuschleudern.

„Dafür weiß ich, was ich tue, wenn du sie anrührst, du kranker Spinner!"

Aber mit seinem Ausbruch hatte er nicht mehr erreicht, als Schleifer zu belustigen, den Genuss zu erhöhen, den er dabei empfand, Harder zu quälen.

„Immer ruhig, Herr Kommissar! Ich habe sie ja noch gar nicht. Sie brauchen also nicht beleidigend zu werden. Aber ich bin gleich da, nur noch ein paar Minuten. Vielleicht treffen wir uns, ich nehme an, Sie sind schon unterwegs. Wenn Sie es nicht schaffen, schicke ich Ihnen eine SMS, wo Sie uns finden. Dann können Sie nachkommen. Ich würde ihr natürlich gerne den Kopf aufsetzen, der für Maja bestimmt war und ich weiß nicht, wie lange ich mich damit zurückhalten kann. Also beeilen Sie sich, okay?"

„Verlass dich drauf, Arschloch!"

Er hatte aufgelegt, gewählt, nur ein Besetzt-Zeichen erhalten. Fluchend hatte er den Anruf abgebrochen. Das Handy hatte sofort erneut geklingelt und Vogts Nummer war auf dem Display erschienen. Harder hatte sie weggedrückt und das Handy eingesteckt. Seitdem klingelte es alle paar Minuten, während er durch die nächtliche Stadt heizte, beherrscht von dem Gedanken, schnell genug zu sein, um Schleifer abzufangen und voller Angst, zu spät zu kommen. Endlich passierte er die letzte Kreuzung, erreichte das Wohngebiet, in dem an den meisten Häusern bereits die Rollläden heruntergelassen waren. Niemand war zu sehen, kein Mensch auf der Straße, kein in Hast abgestelltes Auto, keine Spur von Schleifer. Es war auch kein Lärm zu vernehmen, der darauf hingewiesen hätte, dass er bereits hier war. Notgedrungen drosselte Harder das Tempo, um in die Seitenstraße einzubiegen, in der das „Liebesnest" lag. Auf den letzten Metern gab er noch einmal Gas, jagte den Passat den Bordstein hinauf, sodass die Motorhaube in die Büsche im Vorgarten krachte, und stieß die Tür auf, bevor er zum Stehen gekommen war. Der Wagen machte einen letzten Satz, der abgewürgte Motor krepierte mit einem Röcheln. Harder sprang heraus, stürzte die Stufen zum Eingang hinauf und klingelte Sturm. Ihm fiel nicht ein, zurückzulaufen und seinen Haustürschlüssel aus dem Wagen zu holen. Er hatte nur noch einen Gedanken: In das Haus zu gelangen und Schleifer aufzuhalten, bevor er seine Drohung wahr machen konnte. Als auf sein Klingeln niemand kam, begann er, gegen die Tür zu hämmern, als wollte er sie mit den Fäusten einschlagen.

„Macht auf!", schrie er. „Verdammt noch mal, macht die Tür auf!"

Aber es dauerte eine Ewigkeit, schien ihm, bis Gisela öffnete. Sie trug ihr übliches Abendoutfit, ein schwarzes Kleid und passende Stöckelschuhe, ihre Dauerwelle hätte unbeschadet einen Hurrikan überstanden und die Menge an Parfüm, in der sie offenbar gebadet hatte, hätte genügt, sämtliche Berliner Obdachlose in Wohlgeruch zu hüllen. Sie schien nicht im Geringsten überrascht, dass er derjenige war, der die ganz auf Erholung und Entspannung der Gäste ausgerichtete Atmosphäre ihres Wellness-Etablissements kaputtrandalierte. Dazu war er schon zu oft im Vollrausch hier aufgelaufen. Ihrem Gesicht, in dem sich unter der Schminke

Unmut und Tadel mischten, sah er an, dass sie nichts wusste, noch nichts passiert war. Aber das hieß nicht, dass er rechtzeitig eingetroffen war.

„Harder, dir geht's wohl nicht gut", sagte sie. „Unsere Gäste müssen ja denken, hier findet eine Razzia statt. Und was soll dieser Aufzug? Kommst du von einem Kostümfest oder was?"

Er drängte sich an ihr vorbei.

„Hey, mach mal langsam!"

„Wo ist Penny?"

Sie stellte sich ihm in den Weg.

„Tu mir einen Gefallen und hör mit dem Krawall auf", flüsterte sie. „Ich kann so was hier nicht brauchen."

Sie wies mit den Augen auf den offenen Durchgang zu dem Zimmer, den sie ihren Salon nannte. Auf stilvollen Sofas (Gisela hasste jeden plüschigen Bordellkitsch) saßen drei Paare, bestehend aus je einem Mann und einem von Giselas Mädchen, bei Sekt und Zigaretten zusammen und plauderten. Ihre Gespräche stockten, sie drehten die Köpfe und blickten zu Harder und Gisela hinüber, die einander im Eingangsbereich dicht gegenüberstanden, er angespannt, mit gesenktem Kopf und geballten Fäusten, sie in der Pose der resoluten Hausherrin, die jedem Verstoß gegen ihre Regeln mit strenger Bestimmtheit begegnet. Die Mädchen – ansprechend, aber vollständig bekleidet (Nacktheit war nur in den Privaträumen geduldet) – richteten sich neugierig auf und versuchten, etwas von dem Gespräch aufzuschnappen. Sie kannten Harder und wussten, dass von ihm keine Bedrohung, mitunter aber ein hoher Unterhaltungswert ausging. Die Herren zogen an ihren Zigaretten und markierten Gelassenheit. Keiner von ihnen hatte Lust, sich als Held hervorzutun und gewaltsam gegen den sonderbar gekleideten Störenfried vorzugehen. Wegen dieser Form körperlicher Auseinandersetzung waren sie nicht gekommen, ganz abgesehen davon, dass es wenig wünschenswert war, anschließend womöglich der Polizei, einem Notarzt oder ihren Frauen erklären zu müssen, wo und unter welchen Umständen sie sich ein blaues Auge oder eine aufgeplatzte Lippe geholt hatten.

Harder scherte sich nicht um ein mögliches Stimmungstief der Puffbesucher.

„Wo ist sie?“

Sein Blick fraß sich in ihren, sein Atem stieß ihr ins Gesicht und sie merkte verwundert, dass er keine Fahne hatte. Sie erkannte, dass es ihm ernst war und sie ihn weder durch Ermahnungen noch durch Argumente zur Räson bringen würde – was freilich nicht bedeutete, dass sie bereit war, ihn ohne Einspruch gewähren zu lassen.

Sie hob beschwichtigend die Hände.

„In ihrem Zimmer nehme ich an, aber ...“

Er schob sie beiseite. Sie fasste ihn an der Schulter und hielt ihn zurück.

„Du kannst jetzt nicht zu ihr. Sie hat Besuch.“

Er riss sich los und stürmte durch den Eingangsbereich.

„Verdammt, Harder!“, rief sie ihm nach.

Aber er achtete nicht auf sie. Er hastete die Treppe hinauf, erreichte den ersten Stock und sprintete über den Flur, vorbei an einem schmalen Buchhaltertyp mit Brille, der sich mit einem Aufschrei gegen die Wand drückte. Die Tür zu Pennys Zimmer war geschlossen. Harder rüttelte an der Klinke, die Tür gab nicht nach. Er nahm Anlauf und warf sich mit der Schulter dagegen. Die Tür krachte, aber er brauchte noch einen weiteren Stoß. Das Holz splitterte, die Tür gab nach und Harder stolperte hindurch, mitten hinein in ein Schlachthaus.

Das Zimmer war voller Blut. Wo es nicht in dicken, glänzenden Lachen auf dem Boden stand, war es in Form von Fußabdrücken und Schlieren über den gesamten Teppich verteilt. Rote Handabdrücke und Spritzer verzierten die Wände mit einem grausigen Muster. Das meiste Blut aber hatte sich auf dem Bett gesammelt, so viel, dass es die Bettwäsche vollkommen eingefärbt hatte und ihre ursprüngliche Farbe nicht mehr zu bestimmen war. In der Mitte des Bettes und somit auch des Blutes, lag ein Mann, nackt, haarig und tot. Er lag auf dem Rücken, die Arme wie ergeben von sich gestreckt. Seine Beine hingen abgeknickt über die Bettkante, als habe er einen letzten Versuch unternommen, sich zu erheben, bevor alle Kräfte ihn verlassen hatten und er nach hinten gesackt war. Sein Gesicht, mit einem Vollbart so behaart wie der Rest von ihm, zeigte einen erschreckten Ausdruck. Seine Augen starrten weit aufgerissen zur Decke. Sein Körper war von tiefen Stichen und Schnitten überzogen. Harder konnte nicht anders, als sich den absurden Tanz vorzustellen, den er mit Schleifer in dem Bemühen aufgeführt hatte, sein Leben zu retten, während Schleifer ihm immer weitere Verletzungen beibrachte, bis er, zu schwach, sich länger zur Wehr zu setzen, rücklings auf das Bett gefallen war. Sein Kopf war nach hinten gekippt und eine breite, wie ein Maul aufgerissene Wunde klaffte über die gesamte Länge seines Halses. Harder vermutete, dass Schleifer ihm mit seinem Messer (oder was immer es gewesen war), den Rest gegeben hatte, indem er ihm die Kehle und die Halsschlagadern durchtrennte, aus denen sich das Blut, das noch in ihm übrig war, über das Bett ergossen hatte. Trotz dieses Gemetzels war es nicht verwunderlich, dass niemand etwas mitbekommen hatte. Bei der Geräuschkulisse, die das „Liebesnest" im Hauptbetrieb füllte, konnte man nicht immer unterscheiden, ob es Lust oder Schmerzen waren, was in den Schreien zum Ausdruck kam. Bei diesem Lärm hätte man ebenso ungestört jemanden massakrieren können, wie man seinen sexuellen Begierden freien Lauf lassen konnte. Der Tote war zumindest in dieser Hinsicht auf seine Kosten gekommen, bevor Schleifer auf ihn losgegangen war – von seinem schlaffen Penis hing ein volles Kondom. Aber es hatte sein Sterben nicht angenehmer gestaltet.

Harder blickte sich um. Das Fenster war eingeschlagen, die Scherben lagen auf dem Fensterbrett und darunter auf dem Teppich. Ein warmer Nachtwind, der hereinstrich, scheiterte daran, die schweren Vorhänge in Wallung zu versetzen.

Harder lehnte sich hinaus, vorsichtig, um sich nicht die Hände aufzuschneiden. Hinter dem Haus lag ein Garagenhof, verlassen und dunkel, alle Tore geschlossen. An der Wand unter dem Fenster lehnte eine Leiter. Schleifer musste das Fenster zerschmettert haben und in das Zimmer eingedrungen sein, als Penny und ihr Kunde sich gerade dem Ende ihrer „Sitzung" näherten. Er hatte sie mit seiner Waffe bedroht, ihnen den Weg zur Tür abgeschnitten. Vielleicht hatte Pennys Gast sich ihm entgegengestellt, war vielleicht gar auf ihn losgegangen, weil er meinte, den Schwächling in der albernen Verkleidung überwältigen zu können. Aber vielleicht hatte Schleifer ihn auch einfach so getötet, um Penny zu zeigen, wie ernst es ihm war und was er mit ihr anstellen würde, sollte sie um Hilfe rufen oder versuchen zu fliehen. Anschließend hatte er sie gezwungen, aus dem Fenster und die Leiter hinab in den Hof zu klettern, – sie stand bestimmt unter Schock und leistete keinen Widerstand – wo er seinen Wagen geparkt hatte. Auch an den oberen Sprossen der Leiter klebte Blut. Harder hoffte, dass es nicht von Penny stammte.

Sein Handy piepte. Er rief Schleifers SMS auf.

Er verließ das Zimmer und zog die kaputte Tür zu, so gut es ging. In den umliegenden Zimmern ging das Gerammel trotz des Krachs, den er veranstaltet hatte, ungerührt weiter. Wer einmal in Fahrt war, ließ sich weder von einem Mord im Nebenraum noch von einer eingeschlagenen Tür ablenken, vor allem, wenn er für sein Vergnügen gutes Geld bezahlt hatte und es zeitlich begrenzt war. Harder durchquerte den Flur und stieg, mehrere Stufen auf einmal nehmend, die Treppe hinunter. Gisela kam ihm aus dem Salon entgegen, um ihn davon abzuhalten, den geregelten Abendverlauf noch länger zu stören und ihn des Hauses zu verweisen, bis er zur Vernunft gekommen war. Doch schluckte sie ihre Rüge herunter, als sie die düstere Härte in seinem Gesicht sah.

„Niemand geht da rein", sagte er, ohne stehenzubleiben, „auch du nicht, verstanden? Sag den Mädchen, sie sollen sich anziehen und schick die Gäste nach Hause, außer den im Zimmer neben Pennys, der hat vielleicht was mitbekommen. Ruf die Polizei!"

Er riss die Haustür auf, sprang die Stufen hinunter und durchquerte den Vorgarten in langen Sätzen. Trotz ihrer Stöckelschuhe blieb Gisela dicht an ihm dran.

„Was ist passiert?"

Er antwortete über die Schulter.

„Ein Irrer, den ich suche, ist durchs Fenster rein, hat den Freier abgestochen und Penny mitgenommen." Er stieg in den Wagen. „Tu, was ich gesagt habe!"

Sie nickte. Sie hatte in ihrem Leben genug erlebt, um nicht die Nerven zu verlieren, und sie kannte Harder gut genug, nicht zu widersprechen und keine weiteren Fragen zu stellen. Sie wusste ebenso wie er, dass es nur eins gab, das jetzt zählte. Sie passte den Moment ab, in dem sich ihre Blicke noch einmal begegneten.

„Hol sie zurück, Harder!"

Sie wusste, dass diese Aufforderung unnötig war und sie erwartete keine Antwort, während sie zusah, wie er die Autotür zuzog, den Motor anwarf und mit Vollgas zurücksetzte.

Und töte das Schwein!

Das sagten nur ihre Augen. Aber sie sagten es deutlicher, als wenn sie es ausgesprochen hätte.

25

Die Finsternis empfing ihn, als habe sie ihn lange erwartet. Sie nahm ihn in sich auf, drängte sich an ihn, umschloss ihn so dicht und undurchdringlich, dass er sie spüren konnte. Sie besaß ihn, machte ihn zu einem Teil ihrer selbst, nicht bereit, ihn jemals wieder freizugeben, als sei er einzig zu ihr gekommen, um zu sterben, seinen Tod zu suchen, der sich in ihr verbarg und dem er mit jedem Schritt näherkam. Der Tunnel fiel in Windungen abwärts und hinter jeder von ihnen wuchs die Dunkelheit enger zusammen. Der Eingang, verborgen durch einen vergessenen Container, hatte sich vor ihm aufgetan wie ein schwarzes Loch, das alles Licht verschluckte. Die Nacht hatte blass gewirkt dagegen. Doch erst hier – wie viele? Dutzende? Hunderte Meter unter der Oberfläche? – lag das wahre Herz der Finsternis, ihre Seele. Die Welt, die es vielleicht einmal, vor jenen Ewigkeiten, als er in den Tunnel getreten war, dort oben gegeben hatte, existierte nicht mehr. Es gab keine Welt mehr, keine Städte, keine Menschen und falls es die Zeit noch gab, reichte sie nicht bis hierher.

Harder tastete sich vorwärts, vorsichtig, widerwillig, als stiege er in seine eigene Verlorenheit, seine eigenen Ängste, seinen eigenen Wahnsinn hinab, aus dem es keine Wiederkehr gäbe. Die Decke war so niedrig, dass er gerade noch aufrecht gehen konnte. Der feuchte Stein, der ihn in diese beklemmende Enge sperrte, atmete Verzweiflung und Einsamkeit aus. Ein eisiger Luftzug wehte ihm entgegen und ließ ihn zittern. Mehrmals streifte etwas sein Gesicht, vielleicht Fledermäuse, vielleicht Spinnweben oder die Geister der Toten, die in die Nacht auszogen. Harder leuchtete den unebenen Boden mit der kleinen Taschenlampe an seinem Schlüsselbund ab. Ihr Licht wirkte verloren. Er versuchte nicht, es zu verbergen, indem er die Lampe mit der Hand abschirmte. Er hatte kein Überraschungsmoment auf seiner Seite. Schleifer wusste, dass er kam, und dass er diesen Weg nehmen musste, um zu ihm zu gelangen. Es gab keinen Grund, auf den kleinen Trost zu verzichten, den das Licht ihm gewährte, indem es die Verlassenheit, die ihn umklammert hielt, zumindest ein wenig minderte. Außerdem schien es Harder nicht unwahrscheinlich, dass Schleifer den Tunnel mit Fallen gespickt hatte, die darauf ausgerichtet waren, ihn mit Pfeilen zu durchbohren, ihm den Schädel zu zerschmettern oder ihm die Beine zu brechen und er hatte keine Lust, ihm den Gefallen zu tun und blindlings hineinzutappen. Aber er fand nichts um sich, nur eisige Schwärze. Irgendwo tief unter ihm – er konnte nicht bestimmen, wie weit entfernt – flackerte gelbliches Licht. Aber es war keine Hoffnung darin, keine Rettung, keine Erlösung. All das kam hier unten nicht vor.

Er erreichte das Licht. Er schaltete die Lampe aus und steckte sie in seine Tasche. Die Wände wichen zurück und eine weiträumige Höhle tat sich vor ihm auf. Etliche Kerzen erhellten Schleifers unterirdisches Reich, das sich – Folterkammer, Verlies und Werkstatt zugleich – unter der gewölbten Decke erstreckte. In der Mitte prangte ein wuchtiger Henkersblock in einem Kreis aus Kerzen, was ihm das Gepräge eines Altars verlieh. Der Block, wie auch der Bereich um ihn herum, war mit rostbraunen Flecken überzogen, die auch an vielen anderen Stellen, jedoch nicht so breit und nicht so dicht gedrängt, den grauen Boden sprenkelten. Fast meinte Harder, das Krachen zu hören, wenn die Schneide einer Axt in einem kraftvoll geführten Schlag durch einen Mädchennacken fuhr und gegen den Stein prallte, kurz bevor der abgetrennte Kopf vor dem Block zum Liegen kam und tote Augen aus einem eben noch lebendigen, panikerfüllten Gesicht starrten. Auf der linken Seite befand sich ein Käfig, in etwa so groß wie ein Hundezwinger. Er war leer, die Tür stand offen. Harder fragte sich, wie viele junge Frauen sich in ihm in Todesangst zusammengekauert hatten, wie viele Hände sich an seine Stäbe geklammert und an ihnen gerüttelt hatten in dem aussichtslosen Bemühen, sie aus ihrer Verankerung zu reißen, wie viele verzweifelte Schreie aus ihm heraus durch die Höhle gehallt waren, von Wänden und Decke zurückgeworfen als hohles, hoffnungsloses Echo. Auf einer Schreinerbank im hinteren Bereich, an der Schleifer, wie Harder vermutete, seine Amulette anfertigte, thronte zwischen Sägen und Messern der Kopf eines Wildschweins mit struppigem schwarzem Fell und breiten, gebogenen Hauern. Darüber, auf einem Regalbrett, hatte Schleifer seine Trophäen ausgestellt. Harder erkannte Veronika Fromms zusammengesunkenes Gesicht, das von ihrem Schädel zu fließen schien wie schmelzendes Wachs. Der Mädchenkopf daneben, schmaler und mit dunkelblondem Haar, musste zu dem Körper gehören, den sie im Park gefunden hatten. Auf dem Regalbrett war noch reichlich Platz. Aber niemals, versprach sich Harder, würde er zulassen, dass Schleifer seine schaurige Sammlung erweiterte.

Penny stand nahe dem Henkersblock. Ihre Hände waren an einen Haken gefesselt, der an einer Kette von der Decke hing. Nur ihre Zehenspitzen berührten den Boden. Auch ihre Füße waren zusammengebunden. Sie war nackt bis auf den roten Umhang, der ihr von den Schultern und über den Rücken fiel. Neben ihr lag ein weißer Bademantel, den Schleifer ihr wohl erlaubt hatte, überzuziehen, bevor er sie aus dem Fenster des Bordells gezwungen hatte. Um den Hals trug sie ein Gottessiegel an einem Lederriemen. Sie war mit einem Tuch geknebelt. Obwohl ihre Lage nicht gerade behaglich war, atmete Harder auf. Sie war bei Bewusstsein und den Umständen entsprechend wirkte sie gefasst. Sie hatte in ihrem Leben viel erduldet (der Straßenstrich hatte sie abgehärtet, bevor sie bei Gisela untergekommen war) und wenn es ihre Widerstandsfähigkeit auch auf eine unermessliche Belastungsprobe stellte, von einem psychopathischen Mörder in sein Gruselgewölbe verschleppt zu werden, so war sie doch nicht bereit, das aufgelöste Entführungsopfer zu geben. Sie wand sich nicht, zerrte nicht an ihren Fesseln und versuchte nicht, durch den Knebel zu schreien, als sie Harder aus dem Tunnel treten sah.

Stattdessen blickte sie ihn an, als versuche sie, alles, was sie nicht zu ihm sagen konnte, in ihre Augen zu legen, ihren Schrecken über das Gemetzel in ihrem Zimmer, Hass und Abscheu gegenüber Schleifer, ihre Erleichterung, Harder zu sehen und nicht zuletzt die Verwunderung darüber, dass er – abgesehen von seiner Jacke, die im Auto gelegen und die er übergezogen hatte – ebenso wie ihr Entführer in mittelalterlicher Verkleidung steckte. Vor allem aber sprach aus ihren Augen die Forderung, Schleifer sein dürres Genick umzuknicken, sie zu befreien und verdammt noch mal von hier wegzubringen. Harder versprach es ihr stumm und ihr leichtes Nicken teilte ihm mit, dass sie verstanden hatte und daran glaubte, dass er sein Versprechen halten werde.

Schleifer hatte sich in der Pose des Hausherrn, der einem Gast stolz sein Heim und seine Besitztümer vorführt, zwischen Penny und einem Waffenständer voller Schwerter, Hellebarden, Streitäxte und Morgensterne aufgebaut. Er hatte noch immer sein grünes Kostüm an und es mochte an dem blutigen Henkersblock, den Mädchenhäuptern und der gefesselten Penny liegen, dass er es schaffte, nicht mehr lächerlich darin auszusehen. Auf seinem Gesicht spielte der Kerzenschein und ließ nicht erkennen, ob seine Miene amüsiert, bösartig, irrsinnig oder alles zugleich war. In der rechten Hand hielt er ein Breitschwert, das fast so lang war wie er selbst. Die Spitze der langen, glatten Schneide hatte er auf die Erde gesetzt und seine Hand, die in einem metallenen Handschuh steckte, ruhte gebieterisch auf dem Knauf des Griffes. Unter dem linken Arm hatte er einen eisernen Ritterhelm mit Federbusch. Er stand breitbeinig, die schmale Brust gebläht, als warte er nur auf den Fanfarenstoß, der den entscheidenden Kampf zwischen ihnen beginnen ließe.

„Hallo, Herr Harder", sagte er. „Haben Sie uns gut gefunden? Nachts kann es etwas schwierig sein, ganz ohne Beleuchtung da oben. Aber Sie kennen sich ja im Dunkeln aus, nicht wahr?"

Harder wollte auf Penny zugehen. Aber Schleifer gab ihm mit einer kaum wahrnehmbaren Drehung des Schwertes zu verstehen, dass er besser daran täte, Abstand zu wahren. Nichts passte Harder weniger, als sich dem Willen dieses kleinen Verrückten zu beugen. Aber es war nicht ratsam, ihn zu reizen. Schleifer brauchte nichts weiter zu tun, als Penny die Klinge in den Bauch zu stoßen oder ihr mit der Schneide die Kehle zu durchtrennen, und Harder war zu weit entfernt, als dass er ihn rechtzeitig erreichen und es verhindern könnte.

„Wie gefällt sie Ihnen?"

Er stolzierte zu Penny hinüber, wobei er die Spitze des Schwertes mit leisem Klirren über den Boden schaben ließ. Er stellte sich neben sie, wie ein Künstler sich neben sein neuestes Meisterwerk stellt, dem nur noch der letzte Schliff zur Vollendung fehlt.

„Der Knebel musste leider sein", sagte Schleifer. „Zu ihrem eigenen Besten. Sie ist ziemlich ausfallend geworden und ich hatte Angst, dass sie anfangen würde, zu schreien. Dann hätte ich es nicht geschafft, mich zu beherrschen." Er strich mit den Spitzen seiner gespreizten Finger zwischen Pennys Brüsten hinab, über ihren Bauch und bis in ihr Schamhaar. „Ehrlich gesagt schaffe ich es auch so kaum."

Penny hielt still, verschaffte ihm nicht die Befriedigung, unter seiner Berührung zu zucken.

Harder schob sich ein Stück näher.

„Was soll denn der Blödsinn, Schleifer? Das ist doch albern. Sie wollten, dass ich komme, jetzt bin ich hier und wir wissen alle, dass Sie der Macker mit dem großen Schwert sind. Da müssen Sie nicht auch noch extra-eklig werden."

Er blickte sich verstohlen um, ob nicht etwas in seiner Reichweite war, das er nach Schleifer werfen konnte, um ihn abzulenken und sich die wenigen Sekunden zu verschaffen, die er brauchte, um nahe genug für einen Schlag oder Tritt an ihn heranzukommen. Seiner Treffsicherheit mit der Waffe vertraute er nicht ausreichend, um einen Schuss mit der SIG zu riskieren, schon gar nicht nach dem Armbrustdebakel auf dem Mittelaltermarkt. Die Gefahr, dass er Penny verletzte, war zu groß, abgesehen davon, dass er Siggi nicht schnell genug aus seinem Schulterholster unter der Jacke ziehen könnte, um Schleifer zu überrumpeln. Er war darin bei Weitem nicht so geübt wie Vogt. Neben seinem Fuß lagen ein paar faustgroße lose Steine. Aber wenn er sich nach ihnen bückte, wäre Penny tot, bevor er sich wieder aufrichten konnte, und selbst wenn er schnell genug wäre, standen die Chancen, dass er Schleifer mit ausreichender Wucht am Kopf erwischte, ziemlich schlecht. Ohnehin waren alle derartig riskanten Attacken aussichtslos. Schleifer schien ihm anzusehen, was er in Erwägung zog. Er lächelte und ging halb hinter Penny in Deckung, falls es Harder wider besseres Wissen auf ein gewagtes Manöver ankommen lassen sollte. Er genoss es sichtlich, ihm seine Überlegenheit vor Augen zu führen.

„Sie wird fabelhaft aussehen. Denken Sie nicht? Natürlich brauchen Sie jetzt noch ein wenig Fantasie, um sie sich fertig vorzustellen. Das alles hier“, er fuhr mit einer Hand vor Pennys Gesicht durch die Luft, „muss weg, damit wir Platz haben und etwas wirkliches Schönes aus ihr machen können.“

Er wies hinter sich auf den Wildschweinkopf, ohne Harder aus den Augen zu lassen.

„Wie finden Sie ihn? Ich hatte ihn für Maja bestimmt. Aber er wird auch Ihrer kleinen Hure hervorragend stehen.“

Harder konnte sich kaum noch beherrschen. Er ertrug es nicht mehr, nichts anderes tun zu können, als hier zu stehen und sich Schleifers selbstherrliches Gewäsch anzuhören. Er sehnte sich danach, ihn in die Finger zu kriegen und ihm mit der bloßen Faust sein widerliches Grinsen aus dem Gesicht zu prügeln. Er bereute, dass er Vogt nicht eingeweiht, ihr nicht verraten hatte, wo Schleifer sich versteckt hielt. Vielleicht hätte sie, sicherlich eine bessere Schützin als er, aus der Deckung des Tunnels heraus einen Schuss abgeben und den Drecksack niederstrecken können. Es kotzte ihn an, zu sehen, wie Schleifer sich daran aufgeilte, dass er ihm ausgeliefert war, er nach Gutdünken mit ihm verfahren konnte.

Schleifer schien seine Gedanken zu erraten.

„Was ist los, Herr Kommissar? Haben Sie keine Lust, sich zu unterhalten? Ist das nicht der Punkt, an dem Sie mir sagen, dass ich sie gehen lassen soll, weil sie nichts mit all dem zu tun hat und weil ich sowieso erledigt bin und so weiter?" Er schlenderte hinüber zum Waffenständer. „Und ich sage dann: Aber wo wäre da der Spaß?" Er liebkoste den Griff seiner Hellebarde, trippelte mit den Fingern auf dem Morgenstern, bis er entschied, dass er sich lange genug an Harders hilfloser Wut geweidet hatte und es an der Zeit war, ihre Begegnung zu Ende zu bringen.

„Hier ist mein Vorschlag: Wir kämpfen um sie, Mann gegen Mann, ehrenhaft und ritterlich. Wer gewinnt, kann mit ihr machen, was er will. Sie können sie bumsen, ich kann sie killen. Was halten Sie davon?"

Harder war über den Punkt hinaus, an dem er bereit war, auf Schleifers Befindlichkeiten Rücksicht zu nehmen, um ihn bloß nicht zu provozieren. Geduld mit durchgeknallten Serienmördern war nie seine Stärke gewesen.

„Alles, was dafür sorgt, dass du dummes Arschloch endlich die Fresse hältst!"

Schleifer nahm ihm die Beleidigung nicht übel. Er nickte begeistert, voller Vorfreude auf das Vergnügen, erst Harder in einem Kampf zu töten und anschließend Penny in aller Ruhe auf dem Henkersblock zu enthaupten. Er ließ seinen Blick unschlüssig über die Waffen gehen und wählte schließlich ein Kurzschwert, nur wenig mehr als ein besserer Dolch, das er aus dem Ständer zog und Harder zuwarf. Es schepperte zu Boden und rutschte Harder vor die Füße. Er hob es auf und wog es in der Hand. Mit einem Buttermesser wäre ihm besser gedient gewesen. Aber es machte keinen Unterschied, ob er mit dem gesamten Arsenal aus dem Waffenständer oder einem Zahnstocher gegen Schleifer antrat, solange er die Gelegenheit bekam, ihm seine Spitze ins Herz zu rammen. Es fiel ihm nicht einmal ein, dass er versuchen könnte, Schleifer ohne tödliche Gewalt zu überwältigen, ihn festzunehmen und auf das Dezernat zu bringen, damit sie ihn verhörten, ihn wegsperrten und ein Team von Psychologen sich damit beschäftigen konnte, welche tief liegenden Kindheitstraumata ihn zum Mörder gemacht hatten. Für ihn war es beschlossene Sache, dass nur einer von ihnen diese Höhle lebendig verlassen würde. Und Schleifer wusste es auch. Er setzte seinen Helm auf und klappte das Visier zu, packte das Schwert mit beiden Händen und stürmte mit einem Kampfschrei auf ihn zu. Harder spannte sich, die mickrige Waffe abwehrbereit vor dem Körper, und erwartete seinen Angriff.

Dann setzte die Musik ein.

Das war der Moment! Es überraschte ihn. Er hatte gedacht, dass es um etwas ganz anderes ging, um die Mädchen, ihre Tode, darum, sich *ihnen* als ergebener Diener zu beweisen, ihre Gnade zu erringen durch die Opfer, die er ihnen brachte. Aber jetzt, während er auf Harder losstürzte, begriff er, dass sie etwas ganz anderes für ihn vorgesehen, dass sie alles die ganze Zeit über auf diesen Augenblick hingelenkt hatten, in dem sie ihm seinen Todfeind auslieferten. Er hatte nicht einmal geahnt, dass dieser Mann sein Todfeind war (oder dass er überhaupt einen hatte). Er hatte ihn nur als einen Gegner betrachtet, der, teils nervige Störung, teils unterhaltsame Abwechslung, als eine Nebenfigur in sein Unterfangen eingebunden war, es schwieriger, aber auch spannender gestaltete, im Grunde aber belanglos war im Rahmen dieses großen Ganzen. Er hätte nie gedacht, dass er eine so tragende Rolle darin spielte, so wichtig darin war wie er selbst, nur dass sie eben Gegenpole waren, der eine des anderen grotesk verzerrtes Spiegelbild. Jetzt, kurz davor, ihm sein Schwert durch den Leib zu stoßen, wusste er ohne jeden Zweifel, dass diese Begegnung von Anfang an unvermeidlich gewesen war. Er erkannte ihn und er fühlte, dass sie zusammengehörten. Er war wie er. Auch er hatte ihnen gedient. Dann aber war er abtrünnig geworden, hatte sich von ihnen losgesagt (sah er denn nicht, dass es unmöglich war, dass sie immer bei ihm sein würden?). Und sie hatten ihn, Jochen Schleifer, auserkoren, ihr Rächer zu sein und ihn für diese Sünde büßen zu lassen. Da stand er, leicht geduckt, eine schwarze Gestalt, eingehüllt in schwarzen Rauch und verlangte, erflehte von ihm seinen Tod, weil er wusste, dass er sich verloren hatte und Buße tun musste. Er war bereit, es mit dem Verräter aufzunehmen. Sie waren bei ihm, standen ihm zur Seite. Er war nicht nur ein Mann. Er war eine Armee. Er war unbesiegbar. Einen Augenblick noch und er würde Harder zerstückeln und alles zurück in die Ordnung bringen, in das Gleichgewicht, das nur einem von ihnen erlaubte, zu existieren. Er war bereits ganz nah – zwei, drei Schritte und er würde ihn erreichen. Er stemmte in vollem Lauf das Schwert empor und holte zum Schlag aus.

Harder blickte ihm entgegen. In Schleifers Augen, die ihn durch den Sehschlitz des Visiers anstierten, blitzten Mordgier und Hass und noch etwas anderes, das er nicht zuordnen konnte, etwas wie Verbundenheit, wie bei jemandem, der sich anschickt, seinen Bruder zu töten. Er hielt sich nicht damit auf, es ergründen zu wollen. Er warf das Schwert weg und griff unter seine Jacke. Vielleicht wäre es ihm gelungen, Schleifers Schlag auszuweichen und ihn mit der Stummelklinge aufzuspießen. Aber er sah keinen Grund, sich unnötige Mühe zu machen und sich auf ein anstrengendes Klingengefuchtel einzulassen. Seine Kampfhaltung sollte nur dazu dienen, Schleifer zur Attacke zu bewegen und ihn von Penny wegzulocken. Jetzt, wo sie seinen Zweck erfüllt hatte, konnte er diese Albernheiten bleiben lassen. Er wollte gerade seine Waffe aus dem Holster ziehen, um dem Gefecht ein schnelles Ende zu setzen, als er bemerkte, dass um ihn, in ihm, die Klänge von *Easy* ertönten. Faith No More hatten wie immer ein makelloses Timing. Er hielt inne und hörte genauer hin. Der Song lief schon eine Weile. Die ersten Takte hatte er versäumt, sie waren zu leise, und er war abgelenkt gewesen. Jetzt aber schwollen sie stetig an, als drehe jemand langsam und gleichmäßig den Lautstärkeregler einer Stereoanlage auf. Harder lauschte, als könne er den Ursprung der Musik anderswo als in seinem eigenen Inneren verorten. Seine Hand verharrte reglos unter der Jacke. Das Wummern, das er so gut kannte, schob sich unter die Musik. Leise zunächst, aber zunehmend lauter und kraftvoller, füllte es die Höhle, ein dunkles Pulsieren, das er zunächst nur hörte, bald aber auch als weiches Beben in jeder Zelle seines Körpers spürte. Alles verlangsamte sich. Harder betrachtete Schleifer, der in Zeitlupe auf ihn zustürmte. In aller Ruhe bewunderte er das Schwert, mit dem er ihn durchbohren wollte, den kunstvoll verzierten Griff, der in ein goldenes Löwenhaupt auslief, die sorgfältig auf Hochglanz polierte Schneide, in der sich das Kerzenlicht spiegelte, die Spitze, die aussah, als würde sie mühelos in einen Felsen eindringen. Schleifer war nicht weit entfernt, ein paar Schritte nur. Aber Harder wusste, es würde ewig dauern, bis er ihn erreichte und die Klinge in ihn eindrang, durch die Haut seines Bauches und in das darunterliegende Gewebe schnitt, durch sein Fleisch, durch die Muskeln und Sehnen, die sie auftrennen würde wie brüchige Nähte, in seinen Magen, den sein Blut heiß überschwemmen würde und bis durch seine Wirbelsäule, sodass sie auf seinem Rücken wieder austrat. Auch das würde unendlich langsam vonstattengehen. Er würde den Weg des Schwertes durch seinen Körper bewusst erleben können. Es ängstigte ihn nicht. Das warme, blaue Wummern würde ihn keinen Schmerz spüren lassen, wie es ihn auch jetzt keine Furcht spüren ließ, nur zärtliche Geborgenheit und liebevolle Erlösung. Harder schloss die Augen. Er lächelte. Er ließ sich von der Musik umfassen, fühlte nichts mehr als das weiche, rhythmische Dröhnen, das zum Schlag seines Herzens wurde. Es war alles so einfach. Er brauchte nichts weiter zu tun, als still zu halten.

Aber irgendetwas stimmte nicht. Etwas störte ihn und brachte ihn von der sehnsüchtigen Ergebenheit ab, mit der er das Schwert in sich willkommen heißen wollte. Er erinnerte sich an Penny. Sie würde sterben, wenn er Schleifer erlaubte, ihn zu töten. Das war nicht in Ordnung. Es gehörte sich nicht, seine Freunde im Stich zu lassen, wenn ein Mörder sie in seiner Gewalt hatte. Auch Vogt wäre sauer, wenn er sich hier egoistisch abstechen ließ und bei genauerer Überlegung hatte er auch gar keine Lust, diesem Penner einen solchen Triumph, eine solche Genugtuung zu verschaffen. Das hatte er nicht verdient. Das Einzige, was er verdient hatte, war, unter größtmöglichen Schmerzen zu verrecken und es war an ihm, Harder, dafür zu sorgen, dass es geschah. Er versuchte, die Musik zu ignorieren, das Wummern beiseitezuschieben, um sich einen klaren Kopf zu verschaffen. Aber es gelang ihm nicht, die Schwärze, die auf ihn eindrang, fordernd jetzt, besitzergreifend, von sich abzuhalten. Er konnte sie nur von sich stoßen für kurze Momente. Sofort kehrte sie zurück, jedes Mal mit größerer Macht. Sie wehrte sich gegen seinen Widerstand, wollte ihn erdrücken. Er wusste, dass er nicht mehr lange gegen sie ankäme. Sie würde ihn überwältigen, ihn umschließen und festhalten, bis Schleifer mit ihm fertig war. Seine Hand steckte noch immer unter seiner Jacke. Er konnte sie spüren. Er bewegte probeweise die Finger. Sie gehorchten ihm. Aber es war, als müsste er mühsam noch die kleinste ihrer Bewegungen steuern und auch dann folgten sie ihm nur widerwillig. Der Weg aufwärts, bis zu seiner Dienstpistole, war zu lang. Ohnehin konnte er nicht sicher sein, dass er in diesem Zustand fähig wäre, zu zielen und den Abzug zu drücken. Er zwang die Hand, die nicht mehr wirklich zu ihm zu gehören schien, in die Innentasche. Seine Finger fuhren widerwillig hinein, tasteten und fanden die längliche Form und die glatte Oberfläche der Chilischote, die er nach dem

Beinahe-Unfall mit Vogt als Notfallreserve darin verstaut hatte. Er zog sie heraus und betrachtete sie wie ein seltenes Fundstück. Sie schien Tonnen zu wiegen. Unter Aufbietung all seiner Kraft wuchtete er sie in Richtung seines Mundes. Aber er sah, dass es bereits zu spät war. Er würde es niemals rechtzeitig schaffen, sich aus der Trance zu befreien, in der er festhing wie in einer tödlichen Falle.

Schleifer war schon zu nah, nah genug, um zuzuschlagen. Er führte das Schwert schräg von oben, sodass die Klinge auf Harders Hals zuraste. Harder hörte das Sausen, mit dem sie die Luft zerteilte. Im letzten Moment duckte er sich weg. Die Klinge traf seinen Arm, zerschnitt seine Jacke, fuhr ihm tief ins Fleisch. Harder ließ die Schote fallen. Sie landete ein paar Meter entfernt auf dem Boden. Der Schmerz in seinem Arm half ihm, sich nicht in der Schwärze zu verlieren, die ihm die Sicht, das Bewusstsein nehmen wollte. Aber noch ließ sie nicht von ihm ab. Er spürte, mehr als er sah, dass Schleifer zu einem weiteren Schlag ansetzte. Er warf sich mit einem Hechtsprung der Länge nach zu Boden – Schleifers Hieb verpasste ihn um Haaresbreite – streckte den Arm aus und bekam die Chili zu fassen. Er wusste, dass ein einziger Bissen dieses Mal nicht genügen würde. Er schob sie sich komplett in den Mund. Schleifer war über ihm. Er hielt das Schwert mit beiden Händen, die Spitze nach unten weisend und holte aus, um sie ihm durch die Brust zu rammen. Er zögerte, verblüfft, dass es offenbar Harders letzter Wunsch war, sich die Speiseröhre mit einer exotischen Frucht zu verätzen. Es dauerte nur einen Moment, bis er sich wieder fasste und seine Finger fester um den Schwertgriff schloss. Aber Harder genügte es. Seine Zähne zermalmten die Chilischote und setzten die beißenden Säfte und brennenden Samen frei. In seinem Rachen brach ein Feuer aus. Tränen schossen ihm aus den Augen und strömten ihm über das Gesicht und er wunderte sich, dass sie nicht auf seinen Wangen verdunsteten. Er musste sich zusammenreißen, die Chili im Mund zu behalten, weiter auf ihr herumzukauen. Die Schwärze löste sich auf und gab ihn frei. Das Wummern starb, die Musik verstummte. Die Zeit zog wieder an, raste, als wollte sie sich selbst überholen. Auf einmal ging alles unsagbar schnell. Schleifer stieß zu. Harder rollte sich zur Seite, die Schwertspitze verfehlte ihn knapp. Schleifer hastete ihm nach, nahm Maß für einen weiteren, endgültigen Schlag. Harder griff unter seine Jacke, riss seine SIG aus dem Holster und schoss ihm dreimal in die Brust.

Die Wucht, mit der die Projektile Schleifer durchschlugen, bremsten seinen Ansturm, warfen ihn zurück, als hätte man ihm einen Rammbock gegen die Brust gestoßen. Er stolperte rückwärts, das Schwert entglitt seinem Griff. Er zerrte sich den Helm herunter, als bekäme er darunter keine Luft mehr. Sein Gesicht war bleich vom Schock, sein Haar schweißnass und wirr. Ungläubig starrte er Harder an, als könne er nicht fassen, was geschehen war. Er wirkte gekränkt, weil er betrogen, durch unfaire Mittel um seinen Sieg gebracht worden war, der doch schon kurz bevorgestanden hatte. Er stieß gegen den Waffenständer, riss ihn um und stürzte mit den Waffen in einem gewaltigen Scheppern zu Boden. Er kam auf dem Rücken zu liegen. Ein Zucken ging durch seinen Körper. Er blickte hilflos um sich, japste aus seinem offenen Mund. Um die Wunden in seiner Brust breiteten sich tiefrote Kreise aus. Er tastete blindlings über seine Waffen, als suche er nach Halt oder wolle sich den Morgenstern oder die Hellebarde schnappen, um einen weiteren Angriff zu unternehmen. Aber sie nützten ihm nichts mehr.

Harder stand auf und schluckte den Rest der Schote hinunter. Er vergewisserte sich, dass er sich um Schleifer keine Gedanken mehr zu machen brauchte, steckte die Pistole zurück in ihr Holster und beeilte sich, Penny zu befreien. Er nahm ihr den Knebel ab, hob das Kurzschwert auf und begann, ihre Fesseln durchzuschneiden. Es ging nicht gut. Der verwundete Arm war nur bedingt einsatzfähig und bei jeder Bewegung durchfuhr ihn eine frische Welle von Schmerz.

Aber nach und nach dröselte das Seil unter der Klinge auf.

Penny schüttelte den Kopf über ihn.

„Meine Güte, Harder! Was war das für eine Aktion? Ich dachte schon, du lässt dich von dem Spinner zu Schaschlik verarbeiten."

„Ich wollte es nur ein bisschen spannender machen. Für den Showeffekt, weißt du? Man muss dem Publikum doch was bieten."

Er durchtrennte den letzten Strick. Sie nahm die Arme herunter, schüttelte sie aus und rollte die Schultern, die von der anstrengenden Haltung steif geworden waren.

„Ja, besten Dank dafür! Ich hab ja auch nichts Besseres zu tun, als zuzusehen, wie du dich mit Psychopathen duellierst."

Sie betrachtete sorgenvoll seine Wunde. Blut quoll daraus hervor und lief über das schwarze Leder seiner Jacke.

„Alles in Ordnung?"

Er befühlte seinen Arm. Die Wunde blutete stark. Aber der Schmerz war erträglich, solange er den Arm ruhig hielt.

„Ich werd's überleben."

Sie löste die Klammer, die den Umhang hielt, und ließ ihn zu Boden fallen. Obwohl sie nackt war und obwohl Schleifer Hand an sie gelegt hatte, wirkte sie nicht verletzlich oder beschämt. Im Gegenteil wirkte sie stark und selbstbewusst, eine Frau, mit der man sich besser nicht anlegen sollte. Sie riss sich das Gottessiegel vom Hals und stellte sich über den sterbenden Schleifer, der flehend zu ihr aufblickte. Es war jedoch keine Bitte um Verzeihung, Gnade oder Hilfe in seinen Augen. Er wusste, dass er so etwas nicht zu erwarten hatte, weder von Penny noch von Harder. Es war die Verzweiflung, dass sie ihm entgangen war, Kummer über diesen Verlust und die Sehnsucht nach ihrem Tod, die jetzt niemals gestillt werden würde. Harder rechnete damit, dass Penny ausrasten, über Schleifer herfallen und ihm zusätzlich zu den Schusswunden noch ein paar saftige Tritte in den Unterleib verpassen würde. Er machte sich bereit, sie festzuhalten. Er hätte es ihr durchaus gegönnt, sich an Schleifer abzureagieren. Aber er wusste, dass sie es später bereuen würde, auf einen Sterbenden eingeprügelt zu haben, selbst wenn es sich dabei um einen ausgewiesenen Sadisten handelte. Penny machte allerdings keine Anstalten, ihm Gewalt anzutun, wenn es vielleicht auch nur daran lag, dass er sie anekelte und es ihr zuwider war, ihn zu berühren. Sie hielt das Gottessiegel an dem Lederriemen, sodass es, schimmernd im Kerzenlicht, über ihm baumelte wie ein Pendel, das zu seinen Ungunsten ausgeschlagen war und sein Schicksal besiegelt hatte.

„Hier, behalt deinen Müll, du kleiner Perversling. Ich lass mich nicht von jedem kostümieren, und schon gar nicht umsonst."

Sie ließ das Gottessiegel fallen. Es kam auf seiner Brust zu liegen, wo sein Blut es sogleich überfloss. Schleifer versuchte zu sprechen. Er brachte nichts heraus als ein paar blubbernde Blutblasen. Aber Penny hatte ohnehin kein Interesse, sich noch länger mit ihm abzugeben. Sie hob den Bademantel auf und zog ihn sich über.

„Können wir dann?", sagte sie zu Harder. „Ich muss hier raus. Ich krieg Zustände von dem Loch hier und ich habe auch keine Lust, mehr Zeit als nötig mit diesem Mistkerl da zu verbringen."

Harder musste lächeln. Er wusste, dass selbst Penny, bei all ihrer Belastbarkeit, ein solches Erlebnis nicht ohne Weiteres wegsteckte. Jetzt, wo es ausgestanden war, brach sich, wenn auch nur leicht, die Anspannung Bahn, der Schrecken und die Angst, die sie vorher zurückgehalten hatte. Ihre Lippen zitterten und sie hatte Gänsehaut an den Armen, die nicht von der Kälte in der Höhle herrührte. Aber es wäre ihr nie eingefallen, vor ihm Schwäche zu zeigen, indem sie etwa schluchzend zusammenbrach oder sich Schutz suchend an ihn klammerte (in dieser Hinsicht, fand er, war sie Vogt ähnlich, wenn die beiden Frauen auch sonst nicht viel gemeinsam hatten), und sie hätte es ihm übel genommen, wenn er sie wie ein traumatisiertes Opfer behandelt hätte. Später, wenn sie zur Ruhe gekommen war, würde sie diesen Gefühlen freien Lauf lassen, vielleicht würde sie weinen und vielleicht würde sie ihm erlauben, sie zu trösten. In diesem Moment war es wichtiger, dass sie sich stark fühlen konnte und es war seine Aufgabe, ihr dabei zu helfen, indem er nichts tat, das ihr das Gefühl gab, er habe Mitleid mit ihr oder sorge sich um sie. Aber selbst, wenn es anders gewesen wäre, sie sich an seine Brust geworfen und ihn gebeten hätte, sie aufzuheben und an die Oberfläche zu tragen, hätte er ablehnen müssen. Er war noch nicht soweit, Schleifers Höhle zu verlassen.

„Gib mir noch ein paar Minuten. Du findest raus, oder?"

Sie suchte in seinem Gesicht nach einer Erklärung dafür, was in Gottes Namen ihn dazu bewegen konnte, auch nur eine Sekunde länger als absolut notwendig hierzubleiben und sie allein durch den dunklen Tunnel zu schicken. Dann nickte sie, als habe sie entschieden, dass es besser war, nicht danach zu fragen.

„Klar doch."

Sie wandte sich um und ging auf den Höhlenausgang zu.

„Wart mal", rief er ihr nach.

Sie wandte sich um.

Er kramte seinen Autoschlüssel aus der Tasche und warf ihn ihr zu. Sie fing ihn einhändig.

„Da ist eine Taschenlampe dran. Mein Wagen steht vor dem Container oben. Warte auf mich, dann bring ich dich nach Hause."

Sie klickte die Lampe an.

„Das ist ja auch das Mindeste, was du nach dieser Scheiße für mich tun kannst."

„Hey!"

Er wollte in gespielter Empörung die Arme ausbreiten. Aber die Verletzung bestrafte ihn für den Versuch und er ließ es bleiben.

„Hab ich dir nicht gerade das Leben gerettet?"

Sie zuckte die Schultern.

„Na und? Soll ich deswegen etwa Bus fahren?"

Sie standen sich gegenüber und blickten einander an, jeder mit einem Schmunzeln, dem viel mehr zugrunde lag als dieser kleine Scherz und das niemand sonst je an ihnen sehen würde. Penny kam noch einmal zu ihm zurück. Sie legte ihre Hände an seine Schläfen, zog ihn zu sich herab und küsste ihn auf die Stirn.

„Manchmal liebe ich dich, Harder."

Er grinste.

„Ich dich auch – manchmal."

Harder sah ihr nach, bis sie in dem Tunnel verschwunden war, der sie nach draußen führen würde, zurück in die wirkliche Welt, wo – er hatte keine Ahnung, wie spät es war, wie viel Zeit er hier unten verbracht hatte – vielleicht schon der Tag anbrach.

Er schlenderte hinüber zur Werkbank, griff den Hocker, der darunter stand und trug ihn hinüber zu der Stelle, wo Schleifer ächzend und vor Schmerzen stöhnend zwischen seinen Waffen lag. Harder stellte den Hocker ab und setzte sich. Er stützte die Ellenbogen auf die Knie, legte den Kopf in die Hände und blickte auf ihn nieder. Er war froh, dass Penny nicht gefragt hatte, was ihn hier hielt. Er hätte nicht gewusst, wie er ihr begreiflich machen konnte, wie wichtig es für ihn war, zu bleiben und Schleifer beim Sterben zuzusehen. Es war nicht so, dass er sichergehen wollte, dass er tatsächlich starb. Das wäre nicht nötig. Von diesen Wunden würde er sich nicht mehr erholen, selbst wenn Harder beschlossen hätte, die Blutung zu stoppen, und er verschwendete nicht einen Gedanken daran. Es ging um das Gefühl, den Fall zu einem Abschluss gebracht zu haben und dafür war es unerlässlich, dass er bis zum letzten Augenblick bei Schleifer blieb und seinem Tod beiwohnte.

„Dann gibt es jetzt wohl nur noch uns zwei", sagte er. „Und auch das nicht mehr lange, nicht wahr?"

Schleifer versuchte nicht einmal, zu antworten. Er brauchte all seine Kraft, um das Fitzelchen Leben festzuhalten, das ihm noch geblieben war und ihm trotz aller Anstrengung im nächsten Moment entkommen würde. Sein Wams war bis zur Hüfte blutdurchtränkt. Unter ihm auf dem grauen Boden entstand eine breite rote Pfütze und all seine Waffen waren mit seinem Blut befleckt. Sein Brustkorb hob und senkte sich heftig. Mit weit aufgerissenen Augen, die Pupillen eingefasst in ein Geflecht aus roten Äderchen, blickte er zu ihm auf. Harder lehnte sich dichter über ihn. Es war fast soweit. Schleifer zog die Lippen zurück und entblößte seine Zähne, die er hart aufeinanderpresste, als wollte er seinen letzten Atem zurückhalten. Aber es war immer noch genug Platz zwischen ihnen, dass er mit einem Rasseln entweichen konnte. Schleifers Körper fiel zusammen. Sein Brustkorb sank ein. Die Augen starrten wie zuvor, sahen jedoch nichts mehr. Harder betrachtete ihn. Er suchte nach einem Gefühl der Befriedigung. Es war da, allerdings vermischt mit etwas anderem, das ihm weniger willkommen war. Es war gut, dass Schleifer tot war, dass er keinen Schaden mehr anrichten konnte und die Art und Weise, wie er gestorben war, kam ihm passend vor. Aber gleichzeitig war es ihm zuwider, dass er derjenige war, der ihn getötet hatte. Es bedeutete, dass er ihn nicht mehr loswerden würde. Ungeliebte Lebende ließen sich vergessen. Seine Toten trug man immer mit sich.

Harder richtete sich auf, fuhr mit der Hand in seinen Ärmel und befühlte seine Wunde. Sie blutete noch immer, und sobald er im Auto war, würde Penny sie so gut wie möglich abbinden müssen. Aber es stand nicht zu erwarten, dass ihm in absehbarer Zeit der Arm abfiel. Er blickte sich in der Höhle um und lauschte der Stille, die ihn nun umgab, da Schleifer aufgehört hatte zu japsen. Er war zufrieden mit sich. Ein Psychokiller erledigt, zwei Frauen heldenhaft gerettet. Kein schlechter Schnitt für eine Nacht. Blieben nur noch eine angepisste Kollegin, die seinetwegen sinnlos durchs dunkle Unterholz gestreift war, ein Staatsanwalt, der ihm für sein eigenmächtiges Vorgehen den Arsch aufreißen würde, eine Hauswirtin und Puffmutter, die ihn wegen der Leiche in einem ihrer Betten wahrscheinlich vor die Tür setzen würde und, nicht zu vergessen, eine Horde prügelfreudiger Russen, die ihn bei nächster Gelegenheit zu Borschtsch verarbeiten würden – im Großen und Ganzen also nichts, das sich nicht bei einer Zigarette vergessen ließ. Er holte Tabak und Blättchen aus der Jackentasche und hatte gerade angefangen zu drehen, als ihm einfiel, dass ihm die Filter ausgegangen waren. Er durchsuchte seine Taschen nach einem brauchbaren Stück Papier, aus dem er sich behelfsmäßig einen rollen konnte. Er fand Hagedorns Visitenkarte und wollte gerade einen Streifen abreißen (es schien ihm die einzig nützliche Verwendung für den Wisch), als er entdeckte, dass die Karte mehr verriet als die Kontaktdaten des zudringlichen Psychologen. Er hielt sie gegen das Kerzenlicht. In der rechten oberen Ecke zeichnete sich ein Wasserzeichen ab: drei ineinander verschlungene Ringe. Harder kramte sein Handy hervor. Es hatte den Kampf mit Schleifer nicht überstanden, ein breiter Riss streckte sich über das Display und auch das Gehäuse war beschädigt. Er warf es in eine Ecke. Es machte keinen Unterschied. Selbst wenn er hier unten Empfang gehabt und Vogt erreicht hätte – etwas sagte ihm, dass der Therapeut nicht aufzufinden sein würde, seine Praxis verlassen, seine Wohnung verwaist. Er riss die Visitenkarte auseinander und drehte seine Zigarette fertig. Er setzte sie mit seinem Zippo in Brand, nahm einen tiefen Zug und hörte dem Knistern zu, mit dem der Tabak zu Asche verbrannte. Er ließ den Rauch aus seinem Mund quellen und sah zu, wie er sich auflöste. Er machte sich keine Sorgen wegen Hagedorn. Er war sicher, dass sie sich irgendwann wieder begegneten. Und bis dahin würde ihm nicht langweilig werden. Wenn es etwas gab, auf das man sich verlassen konnte, dann waren es Mord, Tod und die Monster, die in der Finsternis lauerten.

Epilog

Es war Zeit zu gehen. Es war schade. Er hatte in Berlin einige gute Jahre verbracht, produktive Jahre und er würde die Stadt vermissen. Aber die Ereignisse der letzten Tage, seine Verstrickung in die Morde an den jungen Frauen und Jochen Schleifers tragischer Tod (denn was war er, wenn nicht tragisch?), machten seinen Aufbruch unumgänglich. Natürlich war ihm nichts nachzuweisen. Er hatte immer den nötigen Abstand gewahrt, sodass sich keinerlei verfängliche Verbindung zwischen ihm und dem glücklosen Serienmörder herstellen ließ. Niemand würde es wagen, ihm, dem renommierten Psychologen, kriminelle Umtriebe zu unterstellen und der Fingerzeig, den er Harder auf seiner Visitenkarte gegeben hatte, reichte nicht aus als haltbares Verdachtsmoment, auf das man eine Anklage gegen ihn aufbauen könnte. Er war sicher, dass auch Harder das wusste, seine Erkenntnis über ihn vielleicht sogar für sich behalten würde, ein kleines Geheimnis, das sie miteinander verband. Aber seine Bekanntschaft mit Naujoks – wer wusste, was der arme Junge in seiner Zelle vor sich hinplapperte? – konnte für Unannehmlichkeiten sorgen, Vermutungen über seine Mitwisserschaft wecken und auch darauf, dass der Professor über Schleifers „Therapie" Stillschweigen bewahrte, durfte er sich nicht verlassen (obwohl Stechert wusste, dass ein Verrat ihn teuer zu stehen käme). Höchstwahrscheinlich würde die Polizei keine Ermittlungen gegen ihn aufnehmen – schließlich war der Fall gelöst, der Täter tot – und garantiert keine folgenreichen. Aber das hieß nicht, dass er Lust hatte, das Risiko einzugehen, sich unbequemen Fragen auszusetzen oder ins Zentrum der behördlichen Aufmerksamkeit zu rücken. Es hätte ihn daran gehindert oder zumindest dabei eingeschränkt, seiner Arbeit, seiner wahren Arbeit, nachzugehen und er hatte noch so viel Wichtiges vor. Abgesehen davon, dass Harder vielleicht versuchen würde, ihn zu beschatten, so wie er sich nun, nach seiner Abreise, zweifelsfrei Zugang zu seinen Wohn- und Praxisräumen verschaffen würde. Es war ihm zuzutrauen, dass er auf den Gedanken kam, ihn zur Rede zu stellen, vielleicht würde er ihm gar drohen, wenn er seiner habhaft würde. Ihm stand nicht der Sinn danach, mit ihm in eine kindische Fehde zu treten. Er sah dem Zeitpunkt, an dem sie erneut aufeinandertrafen, mit Freude und großer Erwartung entgegen. Aber er war noch nicht gekommen.

Er blickte aus dem Fenster. Der Zug hatte die letzten Vororte hinter sich gelassen. Die Bahnstrecke schnitt durch Felder, zwischen denen sich kleine Waldstücke erhoben. Hier und da unterbrach ein einzelnes Haus oder niedriges Gehöft die braungrüne Eintönigkeit der Landschaft, Kühe standen oder lagen träge auf Koppeln herum und auf kaum benutzten Wegen, die vom Nichts ins Nirgendwo führten, konnte man vielleicht mal einen Radfahrer oder einen einsamen Spaziergänger entdecken. Meist aber lagen sie verlassen. Es gefiel ihm, zuzusehen, wie all dies an ihm vorüberzog, hinter ihm zurückfiel, während der ICE ihn mit Höchstgeschwindigkeit seinem Ziel entgegentrug. Außer ihm war niemand in dem Abteil, und er war froh, allein zu sein. Es gab so viel, das ihn beschäftigte. Er legte die Zeitung (Schleifers Foto auf der Titelseite), die er auf dem Schoß gehalten hatte, auf den Sitz neben sich, trank einen Schluck von dem Tee, den er am Hauptbahnhof gekauft hatte, und lehnte den Kopf zurück.

Was seinem Schützling widerfahren war, war ein entsetzlicher Schicksalsschlag und es tat ihm leid, dass es mit dem talentierten jungen Mann, dem eine glorreiche Zukunft bevorgestanden hatte, auf so hässliche Weise zu Ende gegangen war. Aber es war absehbar gewesen. Schleifer hatte sich übernommen, zu viele Opfer in zu kurzer Zeit, eine zu öffentliche Präsentation der Toten, dazu eine Kompromisslosigkeit, die zwar im Allgemeinen begrüßenswert war, aber eben auch fatal enden konnte. Es war nicht zum ersten Mal vorgekommen, dass ein junger Mensch, dem er seine Bestimmung aufgezeigt hatte, in seinem Überschwang alle Vorsicht außer Acht ließ. Für gewöhnlich endete es in einer Katastrophe. Natürlich hatte Schleifer auch Pech gehabt, dass ihn seine früheren Verfehlungen eingeholt hatten, der Blödsinn damals im Tierpark und dem Museum. Aber im Grunde hatte er sein Scheitern selbst zu verantworten. Er hatte sich hinreißen lassen. Wenn er nach dem Debakel auf dem Mittelaltermarkt Ruhe bewahrt hätte, anstatt sich an Harders Nutte zu vergreifen, ihm seinen Aufenthaltsort preiszugeben und sich ihm – was für eine idiotische Idee! – in einem Zweikampf auf Leben und Tod zu stellen, wäre es ihm vielleicht gelungen, sein Werk zu vollenden oder es einem Abschluss zumindest näher zu bringen.

Aber er hatte es ja darauf anlegen müssen, er hatte seine Wut und seinen kleingeistigen Rachedurst überhandnehmen lassen und Hagedorn musste sich eingestehen, dass er mit seiner Einschätzung vielleicht falsch gelegen und Schleifer zu viel Potenzial zugeschrieben hatte. Es war bedauerlich, bedauerlich für Schleifer und bedauerlich für ihn, seinen Förderer. Er hatte so viel Zeit und Mühe in ihn investiert, in seine Formung, seine Ausbildung. Als Schleifers Ziehvater ihn, ein paar Jahre zuvor, in seine Praxis gebracht hatte, damit er ihn von seinen krankhaften Begierden „heilte", war er nichts als ein verwirrter Junge gewesen, gequält, orientierungslos, verloren. Er, Hagedorn, hatte ihm den Weg gewiesen, hatte ihm beigebracht, dass seine außergewöhnlichen Bedürfnisse nichts waren, wofür er sich schämen musste und ihm gezeigt, wie er seine Fähigkeiten nutzen konnte, um Glück und Erfüllung zu finden. Und dann, als er soweit war, hatte er ihn mit Naujoks zusammengebracht, ihm einen verlässlichen Helfer zur Seite gestellt. Er hatte alles für ihn getan, was ihm möglich gewesen war, ihm die besten Voraussetzungen geschaffen. Gemeinsam, unter seiner Führung, hätten sie so viel erreichen können! Schleifers unseliger Alleingang, seine Missachtung all dessen, was er ihn gelehrt hatte, war ein schmerzlicher Rückschlag. Er erwartete mehr von seinen Schülern. Aber schließlich hatte Schleifer schwer für seinen Fehler gebüßt und bei aller Enttäuschung musste Hagedorn ihm zugutehalten, dass er ihm eine Begegnung mit Harder beschert hatte, und das wog vieles auf. Es lag eine große Verheißung in dieser Bekanntschaft.

Der Schaffner, der ihn mit seinem langen Hals und den grauen Haaren an einen Reiher erinnerte, stakste über den Gang, warf einen Blick in sein Abteil und nickte ihm zu (seine Fahrkarte hatte er bereits überprüft). Er war ein harmloser Mensch, dachte Hagedorn, und somit langweilig. Es lag keine Dunkelheit in ihm, nur die üblichen blassen Schatten, die jeder in sich trug und die sich höchstens, wenn man ihn entsprechend reizte, in Gewaltfantasien äußerten, denen er niemals nachging, weil Moral und Erziehung ihm darin Einhalt geboten oder er schlichtweg nicht das Zeug dazu hatte. Natürlich konnte Hagedorn sich irren. Aber für gewöhnlich durfte er seinem Instinkt in dieser Hinsicht trauen und nach ihrem kurzen Gespräch und der genauen Beobachtung seines Gesichts (vor allem der Augen), glaubte er nicht, dass dieser Mann, während er Tickets stanzte und Auskünfte über den weiteren Reiseverlauf gab, in genüsslichen Vorstellungen schwelgte, in denen er seinen Fahrgästen die Kehle zudrückte, bis sie in seinem Griff erschlafften, ihnen die Gliedmaßen abtrennte, um sie ausbluten zu lassen oder sie bei lebendigem Leib ausweidete. Der bloße Gedanke an eine solche Tat hätte ihn erschreckt. Von der hohen Kunst eines sorgfältig geplanten und mit Hingabe ausgeführten Ritualmords, von der Heiligkeit, die diesem Akt innewohnte, verstand er nichts und konnte er nichts verstehen. In Hagedorns Welt gab es somit nur eine Funktion, die er erfüllen könnte, die des Opfers, eine wichtige Funktion, zweifelsohne, aber keine, die ihn in diesem Moment für ihn interessant machte. Hagedorn erwiderte seinen Gruß mit einem Lächeln und widmete sich wieder seinen Gedanken.

Harder. Er konnte nicht von ihm lassen. Er hatte schon viele getroffen wie ihn, angeschlagene Seelen, die mit sich selbst im Widerstreit lagen. Aber in keinem von den anderen hatte er diesen Widerstreit in so starker Ausprägung vorgefunden. Harder trug die gleiche dunkle Neigung in sich wie Schleifer, eine innige, unauflösbare Bruderschaft mit dem Tod, und er wusste es. Er wehrte sich gegen sie, versuchte, sie zurückzudrängen (sie auszulöschen war unmöglich), damit sie sich nicht in ihm ausbreitete, ihn vollständig einnahm, sodass er ganz ihr gehörte. Er war stark, es würde ihm noch eine Weile gelingen. Aber über kurz oder lang würde er ihr erliegen. Er würde seinen Kampf verlieren und Schleifers Tod hatte ihn dieser Niederlage ein Stück näher geführt. Er konnte sich einreden, dass es notwendig, vielleicht sogar, dass es richtig gewesen war, ihn zu töten. Aber er würde nicht für immer vor sich verleugnen können, dass noch etwas anderes dabei eine Rolle gespielt hatte: Es hatte ihm gefallen, er hatte es genossen, weil es ihm erlaubte, eine Seite von sich auszuleben, die er ansonsten mühevoll unterdrücken musste. Mit jedem weiteren Tod, den er erlebte und besonders mit denen, die er selbst herbeiführte, würde es schwieriger für ihn werden, vor sich und anderen den Schein zu wahren. Irgendwann würde er erkennen, dass er verloren hatte und nichts mehr übrig war von dem, was er in krampfhafter Verstellung versucht hatte, zu sein. Er würde jemanden brauchen, der ihm durch die Verzweiflung half, die dieser Erkenntnis unvermeidlich folgte, jemanden, der verstand, was in ihm vorging und es ihm erklärte. Wenn es soweit war, würde er, Hagedorn, für ihn da sein, ihn aufnehmen, ihn trösten und ihm den Weg weisen. Einen neuen Weg, fort von allem, das er früher gekannt hatte. Er war begierig darauf, ihn näher kennenzulernen, zu ergründen, wann und unter welchen Umständen diese Dunkelheit in ihn eingezogen war, und ihr eine Richtung zu geben. Harder war noch nicht offen dafür. Noch hielt er Hagedorn für seinen Feind und hätte alles daran gesetzt, ihn zu strafen für die Unterstützung, die er Schleifer gewährt hatte. Wenn er schließlich zu ihm kam, würde all das vergessen sein und auch Hagedorn würde ihm dieses Unrecht nicht verübeln. Er würde ihn willkommen heißen wie ein alles vergebender Vater. Harder würde sich schämen dafür, dass er ihn verkannt hatte, und sich ihm vollends übereignen. Ob es Wochen, Monate oder sogar Jahre dauerte, bis er seinen Irrtum einsah, war nicht von Bedeutung. Er würde auf ihn warten.

Und bis dahin gab es genügend andere, die seine Aufmerksamkeit verdienten.

Er blickte hinauf zur Gepäckablage, wo, neben seinem Rollkoffer und seinem weißen Panamahut mit dem schwarzen Band, seine Aktentasche aus braunem Leder lag. Er hatte sämtliche Patientenakten mitgenommen – sie würden nicht den kleinsten Hinweis finden, wenn sie seine Praxis durchsuchten – zudem die Informationen, die er über jene aussichtsreichen Kandidaten gesammelt hatte, mit denen er noch nicht unmittelbar in Kontakt gekommen war, der Junge in Hamburg etwa, ein Teenager noch, der wegen seiner gewaltverherrlichenden Malereien im Kunstunterricht der Schule verwiesen worden war. Oder das Mädchen aus der Nähe von München, das in einem psychotischen Anfall auf seine Mutter losgegangen und sie mit einer Nagelfeile verletzt hatte. Sie brauchten seine Hilfe, um zu sich zu finden, sich auszusöhnen mit ihren inneren Dämonen. Er würde sich um sie kümmern, so wie er sich um Schleifer und Naujoks gekümmert hatte. Es war immer eine spannende Aufgabe, einen neuen Schüler auszusuchen, und außerdem würde es ihm etwas Sinnvolles zu tun geben während des lang verdienten Urlaubs, den er sich nun endlich gönnte. Er war ewig nicht in Italien gewesen und freute sich darauf, Rom wiederzusehen. Tagsüber würde er sich die Sehenswürdigkeiten anschauen, mal wieder den Petersdom und die Sixtinische Kapelle besichtigen, durch den Garten der Villa Borghese spazieren oder über das Forum Romanum schlendern. Abends dann, in seinem Lieblingscafé an der Piazza Navona, würde er bei einem Glas Chianti in Ruhe seine Unterlagen durcharbeiten und abwägen, wen er für würdig hielt und wer ihn am dringendsten brauchte. In ein paar Monaten oder einem halben Jahr würde er nach Deutschland zurückkehren, mit gefälschtem Pass und äußerlich weit genug verändert, dass ihn selbst langjährige Freunde nicht auf den ersten Blick erkannten. Er würde seine Auserwählten aufsuchen – vielleicht einen, vielleicht auch gleich zwei – sich ihrer annehmen und den langen Prozess beginnen, der aus ängstlichen, vor sich selbst erschrockenen Kindern selbstbewusste, glückliche Mörder machte. Und währenddessen würde er Harder im Auge behalten, seine Entwicklung verfolgen und darauf warten, dass er bereit war.

Sie gehörten zusammen, auch wenn Harder es noch nicht ahnte.

Lesen Sie weiter!
Mehr Spannung aus dem
ProTalk Verlag…

Bahnhofstr. 29
53639 Königswinter
www.pro-talk-verlag.de
Umschlag: Katrin Kawinkel, katika-media.de
unter Verwendung eines Fotos von Fotolia / tanycya
Satz: Katrin Kawinkel, katika-media.de
Schrift: Gentinum Basic
Druck und Bindung: MCP, Polen
ISBN: 978-3-939990-44-4